文字的魅力。

從六朝開始散步

林文月

代序　文字的魅力

文字的發明，是人類的一大寶。

文字，既無色彩，也無聲音氣味，更無表情思想；但是我們的祖先發明了文字，把他們所看到的形象與顏色，聞到的聲音與味道書寫下來，把他們追蹤那些文字而再現了他們所經驗過的豐富的宇宙世界生命種種，讓後代的我們如親歷其境地經驗那些種種。幾百年、幾千年過去了，當初書寫那些文字的人們都已亡故不存了；然而，藉由那些留存下來的文字，我們看到、聽到、感受到那些喜怒哀樂愛惡欲；於是，透過文字，當初一個人的想法、感情，卻變成爲千百年後、千萬人的感動和記憶了。既不是圖畫、攝影，也不是唱片、音符，而能夠在白紙黑字之間就傳達了無所不包括的極豐饒的內容；文字的力量豈不神奇！

至於我個人，所認識的文字，是和我的生長背景有很密切的關係的。

我的父母都是臺灣人。我們生活在上海的日本租界。那時候在法律上，臺灣人都隸屬日本公民，所以我的母語是日本話、上海話和一點臺灣話。而我初習得的文字是日本文字。從小學一年級到五年級，我在日本租界的小學裡，和僑居上海市的日本人子弟一起讀書。我的班上，除我以外，都是日籍兒童（應該說，當時我的籍貫也是日本）。我們所受的教育，和日本「內地」的教科書完全相同；我們的老師，無論男女，也都是從「內地」赴上海的日本老師。當時，幼小的我，渾然不知自己不是日本人；我的成績在全班之中，甚至是居前的。但是，在我讀到小學五年級的時候，中日戰爭結束了。臺灣光復了。我突然變成全班之中與別的同學不同的孩子。他們都是戰敗國者子弟，只有我一個人變成戰勝國者的子弟。戰敗國者的日本同學們先後離開上海，回到他們的祖國日本去了。而我們家人，則是回到家鄉臺灣。

我的兄弟姊妹都出生於上海。臺灣雖是我們的家鄉，其實是陌生的。我們甚至於也不會講完整通順的臺灣話。令我特別不自在的是，回到臺灣以後，當時讀小學六年級的我，卻得從注音符號開始學國語——中文。而教育局規定，在教室內不可使用日文，所以老師是用臺語解釋中文的。這兩種語文，是生長於上海日租界的我，所不明白、不習慣的。

不過，現實的困難，總得要克服。事實上，處於這種雙語文的過渡期難關，是當時臺灣很多人都遭遇到的。有些人已經中學（或大學）畢業了，甚至已經很熟練地用日文寫作了，還是必須整個地將使用的語言文字從日文改爲中文。我不過是在小學六年級時，忽然又回到一年級（或幼稚園時期）罷了。

但克服困難的痛苦，卻意外地帶給我想像不到的收穫。從小學最後的階段開始學習另一種語文，其實，並不是太不容易，尤其當大環境、大趨勢如此時，更有不得不然的推力助使，而前面五年的日本教育，到這個時候也頗具基礎，不致隨便忘記。生於這樣特殊的時、空裡，我倒是反而慶幸自己彷彿很「自然」地具備著雙語的能力了。

一九六九年，我因爲具有中、日雙語文的能力，而接受國科會遴選赴日本京都，在人文科學研究所進修一年，撰寫比較文學研究的論文《唐代文化對日本平安文壇的影響》。利用京都大學人文科學研究所內豐富的藏書，以及和日本學者的意見互研，我完成了計劃好的論著，同時也令我能夠在既有基礎之上更進一步，以日文的立場觀察中國文字，又從中文的立場觀察日本文字。以前的我雖具備雙語文能力，卻只是以單方向思考：即以日本的立場看日文；或以中國的立場看中文。撰寫唐代與平安朝文化的比較文學論文後，我培養出了以另一角度去觀察兩種文字的態度，於是增加了一種主觀而客觀、客觀而主觀的認知思考方式。

日本在中世紀因與中國隋、唐有密切接觸，有意地學習吸收中國文化（遣唐使團內設有遣唐留學生及遣唐留學僧），而造成其文化（包括文學、藝術、法律及宗教等）上的一大進步。其中，以文字而言，即使到今日，日本人所日常使用的文字，就是由直接取用中國文字的「漢字」，由中國文字的草書演變而生的「平假名」及取用中國文字一部分的「片假名」而成。不過，日本文字和中國文字的一大差別是，中國文字是表義的，一字一義；而日本文字（除「漢字」之外），「片假名」和「平假名」都是標音的，一字只代表一音，絕多數不具獨立的意義。故而一個漢字，有時需由兩個或三個、四個假名字綴成才會具有意義。例如「我」（われ）、「柳」（やなぎ）、「鶯」（うぐいす）。

由於一個漢字可抵三、四個假名字，故而一句五言詩或七言詩，往往可以完成一首日本的古典詩。在平安文壇文士競相學習、模仿唐詩的當時，甚至有採唐詩句五字或七字爲作和歌的參考書：如大江千里所編《句題和歌》。試舉其中一例：

鶯聲誘引來花下。（白居易〈春江〉）

鶯の啼つる聲にさそはれて

花のもとにぞ我はきにゆる

日本文字與英文（以及其他歐西國家的文字），屬於拼音文字，因而一字只代表一音，讀者看拼音文字中的一個字母時，只能辨其音，而不能辨其義；但中國文字則可以讓讀者既辨其音，又識其義。以上舉「鶯」字爲例：

鶯（ING）

うぐいす（U-Gu-I-Su）

NIGHTINGALE（N-A-I-T-I-N-G-A-L-E）

中文的「鶯」，是完整的一個方塊字。讀者看到這個字，都能認識此字代表鳥類中的鶯，既非雀，亦非鷹；而此字的發音就是"ING"。字的筆劃和發音皆是整體、不可拆散的。

日文「うぐいす」，若不用漢字「鶯」，則需由「う」、「ぐ」、「い」、「す」四個假名綴成。うぐいす四字的任何一字抽取出來單獨呈現，都不會具備任何意義。

英文的"NIGHTINGALE"，也和日文「うぐいす」的情況大致是相同。必要這十一個字母串聯在一起，才能代表「鶯」的意義，而且所有發出的聲，才會有所指涉。否則，其中任何一個字母單獨呈現，也都不具備任何意義的。

中國文字的每一個字都具單音語、具有其本身獨立意義，而且在形象上又有引發辨識或聯想的功能。先祖們造字時，對於物象已經給予分類，例如「岑」、「岳」、「崎」、「峰」；「氽」、「淼」、「清」、「湍」；「栗」、「森」、「松」、「樵」；「萍」、「蔓」、「蕪」、「萎」……。諸如此類，不勝枚舉。凡字典、辭典裡所容無數的字，皆能從偏旁顯示其物性類別，不僅名詞如此，動詞、形容詞或副詞亦然。又由於絕多數的字都具有聲母和韻母，所以也可以造成聽覺上的關聯和整齊的效果。例如「彷彿」、「嬝娜」，其上、下二字的聲母相同，故而讀起來有整齊美的感受，而上、下之間又屬同一偏旁的形體，所以無論聽覺上或視覺上都有經營安排的美感。再如「沉深」、「逍遙」，其上、下二字屬同一韻，且字形也屬同一偏旁，同中有別，但其為造成藝術均衡美感的道理則相同。

中國的文字，在表達感情思想之外，不是繪畫，但有形象視覺的美；不是音樂，卻富抑揚聽覺之勝，是世界其他國家的文字所不及的。身為日常接觸中文的文學研究者和寫作者，有時並不太覺察。在京都撰寫中日文學的比較研究論文，使我有一個反省深思的機會，而得以站在外語文的立場來觀察中國文字。綴連視覺與聽覺兼備的方塊文字，我們體會古人的感情和思想，而我們自己也把各自的感受與體會藉字與字的綴連成文保存，希望後代的人能夠看到。

然而，和外國的文字接觸、相比較，同時也讓我們發現平日習以爲常的中國文字之間所具有的另一個特色——曖昧。多年前，我在臺大講授「陶淵明詩」〈歸鳥〉的課堂上，有一個美籍留學生突然舉手發問：「這首詩裡面有幾隻鳥？」初聽這樣的問題有點意外，班上許多中國學生甚至笑了起來。但是，以英文去了解這首由四章組成的四言詩時，所出現的「鳥」這個字，的確並不單純（以「鳥」隱喻的此詩中，有時候是指作者陶潛自身，有時候是指包括作者以及退隱以後田園生活中的鄰人）。在中文裡一隻鳥是「鳥」，兩隻以上也是「鳥」。字形和音聲都不必改，而且也無從改。如果把單數的鳥寫成「鳥」，而複數的鳥寫成「鳥們」，倒是反而顯得造作了。但在漢學界英譯本中，確實有不同的譯法：（一）"Homing birds"（James Robert Hightower）（二）"The bird which has come home"（Burton Watson）。Hightower和Watson都是西方近代的著名漢學家。前者譯〈歸鳥〉此題目中的「鳥」爲「birds」，後者則譯爲「bird」，可見得二人視陶詩中的鳥，有多數與單數之別。在文法比較嚴謹的英文中，二人對主詞「鳥」的數目的不同選擇結果，單數、多數，不僅影響四章四言詩不同的解讀法，並且也必然會造成其動詞、受詞的不同書寫法了。我們中國人讀現代詩或古典詩，通常都不會「計較」這個問題的，甚至於中國的作者也恐怕不是太「在意」這個問題；而外國人遇到這種情形，如果沒有「弄清楚」，他們就無法下筆了。難怪我那一位美國學生會提出那樣子「奇怪」，其實是「很重要」的問題了。

中文字裡的名詞，非僅單數、多數不區別，有時候動詞的主動與被動也不怎麼分明。同樣舉一個陶詩中很有名的「悠然見南山」為例。通常我們讀這句詩，都會覺得境界高，令人嚮往，但是不太會去注意怎麼沒有主詞？主詞是誰？這句的上面是：「採菊東籬下」，也不著主詞；其實這首題為〈飲酒〉二十首詩的第五首，全篇都沒有一個主詞，然而省略主詞的寫法，在中文裡很多，尤其詩詞更常見。在這裡，「被省略的主詞」為作者陶潛，應該是沒有爭論的（這種省略主詞的筆法，日文也往往有之）。不過，名句「悠然見南山」，究竟「悠然」是指作者？還是南山？則也許有不同的說法，英文的翻譯，因為必須得補上原來省略的主詞"I"，所以悠然必定關係到「我」而成為「我悠然地看見南山」。關於這個問題，已故日本漢學家吉川幸次郎說得好：「……『悠然見南山』句，既可讀為：悠然地看南山；亦可讀為：看到南山的悠然。可是進一步想，或許在呈現著兩者皆可吧。看山的淵明是悠然的，而被淵明看到的南山也是悠然的。主客合一，難以分割，這種渾沌的狀態，不正是『悠然見南山』嗎？在中國話裡，這是可能的。人們往往帶著嘲諷之意說中國話的曖昧性，卻不明白這正是作者詩的語言的絕妙之處。現實世界往往是渾沌而多面的，設若詩也者，是要將那多面性保留其多面性，使之定型於語言中，那麼，中國話便是最適宜作詩的語言了。……」

由於研究中古時代中、日兩國文學，也間接促成了我翻譯日本古典文學的原因。其實，在大學時期我就翻譯過近代日文的書，但是日本的古典文學卻始終未敢嘗試。在我撰寫的論文範圍內，包括了平安時代女性作家紫式部的長篇小說《源氏物語》。此著成於一〇〇八年的書，已經受全球文學界公認為世界文學裡最早的小說，而其書卻明顯地受到中國文學的影響，尤其白居易的詩篇更爲作者紫式部所喜愛而頻頻引用；〈長恨歌〉遂成爲全書第一帖〈桐壺〉所成立的骨幹。

從京都回來以後的第三年，我就開始譯注《源氏物語》，逐月在臺大文學院的《中外文學》月刊連載。一九七八年十二月，費時五年半，刊載六十六期，百餘萬言的中文譯注本《源氏物語》終於完成。前年（二〇〇八）歲暮，京都大學爲了慶祝《源氏物語》誕生一千年，舉辦了國際研討會議：「世界之中的《源氏物語》——其普遍性與現代性」，我受邀參加了該會議，發表演講：「關於《源氏物語》的中文翻譯」。《源氏物語》的翻譯包括中、英、法、德、義、捷……等等，已經有近二十種的外國文字譯本。我在會議中談到，自己如何把千年前的日本古文字翻譯成現代的中國文字，其困難以及其心得。也聽到其他外國語文翻譯此書時的種種問題。日本與中國兩國的文化和文學，自中世紀以來有極密切的關係，而兩國的文字雖稱：「同文同種」，實則亦大有不同。翻譯《源氏物語》百萬言的鉅著，不容逃避地須要面對其中的一字一句，我深深體會到什麼叫做「同文同種」之中的「不同」；也盡力把自己所體會辨認的「同」與「不同」，用中國文字傳達出來了。

《源氏物語》之後，我又陸續翻譯了《枕草子》、《和泉式部日記》、《伊勢物語》等，均爲千年或千年以上的日本古典文學重要作品。另有一本近世著作《十三夜》。作者樋口一葉爲明治時代女作家，雖以二十四歲年華早逝，但日本政府於二〇〇四年以其肖像印製於五千円日幣上，以誌其百歲冥誕，表彰其成就。這幾本書都是日本文學史上（甚至也是世界文學史上）的重要著作，有必要介紹給我國讀者，這是我當初翻譯之目的；不過，這些書的內容十分動人，而文字非常有魅力，也是吸引我動筆的原因。

五種日本古典文學作品之中，除《伊勢物語》的作者在原業平爲男性之外，餘四人皆是女性作家，但每個人的文章風格不同，設字敷辭有別。做爲譯者，我學會了先做一個細膩的讀者。不但那些綴連而成的文字所表達的內容，須得完整掌握，其言外之意、弦外之音也要意會。這種閱讀的方式，不只是「看」字、領會其意義而已，同時也是「聽」字，賞識其音。成爲作者文字的知己，然後把體悟所得，轉譯成爲中文；不是自己習慣使用、喜愛使用的中文，而是衷心地貼近原著的文字。

文字的魅力在文字本身，更是在它們「被使用」的領域內所展現的特色和功能。以我個人的經驗而言，最常寫作的對象有：文學研究、文學翻譯及散文創作三種。每一種工作都以文字爲基本，然而在「使用」文字的態度上確有分別的：文學研究的文字，務求其順暢達意，避免迂迴晦澀，以讀者能夠清楚掌握其旨爲宗；散文創作的文字，視其內容而定清約或華飾之匹配準則，不妨彰顯作者的個性特質；文學的翻譯，則恰與創作相反，須得看文字且聽文字，盡量抑制自我，唯原著之風格特性是遵循。

回首自己的大半生，日日所關心喜愛的無非是文字的掌握。文字的魅力多麼大！

（編注：此爲獲贈「中華民國斐陶斐榮譽學會第十五屆傑出成就獎」感言。）

11 代序　文字的魅力

目次

代序　文字的魅力　2

輯一　而今現在

最初的讀者　16
山笑　20
記〈翡冷翠在下雨〉　23
記一張黑白照片——懷念莊慕陵先生　30
巨流河到啞口海的水勢　36
畫布上的文筆　44
敬悼塞翁　48
漫談京都　51

輯二　落櫻平安朝

祝賀老同學的生日禮物　62
諸行無常　盛者必衰——鄭譯《平家物語》讀後　70
平安朝文學的中國語譯　78
中国人の立場より見た白氏文集と平安文学　94
關於古典文學作品翻譯的省思　114
翻譯的再譯——讀佐復秀樹《ウエイリー版源氏物語》　134
譯事之局限——談翻譯原始語文的困難　152

輯三　六朝微雨

八十自述　172
關於文學史上的指稱與斷代——以「六朝」爲例　194
潘岳、陸機詩中的「南方」意識　212
讀陶潛〈責子〉詩　259

康樂詩的藝術均衡美——以對偶句詩為例 278
不能忘情吟——白居易與女性 307
手跡情誼——靜農師珍藏的陳獨秀先生手跡 338
《清畫堂詩集》中所顯現的詩人的寂寞 350
我所不認識的劉吶鷗 392
從《雅堂先生家書》觀連雅堂的晚年生活與心境 418

輯一　而今現在

最初的讀者

文學的媒介是文字。透過文字，寫作者將其感情思想保存下來。感情思想雖然是抽象的，但每個人其實都是藉由自己所熟悉的語言在感受、在思考，然後將其定型於自己所熟悉的文字裡。

我一向以為寫作就是這樣的。自己心中有話要講，不得不講，便藉由文字表達出來了。直到近半年，有一位年輕的讀者問我：「妳寫文章的時候，有沒有預設的讀者，妳的讀者結構是什麼樣的人？」這倒是我沒有想過的；或者應該說，我在寫作之前，或寫作之中，很少想這問題。但是，認眞反省，我眞的從未想過「讀者結構」的問題嗎？倒也彷彿未必然。

寫作前端最須考慮讀者對象的，大概是兒童文學吧。對兒童講故事，當然得顧及他們的年齡和他們對於文字接受的程度。我沒有寫過兒童文學，所以沒有這方面的經驗。但我在讀研究所時期，曾應邀為東方出版社譯介過許多世界偉人傳記及世界名著的少年讀物，如《居禮夫人傳》、《基度山恩仇記》等。那些書的「預設」讀者對象是小學高年級和國中生，所以遣詞、設句、行文，確實斟酌費心過，避免艱深晦澀，是最重要的。

一九七三年以來，我陸續譯成日本的古典文學名著《源氏物語》、《枕草子》、《和泉式部日記》及《伊勢物語》等。我自問：翻譯的動機是什麼？首先當然是那一本書感動了我。最初，翻譯者，必然是讀者，但翻譯者不同於一般讀者處，在於讀書感動之餘，轉而想將那文章介紹給不諳原文的他人，使他們也能分享那種感動。所以翻譯者遂由讀者而變成原著的代言者了。

既然翻譯之目的，是在轉述原著，想要讓其他讀者透過自己的譯文，也能夠欣賞到那文字，因此執譯筆時，心中自然會有「預設」的「讀者結構」了。對我而言，所譯原著是日文，故我的「讀者結構」，便是不諳日文的中國讀者。有了這樣的前提之後，便不能不顧及自己譯出的文章是否通順易解（有時也會遇著原著不易解或故作詰屈聱牙的情況，則另當別論），同時也注意文字盡量貼近原著的風格。曾有人說，我的翻譯有「和文味」。不知這是否寓含著貶意？但我個人反倒覺得那正是我企求表達的語言氛圍。記得年輕時讀翻譯小說，除了內容令我欣賞感動之外，俄國小說總有俄國小說的味道，法國小說也總有法國小說的味道。不同國家的文學作品，各有各的異國情調，其實正來自不同的文字趣味、特色。我並不希望不同國家的文學作品，在我們因不諳原文而讀中文譯本時，都變成了跟中國文學完全相同的樣子。

比較起來，散文寫作是無須預設讀者結構的。寫散文，其實是在跟自己交談。執筆為文時，作者並沒有唯阿作聲，但心中實不斷宣洩著喜怒哀樂愛惡欲各種不同表情的聲音。那種聲音，只有自己聽得見，時則纏綿微弱，時則震耳欲聾，儘管音量小大有別，情緒抑揚或異，而外表一若玄默，那種聲音卻是迴蕩在作者自己的心罊中。與自己的交談一旦完成而定型於文字後，先前纏綿微弱的聲音，或震耳欲聾的聲音，都暫時復歸於沉寂；直到另一個人在另一個時空讀到那些文字，才會又一字一句還原為充滿各種情緒思想的聲音。於是，原先作者跟自己的交談，便很自然

地轉變為與另一個陌生人的交談了。

其實，文章既書成，而面對眼前的文字時，作者的身分便即刻轉成讀者的身分。我是我文章最初的讀者。

讀者的我，對作者的我，經由文字變成既熟悉又陌生的關係。好比在一面大鏡前，那鏡中的身影明明是自己，但是看著鏡中身影的自己的眼睛，卻似乎變成了另一個人的眼睛，所以會禁不住去掠一掠散亂的髮絲，或整一整微皺的衣襟。讀者對作者，難免有所挑剔。改動一些字，或一些句子，有時未必關乎大體，只是掠髮整襟的道理罷了。然則，散文的寫作雖然沒有預設的讀者，而那個具有較客觀挑剔的眼睛的人，竟是最初的讀者我自己。

山笑

深夜，斜臥床榻，隨手抽取幾本小几上疊放的書漫讀助眠，已是長年習慣。書宜輕巧易掌握，內容勿過於深奧嚴肅，否則刺激興奮，反失效果。左右兩側床頭櫃，日久累積的書籍，多屬此類賞覽多易的類別。

那一夜，原本已在左側案上拿到一本書；忽又變心，翻身到另一側書堆裡抽出了體積特小的日本岩波書店口袋型文庫本關於文學的書，曾經閱讀過一部分而未竟，書頁間還夾著一張書籤，大概是某一夜讀到這裡就睡著了吧。

姑且從有書籤的那一頁讀起來。翻閱兩三頁後，忽有一張小小的比書籤還短的紙片滑下，落在被子上。那上面印著淺淺好看藍紫色的日文鉛印字：

山笑　語言的寶匣　　根據《廣辭苑》

俳句的季節語。謂眾樹一齊吐芽的華麗的春季景致。相對的，「山眠」指枯槁失卻精采的山，「山粧」則是被紅葉裝扮的山，各為冬、秋季結語。見於北宋畫家、兼山水畫理論家郭熙的「四時山」。《廣辭苑》雖未採入，但青青的夏季的山是「山滴」。

這幾行文字是什麼呢？雅極了，但無緣無故，與我手中捧讀的書全不相關。

我把紙片反過來看。背面的正中央印著岩波書店新印製的《廣辭苑》書脊樣本。其上有較粗大的字體：「信賴與實績」，在此五字之下有極小的字排印著：「日本語辭典的No. 1」，書脊樣本下方，亦有極小的五行字，標示五種不同大小的版本及其價格。也都是淺淺含蓄的藍紫色。《廣辭苑》，是當今日本的重要辭典之一，由岩波書店編印，而岩波書店則是一九一三年創辦的老牌出版社，其普及版袖珍型叢書更以攜帶方便，爲一般民衆所喜愛。

原來，正面那雅致有品味的藍紫色文字，是爲新的第五版《廣辭苑》所做的廣告。

然則，廣告何以題爲「山笑」，又引用郭熙「四時山」的字句呢？從「語言的寶匣③」看來，在此紙片之前，或許曾有過②及①，不同的廣告內容吧。辭典是追究語文的書，確實可以稱爲「語言的寶匣」。而根據《廣辭苑》，「山笑」一詞，是俳句（日本古典短詩）的季節語。到底原文是怎樣的？按捺不住好奇，我索性從臥房走到書房去查究。那《山水訓》的原文是這樣的：

真山之烟嵐，四時不同。春山淡冶而如笑，夏山蒼翠而如滴，秋山明淨而如粧，冬山慘淡而如睡。

雖然日文的廣告詞引述的文字，把原文的「如笑」、「如滴」、「如粧」、「如睡」改爲「山笑」、「山滴」、「山粧」、「山眠」，以適合其語言習慣，而且文章的次序也略有變動，但郭熙的絕妙比喻，卻被如此生動地化爲一則其實是含帶商業性質的文字裡，不得不令人佩服！至於在四季不同的山色中特別擇取「山笑」爲題，從我原來閱讀的書印刷發行時間推斷，應是配合其春季版的效果，也是神來之筆。

中古時期以來，日本汲取中國文化以滋養其本土文化。他們的文士不僅寫作漢詩文，即使和歌、俳句也深受中國文化的影響。這一段《廣辭苑》的廣告詞，可以爲證。

查得這些文字的來龍去脈，我心中釋然。雖則睡意全消，卻經驗了一次愉悅的失眠。

記〈翡冷翠在下雨〉

「翡冷翠」，是義大利中部一個都市Firenze的中文譯詞，根據義大利文原文發音的音譯而來；至於世界共用的英語則稱“Florence”，故一般又譯爲「佛羅倫斯」。其實，通常取用「佛羅倫斯」的情況還多一些。我這篇文章的題名選擇了一般人較少用的「翡冷翠」，是想在表達譯音所指示的地名之外，又喜歡這三個字在視覺上所呈現的美感。中國的文字除了標音之外，往往其個別本身又具備著某種因中國文字的特色而引起的聯想和涵義，因而當其閱讀之時，我們又可以從文字本身，或從字與字的連接上產生一些印象來；這是其他的純標音文字（如歐西文字、日文）所無法企及的。以「翡冷翠」爲例吧，雖然這三個字的中文讀音可以標出近似義大利文“Firenze”的發音，但是其中的「翡翠」一詞，難免會讓我們的腦際閃過羽毛斑紋華麗的翡翠鳥；甚至還會想到晶瑩溫潤的翡翠玉吧。而一個「冷」字，則似又將這些瞬間的聯想凝聚成爲華美矜持的品味來。在做文學的翻譯之際，除了注意「譯詞」與「被譯詞」之間的讀音的精準（或近似）之外，運用中國文字的這種特殊「視覺效果」也是很有意思的。

命題之目的，是想讓讀此文章的人對其內容先有一個預設的範圍。但題目的功用，也未必只止於如此實用的意義，題目取得好，往往會給文章帶來好的效果，達成相得益彰之趣旨。一般而言，我們在求學的過程中，大約在小學的後段時期便會有「作文」的課程，練習寫「我的家庭」、「我的媽媽」等等較簡單的文章。在老師指定的題目範圍之內，我們思考，將自己對家庭、母親的想法排比成爲一篇文章，而且由於有了自己動手寫作的經驗以後，也比較會在閱讀別人的同類文字時用心觀摹，而漸漸懂得如何寫作了。這種由老師或別人指定題目的寫作情形，作者其實是處於被動地在限定的範圍內思考，因此不怎麼體會得到命題其實也並不容易。譬如這篇文章如果題爲「佛羅倫斯遊記」，便顯得很平淡無甚新意；若改爲「翡冷翠遊記」，稍稍有明亮起來的感覺；而如果再改稱爲「翡冷翠在下雨」，則整個兒題意就更活潑別致起來了。

事實上，那一次我去翡冷翠旅遊時，是下著雨的。當時臺灣的旅遊業方始初興，我們參加了一個頗難得的旅行團赴歐洲遊覽。旅行而遇著下雨，尤其是第一次到盼望已久的地方竟遇雨，其實是十分掃興的事情。但對於參加旅行團的人而言，既已安排的日程是不能因雨而隨便延期或改期的，所以那一天雖然下著雨，也不得不仍依原先排定的日程出發遊覽。所幸，只是下著微雨，並不怎麼礙到遊興。既然是下雨天，也是一種特別的巧合安排吧。我讀過一些別人寫的關於「翡冷翠」的遊記，不論是稱爲「翡冷翠」還是「佛羅倫斯」，印象中多是寫晴天裡的旅遊經驗；或者，並沒有特別提到是晴是雨，那麼大概是晴天而非雨天吧。如此看來，我第一次遊Firenze竟遇著雨，倒也是很不錯的安排，讓我在提筆記述時多了一層「雨」的因素呢！這個題目是我自己定的，也就成爲寫此文時我自己必須遵循的一種行文方向。也就是意味著，多了一個「雨」字，使文章的發揮可能會有其獨特性；當然，同時也產生了其局限性。「雨」必須貫穿全文之中。

車抵翡冷翠時，正下著雨。帶一絲寒意的微雨，使整個翡冷翠的古老屋宇和曲折巷道都蒙上一層幽黯與晦澀，教人不禁興起思古之幽情。

這種雨，不大可也不小，有些兒令人不知所措。若要打傘，未免顯得造作而且不夠瀟灑；若收起了傘，不一會兒工夫頭髮和肩上都會淋溼，只好豎起外套的衣領了。

文章開始的兩句便扣緊題意：第一句寫地名「翡冷翠」，第二句寫氣候「下雨」，使讀者能夠立即進入作者當時所處的時空境況。

然後，便要進入對於義大利中部這個名聞遐邇的古老都城的記述了。我們從小讀書，對於許多遙遠的外國的著名城市，其實很多都是先透過文字「認識」的。例如京都、巴黎、維也納、巴塞隆那等等，往往是從曾經讀過的歷史課本，或傳記小說而「認識」，甚或「熟悉」起來的。當然，更多的原因可能是看電影這種無遠弗屆的媒介而「認識」、「熟悉」起來。所以等眞正到了某一個地方時，有時會有「似曾相識」的感覺。再說，今日旅遊風氣盛行，很多人都有過旅行的經驗，而即使沒有旅行經驗，旅行文學和導遊篇章也十分流行，所以若只是描繪某地的景物，不免流於浮泛表象了。三十多年前，由於獨居京都從事比較文學研究，我在正業的論文撰著之外，又用心於每月一篇的散文遊記寫作，其後成爲我的第一本散文集《京都一年》（一九七一）。當時的臺灣人出門旅遊並不容易，長期旅居外地尤其更難。那一年，我以京都爲中心，將自己客居異鄉的生活體驗寫成一篇篇的遊記，逐月刊登於《純文學》月刊。執筆之際多少意識到自己是爲臺灣的讀者做較具有深度的介紹報導；而且從進入學院環境之後，散文創作的文章荒廢已久，受到言出必有據的論文寫作的影響，文章也寫得頗爲嚴謹，甚至每每有注解附於文後，成爲我那段時期文字的一種「特色」！《京都一年》出版之後，重拾散文創作之筆的機會漸漸增多，教書研究之餘便多了一些性情寄託的空間，而我也悟出散文創作不必與學術著述相同的道理；在《午後書房》（一九八六）出版之際，我寫了一篇序文〈散文的經營〉，算是個人對於「散文」這種文體的一些觀點。

〈翡冷翠在下雨〉這一篇文章，我並不想只記這個城市的街景樣貌，或普通的歷史沿革。那樣的文字在旅遊指南上就可以看得到。我想寫的是純屬於我個人當下的感思；和《京都一年》時期那些嚴謹周密的文字不同的，比較輕巧的、空靈的短文。我給自己取的題目中的「雨」，並非虛設，而是一個事實。沒有人喜歡在下雨天出遊。那天遊翡冷翠遇著下雨天，原本可說是掃興的；然而卻引發了不同於一般風和日麗時的遊覽經驗。我看到因爲下著微雨而蒙上一層幽黯與晦澀的翡冷翠，屋宇、巷道，甚至阿諾河（Arno），以及其上橫亙著的石橋，都在濛濛之中。我寫的都是當時眼前實景，但是就因爲下著微雨的關係，與別人所呈現的翡冷翠不太一樣；也許是「雨水路滑」，「不得不格外小心謹慎步履」，使我的視覺有一些遲疑，心思便也格外細密起來的吧？

細密起來的心思，令我觀看眼前景物，聯想過去所讀種種。「如果時光可以倒流的話」，退回到六百多年前，在石橋畔等候琵亞特麗切的少年——但丁，就曾經徘徊在這一帶的吧？《神曲》遺留下來了，作者和他心儀的女子，還有那虔誠盛美的傳說，還有他們所踏印過的無數零亂的足跡，是不是也曾經在這裡、在那裡、就在我正踏印過的鞋下呢？這種打破古今、傳說與想像的迷濛，就像濛濛的雨絲灑下來，灑下來（或者是因爲下著微雨而令人無法像晴天時那樣專注於觀看風景，稍一不小心就會分神聯想的緣故嗎？其實，我自己也不太明白）。

多年之前，我在京都獨居一年，看過許多京都和其附近的名庭與建築物，古代的東方人所表現的審美觀念較偏向含蓄簡約，取材以木料爲主，而西方人則以堅固的石材爲重，展現出力感與宏偉之美。在盛產大理石的這個地方，翡冷翠人的祖先當然會用當地的素材營構他們的生活環境和藝術文物的。從不同的時間觀察不同的空間，我掌握到東方和西方兩個不同地方的文化趣旨，在寫作的方式上也就不想重複過去的筆調：以前我寫京都時採用的是鉅細靡遺的鋪敘方法；而這次寫翡冷翠則試圖適度予以割捨和簡化。之所以有這樣的想法，或可能與我一度沉醉繪畫，曾經嚮往從事藝術研究的志願有些關係的吧。在繪畫裡我們所看到的內容，其實未必就與畫家當時所面對的實景實物一模一樣的，爲了達成自己心目中的藝術效果，畫家有時候會在畫面上強調某些部分或簡省某些部分，甚至割捨某些部分。面對著畫布時，畫家儼然就是一個主宰者，觀畫的人只能接受他所呈現出來的藝術品好不好，而不能說它對不對。同樣的道理，寫作者用文字記述景物時，也不可能悉數盡書，總有一些故意略去的部分。這樣的安排，常常是爲了凸顯主題的目的，若是樣樣都想仔細記下來，其結果可能因爲高潮迭起，反而顯現不出高潮來了。

站在翡冷翠街頭，在那個建構已歷時久遠的大小巷道，周遭被高大雄偉而又無處不精雕細琢的大理石的屋宇、殿堂、臺塔圍攏著，面對那種震撼人的美，令人感覺措手不及，不知從何把握，怎樣寫起。

蒼老，但是精緻，這是翡冷翠的建築物給人的印象。譬如說百花聖母瑪利亞教堂四周圍無數的大理石像，以及不留一片空隙的精雕細琢的圖紋，如何來形容才恰當呢？也許只能說「嘆爲觀止」。但「嘆爲觀止」，四個字終嫌抽象，除非你親自瞻仰過，這個抽象的形容詞才始轉化爲具體的形象，牢牢保留在記憶裡。

文字所能傳達的終究是有限，在此用實筆不如用虛筆，我借助於「嘆爲觀止」這個成語，讓讀者自己去想像。假如仔細描寫那些櫛比鱗次的大小建築物，以及每一個建築物的每一個細節，勢必會顯得繁瑣累贅而且雜亂無章。在〈散文的經營〉那篇文章裡所講的：「剪裁與割捨，也是寫散文時很重要的一端，……因爲散文的寫作乃是藝術的經營，不是展示日記，也不是向神父告解，所以沒有必要一一全錄。反過來講，不懂得割捨與剪裁，往往會呈現蕪蔓不清，致主題欠彰明之弊病。」上面所舉，也許正可以做爲我這種觀點的一個例子吧。

大理石不但成爲翡冷翠建築物的主要材料，當然也是西方文化中雕刻藝術所最倚重的質材。即使沒有去過義大利或歐洲，一提到雕刻藝術，任何人都會很自然地聯想到白皙堅實的大理石了。而去了一趟翡冷翠，怎能不看大理石雕像，提起大理石雕像，又怎能不想到米開朗基羅的〈大衛王〉雕像呢！不錯，那個最能代表西方文化精粹的大衛王像，就是保存在這裡，在義大利的翡冷翠。眞不能相信，是怎麼樣的鬼斧神工使堅硬的大理石化做栩栩生動活脫脫就是一個肉體的大衛王像啊！毛髮、毛髮底似若可感的皮膚；和肌肉、肌肉下隱約浮凸的筋脈；和眼睛、眼睛裡炯然有神的視線……。年少時便喜愛美術的我，曾經畫過一些課室中布置的石膏像，沒想到有一天竟能如此實實在在面對偉大藝術家的原作，一時間，我心中有說不出的感動！「望而屏息」，一點都不是誇張的。

但丁過去了，米開朗基羅過去了，然而他們的作品遺留下來，六百多年後，我們仍然可以這樣子受感動，豈不就是因爲這些文學藝術神奇的力量嗎？翡冷翠的人尊重文藝作品，就是尊重生命。生命在鼎盛期有過精采充沛的表現，但是所有的生命都不免於有其終結之時。作品留下來，其人便不朽，生命遂突破有限而成爲永恆了。人們千里迢迢來到翡冷翠，不是只爲了捕捉山光水色、建築街道而已。我把受到人文藝術的感動，和對於藝術家的敬意保留在這篇短文裡。

「生爲翡冷翠的人，你一定很驕傲吧？」爲自己的思想感動的「旅客」我，禁不住這樣問當地「中年的導遊者」。未料，他的答覆倒是出乎我意外：「說實在的，我可沒有天天生活在感動之中。人總是要顧及現實的。」

事後回想，那位翡冷翠的中年導遊者所言，倒是十分確切中肯的。人的生活總有許多層面類型，一時感動，一時務實，也才是所謂「生活」吧。

我並沒有因爲寫「感動」，而忘了題目裡的「雨」字。最末一句：「有一滴雨落在錶面上。」便是回應前文，扣住題意的安排。

記一張黑白照片——懷念莊慕陵先生

莊靈送給我一張放大的黑白照片，照片上是兩位可敬的長者。靜農師叼著菸斗坐於案前，正聚精會神作畫，些許白煙裊繞深色的衣襟邊。畫紙上三枝兩枝幹莖，依稀是梅花的構圖。旁邊站立的一位是莊慕陵先生，左手輕插腰際，右手自然地扶著桌面上畫稿的一側，指間夾著半截香菸，亦正聚精會神地俯觀畫面。眼鏡擋住了雙目的表情，但嘴角的微笑分明流露出愉悅的心情。

他們兩位都穿著深色的棉袍，背景是溫州街靜農師的書房。從偏暗的光線看來，這張照片大概拍攝於某一年的冬日午後，他們兩位的年紀大約都在七十餘歲光景；然則莊靈拍攝這張照片，許是二十年以前的事情了。

時間飛逝！豈不令人驚心！

其實，十多年以前，我曾在靜農師的書房中看到同一張照片，十分喜歡，靜農師便將那張普通尺寸的照片贈送給我。他說：「妳先拿去，我還可以跟莊靈再要一張。」我非常喜歡這張照片偏暗的調子。光線自右方的窗戶或檯燈照射過來，只照亮兩位長者向著光的顏面、拿個筆與夾著香菸的右手；沉暗的桌面上，除打開的半包香菸及火柴等零星小件外，一張平鋪的畫紙是聚光的中心。從畫者專注的眼神與觀者微笑的嘴角，可以感受到二人之間書畫優雅的氛圍。

靜農師與慕陵先生半世紀的友誼，正是詩文書畫優雅的交往；當然，其間也還有菸酒詼諧豪邁的另一面吧。

多年以前，我曾多次在靜農師的書房內不期然遇見慕陵先生。那間書房不過八坪大小。除兩面窗戶、一面書櫥外，屋內僅一張可供閱讀及寫字作畫的大書桌，其餘狹隘的空間裡，擺著幾張椅子和矮几。靜農師的主位永遠是桌前那張藤椅，主客可坐在他對面的另一張藤椅；而一般學生晚輩多數隨便自尋散布的各種椅子坐下。慕陵先生坐在靜農師對面的藤椅裡，他清癯的身子幾乎被藤椅的背部和扶手包圍起來，與身材魁梧的靜農師恰成有趣的對比畫面。坐於稍遠處的我，常常可以清楚地看見兩位如此的景象；也往往可以清晰地聽見他們談話的內容。

慕陵先生的聲音比較輕微，一口標準的京片子，與靜農師的皖北口音、豪爽的笑聲，也形成有趣的對比，不過，他們談詩說畫間，時時語帶幽默，彼此戲謔揶揄對方，並未因小輩的我在一側而有所忌諱。他們的話題，時則有關臺北藝文界的友儕，那些人我差不多都認識；時則又忽爾回溯多年以前的大陸故舊，那些人我多數在文章裡讀過，或從靜農師的談說間聞知。而無論我認識與不認識，靜坐一旁聽兩位長輩隨興地笑談，都有如聆聽一頁頁的近代歷史或文學史，甚至彷彿如民國時代的《世說新語》一般，有趣且有益，頗令人神往！

我第一次看到慕陵先生是在民國四十五年春季。那年即將畢業的同班同學十餘人，由當時的系主任靜農師帶領，去中南部畢業旅行。當時臺大中文系的學生人數不多，師生間有極親近濃郁的感情，故而大學生舉辦畢業旅行，竟然勞駕系主任參與。畢業旅行費時幾日？旅遊過哪些地方？我已經沒有什麼印象，只記得我們在系主任帶領之下，去訪問霧峰鄉北溝村，參觀了那時暫設在該地的故宮古物館。

我們一行人自臺北搭乘火車到臺中，再改坐公共汽車到一個簡樸的鄉村。莊慕陵先生當時為故宮古物館館長，他和二、三位工作人員站在磚造的平房門口迎接我們。在外雙溪的故宮博物院尚未建造以前，自大陸運轉來臺灣的故宮古器物都暫時收藏在氣候比較乾爽的中部，而由大陸護送那些古器物安然抵臺的慕陵先生和他的家庭，便也與古器物同時移居在北溝。那時珍貴的文物並未對外公開展覽，而只是小心翼翼地收藏於北溝的山洞中，由於尚未有除溼及空調的科學設備，所以定期輪流移出若干件於與山洞毗鄰的庫房內曝晾，以為維護。我們班上的同學，有幸因靜農師與館長多年的交誼，遂得藉畢業旅行參觀了一部分的國寶！

那磚造的庫房傍依山洞而蓋。四十年後的現在我仍記得那一排只糊水泥而沒有任何裝飾的簡素平房。慕陵先生引領我們進入那平凡卻意義非凡的屋中。猶記得有一間是擺設鐘鼎類古銅器。白布覆蓋著可能是極尋常的桌几，上面羅列著許多件商代、周代的名器。毛公鼎單獨放置在一方桌上，占據庫房的中央部位，既無安全措施，亦無玻璃罩蓋，幾乎伸手可觸那舉世聞名的寶物！我們輪流在那前面拍照留影；至今，我學生時代的相簿中仍貼著那一方照片。

慕陵先生一一為我們仔細講解每件器物的由來及特色，使我們的知識從書本文字而具體領會實物。那樣的畢業旅行，令我難以忘懷。我們已事先約略自靜農師聞知館長如何備盡困難艱辛甚至冒險萬端地負責及時運出國寶的故事，對於眼前那位清瘦而英挺的人物，遂格外有一種欽佩之情油然興生。當年若非慕陵先生以及一些衷心愛護國家寶物的人士盡心盡力護送，今日故宮博物院中所展示及收藏的歷史珍寶將不知是怎樣一個下場？

其後，外雙溪宏偉的現代化設備博物院落成，慕陵先生和他的家庭亦隨國寶文物北上，定居於院址附近的宿舍。又若干年，而張大千先生也從巴西歸國定居。他的「摩耶精舍」與慕陵先生的「洞天山堂」相去不過一華里，若沒有小山坡及樹木遮掩，兩家的屋頂幾可以遙相望見。靜農師的「龍坡丈室」雖距離稍遠，但老師猶且健步如飛，勤於走訪。有一段時間，三位退休的老人家確曾有過詩酒風流，如陶公與素心友人「樂與數晨夕」的歡愉晚年的。

這張照片，應即是那段時間的某日午後，慕陵先生自外雙溪「洞天山堂」移駕來訪靜農師溫州街「龍坡丈室」，亢言談昔的吧。

悠悠二十年的時光流逝，雖然敬愛的長輩已先後作古，甚至溫州街的臺大宿舍都已經改建成爲高樓公寓，我所熟悉的老舊日式木造書齋也不復存在；但是那個冬日午後，莊靈按下快門所捕捉到的這個鏡頭，卻永遠保存了人間最值得欽羨的一幕景象。

照片裡的兩位長者，都曾飽經中國近代歷史的種種憂患，他們在中年時期毅然離開家鄉，轉徙來臺灣定居，貢獻畢生精力於此地的文化教育；他們的晚年素樸而豐饒，應是無所遺憾。放大

的黑白照片，無須任何注解，正說明了一切。斗室之內，知交相聚，無論奇文共賞、疑義相析或書畫展才，莫不眞誠而理勝。

面對這一張照片，我看到一種永不消滅的典範，不再沉湎於傷逝的悲情，內心只覺得熙怡而感動！

巨流河到啞口海的水勢

「齊先生」三個字，是我對齊邦媛教授的稱呼。從初識時無論當面或打電話，書信留言都如此。我讀大學的時代，對於大學裡的師長和同事，無論男女都要尊稱「先生」，認爲稱「老師」是中學以前的事情。

齊先生和我是臺大同事，她在外文系，我在中文系。外文系辦公室在文學院左翼樓下，中文系辦公室在右翼樓上，平日大家教書，多數從研究室直赴教室，下了課回研究室，甚少到系務及教學範圍外的領域走動，因此同任教於文學院，不同系的人並不見得互相認識交往。齊先生和我熟稔起來是在一九七三年時，臺大外文系與中文系創立「中華民國比較文學學會」。齊先生代表外文系，我代表中文系，兩人同時擔任了二系十二位的發起人，各爲中、外文系的女教授。我們開會時往往毗鄰而坐，多了寒暄交談的機會。

不過，我們眞正有較深的認識和情誼，是緣起於一九七八年十一月獲得行政院推薦爲中華民國教授訪問團團員。訪問團除齊先生和我，餘皆是男教授。在爲期一週的旅程中，我們被安排住在旅館同一房間裡，日夜相處，更增添相互關懷照料的機會。猶記得兩人穿著合身的旗袍和高跟鞋正式服裝參加各種會議及餐宴，多了一層有別於其他男性團員的拘束與謹戒，時時刻刻懷著他們所不能體會的危機意識。拜訪國會議堂，走下頗具規模的寬廣大理石階，衆人互讓，要我們兩個女教授走伸手不及兩側扶手的中央地帶。齊先生和我不約而同地緊緊依偎攙扶起來。穿著高跟鞋底下的石階光可鑑人，似乎刻意打過蠟，稍一不慎跌跤，衆目睽睽下可不得了。「慢慢走。」「要小心啊。」我們輕聲互勉，安全步下了那不敢數清究竟有多少級的大理石階梯。當時心境感受，宜用齊先生的詞語：「革命情懷」。

正因那幾天日夜共處的「革命感情」，培養出了我們日後的情誼。訪問的日子裡，我們白天接受韓國教育界及媒體的各種安排，也意外地會見了自己教過的老學生，有時又遊覽參觀秋陽紅葉下的名勝古蹟。寒夜襲人的旅邸夜晚同處一室，話題則又於文藝評論、學術研究之外，多了一些家庭身世等人性溫馨的範圍，是學院迴廊上或會議場合中不可能觸及的內容。

韓國之旅後，我們偶爾會在課餘選一個地方喝咖啡小聚。和平東路溫州街口的「法哥里昂」，位於齊先生麗水街家和我辛亥路家的中間，步行約十分鐘可至，是到如今都令我們懷念的地方。

其實，我們聚敘談說最多的仍是圍繞著文學的話題。尤其在接續張蘭熙女士主編《中華民國筆會》季刊 *THE CHINESE PEN* 後，她常約我在「法哥里昂」商量封面設計，主題定調或圖片安排等細節。一九九七年夏季值季刊一百期，自是意義非凡。齊先生早已用心編排內容，又鄭重令我設計封面，選取主題。在商量多次後，終於採用紅色與金色配合綠色的桂冠及文字，題為 *THE ONE HUNDRED STEPS*，中文為《回首迢遞》，意味著季刊一步一足印走過的一百期，代表二十五年沒有間斷虛擲的光陰與努力，一點一滴，似遙遠實可把握。我清楚記得，印刷廠甫送新印製的兩本季刊，齊先生當晚就雇車到我家送一本給我。燈下匆匆翻看前前後後，我們興奮不已。

多年來，我經常與齊先生分享她出版新書的快樂，譬如《千年之淚》、《霧漸漸散的時候》、《一生中的一天》、《中國現代文學臺灣選集》……。印象最深的是二〇〇三年夏天，她到拉斯維加斯探望三子思平一家。我和章塡自加州南飛去相聚。除了敘舊，也遊覽壯觀的胡佛水壩（Hoover Dam），但她沿途卻間歇地談說著和王德威合編的《最後的黃埔：老兵與離散的故事》（*The Last of the Whampoa Breed*）。回到家，那本書的封面樣本剛剛郵遞寄達。齊先生一面摩挲著那墨跡猶熱的封面，不斷說著：「好快樂，好高興！」

如今，一本六百頁的《巨流河》，由羅思平千里迢迢攜來快遞寄到我面前。睹書如見其人，我彷彿又看到那表情欣喜神采飛揚的模樣了。認識她三十餘年，雖然多次訴說過個人和家族的一些故事點滴細節，也透過那些點滴細節故事似已經「認識」了友人；但捧讀厚厚的《巨流河》，追逐一字一句，則又發現經由文字整理出來的世界裡，畢竟仍有許多以前未能完整認識的齊先生。

六百頁的書十分沉重。我日夜讀著，無論案前床頭都感覺到此書的沉重，不單只是紙張厚多的重，更因爲內容豐裕的重。從家鄉東北的巨流河開端，停筆於南臺灣的啞口海，自一九二四年作者誕生起，止於二〇〇九年此書之出版，齊先生把自己過去的生活做一個回顧。《巨流河》以一九四七年爲分界，前半段寫大陸時期，後半段寫臺灣經驗。文字間流過的是時間之巨流，卻因遭遇離亂的時局，國事家事身不由己的多方遷徙，因而也是地理的巨流。大陸、臺灣兩個生活經驗，其實也是許多大陸來臺的「外省人」共同的記憶，但由於特殊的家世背景與個人素質，這本《巨流河》遂不只是個人的「記憶文學」，而時時處處與時代的脈搏緊密扣合著，於追述過往之際，多一層資料、探析、深思和反省期許。

《巨流河》的大陸時期，記家鄉東北，因逢抗戰，一家人艱辛跋涉，輾轉入大後方，作者正當求學年齡。這前半部雖然是記述二十三歲以前的生活，時間上約只四分之一，但在全書的分量卻幾占一半的比例。因為無論家族系譜、鄉里故實人物以及歷史事件，都有可信參考資料為依據，遂令這些記述體自一個少女的眼睛看出，身心體驗，卻有不受制限的廣大視野與厚實意義。

「我的幼年是無文的世界。」齊先生以如此驚人之句起筆，寫自己的成長遇難。誕生於當時多難的東北，她的父親一生懷抱愛國愛鄉的理想，公而忘私，與家人離多聚少，多賴母親辛勞持家。對於母親，她有很深的同情，對父親則始終敬佩崇拜著。這個印象，從訪韓旅邸寒夜的初識對談時，我就感受到。在我們交往的三十年裡，斷續或重複的話題中，關於齊世英先生從事東北的地下抗日工作、創辦主張民主自由的雜誌《時與潮》，以及政治生涯種種，每一次的談話裡，我都聽出她由衷的崇仰之情。而這一份崇仰之情落實為文學記述，遂由敘載之詳實呈現出來。於成長、逃難、求學的青春歲月，父親的影像無時不在，籠罩著整個前半段，甚至更包括後段渡海來臺以後。父親的公正無私、堅毅勇敢及明理智慧的人格特質，對她影響至深，是作者一生追隨的典範。

在大陸的年輕歲月裡，另一位對作者影響深刻的人是武漢大學外文系的朱光潛教授。朱先生當時已是名滿天下的學者。平時表情嚴肅，講雪萊（Percy Bysshe Shelley）的《西風頌》（*Ode to the West Wind*），「用手大力地揮拂、橫掃……口中念著詩句，教我們用"THE MIND'S EYE"想像西風怒吼的意象（imagery）」。這種對於文學的熱情和專注，啓發了青春學子的心靈。「這是我第一次眞正地看到了西方詩中的意象，一生受用不盡」，作者這樣寫著。從離亂戰爭的學生時代，直到戰後來臺教書，甚至退休後的今日，對於文學的靈敏度和熱情始終燃燒未熄止。一位良師對於學生的啓迪是多麼深遠可貴啊。只是，又有幾個學生會這樣細膩精緻地拈出良師的特質呢？前此，我也曾經聽她幾度談及衷心敬佩的「朱老師」，然而這短短幾行字卻重新帶給我生動感人的印象，則文字的力量又是多麼深刻巨大啊。

如果以炮火下輾轉逃難，個人家族和整個國家都與多事多難的時局攪拌不可分割，而概括二十三歲以前爲大陸經驗的話；由於偶然機緣漂泊來臺的「外省人」，在此成家立業，踏踏實實生活了六十年，見證臺灣的發展，並且從文學的角度參考、推動文化發展，渡海後的作者已然成爲不可自外於「本省人」的外省人了。

和羅裕昌先生相識於臺北，徵得雙親同意，回上海結婚。新婚十天離開「人心惶惶」的上海，兩人再來到「海外」的臺北，組成了小家庭。成爲羅太太的作者，從此住在羅先生任職的鐵路局宿舍，隨夫婿調任，由臺北而臺中而再回臺北，二十年間，南北遷移。

羅先生是體格高大的四川人，話不多而聲音洪亮沉穩。大學時主修電氣的他，予人誠懇明智的印象。五〇年代的臺灣，局勢漸趨穩定，政府開始改善人民生活，各種大型建設在那個時代施行。日治時期的鐵路運輸系統已不敷現代需求，羅先生率先想到把美國中央控制車制系統的新觀念介紹來臺灣。他們夫婦兩人於下班忙完家事，哄睡孩子後，燈下將美國鐵路協會出版的《美國鐵路號誌之理論與應用》譯成中文，成爲工程人員必讀之書。調職任鐵路局臺中段長的羅裕昌先生，是策劃者，也是施工主持者。

〈灑在臺灣土地上的汗與淚〉記述了有關此重要工程進行前前後後的事情，在書中占著相當大的比重。今日臺灣的居民理所當然的享受著鐵路全自動控制的便捷與安全，多數人不知在建設時經歷幾許辛勤緊張的代價。放假日不分晝夜的工程，在戶外施工無法抵擋風雨，遭遇八七大水災，更造成未完工先摧毀的嚴重打擊。工作人員邊建設邊搶修，日夜不休，吹風泡水。身爲主其事的羅先生率先衆工人「打拚」，爲時長達數年。整個始末過程，書中沒有誇張形容，羅列一件件可驗證的事實，可謂臺鐵全自動控制化的歷史；然而作者身處其間，於事實的冰冷陳述之外，更多了一份側寫臺鐵員工上下人員，及其家屬的身心感受，則又豈是臺鐵官方歷史所能盡書的？其後，鐵路局調羅先生北上，參加國家十大建設鐵路電氣化計劃工作。一九七五年電氣化現代工程輝煌完成，他獲頒五等景星勳章，聘爲國家建設研究會研究員，但他的耳朵卻因長期過勞睡眠不足而嚴重受傷害，退休時聽力只剩十分之一、二。

隨著夫婿南遷復北上的作者，始終從事她熱愛的文學教育與推展工作。我和她得以相識乃至深交，也是因對文學的共同喜愛與關心的緣故。我在臺大中文研究所開「六朝文學專題研究」課；而她的「高級英文」是中文研究所和歷史研究所的共同必修課，所以選修我課程的學生，當然也是她的學生。我常常從學生口中聽到齊老師嚴格而熱心的教學風格。一九八五年，她從麗水街的家出門，在師大人行道等計程車，突然被横衝過來的摩托車撞倒而受重傷，左腿骨折，住進三軍總醫院手術治療。學生們去探病，事後她告訴我：「那些學生們是參加喜宴後來看我的，個個衣履整齊漂亮，讓我覺得很光彩！」而出院後我去麗水街，竟看到她坐輪椅中，把膝蓋下植入鋼釘、上了石膏的腿平舉，手邊猶校改著筆會季刊的文稿。「現在妳是『鐵娘子』了啊。」一時心疼且感動，不知說什麼好，我只得說笑。「『鐵娘子』還背英詩療傷哩。」她也回以說笑。我想，文學已經不是一個抽象的名詞了，而是血是肉了。

是血是肉，與身心不可分隔的文學。就是這樣的狀況促使她背詩、教英詩，關懷臺灣的文學。多少年來齊先生所寫的評論，從個別的作家，到整個的文壇，總是受重視。她的文章是品評，也是指引。獨創的「眷村文學」、「老兵文學」、「二度漂泊的文學」等詞彙，已成為臺灣現代文學史上的特定指稱，被普遍引用著。

對於臺灣文學，她不僅止於賞析評論，經由筆會季刊、蔣經國基金會的臺灣文學英譯計劃、稍早與張蘭熙女士合作、目前和王德威共同策劃，持續有方向地譯出許多當代具有特色的文學作品。二〇〇三年，「國家臺灣文學館」在臺南州廳故址開幕，是她提議、鼓吹多年的成果。館長與副館長都是臺大出身，眼看著「我們臺灣的文學」教育與保存發展都有了晚輩穩健接續，齊先生很高興地笑了。「很快樂。」這是她滿意的時候慣說的口頭禪。曾任副館長的陳昌明是我們兩個人的學生，他曾在一篇文章裡寫過：「放眼臺灣現代文學的研究，處處都有她不可抹滅的影響。」

「我的快樂是自備的。」這也是她常說的一句話。齊先生的快樂是自備的，因爲許多年來她熱情而堅毅地耕耘著文學的土地，遂有了豐滿的開花與結果。如此，那源自巨流河的水勢，到啞口海沒有音滅聲消，看似平靜、實則洶湧未已。

畫布上的文筆

勤於奔走散播美學，以深入淺出的語言對社會大衆殷殷解說何謂風格，什麼是品味的蔣勳，有一本非常精巧的書。這本書共收五十篇散文，每篇約在千二百字左右，從二〇〇三年的五月開始，止於次年五月。剛剛一年，橫亙二十四節氣，週而復始的筆耕、成爲這本《此時衆生》。

在臺灣讀過中學的人，都有寫週記的經驗。所謂週記，往往是指青少年學子，每逢星期日晚上於做完各種功課後，邊打哈欠，邊提筆所記的一週流水帳而言；至於導師批改那些千篇一律的生活寫照，大概也是乏味至極的吧。然而，從〈桐花〉，而〈新橋〉，而〈回聲〉，而〈肉身〉，而〈吾廬〉，而〈史記〉，這五十篇的週記，竟可以寫得如此豐富多層次！蔣勳說：「我想記憶生活裡每一片時光，每一片色彩，每一段聲音，每種細微不可察覺的氣味。我想把它們一一摺疊起來，一一收存在記憶的角落。」

這些摺疊起來，收存在記憶角落的晨昏光影、花香葉色、林風潮響，乃至於蟲鳴蛙聲，遂藉由文字而好好地收藏起來了。許多的尋常往事，在記憶的角落裡安藏不露，好似已經不見了，或者被遺忘了；然而並沒有；有一天重讀，那些文字所代表的蟲聲、潮響、花葉，以及光影種種，又都回來了。文字使各種各樣的景象重現，使當初體驗那些景象的感動也重現；同時還讓閱讀那些文字的別人也感動。文字的力量如此。

蔣勳習畫，所以在他的文章裡，視覺畫境特別彰顯。〈看見〉文中，寫火車座中所看見的風景，以人體的肉身毛髮形容山巒原野。寫到視覺，他說並沒有絕對的黑，以十七世紀林布蘭特（Rembrandt）的畫爲例：「初看都是黑；靜下來多看一分鐘，就多發現一道光。」〈回聲〉裡，寫窗臺上看秋水中解纜的船：「愈漂愈遠，遠到變成一個小點，遠到最後看不見了。」「如果在黃公望的〈富春山居〉長卷裡，船只是空白裡的一條黑線……，一條船，不用退多遠，視覺上就只是一個黑點了。一座山需要退到多遠？一片秋水需要退到多遠？因爲莊子，許多畫家從視覺的巧匠，慢慢過渡成心靈視域的追求者；從得意於歡呼驚叫的技巧極限，一步一步，領悟到技巧的極限距離美的沉靜包容還很遙遠。」蔣勳把感官所及的風景，從西畫、國畫的表現方法，予以解析和比較。從肉眼觀象，到心眼體物，一支文筆有如畫筆，將讀者逐漸導入哲理的美學境界。那些是「秋水時至」，是「不辨牛馬」，是「泛若不繫之舟」的意味。

五十篇散文，幾乎都書成於窗前。

擁有一個家，或者只是一個房間，在家鄉，或在此地彼地有一處熟悉的地方，有四壁將我們圍起來，框起來，令人感覺自己是屬於這個世界的，而又有一種從外界抽離的安全感。我讀這些文章時，也會有這樣子的感覺。或讀書，或工作，或靜思，或在外，或出神。在家鄉，或在此地彼地，屬於、而又抽離於這個世界，大概是由於有窗子的關係吧。窗，使人感覺既聯繫而又隔離。作者原先可能在那隔離的一區寫文章，或者繪畫；偶一抬頭，便看到山光水色、寒林葉落、桐花

如雪、鷺鷥雞鴨……，或許，竟因而推門出戶，走入景中，變成物象的一部分，與世界融合為一體；成為線、成為點、在畫面之中。

窗前書寫，自自然然。至於一年期間，定時千二百字左右的短文，用兩個字的齊一小題標示，或斷或續，隨興所至舒展開來：〈秋水〉、〈回聲〉、〈潮聲〉、〈品味〉、〈甜酸〉、〈風尚〉、〈布衣〉，這些篇章，分開來是獨立的散文，綴連起來卻又是綿延可以貫串的。

在目錄上，二字齊一的小題各篇最後，有一篇附錄的單字題目：〈雪——紀念母親〉。

蔣勳很用心地寫這篇文章。寫下雪的季節，去V城探望病中的母親。寫雪，寫看雪的自己，和下雪天的一些記憶。窗外的雪，「富麗繁華，又樸素沉靜」地下著，屋內的燈全熄了，只留母親臥房裡床頭一盞燈幽微的光，反映在玻璃上。遠處街角也有一盞路燈，照著白白的雪景。「白，到了是空白。白，就彷彿不再是色彩，不再是實體的存在。白，變成一種心境，一種看盡繁華之後生命終極的領悟吧。」

我想，蔣勳可能是以留白的方式，來寫他最珍惜的一個記憶和思念的吧。《此時眾生》，遂成為他送給母親，最具深意的禮物了。

敬悼塞翁

前些日子，收到高克毅先生寄自馬里蘭州的一個厚厚的信封。高先生退休之後，閒居美國東部，有時在佛羅里達，時則在馬里蘭，無論在何方，我們都會有電話聯繫。

那厚厚的信封裡，高先生親筆寫了一封信，又附兩三件影印的英文簡報。其中一則是《紐約時報》（*The New York Times*）八月三十一日星期五藝文版，所載有關美國日本文學研究者塞登史氏克教授（Edward G. Seidensticker）逝世的消息。塞氏生前最大的貢獻之一，是翻譯日本的古典文學鉅著《源氏物語》（*The Tale of Genji*），而高先生便是爲此特別給我寄信來的。

在我翻譯《源氏物語》之初，我書房裡只有英國學者亞瑟・威利（Arthur Waley）的英譯本 *The Tale of Genji*。威利的譯筆非常典麗，頗能貼近紫式部原著的韻味，可惜並非全譯，而且有許多刪省，甚至改動的地方，所以每當我有疑難去求助的時候，不是被譯筆變動了，就是乾脆跳躍省略掉了。想必是那些地方威利當初也感覺太費心神，或者根本無法譯成英文的吧？

一九七六年秋天，楊牧從西雅圖寄贈給我一套甫出版的塞登史氏克英文新譯 *The Tale of Genji*（Alfred A. Knopf, 1976），令我喜出望外。那一套紫色調子的兩大冊精裝本，外面有一個饒富日本趣味的硬書篋保護著。印刷精美，字體和插圖都十分講究，而且是全譯本，連原著裡的七百九十五首和歌都完整地譯出來了。

平安時代女作家紫式部的《源氏物語》，大約寫成於十一世紀初，比但丁的《神曲》早三百年、早於莎士比亞六百年、早於哥德八百年。世界文學史已公認《源氏物語》爲最早的長篇小說。我初執譯筆時，便決心要全譯，所以書桌上除了原文的日文注譯本外，又擺列著日本近世名家的現代語譯本三種，及威利氏的英譯本，以助解惑。

雖然獲得塞氏新譯時，我已經完成一半以上的譯注，並且在《中外文學》逐期刊登許久了，但全譯本的參考價値遠勝於威利的刪節本，因此塞氏的書漸漸取代了威利本。每當翻譯遭遇困難時，我看到塞氏似乎也譯得十分艱辛，但是他並沒有閃避或跳脫。那時，我由衷地對他肅然起敬，並且彷彿透過文字認識了寂寞譯途上踽踽獨行的另一個同道的身影。畢竟，英譯與中譯古日本文學的困難，是又有異於日本現代語翻譯的。也許是那種處於類似的境遇，令我對於未曾謀面的塞登史氏克教授，竟然有些微親近的感覺了。那是三十年以前的事情。

沒想到十年之後，我們在東京的一個學術會議裡見面，而且被安排在同一場的討論會上。塞氏和我是會中受邀用日語演講的外籍學者，餘皆是日本人士，會前，主辦單位爲我們介紹，遂得短暫寒暄。他告訴我，由於二次大戰時服役海軍習得日語，戰後派駐日本爲翻譯官，因而啓發他研究日本文學的興趣。和我會見時，他是哥倫比亞大學日文系的教授。他也問了我一些關於翻譯《源氏物語》的背景。但是當我出示修訂版的兩大冊中譯本時，他只略略前後翻動了一下，淡然說道：「哦，跟我的書很像。」

那是我和塞氏唯一的會見。後來，我仔細比對了兩個譯本，奇怪的是，原著的譯文出現於中文本和英文本的頁碼，竟然相差無幾；有時甚至是在同一頁上。的確是很像，大概都是全譯的緣故吧。

我對於塞氏的認識，其實來自於閱讀他的譯著。在翻譯《源氏物語》時，他有日誌記述疑難與心得，其後出版為《源氏日誌》（*Genji Days*）。他也譯過日本近代作家谷崎潤一郎、川端康成及三島由紀夫等人的小說，尤其川端得諾貝爾文學獎，許多人認為塞氏英譯功不可沒。《紐約時報》的報導稱塞氏晚年長住東京，逝世時孑然一身，沒有近親，享年八十六歲。

漫談京都

京都這個地方與我特別有緣。透過閱讀日本文學和相關的資料及圖片等等，我和一般的中國人一樣的早就被她的特質所吸引住了。而且我也前前後後去過京都旅行很多次。但一九六九年至一九七〇年，我爲了撰寫中日比較文學研究的論文，在左京區北白川疏水之畔的民屋住宿近一年，白天到京都大學人文科學研究所的圖書館做研究寫論文，回到住宿處則有機會與當地尋常百姓男女老少在衣食住行各方面接觸；甚至結交京都當地的朋友，學會講京都腔調的方言，因而得以眞正融入了當地的生活裡層。

我所寫的論文爲《唐代文化對日本平安文壇的影響》。研究的對象是中古時代中國的隋、唐時期文化與日本平安時代的文學的關係。其時間約當六、七世紀之際，對中、日兩國而言，皆爲國富民強的時期，而平安朝廷之「王朝時代」盛世，尤其有賴遣隋使、遣唐使的外交活動以及留學制度有以致之。唐代與平安朝代分屬於中、日兩國的極盛時期。唐建都於長安，平安朝廷則建都於京都（當時稱平安京、自七九四年至十九世紀後半「明治維新」，才遷都於東京）。

當年，我在京都這個具有千年政治與文化歷史的都市居住一年，得以親身經歷其地，以及附近各名勝古蹟的四季行事和風俗民情，而且由今追古，利用「人文」（人文科學研究所的簡稱）豐富的圖書，也可以查看許多事情的緣由與來龍去脈。我離開臺北之前，林海音先生以《純文學》月刊社主持人的立場向我邀稿，每月寫一篇有關日本的文章。數十年前的狀況和今天大不相同，臺灣的人民不像今天可以隨興出國旅遊，介紹外國的文學作品相當有限，我便以京都及其鄰近各地爲定點，每月撰寫一篇散文刊登於《純文學》月刊上。文章的內容涵蓋了寺院、庭園、古蹟、博物館、祭祀、飲食、人物及風俗民情等等。一年的留京期限屆滿後，得十數篇長短文，字數足夠輯爲一本散文集，遂由純文學出版社印行了散文集《京都一年》。

《京都一年》是我的第一本散文集。回想當年我三十六、七歲，生平第一次離開家人在異鄉獨居，心中難免是寂寞的難堪的，但是平時日間撰寫《唐代文化對日本平安文壇的影響》，週末夜晚則改寫遊記《京都一年》，我的異鄉生活竟變得十分忙碌而有趣。這兩種文章的書寫，在性質類別上雖然不同，但是都與我所居住的京都有關。《唐代文化對日本平安文壇的影響》是與千年前的平安朝廷相關；《京都一年》則是寫當時的京都。我同時執筆寫今昔京都，不但不覺得矛盾衝突，反而額外地得到奇妙的時空聯繫感覺。至於後來我花了五年半的時間譯注的《源氏物語》，是日本平安朝至今最富盛名的古典小說；此百萬言的鉅著中人物活動的背景或事情發生的地點，都是與京都及其附近的宇治、嵯峨等地方關聯著；那些地方，我多半遊覽徘徊過，所以譯注之際也就格外感覺親切有意思。是何等的幸運與奇緣，在這幾年當中，我不知不覺地竟以論文、散文和翻譯三種文筆書寫出與京都關係密切的書。這其間對於我個人的寫作是否產生過什麼樣的影響呢？我沒有去仔細辨析過，不過，從不同領域的文字書寫去接觸的結果，應該是有助於我對京都的認識，甚或是偏愛的罷。下面就談一談我所認識的京都。

京都，古稱平安京。桓武天皇延曆十三年（七九四）自長岡遷都以來，至後鳥羽天皇建久三年（一一九二）鎌倉幕府創設，而後移都於東京，其間約一千餘年奠都於此。為日本政治史上和文化史上的一段極盛時代，稱為「平安時代」。日本在明治維新（十九世紀後半廢封建，行中央集權，並吸收歐美先進文化，求取富國強兵之目的）以前，實以中國之典章制度文化為其模範。七、八世紀之際為中國唐朝最強盛時期，當時向唐朝廷「朝貢」的外國計達七十餘國。唐以文明國自稱，而對四方外國一律視為藩屬國，稱四方與唐之貿易關係為「朝貢」；而唐與四方之貿易關係則稱「回賜」。至於日本，在聖德太子攝政時代便派其臣小野妹子為「遣隋大使」。小野妹子入隋，不但把佛教輸入日本；甚至將中國的典章制度也移植進去了。推古十一年（隋文帝仁壽三年，六〇三）日本制定冠位十二階，翌年又制定憲法十七條，為日本歷史上所謂「大化革新」之先端。隋代雖然只三十八年，但日本不定期派遣「朝貢」團體之行為，在入唐以後不減反增，並且以學一般文化的「留學生」及專學佛法的「留學僧」相隨，有些人更長期居留唐土，大量而深層地學習中國的政治、法律及文學、藝術，遂形成了中古時期燦爛的「平安文化」（一稱「王朝文化」）。下面舉其中之若干具體現象：

桓武天皇遷都之後，因為仰慕唐代大國之風範與文明，遂仿唐之首都「長安」，而定其京城之名為「平安京」。其後營造平安京的主要幹道，亦仿長安如棋盤之結構，縱橫設道路，其由東西平行者，由南邊的一条、二条、三条、向北而至八条、九条；南北行者，中央大道爲「朱雀大路」。其東爲「右京」、其西爲「左京」(「右京」較早荒廢，中世以後，以上、下區分爲「上京」、「下京」)。

日人又稱京都爲「洛」，則同樣是因爲崇尚中國相對於「西京」長安的「東京」洛陽。洛陽曾經是中國的東周、西漢、西晉、北魏之首都，以及隋、唐的東都。「洛」字成爲京都的異稱(例如「入洛」、「上洛」、「歸洛」、「洛西」、「洛陽」)。我從前住宿的地方在京都北部，靠近銀閣寺的疏水之畔：「京都市左京區北白川銀閣寺道」，所以那個地方是「洛北」，也是「左京」。平安時代以來，從日本人稱他們的首都既含長安之義、又影射洛陽，可見他們傾心中國文物文明之一斑了。

至於一条到九条，到如今仍然是京都人日常活動的重要地標；只是往昔的「朱雀大路」已經被「河原町」所取代。「河原町」是現代京都的南北行主要大路，而其中以南北中段的「三条」和「四条」最爲熱鬧，許多的商店、禮品店、百貨公司、電影院、餐飲店、旅館，甚至於書店、土產品、醬菜店都擠湊在那裡。京都當地的人都喜歡稱那一帶鬧區爲「三条河原」、「四条河原」。如果說「三条河原」、「四条河原」代表著現代京都的摩登生活地區，只要從那一帶稍稍一轉進巷弄裡，就會看到窄窄的石板道路、黯黯的木造老屋，門柱上掛著的也是老舊的日文門牌，標示著一些豪奢的傳統餐飲店家。牆裡的櫻枝和柳條不經意地伸出牆外，給人全然不同於河原大馬路上的景象。這些陳年的，細緻又蒼茫的，屬於京都老故事的景象，不知已經延續了多少年？有一段稱爲「先斗町」的地區，至今仍是藝妓們獻歌弄舞展藝之處。每到傍晚時分，常可以見到盛妝嬌美，梳著高髻，穿著華麗和服的年輕女孩，小心的提著裙襬踩著碎步，三三兩兩相伴走進這些巷弄裡。自古以來多少女性的青春在往來這一條窄窄的路上消逝去，而她們所表演的傳統歌舞，日本人稱為「文化國寶」。

京都這個都市，除了街道的規劃井然有序，受到唐代長安京城的影響外，其地及附近令人印象最深刻的是寺院、古剎與庭園特別多。究其原因，也是與遣隋使、遣唐使的歷史有關。遣隋使和遣唐使，本來是一種外交和貿易行為的稱謂，但是其中很重要的企圖，乃是對於中國文化的吸收。平安時代以前，日本的文化本來不甚高，藉由此外交與貿易的團體以及隨團體赴中國留學的「留學生」和「留學僧」，他們全面而大量地吸收了中國的文化，包括文學、藝術、音樂、醫術、技藝等等。此外，更值得注意的是，在宗教方面，佛教的傳入。佛教原本是印度的宗教，漢代傳入中國之後，經由唐代而擴大深入；然而日本卻是經由中國吸收了印度的佛教。

京都是一個古今融合、梵俗相鄰的有趣城市。在距離「三条河原」和「四条河原」稍遠處，走著走著不經意就會遇到一些寺院古剎。空海是重要的遣唐留學僧。他在入唐留學之前已習得漢文，研修佛法。入唐三年，與長安青龍寺高僧惠果專習眞言密教，並接受灌頂。嵯峨天皇對他十分恩寵優渥，以高野山神護寺為密教道場，又以平安京西南方的「東寺」，賜為密教活動之本營。空海不但為日本佛教之高僧，且又擅長書法，精工詩文，身後備受日本民間崇敬，稱為「弘法大師」。「東寺」的香火鼎盛，每年到了考季，許多考生前來膜拜，並掬取裊裊之香煙觸覆頭頂，以求考中好學校。「東寺」的金堂東側，五重塔尖頂升入空中，與燭檯型的現代建築物「京都塔」遙望，數百年前匀稱莊嚴的古塔，與二十世紀流線型的「京都塔」相對，正代表著今日的京都——一個保留古典遺跡的驕傲；同時也兼容現代科學文明的城市。

造庭藝術是日本人傲視世界的一大成就。京都的「枯山水」，取白砂碎石象徵山水。這種枯山水的造庭構想，又稱爲「石庭」，源起於平安時代。當時日本朝野嚮往中國文人的貴遊雅事，此種石庭乃是取禪宗文化，又融合北宗山水畫的枯淡雄勁之風，有一種超自然主義的美感。配以京都的四周衆山環抱，無論春花秋葉，陰晴雨雪，盡皆美不勝收。我居留的民宿，是在「銀閣寺」以南，「法然院」、「南禪寺」以西，隨便放足散散步，都是在美景之中。當年遊客較少，除了像「苔寺」、「桂離宮」等幾處需要特別維護者以外，很多名勝古蹟也沒什麼收費及限制人數的。如今日本各地的遊客，乃至於全世界的旅人都爭相去京都賞覽，雖然爲當地帶來一大筆收入，但是相對的，也增添了許多環保方面的問題；更擾亂了當地居民的清靜生活。這種經濟上的考量，和生活品質的維護，互呈矛盾不平衡，恐怕也是全世界所有名勝古蹟城市的一大問題吧。

我在京都居住一年，白天徒步到京大「人文」的圖書館，閱讀與平安時代相關的書籍資料，雖然古今相距近千載，但那些文字所代表的空間，竟有一些令我身歷其境的感覺。至於晚間回到住處，因爲離開臺灣以前答應林海音女士寫文稿，需得把在京都的見聞整理出來。自從進入學術界後，我在日常生活中已經不太有時間寫作散文小品了。每個月寫一篇關於京都的種種，雖然是利用晚間或週末在住處動筆的，我卻發現自己行使文字之際已經變得相當拘謹。言出必有據的論文寫

作習慣很自然地顯現出來。例如寫〈京都的庭園〉一篇時，其中的《古事紀》、《日本書紀》、《漢書》〈郊祀志〉等等書籍的影響，以及所引用的文字，其實是我利用白天在圖書館寫論文，順便進入書庫查證而得到的結果。有幾篇文章，我甚至不捨得放棄那些辛苦蒐尋得到的資料，遂將其保留附繫於文後。〈奈良正倉院參觀記〉、〈歲末京都歌舞伎觀賞記〉、〈櫻花時節觀都舞〉、〈鑒眞與唐招提寺〉、〈祇園祭〉、〈吃在京都〉諸篇皆有注文。在出版單行本時，那些注解的文字索性也都印刷出來。我認爲至少對於想要進一步求了解的讀者會有助益的。也就因爲如此，那本《京都一年》在內容上包含了有關於京都人的衣、食、住、行種種，其性質應屬遊記散文。至於每當構思定題之後，我不但查看一些資料，並且往往也實際走訪經驗過，所以形式上卻有些論文的模樣。我在寫寺院、古剎、庭園時，曾經在那許多地方留連徘徊過。寫當地的飲食時，也幾乎遍嘗大街小巷各種口味，又因爲結識了著名料理店「十二段家」的老闆秋道太太，而得知一些京都人的吃食好尚。至於寫古書鋪時，是因爲閒暇時喜歡走動穿逡於古書堆間，滯留京都期間在有意或無意間，總會探望那些大大小小的舊書店；而和京大及圖書館的人認識以後，承他們好意將多年購書的心得相告，又使我認識了各書店的特色，以及屬於內部的一些消息。

《京都一年》出版後，我把書寄贈給那一年出任我名義上的指導教授平岡武夫先生。平岡教授寫信說：「妳比我們還淸楚京都的事情，京都市長應該頒發給妳『榮譽市民』才是。」那當然是過譽開玩笑的話。但是我回想起來，當時由於臺灣人出國不易，又由於我自己有一年的期限，說長不長，說短也不短，所以總想要妥善地把握那有限的時間，努力寫論文，也認眞遊玩，結果寫出了《京都一年》。這本散文集應該算是我赴京都的餘業副產品，但對我個人而言，竟成爲其後繼續寫作散文的端倪。而且以實際體驗過的京都，印證我論文《唐代文化對日本平安文壇的影響》千年前的平安京，似乎也給了我另一種更爲踏實的感覺。

其實，翻譯《源氏物語》，並不在我居留京都時的預料之中。當時因爲寫論文的關係，紫式部這本鉅著《源氏物語》當然是要論及的，但我是從比較文學研究的立場切入，所以並沒有翻譯全文的必要。倒是其後返回臺灣，於一九七二年參加日本舉辦的「國際筆會」，提出以日文書成的論文〈桐壺と長恨歌〉，會後，自譯論文爲中文，刊登於《中外文學》月刊。爲顧及讀者閱讀時之實際比對，我把《源氏物語》之首帖〈桐壺〉大約一萬字的全文譯出，附錄於論文之後。不料，譯文引起讀者群的關注與興趣，竟然令我從此開始了爲期五年半的譯事。如今回想起來，從一九七二年的四月，到一九七八年十二月，那是一段漫長的時間，我的生活與過去相比，沒有什麼改變；卻添增了百餘萬言文章的翻譯。像一個跑馬拉松的運動員，我只有向前，不能後悔，不能懈怠。終於譯完。我永遠忘不了那一個晚上，在最後一張稿紙上寫出最後一句譯文，然後附書「全書譯完」時的感覺。心中既欣慰又寂寞，是極複雜無人可與分享的感覺。

《源氏物語》全書五十四帖，百餘萬言，其結構龐大而複雜，所敘述的故事及於三代，登場的人物超過百人。爲日本文學史上一直被公認爲最重要的長篇鉅著；而經由翻譯，如今這本書更成爲世界文學史上的重要著作之一。二〇〇八年歲末，京都大學文學院舉行了紀念《源氏物語》千年的國際學術會議：「世界之中的《源氏物語》——其普遍性與現代性」。參與發表論文的學者十三人，外國籍者四人（匈牙利、英國、德國和我）。京都大學主辦這個「千載僅逢」的《源氏物語》國際學術會議，實在是責無旁貸。因爲這本書的作者紫式部是一千年前平安朝廷的後宮女官，她取材於皇室宮廷而完成的這部不朽之作，所寫的故事背景、人物活動都在京都。無論與會學者或聽衆，來到京都出席這個會議，都會感受到舉目所望和足跡所履，皆是紫式部文字所繫的世界。

我譯《源氏物語》是三十多年前的事情，但因在翻譯以前已經有了寫《唐代文化對平安文壇的影響》及《京都一年》的經驗在先，所以作者紫式部筆下的風景、人物、習俗、情趣等等，彷彿都有了心理上的基礎準備，除了對文字的揣測掌握之外，也比較具有一種實質的感應能力。我自己相信這些前前後後所發生的奇妙的命運安排，對於譯事是頗有助益的。

《源氏物語》一書所表現的文學情境，日本人常稱爲「物之哀」（もののあわれ）或「雅」（みやび）。「物之哀」一說，最早由本居宣長（一七三〇—一八〇一）提出。「物」是指外在的世界；「哀」是指內心的感動。當外在的「物」，與形成感情的「哀」，達成一致的情趣境界，稱爲「物之哀」。是爲優美、纖細、哀愁，融合而達成的文藝美最高之理念。「雅」則是指深層的優美風格，以及高尚的品味。

做爲一個產生「物之哀」與「雅」的作品的這個都市，從「平安京」到「京都」，也正因此而呈現了她的優美、纖細、哀愁的獨特風味。這是世界上其他的城市所難與比擬的。

輯二　落櫻平安朝

祝賀老同學的生日禮物

一九五二年之秋某日，從嘉義縣民雄鄉牛斗山來臺北，在省立師範學院（今之師範大學）辦好新生入學註冊的鄭清茂，走出校門於和平東路等公車時，忽有人在背後喊他的名字。回頭看，原來是從前在南部讀斗六中學時教他英文的龍庭傑老師。龍老師遷居臺北教書，師生二人巧遇，略為寒暄後，得知清茂同時也考取了臺大中文系，因恐務農的家庭負擔不起日後四年的學雜費和生活費，不得不放棄臺大而選擇公費的師院。從他們談話的地方一拐進巷內的溫州街一帶，是臺大教員的宿舍區域，當時的中文系主任臺靜農教授便住附近；而臺先生也是龍老師從前讀四川白沙女師院時代的師長。龍老師便帶著清茂拜訪臺先生。當年的生活習俗不甚講究繁文縟節，沒有任何事先約定，適巧臺先生在家，清茂便和他的高中老師第一次見到了當時的中文系主任。此次的會見，改變了清茂日後的生活。

那時候，大學入學考試尚未施行「聯考制度」，每一所大學各自辦理招生考試；考生需逐一投考某校某系，每人只能有一個志願：錄取則錄取，不取則不取，沒有所謂「第二志願」。清茂報考了臺大中文系和師院教育系，兩校皆錄取。他雖然一直嚮往著臺大中文系的優良傳統和美好環境，但農家子弟出身的他，幾經考慮後，選擇了有公費補助的師院教育系。

臺先生見自南部鄉村北上的青年鄭清茂，樸素好學，卻由於家境窘困而不得不放棄就讀臺大的機會，十分惋惜，遂建議他不妨先辦理入學手續，至於學費和生活費的問題，「可以申請做工讀生，免學費，住學校宿舍，好像也可不必付錢。」「就來讀臺大吧！」與臺先生初次會見的那個下午，長者輕鬆的幾句話，竟改變了清茂的命運。

至於我自己讀臺大中文系，也不完全單純，而是有一些曲折變化的。從小喜歡文學和藝術的我，讀中學時期無法在考大學時選擇哪一方面，便同時報考了臺大中文系和師院美術系。結果也兩校都錄取；本來想選藝術系的我，去請教中學教美術的老師楊蒙中先生的意見，楊老師卻說：「去讀臺大吧。學藝術，像我這樣教中學，除了妳也沒有別的學生肯認眞學，有什麼好？把藝術當做一輩子的愛好吧。」杭州藝專出身的楊老師有些抑鬱地勸我。中文系也不是我的第一志願，當初在考生志願表上用鋼筆塡寫的，其實是「外文系」，看到班上同學幾乎每個人塡寫的都是「外文系」，一時興起不想「隨俗」的叛逆心理，遂用刀片刮去表格上的「外」字，改爲「中」字；於是放榜時，我的名字就出現在中文系的錄取者間。這樣的結果，就連我的父母都十分訝異。

次年開學辦理註冊時，我到系主任辦公室，請求臺先生在申請轉讀外文系的表格上簽字。臺先生看了看我過去一年的成績單，問我：「念得好好的，爲什麼要轉系？」我紅著臉無以爲答。臺先生把申請表格退還給我，只簡單地說：「不要轉系了。」這一句話，極簡單，竟是決定我以後生涯的重要的話。就像前一年他對鄭清茂說「來讀臺大吧」，臺先生講話總是十分簡單扼要而令人不由不信服的。

清茂和我就因爲得到系主任臺靜農教授先後這兩句話的提攜與鼓勵，在臺大中文系安心留下來讀書；不僅安心讀完四年中文系的大學部，其後又考入研究所，繼續讀了三年，因此我們同窗達七年之久。當年投考中文系的學生不多，放榜時錄取者不到十人，其後加上僑生和寄讀生，也不過十餘人。整個的中文系像大家庭般，師生間很親近，我們常常不定期地個別或三兩結伴去拜訪師長，從教室到客廳、到書房，請益學問，乃至聽師長談天話往事。偶爾舉辦的郊遊，也每每有系主任和教我們課的老師參與。記憶中，除了臺靜農先生外，鄭因百先生、王叔岷先生、戴君仁先生、屈萬里先生都曾經和我們出遊過陽明山、圓通寺、碧潭等等臺北近郊各地。至今，在我們的相簿上所保留泛黃的照片上，仍清楚可見當時正值壯年的師長們的身影。

在一九五二年的班上，只有清茂與我是臺灣籍學生，我們兩個也是首次投考中文系而被錄取的臺籍學生。與其他同學所不同之處在於我們在小學五年級之前，是法律上隸屬於日本公民的；小學最後的一年臺灣光復，我們才開始從頭學習中文。雖然考取臺大中文系，證明了中學六年之間我們所努力的結果，但究竟有些幼小時期理當自然形成的文化基礎，是有別於其他同學的。譬如當別人在背誦〈三字經〉、〈千字文〉時，清茂和我卻在唸著〈伊呂波歌〉（日本平安朝弘法大師〈いろは歌〉）。不過，也因此而使我們二人多具備了另一種語言能力。在學習中國文學，乃至於研讀有些中國文史方面的領域時，得藉以閱讀日本漢學家的著作，多一種參考的方向。

就因爲鄭清茂與我在生長過程中經歷了這樣的歷史變化，而在考大學之前的中學時代接受六年的中文教育，和其前小學五年的日文教育，使我們二人能夠在相當程度上得以掌握中、日兩種語文。以優秀的成績考入臺大後，清茂果然成為工讀生，得到校方的補貼，免學費、免繳住宿費；但他想完全不靠家裡為他的生活雜用操心，臺先生也果然為他介紹了在中文系任教的臺籍教授洪炎秋先生和黃得時先生，再輾轉認識了文教界的謝東閔和游彌堅先生等熱心人士。他們為北上求學的青年鄭清茂提供了一些文書工作，包括翻譯日文書籍為中文等等，比較長期性有收入而不影響學業的工作。這其間包括了當時「東方出版社」為少年讀物而設計的兩大套書：《世界偉人傳記》及《世界少年文學精選》，有系統計劃地邀約適當人士撰述中外人物的傳記，或介紹古今各國的文學作品。清茂所具有的條件正合乎此項工作，所以當然成為「東方出版社」力邀的對象；而在那個計劃下的書本頗多，大概是在清茂的推薦之下，我也得以參與其工作。那些書籍，大部分是由日本人以深入淺出筆調寫成適合少年人閱讀，故而改寫容易，不必太費精神，對於我們二人而言，利用課餘時間譯著，可說綽有餘裕。我在兩年多時間裡，寫成五、六本書，其中《基度山恩仇記》的前面幾頁是由清茂執筆，後因他需服兵役，遂由我續成。那些書是用《國語日報》的附注音符號字體印出，在兒童及青少年讀物較缺乏的年代，誠可謂貢獻良多；直到今日仍有其重要性。臺灣四十歲以上的人，在成長過程裡幾乎都有閱讀其中一些書的經驗的。

對我個人而言，從大學部到讀研究所的那幾年為「東方出版社」譯書，成為其後斷續翻譯日本文學的一種基礎；或許對於鄭清茂也是如此。從他在中文系選課的表現，可見其求知欲之廣與涉獵之深；他選讀的課至少有三門是只有他一個學生的，包括董作賓先生所授「甲骨文」，及另一位董同龢先生所開的語言學課。董同龢先生以嚴格著稱，同學們多不敢選他的課，只清茂有勇氣獨對。當時文學院內，中文系和外文系的風格略有分別：外文系學生頗多創作人材，也往往能得師長的鼓勵，他們至今仍爲臺灣文壇的重要人物；而中文系彷彿有一種默契，只有學術研究才是學問，而且比較偏重古典文學，白話文學的課在我們做學生的時代是沒有設置的。這種情形在那些年代的出版物《文學雜誌》、《現代文學》、《純文學》裡也能夠反映出來。外文系的師生多有創作、翻譯和新文學理論的發表介紹；至於中文系師生也不乏有文章刊載，但幾乎都是研究古典文學的論文。此蓋與那個年代整個臺灣都籠罩在思想過敏的空氣中有關，學院內也不得不謹愼和設限，以免於危險惹禍。董先生聽說鄭清茂有時在報端寫文章和刊登譯文，曾經半開玩笑地警告他：「你不務正業。不好好做學問，竟在寫文章賺錢。以後上我的課，不管你考得多好，我只能給你最低的及格分數。」果然，那門課清茂得到剛剛及格的低分數，恐怕是他求學生涯中絕無僅有的事情。然而老師言而有信，學生明知故犯，倒也未傷感情。

有一年，在研究所的選課表上，忽然出現董先生新開「西洋漢學名著選讀」。老師嚴格的風格，且那門課是需要直接閱讀英文原著的，大家望而生畏。註冊時，系主任臺先生看到久久無人選課，告訴清茂和我：「你們兩人選董先生的課吧。好不容易請他開的新課呢。」那門課果眞只有我們二人選修，不過旁聽同學倒是每次總有三數人，因爲旁聽生是無須考試，也不必參與討論和寫學期報告的。而那個小型班制，遂於董先生的第六研究室上課。我們各自買了一本海陶瑋（James R. Hightower）的《中國文學專題》（*Topics in Chinese Literature*）。每次，由我們輪流就預定的範圍內講解或提問。董先生仔細聽取我們的報告，任我們自由發表意見，再予以批評修正，時或也有讚許之辭；令人感受到嚴格之中的包容和對學問的尊重。那一年裡，我看到了老師眞實完整的一面，也在那課堂上學得了日後自己成爲教師的一種典範。那實在是一種遠遠超過分數高低計較的非常可貴的東西。

中文研究所畢業後，我留校任教，並結婚。鄭清茂於服完兵役後，於北部女子大專教學短期，在那裡他遇見終身伴侶，嬌美多藝的馮秋鴻。其後，清茂申請到留美攻讀博士學位的機會，新婚夫婦未幾而雙雙踏上旅途。同學們畢業後各奔前程，除了留校任教的三人以外，其餘的多數離開了臺北，而清茂是走得最遠的一位。當時聯繫的方式不比今日方便快捷，偶爾一年通一封信，無事或者忙碌時，甚至三兩年才得信息，也是常態。但間中亦會有朋友來去，捎來各種老同學的訊息；甚至有時參加某些國際性會議，也會不經意地在海外驚喜相見。一九七二年在日本舉行的國際筆會上，清茂和我巧遇於京都。當時我已經準備要翻譯《源氏物語》，他得知後說：「很重要、很值得。我原本也想過要做這個工作的。既然妳要做了，那就好好去做！」會議結束，各自回西東的前一日，我們互道珍重。我說：「那麼，我翻譯《源氏物語》，你翻譯《平家物語》吧。」那不是戲言，毋寧是一種任重道遠的互勉，隱隱之中，或許是源自合作承譯「東方出版社」叢書時期而來的想法吧。

教學、研究、寫論文、譯注日本文學，和家務操作，現實的生活遠比想像要辛苦許多。身分的多向化，尤其家庭添增了兒女之後的忙碌，更是做任何事都在與時間競走的狀態裡。在那樣的狀態裡，竟也不知不覺中，從青年期過渡到壯年期。回想當年自己考入大學時，我們所欽佩的師長們正値這樣的年紀，便不能不肅然起敬，自我惕勵。對鄭清茂和我而言，身爲中文系的人，中文當然是我們教學、研究、寫論文的重要文字；但是因爲多認得一種日文，翻譯的工作彷彿也成爲「捨我其誰」的任務了。清茂曾經翻譯過日本漢學界泰斗吉川幸次郎教授的《元雜劇研究》、《宋詩概說》等著作，甚得吉川先生本人的欣賞，指定爲其漢學著述唯一的中文譯者，可見他中、日文造詣修養之深。

一九九六年夏，鄭清茂自美國麻州大學提前退休返臺，應聘爲新成立的東華大學中文系主任。在山擁水抱，風景絕美的花蓮，師生不多而朝夕相處的環境裡，整個中文系自自然然形成另一個大家庭似的氛圍，系主任遂贏得學生們暱稱爲「爺爺」的綽號。花蓮的地理雖與他家鄉一望無垠的嘉南平原有別，但初創的校園空曠，秋季到來，遍地黃茅白穗，迎風搖曳，使這位「爺爺」想起日本「俳聖」松尾芭蕉的《奧之細道》所記述詠歌的景物文句來，遂積極蒐集相關資料，於二次退休之後，大隱於桃園日可居，開始譯出《奧之細道》。芭蕉的原文並不太長，但清茂的譯筆字斟句酌，不但能表現原文意境和趣味，並且以其治學的精神詳爲之注解。「細道慢行」，於二〇一〇年出版了文學的、也是學術的譯著《奧之細道》。書名題簽，及譯文間附錄的二十一張毛筆漫畫，是詩、文、書、畫全能的另一位老同學莊因教授所作，圖文相得而益彰，更呈現了濃郁珍貴的友誼。

「細道慢行」，四個字，其實是我寫〈讀鄭清茂譯《奧之細道》〉短文的題目。認識這位同學多年，我深知他是非常博雅認眞的人，許多事情都不會輕易爲之，必要準備周全而後行。在那篇〈細道慢行〉的結尾，我寫著：「《細道》或許是通往《平家》的暖身運動途徑吧。」因爲我已經看到清茂譯注《平家物語》的一些新稿。近來無論見面或通音信，話題總是繞著此事轉。在最近的一封電郵裡，他說：「《平家物語》已過十一卷半。老牛破車，居然也會向前進也。」說「老牛破車」，其實是「細道慢行」的謙稱；而我則又有幸先睹爲快，享受到做爲第一個讀者的欣喜。

明年（二〇一三）二月，清茂將迎八十華誕，他最後任教的東華大學中文系，擬特爲「爺爺」出版祝壽論文集，以示慶賀表敬意，囑我寫序文，謹承命回憶種種，以此文做爲祝賀老同學的生日禮物耳。

諸行無常　盛者必衰——鄭譯《平家物語》讀後

大風や　去りて梢に　蝶一羽。（苦瓜生）

這首由五／七／五三句，共十七音組成的日本古典短歌「俳句」，無論遣詞、造句、趣旨、意境，都明白順暢，質樸有韻味。作者是我的老同學鄭清茂教授（「苦瓜生」是他自取的外號）。在七月二十四日的一封來信末端，他忽由中文改寫為古典歌體的日文。結語也順勢以中規中矩的「候文」（敬語體）收筆。

這封以深藍色原子筆書寫在稿紙上的信，不到三百字，告知他譯注的《平家物語》已經大功告成。那稿紙是放在老式的信封內，與近五百張的印刷稿樣包裝在一起寄來。因為包裹太大，郵差把它放置在我家門口。除了清茂自己和他的家人以外，大概我是最關心這本《平家物語》完譯及出版的人吧？三年前，他譯完芭蕉的《奧之細道》時，我曾寫過一篇短文〈細道慢行〉，戲稱那是他做為《平家物語》翻譯的暖身運動。那個戲稱，其實是認真的。

一九七二年的深秋，日本在京都舉辦國際筆會，清茂和我分別自美國與臺灣參加那個大會。那是畢業十餘年來首次的會面，我們當時都在大學教書，正處在人生最忙碌、也最富精力的盛年。異地重逢，有說不完的話。那次國際筆會是日本學界的一大盛事，許多知名學者都在會場上，京都大學的吉川幸次郎教授最是德高望重引人注目，被一群日本較年輕的後輩簇擁恭維著。見清茂和我二人在一邊輕談，白髮蒼蒼的老學者竟擺開衆人走過來：「噢，你們在這兒。跟你們講話，比較有意思。」也許沒有刻意的恭維和讚美，反而讓吉川先生感到自然的吧？何況，清茂是吉川先生爲其論著《宋詩概說》及《元明詩概說》的中文翻譯指定的譯者。在庭園前我們拍了一些相片，也隨意談些近況。從中日兩國的文學研究現象，說到文學翻譯的問題。吉川先生帶著遺憾的語氣說：「日本漢學界不但研究中國的古今文學，同時也把中國重要的文學作品幾乎全都翻譯出來了；反觀貴國，對於日本的文學研究和文學作品的翻譯都表現得太冷漠了。」這是事實。日本人已將中國重要的古今文學作品自《詩經》以降至《水滸傳》、《紅樓夢》等等，凡具有地位的重要的作品都翻譯出來了；幾家較出名的出版社並且有計劃、有規模地出版中國文學名著系列，有些重要的書甚至還不止於一種譯作。相對之下，我們對日本文學的譯注和介紹，是相當有限，對於他們的古典文學，更是非常陌生的。

那天，清茂和我心中都感覺慚愧。那次會議我所提的論文是與《源氏物語》有關的，所以我對清茂說：「我來翻譯《源氏物語》吧。」清茂回答：「很好。本來我也想翻譯《源氏物語》的，現在看來，妳更應該做這個工作；那麼我就翻譯《平家物語》吧。」於是我們握手互道：「一言爲定！」看似戲言的那些話，兩個老同學都牢記在心中，成爲日後努力的目標。會後返臺，我把那篇日文原稿的論文翻譯成中文，發表於《中外文學》月刊。爲助讀者之了解而又趕先譯出《源氏物語》首帖〈桐壺〉一萬字左右的文章，附錄論文之後。這事竟成爲我不得不提前開始實踐那句戲言似誓約的原因。

有些事情眞是說來話長一言難盡。我們受到吉川先生刺激而發出的心願是眞誠的，並非虛誕；當時雖未說出什麼時候開始工作，但我們心裡總認爲應該是退休以後的事情吧，怎麼可能邊教書邊做這樣的翻譯工作呢。但人生的因緣際會有時並由不得自己。我在會後次年便以逐月刊登的方式開始著手《源氏物語》的譯注；而清茂則按部就班回到美國教書、退休、返臺任教於臺大和東華大學，並擔任行政工作。從東華大學二度退休後，他和妻子秋鴻定居桃園，便如約從事翻譯工作。

清茂和我是屬於小學五年級以前受日本教育，六年級以後才改受中國教育的臺灣人。中文起步稍晚，需加努力；日文停步稍早，也需加努力。我們同一年考入臺大中文系。大概兩個人都算是努力的，除了努力學習中文系各科之外，課外也爲東方出版社的少年文庫翻譯了一些日文的書籍讀物。清茂是爲籌謀學費與生活補貼，他希望有同樣教育背景的我分攤一些工作。那些日文的少年讀物分爲世界偉人傳記與世界名著兩大類，很長一段時間影響了全臺的少年。是學校指定的課本以外最好的書籍。原文都是現代日文，翻譯起來完全沒有甚麼困難。我們二人翻譯了很多本。當時中文系的學生不多，研究生更少。我們每個研究生在文學院左翼二樓的研究室裡分得一個書桌，我和王貴苓在鄭騫先生、王叔岷先生的第四室。鄭清茂和陳恩綺在孔德成先生、董同龢先生的第五室。董先生專研語言學，他關愛學生，以認眞而嚴格出名。清茂上董先生的課，課後又同處一個研究室裡。日子久了，董先生知悉他課外做翻譯的事情，警告他：「你不好好讀書，在報紙上亂寫啊。」又說：「小心。這樣下去，不論你考得再好，我也只能給你及格分數。」那時候日本當代女作家原田康子的成名作《輓歌》的譯文正每天在報紙副刊連載。刊了一半不能暫停。考試後，董先生的課清茂果然只得六十分；但研究所是以七十分爲及格標準。董先生聽了清茂說明後，倒是說到做到，爲他改成七十分。當時文學院裡中文系和外文系的風格不同，外文系的創作風氣頗盛，中文系是鼓勵學術研究的。其實，系主任和所有授課的老師都認爲鄭清茂是優秀的學生，只是，那年代有時會有一些特別「另類」的事情發生，大家也不會十分放在心上。老師們都知道清茂是好學生，同學們也都知道鄭清茂是好學生。事情過去了，給平靜的校園添增一些變化，反而覺得頗有意思。

當年的臺大中文系尚未設置博士學位。碩士班畢業後，清茂服完兵役，赴美繼續攻讀博士。我結婚、留校教書。各自忙碌，甚少聯絡；更沒有機會一起合作翻譯了。但因爲教書及寫論文，間或做一些必要的翻譯是難免的。清茂在美國攻讀博士，其後更在美國的大學裡教授中、日文學。難得有一次我去日本短期訪問，恰值清茂也在東京做研究。當時已婚的他和秋鴻二人借住在也出門旅行中的作家江藤淳先生家中。客中不期而相遇，我們老朋友三人遂在充滿書香的日式屋中淺酌歡談，成爲難忘的記憶。

三年前，清茂的《奧之細道》譯著出版時，我曾寫過題作〈細道慢行〉的短文，提到他有開始翻譯《平家物語》的可能：「細道或許是通往平家的暖身運動途徑吧。」果然，這兩三年來他在桃園的家中書房守著電腦，一字一字打出中文的《平家物語》。而今，鄭譯《平家物語》堂堂出版了。書才殺青，他就急速寄來上、下兩大冊素雅精緻的洪範書店印製《平家物語》。其實，稍早我就陸陸續續得到他面交或郵遞的稿子，而開始讀前面部分的一些文字了。現在正式出版的這近千頁的兩大冊《平家物語》堂堂在我書桌上。

我知道老同學的心意。要我分享他又完成一個大工作的釋然的心境；我完全能體會。我想到吉川先生地下有知，對於曾經翻譯他《宋詩概說》、《元明詩概說》的鄭清茂如今已先後譯成了《奧之細道》與《平家物語》，大概不再會責怪我們對日本文化太冷漠了吧。我甚至也想到董先生地下有知，對於退休後還認眞琢磨字句文意的老學生，大概也不會再給勉強及格的分數了吧。

「平家物語」四字在日本雖然家喻戶曉，但《平家物語》卻是一部軍記物語（以戰爭爲主題的歷史小說），屬於平安末期的作品，在日本文學史上的地位很重要。書記述十二世紀後半的亂象，源氏與平家兩大氏族逐鹿天下，兵亂之外，又逢地震、飢饉等天災。大小的戰爭不斷，各地民不聊生。這樣的背景，正是小說話本產生的溫床；《平家物語》便是取材於這樣的時代環境，其人名、地名、戰役之名，幾乎都屬眞實的。這本以男性爲主的軍記物語，寫赴湯蹈火一剎那，顯然富於壯烈剛陽的質素，但是每遇著死生別離之際，則又不免於情愁哀傷唏噓垂淚。平安朝末期，平家一族於享盡富貴榮華之餘，淫逸濫權，諫言難容；一門老少先後被殺；印證了驕奢者不得永恆，跋扈者終遭夷滅，諸行無常，盛者必衰之理。原著的這個文字特質，頗難於琢磨拿捏。鄭清茂在翻譯《奧之細道》時，以他枯淡的文言文呈現了芭蕉翁的俳文精簡古雅風格。至於《平家物語》的翻譯，為了配合複雜多變化的原著文體，他用簡潔的白話，時則斟酌摻入淺近的文言文，使細心的讀者於閱讀之際，既容易了解，又能體會到內裡的古趣。這一點，是本書翻譯的決定性成功因素。文學作品的翻譯者不僅需要深度了解原著的內容涵義，並且同時也需要敏銳地感受到原文的表現方式，然後將原著的內容轉換成為適度貼切的譯著文字。然而，文學作品的翻譯，幾乎是不可能完美的。不同的文字代表著不同的文化背景、時代因素、思維方式、言語旨趣。至於文字本身則又有其局限與擴張；而譯者自身對兩種語言文字的掌握和涵養，遂自自然然表現於其筆下了。

由於遣唐使時代以來大量的中國書籍流入日本，其上層社會貴族文士競相學習漢文、漢學，形成文學深刻化的原因；而中國的詩文便也常常出現在他們的作品之中。對於以中文翻譯日本文學的人而言，凡遇到此情況時，無需多費心，只要查明出處還原其字句即可；至於其他的外文譯者則除了翻譯原著的日文，又得再譯日文書中所引用的中文字句。舉鄭譯《奧之細道》的翻譯為例。第一章開宗明義之二句：「月日者百代之過客，來往之年亦旅人也。」（頁三）明顯地蹈襲著李白〈春夜宴桃李園序〉。至於軍記物語的此《平家物語》也多有類似情形。例如卷第九文中提到的「殿名長生以祈長生；門號不老以求不老」（下冊，頁三〇九），長生殿指唐朝皇帝祭祀歷代祖先的家廟，不老

門則是漢代洛陽城門之名、卷第四「人至黃昏後，誰志千里行？」（上冊，頁三二九），與曹操詩「老驥伏櫪，志在千里；烈士暮年，壯心未已」相關、卷第六則直引白居易〈長恨歌〉名句：「太液芙蓉未央柳」、「對此如何不淚垂？」（上冊，頁四五一）、卷第二「君雖不君，臣不可不臣；父雖不父，子不可不子」（上冊，頁一五五）見於《古文孝經》孔安國序。許多類似這樣子的字句，遂使得中國的讀者們在閱覽此日本的歷史軍記小說時，於異國情調的感受之外，又另有一種熟悉親切的印象。如此遙遠而近，或如此近又遙遠的感覺，是我們在讀其他外國的翻譯小說時所不可能經驗到的；至於其他外國讀者們在閱覽此書的譯文時，大概也沒有這麼奇異的感覺吧。

以教書及研究為終身職志的清茂，每遇到這種情形，必有詳細注解。近千年前的古書，時或又不免於衆說並存。《奧之細道》與《平家物語》的譯著都是注釋倍蓰於正文的工作。三年前聯經版的《奧之細道》採大字的正文居上，小字的注解在下的排版方式；此書則大字正文在右頁，小字注解在左頁。閱讀時一屬上下兼顧，一屬左右遊目；無需前前後後來回翻看，算是頗方便讀者的考慮。如果急於探究後果，無暇細看左方那些密密實實的注解小字，先讀右邊的故事正文大字也不妨。事實上，翻譯那些字數倍蓰於正文的注解時，譯者所投注的精力和時間並不少於故事其本身，甚至更有時也可能「倍蓰之」。清茂翻譯費時三年，排版時自己校對之後，洪範書店的負責人葉步榮先生和出版社的組員們又再次細心校對，大約一年才告竣事付印。譯著者和出版者認眞敬業的精神十分令人欽佩，容我謹以此文致意。

平安朝文學的中國語譯

我其實是專攻中國中世紀文學研究的，退休以前，一直都在臺灣大學教授中國古典文學，所以每常被人問及為何研究中國文學而翻譯日本文學？簡單言之，我是太平洋戰爭前，出生於上海的日本租界，小學五年級上學期以前，受日本語文教育，戰後，我們臺灣人的身分依法律改變為中國人，我的家庭也就離開上海遷回了「故鄉」臺灣。我從小學六年級開始在臺北的老松國小改受中國語文教育。換言之，十二歲以前是過日本語文的生活，十二歲以後才學著使用中國語文過日子。當初在幼小的心中，我得將中國語文轉換為日本語文，或是反過來把日本語文改變成為中國語文才能生活的。當時並不知那就是「翻譯」。是的，其實在蒙蒙未解何謂「翻譯」的年少時期，我就得常常在腦中進行著翻譯了。

一九七二年日本筆會舉辦「國際筆會大會」，我出任為中華民國代表之一。依大會規定，出席者需提出與日本文化相關之論文。我以日文寫出一篇論文〈桐壺と長恨歌〉，會後將此論文自譯為中文。〈桐壺〉是日本平安時代的名著《源氏物語》的第一帖帖名。為了中國讀者的閱讀之便，遂將〈桐壺〉也譯出而附繫於論文之後，刊登於《中外文學》雜誌。相當意外的是讀者們對〈桐壺〉譯文的好感與興趣似乎更在那篇論文之上。雜誌社的編輯室接到許多讀者投書，要我繼續把《源氏物語》全部譯出。當時臺灣尚未有此書的譯本。讀者們或許並不知悉此書有多長多難翻譯；而況，自忖以我小學校五年程度的日本語文基礎，到底能否勝任此工作？當初附〈桐壺〉譯文的目的，只是爲了讓讀者閱讀我論文的方便，遂將一萬字左右的〈桐壺〉原文翻譯出來，豈敢有全譯《源氏物語》的意圖？但是投書不斷，而《中外文學》的社長胡耀恆教授每每從文學院樓下的外文系辦公室走到樓上的中文系辦公室誠懇相勸，令我感動。於是，以譯事可能會中途停頓的前提條件之下，暫時答應下來。

其後的生活，委實是緊張逼迫的日日。身爲臺灣大學中國文學系的教授，而且是有一兒一女的家庭主婦，答應《中外文學》的同時，我在心裡暗中約制，要兼顧教師之職及爲母的責任。時年四十餘歲的我，幸而體能狀況健康，家族也都了解和支持我。每月約二萬字的譯文出現在《中外文學》月刊，五年半（一九七三年四月─一九七八年十二月六十六期），連載遂告完成，沒有拖延一期。其後回顧，連自己也不能相信，那一段時間好似經歷一次長長的馬拉松賽跑。初時，於譯文達到三百頁左右，就出版一冊單行本。如此，在心理上比較有一種可以把握的「成就感」。全書譯完，共得五冊。

一九八二年春季，美國印第安納大學（Indiana University）舉辦國際性的《源氏物語》大會。我趁著受邀出席之便，用整個暑假的時間從事第三版的修訂工作，並且改原來的五冊本爲上、下二大冊（共一三五二頁）。有趣的是，其後相較之下，世界各國翻譯此書，儘管語言相異，文字有別，只要是全譯本，文章長度卻都相近。例如中國語譯，大陸豐子愷譯爲一〇七三頁（北京人民文學出版社，一九八〇）、林譯為一三二六頁（臺北洪範出版社，二〇〇〇）、英譯Edward G. Seidensticker譯為一〇九〇頁（Alfred A. knopf, Inc, 1976）、Royall Tyler譯為一一七四頁（The Penguin Group New York, 2001）。我的譯文比豐氏譯多出三百多頁，可能是譯文之前附有種種與《源氏物語》其書相關之解釋，以及與平安時代貴族生活有關的說明文字之故。

我翻譯《源氏物語》的時候，臺灣和中國大陸互相閉鎖，兩岸人民固無來往，即使信件及印刷物也都無法通郵。而且，豐子愷約是在二十世紀六〇年代始譯《源氏物語》，那種取材於平安時代貴族生活的「物語」在「文化革命」之下的當地文化界，斷無被中國大陸接受的可能性。可惜在我多方採用日本現代語譯本、英國語譯本等等參考書的書房裡，獨缺中譯的《源氏物語》，此未免是遺憾之事；然而也是亦憾亦幸之事。何以？設想當時如果知悉前輩已譯成此鉅著，我可能根本就不敢存有再試的念頭；而且即使再試之，一遇到猶豫存疑處，難免會賴以為參考的吧。或許，正因為伸手可及之處少了另一本《源氏物語》的中文譯書，我才不得不始終獨立思考判斷，完全依照自己的想法譯寫出來。其後得知，豐氏的譯本是在一九八〇年到一九八三年之間由北京人民文學出版社分為上、中、下三冊發行。可惜，當時譯者已亡，故而無由目睹慶喜。至於那本譯者已故才出版的書，序文是由另一位葉渭渠所執筆，所以讀者也無由得知默默譯出此書的豐氏翻譯的心路歷程了。

《源氏物語》譯完後，我時常被人誤認為日本文學研究者，或在大學裡教授日本古典文學。

至今，臺灣的譯界於日本近、現代文學的翻譯不可謂不多，但是對於古典文學作品的介紹卻很少，而平安朝文學的作品可說幾乎沒有。無怪乎三十餘年前，我的《源氏物語》中國語譯之出版，會引起讀者們很大的興趣和頗深的感動了。一千年以前描寫平安朝代的這本「物語」，對於中國的讀者而言，於異國情調之中，又會時時看到中國的歷史，或中國古代人物名稱之出現；甚至於讀著讀著，唐詩的一句、二句，也往往藉著「物語」裡某人說話而忽然插進來，令讀者意外感到驚奇有趣。這樣的意外和驚奇，是在我們閱讀其他的外國文學翻譯時所不可能的體驗；而其他的外國讀者在閱讀此書的翻譯時，也絕不會有如此奇妙感受的。通過《源氏物語》的中文翻譯，中國讀者會感知：原來在一千年前的古代日本，有這麼多我們所不知道的世界，而其中又有些許似曾相識之處。例如打開書一看第一帖〈桐壺〉：

不知是在哪一朝帝王的時代，在後宮眾多女御和更衣之中，有一位身分並不十分高貴，卻格外得寵的人。那些本來自以為可以得到皇上專寵的人，對她自是不懷好感，既輕蔑，又嫉妒。至於跟她身分相若的，或者比她身分更低的人，心中更是焦慮極了。大概是日常遭人嫉恨的緣故吧，這位更衣變得憂鬱而多病，經常獨個兒悄然地返歸娘家住著，皇上看她這樣，也就更加憐愛，往往罔顧人言，做出一些教人議論的事情來。那種破格寵愛的程度，簡直連公卿和殿上人之輩都不得不側目而不敢正視呢。許多人對這件事漸漸憂慮起來，有人甚至於杞人憂天的拿唐朝變亂的不吉利的事實相比，又舉出唐玄宗因迷戀楊貴妃，險些兒亡國的例子來議論著。（林譯，頁二）

《源氏物語》開頭著名的這一段文字，只要稍涉中國古典文學的人都能看到深受唐代詩人白居易名作〈長恨歌〉詩的影響。臺灣中學生的國文課本每每收入此作，許多學生甚至於能全篇朗誦而出，也不足爲奇。因此，讀者在覽閱《源氏物語》的譯本時，往往會遇到既富異國情調，而又耳熟能詳，似曾相識的奇妙的喜悅。這種奇妙的喜悅，不是別的外國語譯本的讀者所能體會經驗，唯有中國讀者才會一邊領略這種奇妙的感覺，一邊被書裡所記述歷史大舞臺的變化，和一個一個人物的悲歡哀樂愛惡欲所吸引下去。

一九八七年秋季到冬季，我曾訪問旅行英國、美國和日本各地學界，會見一些學者，而決心再次投入《枕草子》的譯事。原因之一是在倫敦博物館看到Ivan Morris的英譯本《枕草子》（*The Pillow Book of Sei Shonagon*），以及日本近代學者所著各種相關論文，並且在舊書店裡買到了*The Pillow Book of Sei Shonagon*（New York Columbia University Press, 1967）和一些英文的資料。其後，在哈佛大學的圖書館，以及京都大學人文科學研究所的圖書館查閱參考書，竟好像忘了過去五年半的譯事疲憊似的，不知不覺又產生一種熱烈的情緒。回臺灣後不久，遂又一度展開了在教室裡講授中國古典文學，在家中夜深時大部分與清少納言相對，把另一位平安時代重要作家的重要作品《枕草子》譯介出來。這本書在分量上遠不如《源氏物語》之長篇巨構，但翻譯之際，查閱資料最是費時耗神。在翻譯過程中，也同樣在《中外文學》雜誌每月連載，二十二期，二年餘而譯竟。

《枕草子》與《源氏物語》並稱爲日本平安朝文學的「雙璧」。這兩本書的作者紫式部和清少納言，後世習稱「女流作家」；而她們的書《源氏物語》及《枕草子》則又稱爲「女流文學」。這樣的稱謂是由於「假名」書寫的文體始於平安朝代女性所執筆的「物語」。在日本文學史上，紫式部和清少納言，不僅是堂堂第一流的文學家，而今透過多種外國語的譯介，更已享有舉世尊重的地位。中國的讀者至今無緣得識《枕草子》與《源氏物語》，是因爲我們的譯事耽誤的緣故。猶記得一九七二年冬，在京都舉行的「日本國際筆會大會」裡偶然與京都大學教授的漢學者吉川幸次郎先生相會時，吉川先生所講的話：「日本漢學界研究中國的文學，我們把《詩經》、《楚辭》……直到《水滸傳》、《紅樓夢》等等，都翻譯成爲日本語文了，但是中國人對於日本的文學卻是太過冷淡了。」至今，我還忘不了吉川先生講話時非常遺憾的表情。我們只是冷淡嗎？還是另有其他原因呢？

《源氏物語》、《枕草子》連續從一九七二年至一九八九年，經由翻譯而介紹了兩本日本的古典文學作品以後，不知何故，臺灣的讀者們無形之中自然會對我有所期待地問：「下一本呢？」而我自己也似乎在休息一段時間後，就會思考下一本翻譯的書。在我心中，感到有必須盡一己所能的「使命感」。第三本書，我選擇了《和泉式部日記》。「看吧，她偏愛女性作家。」或許有人會這麼想。但我以紫式部、清少納言的順序譯出平安朝文學爲中文，並不因爲二人是女性的緣故，而是因爲她們是《源氏物語》、《枕草子》這兩本重要著述的作者。其後，我選擇了和泉式部的《日記》爲第三本譯著的道理，也就無須說明，是基於同樣理由，與作者的性別不相關。任何一個人都會承認《源氏物語》、《枕草子》及《和泉式部日記》爲日本平安朝文學「鼎足而立」的三大鉅著。這才是我唯一的考慮。

《和泉式部日記》的譯文是在臺灣著名的文學出版社《聯合文學》連載刊出（一九九二年一月號——一九九二年九月號）。與紫式部雍容華麗的文字、清少納言簡潔自信的文字風格相較，和泉式部的日記所顯現的是一個女性爲追求愛情之途所付出的熱烈與奔放；其實千年以前的愛情紀錄，比諸現代，並無不同。以詩歌爲中心之此愛情紀錄，從男女二人戀情之產生，到其後的不安，到疑惑，乃至於對世間耳目的種種顧慮等等，所寫的是古今不變的愛情。與《源氏物語》、《枕草子》不同的是，《和泉式部日記》寫的是男女二人的愛情世界，那世界小而大，脆弱卻強韌；而這一切感情的變化移動，都是付託在一來一往的和歌贈答而達成。《源氏物語》於一三三五頁的譯文之中，含有七九五首的和歌，《和泉式部日記》雖只有一八六頁譯文，卻含有一四七首和歌在內。從和歌出現的頻率言之，這本「日記」實遠遠超過了「物語」。和歌往往受到字數或語言的制限，每常有言不盡意處，遂由散文之記述補足之。書中之散文稱爲「地文」。因而和歌是核心，語詞爲聯結歌與歌，使其不明處彰顯之用。沒有和歌，則其書不可讀，實爲其特色。對《源氏物語》和《枕草子》而言，和歌當然也十分重要，但是除了少數一部分以外，去掉那些歌，書仍是可以讀下去的；但是《和泉式部日記》裡的和歌，爲數雖不算多，卻幾乎占著全書的一半比重。

《和泉式部日記》譯成的一九九三年，恰巧是我自臺灣大學退休之年。歲月如流，三十五年，彈指間過去了。長時期在家和研究室與教室之間來往的生活，對我已成定型。由於生活背景使然，而具備了雙語能力，又由於因緣際會，在生命的中途，得於中國古典文學的教授與研究的同時，又不覺地享受到從事日本文學翻譯的樂趣。退休後，旦夕仍以讀古今中國文學書籍為生活的中心，但也沒有停止日本文學的翻譯。這種輪流閱讀和翻譯的步調行之多年，已經成為我生活裡一種自然的韻律了。回顧多年來所譯三書的作者紫式部、清少納言與和泉式部是所謂「女流作家」，無怪有人或以為我有「性別歧見」。在退休之後我選擇《伊勢物語》為翻譯的新對象，卻也未必只是著眼於作者是男作家的緣故。千餘年來，對於此書是否即是書裡每常出現稱為「從前，有個男子」的在原業平？仍有一些問題存在，不過非為女性執筆之作，倒是明白可信的。而《源氏物語》第四十七帖〈總角〉引有《伊勢物語》的詩、文內容（詳林譯《源氏物語》，頁一〇八七，注頁三六—三九），則證明了《伊勢物語》書成於《源氏物語》之前。然則《伊勢物語》之翻譯，就成為十分必要之事了。我想既然已譯介了《源氏物語》、《枕草子》、《和泉式部日記》三書，理當更為中國讀者譯出著作年代更在其前的書，《伊勢物語》遂成為我需要面對的第四本重要的平安時代著作了。同為寫愛情的作品，從男性的立場描述的《伊勢物語》，是通過一個生活在平安京的「男子」的眼睛去看女性、又是從男子的心書寫出愛情的喜悅和相思的傷悲，而以素樸的方式對讀者訴說。其語言不是《源氏物語》那樣的華麗，也沒有什麼《枕草子》那樣充滿智慧的句調，同時也不見《和泉式部日記》中陶醉於戀愛中的男女相互比賽似的和歌往返。至於在書的後半部，多記述著貴族男性社會的優雅集會，卻展現出「女流文學」所不可多見的平安朝男性社會的「貴遊」氣氛，又往往記述著男性間的友誼，令人想到中國建安時代曹氏父子文學集團（一九六—二一九）、以及六朝蕭梁時代的文學集團（五四九—五五〇）；也是十分有趣的現象。

以上是我翻譯四本平安朝代文學的緣起經過情形。接下來，我想談一談翻譯之際想到的事情，和我自己遭遇到的一些問題，以及處理的方法。我並沒有接受過翻譯訓練，然而客觀的現實，促使我具備了兩種語文的能力。「翻譯者的任務是什麼呢？」我這樣自問。「是爲不懂原文的人，把一種語言轉換成爲另一種語言。」然則「外國語文學的翻譯，需要注意什麼呢？」我想，外國語文學的翻譯，不僅要做到讓讀者看到那作品在「講什麼」，也看到那作品是「怎麼講」的。這國的文學，那國的文學；這人的文學，那人的文學，各不相同；打動讀者心的，除了原著的內容，豈不就因爲各有不同的風格方式嗎？如果翻譯者沒有注意到被譯者個別之間的細微差別，而一律只做到譯文的通順，就不算理想的「翻譯」了。

日文與中文基本上的差異是在於「標音字」和「表義字」。例如「鶯」、「櫻」，在漢字都是一字，而日文得用「うぐいす」、「さくら」四字、三字的「平假名」。

「平假名」在視覺上給人的感覺是柔軟的；而漢字（尤其繁體字）則方方正正，一字一字令人覺得嚴謹。所以把原本柔軟的日文轉換成中文，在閱讀時那種柔軟的、纖纖綿綿感覺的文章，在外觀上，自然就會給人簡短堅硬的印象。這原是雙方文字在先天上結構的差異使然，無可如何；不過，在翻譯之際，有時我會儘量選擇視覺上較柔的文字，而且也隨著原著的文筆使用較長的句法。《源氏物語》的譯文連載期間，每常聽到有人說：「妳的文章很柔美，像和文。」我不曉得那究竟是褒還是貶？但在譯事方面言之，似乎這樣子倒是達到一種我所期望的效果了。

平安朝代那些書的產生時間約當是宋代的初期，那時中國已有古文書寫的「唐傳奇」、「宋人話本」等等短篇小說，至今可以看到。可是我不願意因爲東、西雙方的時間相近而逕取其體。「傳奇」、「話本」和「物語」的文章是很不相同的。我深怕踏襲模仿那種文筆之後，會使中國的讀者們在直覺上就以爲「平安朝的物語」就是像「唐傳奇」、「宋人話本」那樣子的。不，是不一樣的。何況，爲現代的中國讀者，應該避免一千年前的古文，故而使用白話文體翻譯。只是，畢竟要與今日一般市井的語言有所區別才好。終於決定在白話文體之中，偶爾置入稍帶古風的文字或成語，至於時下的流行語、太過時髦的外來語，絕不可出現。

關於這些文體方面的考慮，是在初執筆翻譯《源氏物語》的第一帖〈桐壺〉之際想到的，當時並沒有預料到其後會持續有第二冊、第三冊……的進展；而且除了《源氏物語》之外，更有其他四本書在二、三十年間斷續進展下去。不過，四書雖然同爲平安時代的文學作品，各書有各書的特徵，而一個一個作者之間也有各自的文風區別。我想，從事文學作品的翻譯，是爲原著服務的工作，翻譯者自己理當退居幕後，不可拋頭露面闖到臺前去。而要做到如此的地步，首先得要有敏銳的耳朵，不僅能夠看懂原著的內容，並且要能夠聽出作者說那些話的方式。舉例說，與紫式部的華麗絢爛婉約的文字相比，同樣也伺候著後宮的皇后或公主們身邊周圍的清少納言，她的語氣卻簡潔而率直得多，所以在翻譯《枕草子》時，其譯文就不能和《源氏物語》的譯文完全相同。從沒有受過翻譯訓練，然而從實際長時間從事翻譯工作的經驗裡，我體會到，翻譯者就如同演奏者，不宜把貝多芬彈成蕭邦。翻譯者面對文字時，就像演奏者面對鋼琴一樣，要整個融入譜曲寫文者的內心裡，需盡量貼近原作者，化做那個原作者。清少納言不是紫式部，她們二人的語言文章不同，所以《枕草子》的譯文不應該像《源氏物語》的譯文。同樣的道理，寫《和泉式部日記》和《伊勢物語》的人也不是同一個人，各有各的不同筆調風格。但是，一個譯者當然也會有自己寫作時的習慣，如何能夠緊隨不同的作者而「千變萬化」，不要顯露自己呢？當然也是不太容易的。總之，每當執譯筆之前，我會先來回讀原著，一方面了解其內容爲何，另一方面體會那內容如何呈現出來。然後再想什麼樣的中文最能吻合其文風筆調。這樣的用心是否達到一點效果呢？這倒是要請教於讀者諸君的意見的。

我初譯《源氏物語》時最花時間和精神的部分，是文中到處散布的「和歌」。

「和歌」又稱「倭歌」，由三十一個「假名」而成的這種「短歌」，最容易使中國讀者聯想到我們的古典詩「五言絕句」了。由四句五言詩所組成的這種「五絕」，全詩只有二十字，外表上很接近由五／七／五／七／七，三十一個字所成立的和歌。但是日文的「かな」是標音字，而我們的漢字是表義字。一個漢字有時可抵三個「かな」（「櫻」—「さくら」），甚至可抵四個「かな」（「鶯」—「うぐいす」），所以二十字的五言絕句，其中所包含的內容常常會比三十一個「かな」的和歌內容多出許多。我以前看過錢稻蓀先生翻譯和歌集《萬葉集選》，和其他人所譯的中文翻譯不約而同地，絕大部分都是理所當然地採用五言絕句的形式。但二十個漢字的空間，往往遠大於三十一字的「かな」，故而譯者就得去想一些原歌所沒有的內容去添補那個空間。我又擔心如果用五絕，或半首七絕（後來看到豐譯就是採取了五絕，和半首七絕），都可能讓讀者誤以為日本也有和我們相同的古詩，而作罷。我甚至也曾想到索性翻譯成為白話詩，然而又不想整個失去原書典雅的趣旨。最後，才決心另外考慮仿中國古詩裡較少見的三句形式。舉漢高祖劉邦的〈大風歌〉一例：

大風起兮雲飛揚，
威加海內兮歸故鄉，
安得猛士兮守四方。

此詩三句，共二十三字，但因為各句之中各含一語助詞「兮」，有字有音，而沒有太強烈的涵義；故實際與「五絕」同屬二十字。我選近似〈大風歌〉的最重要原因，是在其為形式上呈現三行的特色。中國的古詩，句數上多為偶數，奇數者甚少。〈大風歌〉正提供了一個珍貴的例子。雖然在三句之末尾「揚」、「鄉」、「方」皆採韻字，但翻譯時，我只在第一句和第三句末字設韻限。如此，即能與〈大風歌〉有所區別，而少一個韻腳的制約，卻使得翻譯時的束縛減少了一層。其實，我在字數、結構方面只大略模仿了〈大風歌〉，並不是亦步亦趨地擬作。至於中文的三行譯詩，又在印刷時各行的首字降低一格如梯，遂在視覺上予人以一種新鮮感。我在「和歌」翻譯上這種種的設計，就是想要在形式上造成與所有「中國風」不相同的新的印象。下面試舉《源氏物語》〈桐壺〉首見的一首和歌原文，與我自己的譯作，以及我所看到的中、英譯作列出供比較：

かぎりとて／別るる道の／悲しきに
いかまほしきは／命なりけり〈桐壺〉

面臨大限悲長別，
留戀長生歎命窮。（豐子愷譯《源氏物語》，頁七）

生有涯兮離別多，
　誓言在耳妾心苦，
　　命不可恃兮將奈何！（林文月譯《源氏物語》，頁四）

At last! She said. Though that desire at last become, because I go, alone how gladly would I live!
（Arthur Waley, The Tale of Genji, P.7）

I leave you, to the road we all must go.
The road I would choose, If only I could, is the other.

（Edward G. Seidensticker, The Tale of Genji, P.6）

Now the end has come, and I am filled with sorrow that our ways must part.
The path I would rather take is that the one leads to life.
（Royal Tyler, The Tale of Genji, P.5）

我用了上面所引與〈大風歌〉「同中有異」的形式翻譯了《源氏物語》全書五十四帖裡的七九五首和歌。而且，其後的《枕草子》、《和泉式部日記》、《伊勢物語》諸書裡的和歌，也採用了同樣的形式。

平安時代的文學，恐怕是連現在的日本人如果不參考注釋就無法讀懂的。千年前的古代人和現代人之間，不僅只是語文上有差別，連人人的想法，乃至於日常的生活習慣等等，都不相同，也不容易想像，何況以今日的中國人來讀千年前日本平安時代的文學，更不是只藉譯文就能理解的。有些使用著漢字之處，卻令人無從把握。例如「直衣」、「屯食」、「妻戶」、「檳榔毛」等等衣食住行，已經不是現代人所能理解的名詞了。東西古今有別，日本在隋唐時代吸收了我們的文化（包括文字），但卻用以指稱不同的生活方式。而中譯爲漢字的我，反而得以「直譯」，取其原字，而於注釋時說明。此外，又有修辭法的一種「掛詞」（即「音義雙關詞」），例如「松」－「待」，「海人」－「尼」，日語發音相同，可以造成以「松」字——指「待」（まつ），或以「海人」字——指「尼」（あま）等等，巧妙的效果。和歌中每常見使用此類技巧，但是改變成為外國語，就無法兼顧音與義相同的微妙，而變得毫無意義，也就唯有賴注釋以說明了。

至於平安朝文學裡，往往會引用其前之詩歌或文字，譯者也有說明出典的需要。對中國語譯者而言，特別有意義的經驗是，在尋找其典據、翻譯其原文時，往往會遇到我們本國的古典文學作品。尤其《源氏物語》第一帖〈桐壺〉裡，處處可見白居易〈長恨歌〉中的唐玄宗與楊貴妃的化身似的桐壺帝和其寵妃更衣，而寫日本皇室的愛恨纏綿，生離死別的故事，也如同唐朝故事的移植似的；甚至可以看到〈長恨歌〉原原本本的文字散見其間（例如：「太液芙蓉未央柳」、「在天願做比翼鳥，在地願為連理枝」）。這些地方，會使第一次讀日本古典文學的中國讀者感覺驚喜，那個千年前異國的皇宮故事，好似很遙遠，而又有些熟悉。至於身為中文譯者的我，遇著那些部分，無需費心思索，只要把〈長恨歌〉的相關詩句書寫出來即可；不必像別的外文譯者，於此類場合，一方面既要將原著的文字翻譯為其本國文字，另一方面又得說明那些文字所引用的中國文學典據等等，做雙層的工作；對做為中譯工作者而言，等於只是在做一種還原工作，所以另有一種親切感。其實，不僅是文學，經由「遣唐使」而傳入日本的大量的中國文化藝術，是造成輝煌的平安盛世的基本。描寫上層貴族生活的作品，只是自然地反映出這種現象罷了。

翻譯時候的注釋，是無法在譯文裡表達清楚處、不得已而在他處（通常在文章後）設置的空間做補充說明之用。但是以文字解釋文字，有時仍難免於解釋得不夠清楚。同為視覺，圖畫給人的印象比文字具有更直接的效果，故從《和泉式部日記》以後，我就自己繪製插畫置入相關譯文的適當部分，以取代或輔助文字的說明；換言之，也可以說插畫是注釋的延長，或另一種形式的注釋。

此外，平安朝文學翻譯之際，我認爲有必要讓讀者於閱讀譯文之前，了解書中人物的生活習慣。故而每在連載的文章累積達到一個分量，趁出版單行本之際，寫一些相關文字做爲「卷頭語」，通過〈源氏物語〉、《枕草子》、《和泉式部日記》與《伊勢物語》，我寫過〈日本及世界文學中的《源氏物語》〉、〈和歌與物語〉、〈平安貴族的一生〉、〈もののあわれ〉、〈敬語〉（以上收入《源氏物語》）。〈清少納言與《枕草子》〉、〈をかし〉（以上收入《枕草子》）。〈和泉式部與《和泉式部日記》〉（以上收入《和泉式部日記》）。〈物語、《伊勢物語》與在原業平〉、〈《伊勢物語》的書名與作者〉、〈《伊勢物語》的特色〉（以上收入《伊勢物語》）。

以上，是我三十餘年來做日本平安朝文學中文譯注工作的由來、始末的報告。二〇一三年十二月十日，日本大學共同利用機關法人「人間文化研究機構」，以第三回「日本研究功勞賞」頒贈於我。接受頒獎後，我在東京上野公園「日本學士院」發表公開演講。原文是以日文書成，今謹譯爲中文，以紀念先師王叔岷教授百歲冥誕。

（編注：此文係二〇一三年十二月十日林文月獲得「人間文化研究機構」第三回「日本研究功勞賞」時致謝辭。原文爲日文。）

中国人の立場より見た白氏文集と平安文学

一

二十余年前、私は京都大学人文科学研究所に研修員として、一年ほど京都に滞在していました。それは「唐代文化が平安朝の文壇にもたらした影響」というテーマの論文を書くためでありました。

人文の図書館を充分に利用させていただき、また京都の友人をもつことにより、私は文学と生活を通して、日本人の考え方をいっそう深く認識することが出来るようになりました。

私は第二次世界大戦前に、上海の日本租界で生れた臺湾人なので、法律上、日本人として育ち、小学校の五年生までは、日本語を母語として教育を受けていましたが、終戦と同時に、身分は一転して、中国人に立ち戻り、それ以来は中国語文によって生活し、また大学時代は中国の古典文学を専攻、その後も、大学で六朝文学を主に教鞭をとって来たものです。

このようにして、一般の中国人よりは、多少日本語と日本の文化に接触はしたものの、もとより私は中国文学を専攻するもので、平安朝文学に関する認識は限られたものですが、むしろこの二十年来、実際に平安文学の中国語訳を行うことを通して、徐々に深まってきたのではないかと、自分では思っております。そして、今日私が敢えてここで「中国人の立場より見た白氏文集と平安文学」を話題にしましたのは、このような個人的なバックグラウンドに基づくものであることを、皆さんに御了解いただきたい次第であります。

二

『白氏文集』がいつ渡日したかは明らかではないが、嵯峨天皇(七八六―八四二)在世中のことであろうということは、『江談抄』の有名な説話によって、よく知られている。また、仁明天皇の承和五(八三八)年に、太宰少式藤原岳守が唐船を検査の際、元稹、白居易の文集を手に入れ、それを朝廷に献上した功によって叙位の沙汰があったと、藤原基経の『文徳実録』に記されている。

これらの事件以外に、『白氏文集』に基づいたと思われるような作品が『凌雲新集』、『文華秀麗集』、『経国集』などに見出されることにより、小島憲之氏は、平安初頭の弘仁期(八一〇―八二三)には、少くとも『白氏文集』成立以前の白詩に多少なりとも接した跡がみられると述べている(塙書房『上代日本文学と中国文学』下・一四八五ページ)。

白居易の作品が彼の生前にすでに中国本土で広く流行し、また鶏林(朝鮮)の知識人の間でも愛読され、一篇が百金の高価で求められ、もしそれが偽作であったらば、すぐに判明することさえ出来得るように熟読していた人もいたと、白居易の親友であった元稹は、長慶四（八二四）年『白氏長慶集』編定の際、序文に記している。また白居易自身も、晩年の会昌五（八四五）年に文集を総整理の時、自記にはっきりと、日本や新羅諸国、及び両京の人々が伝え書いたものは、その中に納めないといっている。いい替えれば、白居易はすでに自分の作品が多くの人達に愛誦され、外国にまで伝わっていた事実を十分に承知していたのであった。

中国の文学史上、白居易ほど広い愛読者群衆をもつ作家の例はほとんどないものだと思う。ことに、日本においての白居易の人気は、また格別なものである。清少納言は『枕草子』の一節に、「文は文集、文選云云」と記し、文学の最も好もしいものとして挙げている。『文選』は即ち『昭明文選』、六朝の梁代の昭明太子蕭統が編集したもので、中国の春秋時代の末期より梁代に至る詩と文のアンソロジーである。それに匹敵するものとして、単に「文集」と名のるだけで、当時の知識人が直ちに『白氏文集』を指すものと了解するほど、白居易の文集は皆に好まれていた事実を示している。

清少納言のことばを裏付けするのが、具平親王の詩の自注に見える、

我が朝の詞（しじ）人（ん）才子（さいし）、白氏文集を以て規摹（きぼ）と為す。故に承和より以（この）来（かた）、詩を言う者皆体裁（たいさい）を失わず。（『本朝麗藻』巻下）

である。平安時代の文学における『白氏文集』の影響は、漢詩・和歌・随筆や物語など、実に幅広く、そして深く巨大なものであった。

平安朝に限らず、日本人はその後も白居易とその作品に特別な愛好と感情をもつようである。『白氏文集』のテキストに関する研究は、中国学界より日本の方が緻密な業績を挙げていると思う。二十余年前、京都に滞在していた頃、私は京大の人文科学研究所で平岡武夫教授の指導の下におこなわれていた「白居易共同研究会」に何度か出席させていただいたことがあった。当時会員諸氏の一字一句をとり上げて詳しく討論するまじめな態度にたいへん感動させられたことが今でも記憶に新しく印象深い。また、白居易を中心とする学誌、勉誠社の『白居易研究講座』の刊行も、日本の学界に於て、今日に至るまで白居易がどれほど重視されていたかという事実を裏付けている。

学界だけでなく、白居易その人に対する敬意は、今でも日本の民間に普及している。例を一つあげてみよう。毎年の七月に京都で行われる祇園祭の際、山鉾が街の中をうねりゆく。その中で古代中国にかかわる主題のものがいくつかあるが、中国の文人を代表するものは、ただ「白楽天」一つだけである。白居易の人形を乗せた山が、菅原道真や大伴黒主の山と共に行列の中に人々に掲げられていくのを、私は感慨無量に見た思い出が残っている。

しかし、中国人の立場より見ると、数多い古代の文人の中で、なぜ白居易がこのように日本人に格別親しまれ、敬われて来たのか、少々不可解な所がある。仮に中国文学史にスポットをあてて、唐以前の中国の詩人の中で誰が一番尊敬されるべきものか、或は誰が一番地位高きものであるかというアンケートをしてみれば、きっと屈原、陶淵明、李白、杜甫などが前位に立っものであろう。白居易を第一人者として選ぶのは、中国人の間では恐らく珍しいものと思う。

もう一つ実例をあげてみよう。臺湾には目下公・私立を併せて、中国文学系のある大学と大学院が十数箇所ある。それらの学校の課目表を調べてみると、李白、杜甫、陶淵明、或は謝霊運や李商隠、蘇東坡等を主題にする専修課程が毎年ではなくとも、何年かに一回は必ず目につくものであるが、白居易を単一の課程とする講座はそれほど多くない。私が一番なじんで来た臺湾大学でも、学生時代に一度と、その後、教員になってもう一度、二人の教授によって大学院のセミナーの講座があったのが記憶に残っているばかりである。もちろん、「文学史」や「詩選」、或は「唐代詩学」の課程に白居易の作品は欠きがたいもので、特に有名な「長恨歌」、「琵琶行」、或はその他の諷諭内容の新楽府などは、たいてい高校の国文読本にとり上げられている故、文学を専攻する大学生に限らず、高校を卒業したものは、それらの作品を一通り学んだことがあるはずだ。「長恨歌」の始めのあたりを暗誦することが出来るものも少くない。これは、日本の高校生が、『源氏物語』や『枕草子』の初段の方だけは受験勉強のためもあって、印象深いことと同じ道理であると見てよいだろう。

白居易が中国人の間であまり重視されていなかったのは、現在に限らす、実は唐代・宋代以降のことである。唐の韓愈は、「李杜文章在り、光焔（こうえん）万丈長し。」（張籍（ちょうせき）

に調（たわむ）る）といって、李白と杜甫の文学の歴史における揺るがしがたい地位を称えている。また、宋代の蘇東坡が「元（げん）（稹（しん））は軽（けい）にして白（居易）は俗、（孟（もん））郊（こう）は寒（かん）にして（賈（か））島（とう）は痩（そう）なり。」（柳子玉（りゅうしぎょく）を祭る文）といった判断を下して以来、歴代の評論家は往々その説を引用している。故に、白居易は詩を作るたびに一老女に読んで聞かせ、彼女が理解し得るのをみて始めて記録したというエピソード（宋・恵洪、『冷斎夜話』）まであるが、これもたぶん蘇東坡の「白俗」の説に基づいていい伝えられたものであろう。

今日に至り、白居易の作品は、農民に同情を寄せ、その人達の立場より封建社会の暴君や、貴族達に抗議を訴える部分（それらの作品を、白居易自身も一番重んじ、編集の際、「諷諭類」収めている）が、プロレタリア文学の思想と一致する点において、中国大陸の文学評論家の間で、杜甫の後を継ぐ偉大なる現実主義詩人と、高く評価されている（游恩等編、人民文学出版社、『中国文学史』（二）、一一五—一三〇ページ）。ことに白居易の文学の宣言ともみられる「元九に与うる書」の中に、「文章は合（まさ）に時の為にて著（あら）わすべく、歌詩（かし）は合（まさ）に事の為にて作るべし。」といった名句が、文学は実用と政治の為に存在する主張をもっ故、たいへんな礼讃を受けている。

三

以上、白居易の作品の日本における地位と影響、また中国人の立場より見た白居易の文学に対する評価について簡単に述べて来たが、次は中国人の立場より見た『白氏文集』と平安文学について小論を加えたいと思う。

白居易は唐代以前の知識人の中で最も自分の作品を大事にした作家であったといえる。七十六歳という古代の人にしては稀な長寿と、生れながらの文章を好む個性により、彼は三千八百余首の詩篇を残した。このような業績を、彼は「洛（らく）寺（じ）に序（じょ）す」で抑えめながらも誇りを隠しきれずにいっている。

予は不（ふ）佞（ねい）なれども、文を喜び詩を嗜（この）み、幼より老に及び、詩を著（あら）わすこと数千首、以て其れ多し。故に章句（しょうく）人口に在り、性字（せいじ）詩流（しりゅう）に落つ。才は古人に逮（およ）ばすと雖（いえど）も、然（しか）も作る所は啻（ただ）に数千首にあらず、以て其れ多し。

ここにいう「章句人口にあり、姓字詩流に落つ」とは、決して自己吹聴ではなかった。白居易の一番親しかった友人、元稹が「白氏長慶集序」で記す、

二十年間、禁省（きんしよう）、観寺（かんじ）、郵候（ゆうこう）、牆壁（しょうへき）の上に書（しょ）せざるは無く、王公（おうこう）、妾婦（しょうふ）、牛童（ぎゅうどう）、馬走（ば

そう）の口に道（い）わざるは無し。繕写（ぜんしゃ）し摸（も）勒（ろく）して、市井（しせい）に衒売（げんばい）するに至れり。或いは之を持えて以て酒茗（しゅめい）に交（か）うる者あり、処処（しょしょう）に皆是（みなしか）り。

云々は、「洛寺に序す」のそのことばを、いっそう具体的に表現している。

「狂吟（きょうぎん）七言十四韻」の詩で、詩人はもっと明らかに自負の口調でもって嘔う。

詩章は人与（とも）に千首を伝え、寿命は天七旬（じゅん）を過ぎ教む。一身の徼倖（ぎょいこう）の事を点検（てんけん）するに、東都我を除いて更に人無し。

だが、七十歳を越した白居易の生涯は、決して挫折や困難のない平和な生活ではなかった。その率直な性格は、仕途にいろいろの障礙を招き、左遷の大きなショックさえを体験するような羽目に陥った。また、物質の面においても、一生常に貧しかった。その上、彼は子供運にも恵まれなかった。二人の娘に早死され、晩年にはただ一人の幼い息子にも先立たれた。だが創力の逞しかった白居易の詩人としての名高さは、東都洛陽で匹敵するものが無いだけでなく、これまでの中国の作家の中で実にその右に出るものがなかったといえる。

詩人は作品が多く、当時広く愛読されていたことを自覚していた。しかし日本の文学にもこれほど大いなる影響を及ぼしたとは、恐らく想像もっかなかったことであろう。なぜ白居易の詩はこのように広く人々に受け入れられたのだろうか？

まず、最初に考えられるのは、白居易の詩のもつ平明さ、その特徴が原因の一つであろう。彼の平易で明白な詩を、蘇東坡は「白俗」と評論している。それは、なるべく難しい詞や典拠をさけ、比較的分りやすい文字を使っているからである。だが、その作品は決して全然飾り気のない、誰もがひと目みてすぐ分るものでもない。老女に読んで聞かせた云々のエピソードは、余りにも伝奇的ないい方である。また、白居易が平明な詩風を選んだのも、実は唐詩の発展上、止むを得ない理由があったからである。

中国古典詩は漢代、六朝を経て唐代に入り、多くの才溢れた詩人によって、内容的にも、技巧的にも、一応ある一定の極致に達し、それ以上の突破を望むことは難しいようになっていた。

開元（七一三—七四二）や天宝（七四二—七五五）時代の詩人達の業績は夜空に輝く星光の如く、余りにもきらびやかであった。そして、少し遅れてその後に生れた詩人達に、それ以上の光を争う余地を残さなかった。大暦（七六六—七七八）以降の詩人達は、少々方向をかえて新しい発展を企てるか、或は原地で足踏みをするしか、別に方法はなかった。誠に韓愈のいう如く、李白や杜甫の業績を前にする後世の詩人達は、彼等の放った巨大な光が余りにも眩しく、ただ圧倒させられるばかりであった。韓愈自身はそれまでに書き尽くされた流暢絢爛な詩のテクニックを破壊することによって、新しい芸術の道を切り出そうと努力した。例えば五言詩は大概2／3（春眠／不覚暁（春眠／暁を覚えず））（孟浩然「春暁」）の形をもつのに対し、彼は3／

2（有窮者／孟郊（窮せる者有り／孟郊）」（韓愈「士を薦（すす）む」）の形に作ったり、1／4（乃／一龍一豬（乃（すなわ）ち／一龍一豬（いちりゅういつちょ）なり）」（韓態「符（ふ）、城南に読書す」）などをも試みる。また、七言詩が多く4／3（独在異郷／為異客（独り異郷に在って／異客となり）」（王維「九月九日山東の兄弟を憶う」）の形をもっのに対し、彼はわざと3／4（子去矣／時若発機（子の行く矣（や）／時に機を発（はつ）するが若し）」（韓愈「区弘（おうごう）の南に帰るを送る」）に作る。同じような背景にあった白居易は極めて平易な表現法をもって、六朝以来の流麗に走った詩風からの脱卻を計ったのだった。

もちろん、白居易がわざと平易明白な詩風を選んだもう一つの原因は、その実用を前提とする文学観に基づくものでもあった。当世のために書く文学は、まず大衆に読み知られなければ意味がなくなる。いい替えれば、詩や文章がいかに深刻な内容をもっていても、読みにくく、人々に分ってもらえなければ、その目的を達することが出来なくなるからだ。

「会真記」の伝奇で有名な元稹は白居易の親友であり、二人は相並んで「元白」と唱えられた。文学に対する主張も同じく、元稹も新楽府をもって当時の政治と社会を批判した。だが、白居易の作品に比べると、元稹の詩はいささか率直さと明朗性を欠くようである。銭博基氏の説に拠れば、白居易の詩は感情が深く豊かであって、またそれを表現する文字が明らかであるが、元稹の詩はことばに飾り気が多すぎて、故に反って感情が隠れて見えにくくなっている（中華書局『中国文学史』上、四一八ページ、「白情深而文明、元辞繁而情隠」）と、両者の区別を論じている。

　このように、本国の読者にさえ分りにくかった元稹の作品は、もちろん外国人にはいっそう難しかったことであろう。千年の昔、日本よりはるばる中国に渡った遣唐使や、遣唐留学生（僧）達が、限られた時間や精力、金銭をもって、数多い中国詩人達の作品の中でも、情深くして、且つ文は明らかであった白居易の詩を好んで書き写したのは、納得できることである。また、日本本土に渡った『白氏文集』が平安朝の知識人達の間でたちまち広く流布したのも、外国語として比較的分りやすかったのが、一つの主要な原因であったのだと思う。

　だが、果して読み易ければ、文学作品は人々に愛好され、広く末長く伝わるものか？白居易の詩が平明で感情豊かであったと同時に、またその数多い作品の内容が人生を力強く抱擁し、読者達一人一人を感動させるものをもっていたことに注意を払いたい。

　白居易は創作力の逞しかった作家であった。また彼は非常に自分の作品を大切にした。生涯何度も何度も自らその文集を訂正し、編集し続けた。晩年に近い会昌五（八四五）年、七十四歳の詩人は三千八百四十首の詩を七十五巻に収め、その他、元稹や劉禹錫などの友人と唱和したものをもていねいに整理し、五本のテキストを五箇所に分けて保存し、そのことを細（こまごま）々と序文に書き残している。

編集された作品は、「諷諭詩」、「閑適詩」、「感傷詩」と「雑律詩」の四部分にわけられ、前の三種類は作品の内容によって分類され、最後の種類は内容とはかかわりなく、一定の形式に基づいて創作したものである。「諷諭詩」とは詩でもって当時の政治や社会を批判したもので、作者自身が一番重んじていた部分である。「閑適詩」は、公務から解放された閑かな私生活を主題に詠じた作品類。「感傷詩」は、私事に触れてわきあがる感傷をそのままに謳ったもの。最後の種類に相対して、以上の三種類は、韻律や対句などに余り束縛されない古調詩の形式でもって作られている。

このように、三千八百余首の詩は、一応白居易自身によって四種類に分けられているが、その全体の内容は実に様々と広い範囲に及んでいる。政治の実用の目的があって作られた諷諭詩は別として、その他の古調詩と近体詩を含めた数多い作品の中には自然を謳歌したものや、人生を描いたものなどがあり、実に豊かなものである。例えば、天候に関するものといえば、四季の各時節をうたい、それにまた各々晴れ曇り、朝夕などの異った変化をとり入れ、多様な現象を、その時、その場所、その心情でうたい、読む人の多様な感動を誘う。風景といえば、山岳、川流、湖泊、庭園や山寺などと、名所も描けば、ごく普通の近隣にある平凡な景色をも謳っている。七十六歳の長寿であった詩人は、その鋭敏で多感な筆をもって生涯を謳歌した。自分のこと、家族のこと、朋友との付き合いなどを通して、彼は己れのことや、他人のこと、楽しかったことや、悲しかったことなどを、些細な面に至るまで一つ一つをとり上げて文学に仕立てている。ここに一つ注目すべきことは、古代の中国知識人は、なぜか公務のこと、男同志の友情をよく文学の素材に取り扱うが、家庭や妻子など、私生活の部分には余り触れたがらないような傾向がみられる。試しに、唐代以前の詩をざっと見ても、妻との愛情をうたう詩篇に、漢代の秦嘉（一五〇年時代）と妻徐淑の情詩が六首ほど残っているのと、晋代の潘岳（二四七？—三〇〇）が妻に贈った詩二首と、妻の死別を悼う詩が三首ばかりあるだけで、その他には、陶淵明（三六五—四二七）や杜甫（七一二—七七〇）が時々詩の中で妻子のことに言及しているだけである。この点、白居易は実に珍しく、妻・娘・息子や孫など、家族全体のことをよく詩の中にとり入れて日常生活を描いた。陶淵明や杜甫に先行する例がないではないが、自覚的に、大量に平凡な家庭生活をうたい出したのは、やはり白居易に始まるといってもよいのだろう。

長寿ではあったが、多病でもあった白居易は、生涯常に貧乏に脅され、また、事業の上の不順や、娘・息子・最愛の友に先立たれたりして、その生活は決して幸福に満ちていたとはいえなかった。それぞれの悲しみを、彼は偽らずに書いた。いろいろな悲しみを噛みしめながら、彼は根強く生きてゆき、知識人としての教養に頼り、どのような困難の中でも自分を励まし、時にはユーモアな口振りでもって、そのような人生に相向った。同じ唐代で、もっと名高い「詩仙」と称えられた李白（七〇一—七六二）は、才溢れる詩人として、詩の国の頂点に立つべきであろう。だが、その非凡な才能と想像力は、後世の読者も高く崇めずにはいられない境地にある。その詩篇は人々の感嘆を招くと同時に、一種のまぶしさをも与える。とても普通の人の身辺にあって手にとれるものとは思われない。それに比べると、白居易の小さな幸福、致し方のない不遇、人生さまざまの平凡な楽しみや悲しみとの出会いを描いた多くの詩は、多くの人が実生活で体験し、味わえる事柄のように思える。それらの事柄と、そのつどに湧き上る感情を、彼は偽らず、誇張せずに、優しく細々とよむ。一字一句、その詩を読む人に、親しさを感じさせ、皆の胸を深くうつ。つまり、国籍を問わず、人ならば誰にもあり得るような悲しみや喜びを、白居易は分り易いことばで語った。このような特色をもつ『白氏文集』が中国本土だけでなく、遠い日本の平安朝の人々にも愛読されたのは、納得できるものであろう。

　ましてや、人生を遍歴し、いろいろの悲しみをのり越えた晩年の詩人は、人の世のはかなさをいよいよ悟り、仏の道に向い、自らを「香山居士」と名のり、その詩もいっそう淡々とした禅味をただよわせているとなれば一層のこと。仏教はもともとインドの宗教であるが、漢代以後、中国に伝来し、六朝や唐代の上流社会、知識人の間に広まった。日本も遣唐使節を通して、中国より仏教の思想と文化を摂取し、平安朝の貴族と上流社会に受け入れられるようになった。故に、『白氏文集』の中によく見られる禅味の深い作品は、ひとしお当時の日本の知識人達の共感を呼んだに違いない。

白居易は人を愛した。また、一草一木をいたわり、宇宙すべてのものに深い関心をもっていた。『白氏文集』の中には、咲く花、鳴く鳥、そよぐ風など、美しいものはむろん、その外、他人ならばあまり好まないであろう衰えた荷の花（後集十二、衰荷）、または常に人々に嫌がられる蚊（巻十一、蚊蟆）、蟻、鼠（後集十七・禽虫十二章）などまでを主題にとって詠じている。自然を自然そのものとして好き嫌いなく受け入れる詩人の心は、実に寛大豊かで、慈悲に満ちていた。それは、彼が人生そのものを全体に抱擁し、文学に映したのと同じ道理である。このようにして、宇宙全体を愛し、己れを宇宙の一個の存在として考えるその目は、清らかな慈悲に満ちた宗教的な情操をもつものともいえようが、実はこれは中国伝統の道家の思想とも一致する。『荘子』の中の「斉物論」が、そのような考え方を充分に表わしている。『白氏文集』のいたるところに見られる幅広い主題は、作者が正に「天地も我と並（なら）び生（しょう）じ、万物も我と一（いち）為（た）り」という哲学の極致を文学として語ったものだとみえる。

以上、論文発表の時間に限られて、詳しく一々例をあげられなかったが、総じていうと、『白氏文集』は単に博大なる作品の量をもつだけでなく、その内容の豊かさと主題の幅広さは、それまでの詩人の匹敵できないものだといってもよいと思う。そして、白居易の描く世界は遠く身の届かないきらびやかな仙界ではなく、一般の人間のすぐ身のまわりにあるなじみ易い物事であり、彼はそれらの親しみ易い物事と感動を、平易な分りやすいことばで語ってくれる。『文集』

を通して、人々は白居易という一人の男を詳しく、親しく認識し得るとともに、それは、おのおの自分の身のまわりを振り返り、実感と共鳴を引き起されるものを内在させていると言える。

なお、『白氏文集』に収められた数多い作品は、宇宙、自然、人間生活をいろいろと広い面に渡って謳歌している。それは漢詩を作る場合に、一つの便利な、いわゆる事典の役割を務めるようでもあった。漢詩制作の場合ばかりでなく、その作品を読んでいる中(うち)に、感動を覚え、それに倣ったようなものをも書きたくなるのであろう。金子彦二郎氏が「白氏文集の渡来について」(『松井博士古稀紀念論文集』昭和七年二月)に記す通り、「千載住句」と「句題和歌」にある白居易の作品が圧倒的な比率を占めている事実よりみても、これは頷けることだと思う。

以上、白居易は中国本土では決して文学史上の第一人者として考えられなかったが、平安時代においては反って李白や杜甫を淩ぐ一番人気のあった中国の詩人であった事実とその原因に少し触れて来たが、中国人の立場より見て、もう一つ注目すべきことは、やはり何といっても平安文学の最大の誇りである『源氏物語』が『白氏文集』の中にある文学を大量に引用していることであろう。

実をいうと、『源氏物語』が中国の読者に正式に紹介されたのは、約二十年前のことである。現在に比べると、臺湾と中国大陸の間は、当時ほとんど閉鎖されていて、互いに消息が杜絶えていた。臺湾方面は、一九七八年、私の中文訳『源氏物語』の出版により、始めて紫式部の絢爛たる古典の世界を知ることが出来得た。ずいぶん後になって知ったことだったが、大陸方面では豊子愷氏が私より十年ほど前に既に同じ仕事をしていたようだった。しかし文化革命に当り『源氏物語』のような貴族生活を描いた文学作品は、当然プロレタリア思想に違反する所あって、その訳本は原稿のままになり、豊氏の死後、一九八〇年から一九八三年に渡って一冊ずっ、三回に分けられて刊行された。このように、豊氏訳も、私の訳本の出版もごく近年のことであったが、中国の読者は皆たいへんな感動を覚えた。

中国の読者が『源氏物語』を読んで、まず先に連想せずには居られないのが、自分達の愛する『紅楼夢』だろう。源氏と賈宝玉は類似した所が沢山ある。二人とも高貴な出身とすぐれた容貌や才能をもち、そしていつも大勢の女性にとりかこまれている。複雑な人間関係を描くその絢爛極まる世界には、いいこたえようのない「哀れ」の雰囲気が漂う。勿論、両者の間に相違がないのではないが、これほど似通った本が『紅楼夢』より何百年も前の日本にあったのかと、中国の読者は目をみはる。

『源氏物語』を読んでいくうち、書中いたる所にみえる中国古典文学や歴史の典拠は、また読者を驚かせるものとなっていると思うが、ことに「桐壺」の巻に現われる桐壺帝と更衣が、「長恨歌」の唐の玄宗と楊貴妃の化身ともいえるような点に、いっそう親近感を覚えるであろう。玄宗と楊貴妃の間について、陳寅格氏は既に論文を発表し、実は白居易の「長恨歌」にみるような美しいロマンスはないと指摘している（臺北・一九八一年・里仁書局『元白詩箋証稿』一―四四ページ）。もともと、『白氏文集』では、「長恨歌」は感傷類に配されていて、作者はこれをもって玄宗と楊貴妃の間の不倫（楊貴妃は実は玄宗の第十八皇子寿王の愛妃であったのを、玄宗が横取りして自分の貴妃にした）を責めるつもりはなかったようだ。白居易は文学の虚構の筆によって、玄宗と楊貴妃を主人公に、生と死を越えた永遠の美しくも哀しい愛のストーリを造り上げたのだった。

だが、この歴史の事実にそむく「長恨歌」は余りにも美しく、読む人の感動を誘ったのだろう。人々は歴史には構わず、文学の方を愛した。「元九に与うる書」で白居易は、長安のある娼妓が「私は白学士の長恨歌を暗誦することができるから、他の妓とは同視されるべきでないわ。」と誇らしげにいっていたというエピソードを記している。紫式部も恐らく白居易の文学に魅せられ、「長恨歌」の玄宗と楊貴妃をモデルにした桐壺帝と更衣を平安王朝の舞臺に再現させたのではないだろうか。「桐壺」と「長恨歌」について、私は既に小論（一九七六年・純文学出版社・『水与古典』二五七―二七五ページ）を発表しているので、ここでは立ち入れって論及するのを省く。ただ、翻訳された中国文の『源氏物語』を通しても、中国の読者は英・米・仏・独などの読者より興味深く「桐壺」の巻を読むに違いないということを、私は強調したい。それは、紫式部の綴る文章がエキゾチックな外国の昔話を物語ってくれるのと同時に、また自分達のなじんでいる「長恨歌」のイメージと物語が、時々相重なって現われるからである。翻訳者としても、その部分は、一度紫式部によって和文に書き替えられた「長恨歌」を、また白居易の原文に戻すだけでよいので、とても自然な、そして奇妙な体験であった。「桐壷」の巻だけに限らず、全書を通して、中国の典拠、ことに『白氏文集』の詞が『源氏物語』の中に巧みに織り込まれているのを、中国の読者は常に好奇心と親近感を覚えながら読み入るのであろう。

「元九に与うる書」で、白居易は自分の詩の中で、人々の愛するものは、雑律詩と長恨歌以下に過ぎない。世間の重んじているものは、己の反って軽くみているものだと述べている。つまり、白居易が一番価値のあるものとみていた諷諭類の詩は、作者の予想外に、あまり人々に愛誦されていなかった。逆に彼がとくに重視していなかった五言・七言や、長句・絶句・律詩など、さまざまな形式でうたった幅広い生活の体験や、「長恨歌」以下（恐らく「琶琵行」なども含まれていたものであろう）、外界の物事に牽かれ、内心の情理に動かされ、感遇に随ってうたった作品の方が、いたる所で大衆に歓迎されたのだった。

当時だけでなく、実は後世の今日になっても、白居易といえば、誰もがすぐ連想するのは、やはり「長恨歌」と「琶琵行」であろう。そして、後世の文学に一番大きな影響を与えたのもそれである。唐代の陳鴻は、「長恨歌」を散文化して書き替えた「長恨歌伝」で名をあげた。元代の白仁甫は「梧桐雨」を、明代の屠隆は「彩毫記」を、呉世美は「驚鴻記」を、清代の洪昇は「長生殿」を、皆それぞれ「長恨歌」に基づいて、戯曲に書きあげている。また、「琵琶行」の方も、元代の馬致遠が「青衫涙」、明代の顧大典が「青衫記」などの戯曲に書き替えている。何故だろうか？諷諭の詩は時局や政治を批判するために書かれた。優れた作品であったが、それらはある一定の事件、或は一定の目的のために書かれたものであって、時代が変り、類似した事態がなくなれば、自ずと人の心を揺がす力が薄らいでいくのではないだろうか？だが、生と死をふみ越えて誓い合った哀しい愛情や、一人の不遇の男と色褪せた琵琶を弾く女との出合いをうたった「長恨歌」と「琵琶行」は詩そのもののもつ深い感傷によって、何時でも何処でも、読む人の共鳴を呼び起す。

「白俗」といわれたのにもかかわらず、白居易の作品はある面から見ると、反って李白や杜甫などの文学よりいっそう広く、深く大衆の心の底に刻まれていたようである。それは決して単に文字が平易だったからではないと思う。人間ならば時と所を問わず、誰もが感動する内容を、自然に、巧みにうたった『白氏文集』は、文学として見のがせない最大なる魅力をもっていたからだ。それ故、紫式部は『白氏文集』を愛誦し、その詞を自分の作品の中に織り入れた。紫式部だけでなく、清少納言も、その他の数多い平安時代の知識人達も皆こぞって白居易を愛し崇め、彼の作品に学び倣い、ついに日本文学史上の燦然たる平安文学の聖壇を築きあげた。ここに『白氏文集』は国境を越えた文学の価値を証明したものと、私は思う。

關於古典文學作品翻譯的省思

前言

從一九七三年至一九九三年的二十年之間，我譯注了日本平安時代（七九四—一一九二）的三本重要文學作品：《源氏物語》、《枕草子》、《和泉式部日記》。我將在此短文內，披露個人實際執筆翻譯此三種日本古典文學作品之際所遭遇到的一些問題，以及如何暫時解決這些問題的心得。在我回顧過去二十年的這些經驗而撰寫本文時，心中難免仍存在著自省與不安。

一

《源氏物語》、《枕草子》、《和泉式部日記》三本書為日本文學史上極重要的文學遺產，但由於時隔千餘年，如同世界上其他許多重要的古典作品，常出現多種不同版本。因此在翻譯之前，原著版本的選取是一個十分令人費心的問題。

許多年前，我曾訪問日本的國文學研究資料館，當時負責接待我的是一位年輕的《源氏物語》專家（日本學界於《源氏物語》之研究，一如我國學界之《紅樓夢》研究，古來頗有許多著名的專家學者）。當時我正在譯注此書，那位年輕學者首先關心的是：「妳根據什麼版本？」在聽完我的答覆後，他有不同的意見與建議，並且為我臚列出一張相當長的參考書單。

我又想起《源氏物語》的譯事初竟時，在日本文化交流協會的安排下，我曾在東京會見円地文子女士。她是日本傑出的一位女性作家，並曾翻譯《源氏物語》爲日本的現代語體文，後來獲得文壇最高榮譽——天皇獎，円地女士與我交談時，提及在她翻譯之際遇見版本異同及注釋分歧的問題，她情緒激越地說：「學者專家們總批評我的不是，但是去請教他們時，所得到的答覆往往是：一說如何如何，又說如何如何。」她說：「我是在翻譯呀，不是在課堂上課，或在寫一篇論文；我不能多所猶豫徘徊，必須在白紙上寫下一種自己的判斷啊！」

円地文子女士的話，深得我心。愈是著名的經典之作，其版本愈多，研究者依不同版本（甚至同一版本），解釋的意見往往分歧，有時更呈現南轅北轍的現象。然則，翻譯者當何去何從？從我個人過去多年的教學及學術研究經驗，我深知世界上只有「較好的」古典作品版本，而幾乎沒有「最好的」古典作品版本；更無人敢保證在千餘年的傳鈔過程中，哪一種版本是原著的本來面目了。至於翻譯者與學者所持的態度，也未必完全一致。研究者可以對某一問題客觀地臚列衆多異說而加以批判，甚或可以對其保留懸而未決的結論；但翻譯者卻不可能在譯文裡留白，往往只能於衆說紛紜之中做較主觀的判斷而下筆譯出。因爲譯者所面對的讀者，應該是一群對原著的內容充滿好奇與期待的人，他們未必對原著的解說歧見十分關心。在這種情況下，既譯文又兼顧歧說，是不可能，也不必要的。

一九七三年，我初譯《源氏物語》時，所採用的原著底本，先是臺灣大學總圖書館內日據時代遺留的古文注釋本，吉澤義則譯注的《源氏物語》。其後，有機會赴日購置小學館《日本古典文學全集》中的《源氏物語》全套十大冊。此套《源氏物語》的譯注，係由當代日本平安朝文學研究之三大權威學者阿部秋生、秋山虔、今井源衛所共同負責而成，故較以往個別的學者所執筆者爲周詳允當。除了上述二種底本外，我又備有與謝野晶子、谷崎潤一郎及円地文子等三種近代作家的日本現代語譯本。其所以如此，乃因爲學者的注譯固然詳實，但文章卻往往比較拙滯，甚而有時保留猶疑，或懸而未決的空間，做爲中文的譯者，我需要較多的資料，以爲解決疑難之助。就中，尤以谷崎潤一郎耗費三十年三訂其文的《新新譯源氏物語》爲我最心儀。它既有眉注以助古文釋疑，譯筆又華麗流暢，富有原著的氛圍。不過，以日本現代文譯其古文，終不免仍有一些地方令外文譯者無法釋然；尤其和歌部分，現代語譯者多保留其古典之原貌（這個現象，或者也正足以說明詩歌之不可譯吧）。所以我又準備了兩種英文譯本在案頭，爲參考之用：其一是英人Arthur Waley的，另一是美國學者Edward G. Seidensticker的譯本，兩種書都譯爲*The Tale of Genji*。我開始翻譯時，Seidensticker教授的英譯本尚未問世，故只能參考Waley本。但Waley本雖譯筆優美華麗，頗能傳神，卻非全譯，且往往有西化的解讀方式，是一種屬於“Free style”的翻譯。Seidensticker的英譯本，則是全譯，而且也比較精確，但句構較簡潔，稍失原文旨趣。可惜我得手時，自己的中譯工作已進行至尾聲；但無論如何，對於後段之譯注，以及修訂工作，仍有非常大的助益。

至於《枕草子》，我所用的底本是小學館《日本古典文學全集》的注釋本《枕草子》。這是因爲一九八二年參加美國印第安納大學所主辦「國際源氏物語大會」時，聽取秋山虔教授之意見所致。不過，我同時又參考了角川文庫，以及新潮社的另外兩種《枕草子》注釋本。而且，很幸運地在英國倫敦與日本京都二地分別獲得英國學者Ivan Morris的節譯，及全譯的兩種英文本*The Pillow Book of Sei Shonagon*。故翻譯《枕草子》時，我自始便有比較完整的各種版本的參考資料；美中不足是，在我譯竟出版後，才輾轉自大陸友人處得到周作人的中文譯本《枕草子》。豐子愷的《源氏物語》也是在我自己的譯本出版後所得，同樣都是十分遺憾之事。

去年出版的《和泉式部日記》，所採用的底本，也是小學館版的注釋本《和泉式部日記》，另外，又參考了新潮社版本。此書的英譯本，似尚未問世，大陸方面是否已有中文譯本，亦不可得知。所以我譯注《和泉式部日記》，只有比對兩種日文版本，而沒有其他的外文譯注本可供參考，心情難免更惶恐寂寞了。

以上，一一列舉我譯注三種日本古典文學作品時所用各種版本，是基於兩個原因：其一，是交代個人在翻譯時所採用諸底本及參考書目；其二，是想說明，在衆多版本的歧說紛紜裡，我當時如何取捨判斷的問題。

如上文所述，千餘年以前的作品流傳至今，書寫傳鈔之際，自不可能保留原著的本來面貌，而後人有意無意之間的增删之筆，亦爲勢所難免。至於不同人的不同譯注，則更是各師其法。當初我所以在案頭放置各種版本，乃是藉以多所參考比較，以爲譯事之助益：豈料，結果反而令我迷惑更深，難下判斷！三種書雖云各有基本的底本，但底本所注解翻譯的，未必處處完美；更何況，有一些原著裡的文字，至今仍爲學界所爭論未已，甚或懸而未決。遇此情況時，我只好斟酌各本，從上下的文意予以推敲判斷。畢竟，翻譯是不同於學術研究，總要有一種「自以爲是」的選擇而在白紙上落墨，否則如何令讀者卒讀？不過，如果歧說之距離過大，甚或彼此意見相左，則需要附以注文解釋才好。

二

在翻譯此三種日本的古典文學作品時，我心目中所設想的讀者，當然絕大部分是文學的愛好者，也可能包括比較嚴肅而認眞的讀者——例如研究日本文學，或中日比較文學的學者。

爲外國文學的愛好者設想，當然應當求譯文通達，能引發閱讀的興趣。詰屈聱牙的文字，徒令讀者望之卻步。然而，我則又以爲翻譯外國文學作品時，應當適度保留該國語文的一些韻味氛圍——易言之，翻譯俄文、法文、德文或義文時，於行文之間，最好能帶一些俄、法、德、義等語言文字的趣味。這所謂「趣味」，「韻味」或「氛圍」，是相當抽象曖昧的語詞；或許可以反過來說：我不希望所閱讀的俄國小說、法國小說、德國小說或義大利小說，全都變成中國的唐人小說、宋人話本或明清的章回小說般「純中國風味」。我認爲適度的「異國情調」，正是外國的文學作品所以能引發讀者愉悅情趣之所在處。

因而，在我比對原著文字與中國文字而下筆之際，一方面希望譯文能夠儘量精確地掌握原著的內涵情思，另一方面又企圖能夠稍稍接近作者所使用的口吻。這種努力應不露痕跡才對，但在我個人而言確實相當費了一番心血。譬如《源氏物語》這個書名，我沒有譯爲《源氏小說》或《源氏話本》，而逕採原來所使用的「漢字」，但在序文中略爲介紹「物語」此一外來語彙。我後來看到大陸的豐子愷先生也採用同樣的譯法，深爲慶幸自己當初的考慮。而兩種英譯本都取“The Tale of Genji”，未作“The story of Genji”，大概也是顧及“Tale”較諸“Story”爲典雅之故吧。

至於如何在中文翻譯之際試圖多保留日本古典語文氛圍呢？這一點，其實是一言難盡的。不過，在此或可略舉幾端實例以爲說明之便。

一般而言，日本語文予人的感覺，較中國語文迂迴委婉。有人以音樂取譬，稱中文有如鋼琴之聲音，日文則似小提琴：演奏同一曲調，其音響感人之效果，卻略微有別。我認爲以琴鍵之音，取代琴弓之聲，雖不易爲，但是適度強調其連綿感，或可以接近其趣旨，故譯文有時不避諱拉長句式，而未予逕自剪裁成爲比較簡潔的中文句式。舉實例於下：

一般做乳母的人對自己從小撫養帶大的孩子總是有一種偏愛，覺得與眾不同的，何況這位乳母所撫養帶大的是源氏之君這樣稀世的人物呢！（《源氏物語》上冊，頁六三）

正擔心他們不知要將車子停靠在哪兒？只見那前驅者之輩，陸陸續續下馬來，不管青紅皂白地把人家原先就駐停在那兒的車輛給挪走，卻將自己隨同侍者的車子都拉過來停靠，可真是教人嘆為

觀止了。（《枕草子》，頁二三三）

在悲歎著比夢更虛幻不可恃的世間男女情事之間，竟度過朝朝暮暮，不覺已居四月十餘日，木下樹蔭漸呈濃暗了。土垣之上草色青青，他人或者未必特別注視，卻由不得依依眺望之際，忽察覺籬笆近處有人影晃動。究竟是誰啊？正疑惑著，原來是那個曾經近侍過故親王的小舍童人哩。（《和泉式部日記》，頁一）

除此之外，日本人在日常語文中使用語尾助詞以表態之習慣，似較我國人爲多，若爲求國人閱讀之認同而逕爲之省略，則原文情韻盡失；而況，三書的作者均爲平安時期上流社會之女性，她們筆端所大量出現的「的」，「呀」，「嗎」，「啦」……等詞，正是作品文字的特色與魅力所在。舉例如下：

唉，以後對那一位不再心存懸想了。這等悲與恨，都已深烙在心上，忘也忘不了嘍。那位三親王一向都是能言善道，怪不得人家要去攀高貴的人哩。唉，真箇羞死人啦。以後再也不敢到這兒來探望你們了。只希望你千萬不要將這個魯男子的故事外洩才好。（《源氏物語》下冊，頁一〇五〇）

可是，既然忝為名詩人之後，多少總得比別人稍稍高明一些，也好讓人批評說：「『甚麼場合作了甚麼甚麼歌，那和歌可真不賴，不愧為某某詩人之子』啦甚麼的。這樣子，作起歌來才有勁兒。」若是作出來的詩歌，一點兒都沒有特色長處，還自以為佳作，得意洋洋地率先詠出。那怎麼

對得起亡去的人呢。（《枕草子》，頁一二六）

瞧，故去的親王不也是他帶路走訪的嗎？徹夜通宵地出遊，怎麼會有好事兒呢！他若是再這樣陪您亂遊，可別怪我去稟報主上哦——「這哪是到甚麼地方去走動呢。只不過是閒得慌，隨興逢場做戲罷了；真用不著世人大驚小怪多議論啊。」（《和泉式部日記》，頁四〇）

不過，《源氏物語》、《枕草子》及《和泉式部日記》等三種書，除了是日本的文學作品，同時更是其古典文學作品的瑰寶。也曾考慮到這個問題如何以中國現代語文翻譯，而又能適度地使讀者感受到這一點呢？在翻譯之前，我也曾考慮到這個問題。此三種書雖然分別爲小說、隨筆、日記等的不同文體，其間卻異中有同——皆由散文與和歌交織成文。於是在翻譯散文部分時，我故意在白話的譯文中，偶爾散布一些比較淺近的文言文，以增添古典的趣味。其例略如下：

光源氏依依不捨地啼泣仰望道：「讓孩兒跟您去吧！」可是靈影已消失，只見月華皎潔。這情景不像是夢境．似乎亡父身影仍在什麼地方呢。雲飄浮在天空，悠悠而過。近年來，夢境中不見亡父已有多時，正懷念掛慮之際，如今竟清晰拜見，雖係短暫的一瞥，卻歷歷仍似在眼前。（《源氏物語》上冊，頁三〇四）

胡枝子，因色澤頗深，故以枝莖柔弱，霑著朝露而在風中一片披靡者為最可賞。牡鹿尤其好之，而習於近畦，更令人產生好感。（《枕草子》，頁七六）

約莫過了兩天，親王乘坐女用牛車來訪。以往從未嘗在白晝裡相會，故而十分靦腆，可是又不便害臊躲起來。乃想到，倘使果如親王所言，有朝一日真的遷移其宅，也不能老是這麼羞澀不前，遂只得勉強挪移出迎。（《和泉式部日記》，頁一一六）

至於三種書之中頻頻出現的和歌，我既未譯成白話詩，亦未套用我國的古典詩之五、七言絕句形式，而另外自創一種近乎楚歌體的三行形式（關於我譯《源氏物語》的和歌，另有專文發表於一九七九年六月號的《中外文學》月刊，頁二四—四八，此不重述），由遣詞用字的古典風味，及形式上的刻意安排（見下舉例），讀者當可感受到既饒古典趣旨，又與傳統中國古詩有別的區分吧。豐子愷譯《源氏物語》兼採五絕及七言二句的不統一形式；周作人譯《枕草子》則取三行體白話詩。下面，我將並舉自己的譯詩，與豐氏、周氏二位之譯作，以供參考比對：

雲掩翳兮月朦朧，
清輝不及荒郊舍，
獨有一人兮懷苦衷。（林譯《源氏物語》上冊，頁一〇）

欲望宮牆月，啼多淚眼昏，
遙憶荒郊里，哪得見光明。（豐譯《源氏物語》上冊，頁一一）

生別離兮總悲苦，

鏡若有情留君影，
　對此聊堪兮慰相思。（林譯《源氏物語》上冊，頁二七一）

鏡中倩影若長在，
對此菱花即慰心。（豐譯《源氏物語》上冊，頁二六五）

君難求兮促儂歸，
　蓮花瓣上露猶泫，
　何忍離斯兮俗世依。（林譯《枕草子》，頁四四—四五）

好不容易求得的蓮華法露，
難道就此放下了不想去霑益，
卻要回到濁世裡去嗎？（周譯《枕草子》，頁四五）

子規啼兮卿往尋，
　早知雅興濃如此，
　願得相隨兮託吾心。（林譯《枕草子》，頁一二四）

如果我知道你是聽子規聲去了，

我即便是不能同行，
也讓我的心隨你去吧。（周譯《枕草子》，頁一二八）

以上，句式的刻意拉長，多使用語尾助詞，以及和歌中譯時的設計安排等三方面，我試圖保留一些原著的日本古代語文氛圍；其實，除此之外，我也曾考慮到《源氏物語》之作者紫式部、《枕草子》之作者清少納言及《和泉式部日記》之作者和泉式部，三人個別之間所呈現的文章風格問題。大體言之，紫式部的文筆流暢華麗，清少納言較爲簡潔剛陽，和泉式部最爲含蓄委婉。如何以一人譯三書而呈現其間的差別呢？如何避免使紫式部、清少納言及和泉式部都變成只是一個林文月呢？尤其是我自己也已經有了多年的創作經驗，或者無意間也已經具備了所謂某種「風格」，而很自然地使三種原著的文章風格呈現近似，甚或完全一致的結果呢？基本上，譯者要完全摒棄自己的行文習慣，大概是不大可能的，所以在翻譯之際，想使作者與譯者之文筆完全重疊，也恐怕是不可能的事情。不過，在此我願意稍微披露個人所作的微薄努力：首先，當然是盡量以最貼切的中文譯出原文，這是達成其目的之最起碼要求。試舉一個具體例子，以便說明。《枕草子》一書冒首之句：

春はあけぼの

歷來傳頌爲千古名句。其意義爲：「春天，以天剛亮的時候爲最佳妙。」但原文著墨甚少，直接譯出，會成爲：「春，是曙。」(「あけぼの」在日文裡，可以用「漢字」的「曙」書寫出)如此忠於原文的結果，恐怕讀者根本無法明瞭，更遑論欣賞其趣旨了。我幾經思慮，不得不做若干增添，而得到下列幾種譯法：

（一）春天，以曙時為最佳妙。

（二）春，以曙為最佳。

（三）春，曙為最。

我又曾以此三種譯文，最能貼近原文的氣氛，與日本漢學者討論，交換意見。結果，一致認爲第(三)種的：「春，曙爲最。」但是，在譯文刊出時，我還是不得不在句下附注，以求傳達原文的旨趣所在。

我後來看到周作人先生所譯如下：

春天是破曉的時候最好。(周譯《枕草子》，頁三)

另外一點，則是在使用字彙時，我故意避免兩書的譯筆重複一致。例如在《源氏物語》的譯文中已經使用過的「大夥兒」、「什麼」、「吧」等詞彙，在譯《枕草子》時，都刻意改用「大伙兒」、「甚麼」、「罷」等義同而形異的字，以取聊爲之區別的意旨。

不過，說實在的，在譯注《源氏物語》時，我自己並未料到若干年後，會再譯《枕草子》；而即使其後再譯《枕草子》，我也還是沒有預料其後會更譯箋《和泉式部日記》。故而前二書之譯文，或可援用上述的改變字彙以稍示區別；然而，設若今後再從事其他譯作，勢必至於技窮而無法翻新了。如此看來，譯文終究還是必然會受到譯者平時行文習慣影響。這大概是無法避免的事實吧。

三

《源氏物語》、《枕草子》及《和泉式部日記》，均是日本文學史上的經典名著。今日的讀者，不僅以純粹欣賞的心態讀之，更視爲學術研究之對象，而研究者既多，遂於版本源流之外，又增添不少解釋上的異見分歧。似此複雜的問題，翻譯者非研究者，未必有責任一一爲之解說。但對於某些重要的爭議，自又不能視若無睹，故有時又需要在譯文方面求其流利貼切外，設置注解，以助益翻譯所未能盡意之處。在我所譯的三書之中，以《源氏物語》的注解爲最多。每帖之後，少者近十條注文，多者達六，七十條。《枕草子》係隨筆小品文，有些段落的文字極其簡短，問題卻也不少，有譯文寥寥三兩行，而附注卻多至二十餘條者。《和泉式部日記》爲三書中注解最少者，但是仍不免於每段後附注，又其行文時或隱晦，故需爲之箋說整理，以助閱讀。

我安排的注釋，大體有五端：一是版本異文之說明。雖云譯者不比學者，無法猶豫徘徊於版本歧說之間，但既取一端以落筆，時則又不免忐忑難安，故需在附注中說明之。其例如下：

《枕草子》第六十二段〈牛車走過人家門前〉注（1）：「此二，三句，頗多異文。今參考英譯本，

勉為譯出。」（頁六九）

其二是原著行文過於簡略或含蓄隱晦，倘不適度添增筆墨，即無以使讀者了解處：

《源氏物語》第二十五帖〈螢〉注（6）：「此處原文著墨簡略，以其晦澀，故稍潤飾之。」（上冊，頁五四四）

其三是日本古代器物，風俗等稱謂，無適當中文可譯，而採直譯者：

《源氏物語》第三帖〈空蟬〉注（1）解釋「妻戶」：「設於寢宮四隅之門，開時在外邊掛上掛鉤時則在東邊掛上掛鉤。」（上冊，頁六〇）

其四是雙關語之指謂。這種巧取音義雙關之詞彙，終非外國語文所能取代，故須要附注以點出其妙趣：

《源氏物語》第五十帖〈東屋〉注（22）：「日語『吾妻』與『東土』音同，故巧取其音義雙關之妙。」（下冊，頁一一九二）

《枕草子》第一三四段〈七日嫩草〉注（3）：「此和歌頗取音義雙關之妙。日語『採擷』與『聚集』，『菊』與『聞』諧音。表面謂：無耳草以其無聞辨語，多亦無益，未若野菊聞辨巧心；實則又託眾童諷刺。如前第一三三段之描寫自然風物部分；世人雖云多，而未必具有賞美之慧心也。謝

靈運詩：『情用賞為美，事昧竟暫辨。』（〈從斤竹澗越嶺溪行〉）義近之。」（頁一五九）

其五是和歌，及文內，或和歌所引用中國詩文的典故出處。關於和歌的引用，《源氏物語》、《枕草子》或《和泉式部日記》都十分頻繁。在我譯注《源氏物語》時，由於原著譯文已超過百萬字，恐再一一譯出其歌詞，將使注更呈繁蕪，故僅標明出處及作者，如：「句出《古今集》戀一無名氏和歌」（上冊，頁二三〇），或：「〈拾遺集．春〉素性法師作和歌。」（上冊，頁一五二）；偶爾也譯出其中片段（如：「〈拾遺集．戀三〉無名氏作和歌有句：「衣裳居中愈隔閡」（上冊，頁一五二），以助益讀者。至於《枕草子》及《和泉式部日記》則因分量較少，故不僅注明典故出處，並譯出其詩文，如，句出〈古今六帖〉卷六：「枕上眠兮未嘗憂／枕中菰草高瀨淀／豈知離別兮不可留。」（《枕草子》，頁一四五），又如：「女感動於敦道親王之情，故答稱：一夜不眠，除君而外思底事。」末句襲用白居易〈上陽白髮人〉詩句：「耿耿殘燈背壁影／蕭蕭暗雨打窗聲。」至其後文，則沿此白詩而來，暗示身在屋宇之內，而淚下如雨也。此又暗引〈拾遺集．戀五〉紀貫之所作和歌：「未肯停兮雨蕭蕭／雖居屋室袖爲濕／底事傷情兮守長宵。」（《和泉式部日記》，頁四二）。至於典故明襲或暗踏中國古籍，則不僅注明其出處，且又翻查原典，詳爲之還原。下面更舉二例以明之：

《源氏物語》第九帖〈葵〉注（22）：白居易〈長恨歌〉句：「『鴛鴦瓦冷霜華重／翡翠衾寒誰與共』當時東傳入日本，或有一本作『鴛鴦瓦冷霜華重／舊枕故衾誰與共』（金澤文庫本）。一九七一年出版京都大學人文科學研究所校定《白氏文集》即據此。」（上冊，頁二二一）

《枕草子》第一四〇段〈五月，無月的闇夜〉注（2）：清少納言蓋巧妙踏襲《晉書王羲之傳》：「嘗寄居空宅中，便令種竹，或問其故。徽之但嘯詠指竹曰：『何可一日無此君邪。』」以吳竹為中國傳來，故有此聯想，足證作者才智過人也。（頁一六七）

我所以不厭其詳地查證還原詩文中所引之我國古典作品，一方面固然因譯注過程中既已查獲出典處所及其原文，乃順便保留於注文內。如此，或者另一方面也便利比較嚴肅的讀者，甚或可供中日比較文學研究者的參考。一舉兩得，何樂不爲。

四

以今日中國讀者覽閱千餘年前的日本古典文學，其間必然困難重重，蓋不僅是語言文字之隔閡而已，許多生活習慣，風俗民情的差別，也是譯文所難以直接傳達的。爲了進一步的助益讀者，我在翻譯《源氏物語》等三本書時，都有兩種安排：一爲附設插圖，二爲序文說明。

在修訂版《源氏物語》上、下二冊之前，各附一張銅版紙彩色圖畫。上冊印製作者紫式部畫像，及第二十五帖〈蓬生〉的平假名詞書；下冊則爲一大張第五十帖〈東屋〉的繪卷。這三種資料都引自日本繪卷物全集中的《源氏物語》（角川書店，一九七五年修訂版）。我希望讀者在進入中文譯本的閱讀前，能經由此觀賞而領略原著作者的模樣、行文，以及平安朝代上流階級生活的輪廓。至於每帖之前所安排的一張黑白版畫，係採自與謝野晶子現代語譯《源氏物語》（岩波文庫，一九七二年版）。讀者或者可以從插圖的視覺效果，直接看到原著那個時代日本人的衣飾、器物、屋宇，以及若干風俗習慣。在此順便提一事：大陸方面出版的豐子愷先生所譯《源氏物語》三冊，也有彩色插圖十八幅，恐怕是出自中國現代畫家手筆。雖亦勾勒出文中相關的人物，器具，屋宇等各方面，可惜其人物造形與比例都嫌欠缺日本當時的風味（平安文化受唐朝影響，賞美觀念偏好豐腴華麗，十八幅插圖中的人物形像較爲清癯素雅，未符事實）。

《枕草子》的書前，也安排一張銅版紙彩畫。由於該書作者爲平安朝代女官，書內多記皇族及宮中行事，所以圖取東京田中親美氏所藏〈年中行事繪卷〉之中宮大饗部分。至於書內九幅小插圖係採自小學館日本古典文學全集所刊而與譯文相關者。例如第四十頁右下角的〈檳榔毛牛車〉版畫，爲印證該頁所載文字第三十二段的內容而設。雖然四十一頁注（2）有文：「日本古代貴族所乘用之車，細撕蒲葵之葉以裝飾車頂者。已見前文第六（譯文誤植爲「五」）段，第九頁注（1）另有文：「以蒲葵曬乾者裝飾車廂之牛車，爲當時貴族女性乘車。女官亦可乘用。此指作者及其同儕所乘用之車。」注文如何仔細，終不及插畫當下立即的視覺效果。所以雖然篇幅有限，也還是可以對讀者產生效益的吧。

《和泉式部日記》的文字含蓄而隱晦，雖有箋注可幫助讀者譯文所未明白呈現的部分，仍有待插圖之實際而具體的助益。書內有九幅鉛筆插圖，是我自己參考小學館各本所附的圖畫繪製而成，安排在文字敘述所不足處，供讀者閱覽之際的參考之用。

以上，對於三書插畫或附圖之說明，是當初爲輔助譯文所費苦心之一端。此外，在三書序文中，或多或少都有一些關於作者，及其書寫作背景的介紹。

《源氏物語》單行本第一冊初版時，全譯未竟。在《中外文學》月刊逐月刊載譯文，自一九七三年四月至一九七八年十二月，共六十六期。初版分五冊：第一冊，收第一帖至第十二帖（一九七四年十二月出版）；第二冊，收第十三帖至第二十七帖（一九七六年五月出版）；第三冊，收第二十八帖至第三十七帖（一九七七年三月出版）；第四冊，收第三十八帖至第四十八帖（一九七八年五月出版）；第五冊，收第四十九帖至第五十四帖，並附各帖要事簡表（一九七八年十二月出版）。每一冊出版之際，都有序文，除說明自己譯書緣起外，又每每有一主題，對於此書的相關問題略做介紹說明。第一冊的序文，簡介作者紫式部，及《源氏物語》在日本，乃至世界文學史上的地位；第二冊序文，解說「物語」這個直譯詞彙，及《源氏物語》與中國文學的關係；第三冊序文，談及和歌在《源氏物語》所占分量，及其意義；第四冊序文，介紹平安時代貴族的一生中重要儀式；第五冊序文，觸及「敬語」及一些專有名詞的翻譯問題。五冊先後出版的序文，在一九八一年修訂爲上、下二大冊本時，我曾予稍事整理，成爲一篇較長的序文，收入書前。雖然內容有調整增刪，上述各點多保留其中；此篇長序之目的，仍爲提供閱讀以前的概括性了解而設。《枕草子》於一九八八年出版時，也將原先在《中外文學》月刊初載譯文時的說明文字稍補足而做爲序文。其中，除介紹作者清少納言的家世生平外，有關《枕草子》的寫作背景，行文特色，及與中國古典書籍相關處，亦有簡單說明。此外，又觸及書中一大特質——「をかし」一詞的多義性，並將此一專詞與《源氏

物語》的精粹——「もののあはれ」，略做比較介紹。但無論「もののあはれ」、「をかし」都是日本學界爭議未休的二大課題，做爲一個書籍的譯注者，既欠深入了解，也無責任在譯書前詳爲討論，此只是提出問題所在而已；讀者若有興趣，自可尋索其他專著，做進一步的探索研究。

《和泉式部日記》較諸前二書，在文字方面最爲短製，然而筆致隱晦，頗具風格，又全書幾乎賴和歌酬唱貫串而成，故翻譯之際所費心神亦不下於前二書。這是何以在各段落之後附設注文，又安排箋釋之道理所在，然而，全書之旨趣，以及作者之生平家世等，又非箋注所能包容，故前有序後有記，以爲譯文之外的介紹。序文係當時在《聯合文學》雜誌連載時所寫，譯後記是一九九三年出版單行本時所補。雖然只零星記述了一些個人譯此書之際的感性文字，內容也略及於《王朝女流日記》（平安時代文學專詞）又提出「はかなし」一詞，以與上舉之「もののあはれ」、「をかし」比對，供讀者注意。

後記

以上，是我譯三種日本古典文學名著的自我剖白。由於生長在特殊時空之下，我十一歲前以日語爲母語；其後，一變而爲中國人，又專攻中國古典文學，我自然而然地具備了中、日的雙語能力。不過我並未在學院內接受專業的日本古典文學教育，也欠缺嚴格的翻譯訓練。促使我嘗試這既困難又寂寞的譯事，實出於對文學的崇敬與熱愛。我以卑微的才學，盡最大的努力，二十年來自我摸索著，完成上述三書的翻譯。經過這些歲月，我終於體會到其中的甘與苦了。

翻譯的再譯——讀佐復秀樹《ウエイリー版源氏物語》

去年歲末參加京都大學所主辦的「世界の中の《源氏物語》——その普遍性と現代性」國際學術會議，臨走前一夜到闊別甚久的京大福利社，在陳列新書的長桌上看到平凡社袖珍本畫著平安時代女性的書，封面上題著日文和英文，令我感覺新奇，便隨手翻看前前後後。是二〇〇八年十月才初版的新書，譯者佐復秀樹是將 **Arthur Waley** 的英譯本 *The Tale of Genji* 再譯回爲現代日文，故書名稱《ウエイリー版源氏物語》。在跋文裡譯者寫著譯書共計六冊，而我在桌面上只看到兩冊，遂取了那兩冊到櫃臺問工讀生模樣的年輕人：「我想買這套書。」他看了書目資料許久才說：「對不起，目前只出版了這兩本。」「其餘的什麼時候可以出版齊全呢？」對於我的追問，他抓了抓頭髮說：「這個，我不知道。」我看了一下第二冊的出版是十一月十日，才上個月的事情，大概還需要一些時間吧，便請他包下那兩本書。

一千年以前的日本人無論生活習慣、政治制度或語言文化，都與今日的日本人不同，所以紫式部所寫的《源氏物語》中所使用的語言文字，也有別於現代的日本人所使用的語言文字，而即使是日本人，除了少數研究古典文學的學者之外，沒有注解，甚至於沒有現代語翻譯，普通一般人往往是很難讀得懂這本書的。至於外國人想要讀懂或欣賞《源氏物語》，則更是難上加難了。日文的現代語譯《源氏物語》始於二十世紀初女作家與謝野晶子，其後有谷崎潤一郎、円地文子及其他名家、學者的翻譯。若說沒有這些現代語翻譯，《源氏物語》不可能被許多日本人所閱讀讚賞，並非誇張。至於外國人士之欣賞此千年前的日本古典名著，其功非Arthur Waley的*The Tale of Genji*莫屬。與謝野晶子的現代語翻譯成於一九一三年，Arthur Waley的英文翻譯成於一九二五年，只晚了十二年。其實，他的*The Tale of Genji*並不是第一個英文翻譯，先此，於一八八二年有末松謙澄（伊藤博文之女婿）於留學劍橋大學時曾譯出部分《源氏物語》（第十七帖〈繪合〉以前）。譯文有大量刪省，並且翻譯之目的係基於介紹日本社會、政治狀況之歷史沿革，而非意在傳達文學趣旨。同時，其譯著也沒有十分流行，不甚爲外界所知。

Arthur Waley是猶太裔英國人，有驚人的語言天才，精通德、法、西、葡文等歐西多種語文之外，又能讀中、日、梵文等東方文字。他足不出英倫三島，卻譯過三十餘種東方詩文，除了日本的文學，對於中國文學及文化也有研究。著述包括《詩經》、《孔子文集》、《屈原》、《李白》、《白居易》、《袁枚》等個別或整體文集之外，又及於宗教、藝術等多種範圍。*The Tale of Genji*於一九二五年至一九三三年分六冊，在英美兩地出版。英國的出版公司爲George Allen & Unwin，美國爲Houghton Mimin。這個東方古典文學名著的英譯本首次出版時，成爲當年文壇的大事，*Times*和*The New York Times*以大幅報導，認爲《源氏物語》是「文學史上不世出的奇蹟之一」、「不可懷疑的是最高的文學作品」，甚至更讚頌道：「普魯斯特（Marcel Proust）都得向紫式部學習」、「歐西的小說以三百年時間慢慢摸索蒐集的許多東西，盡在於此」。讚頌之詞不只是對原著者紫式部，甚

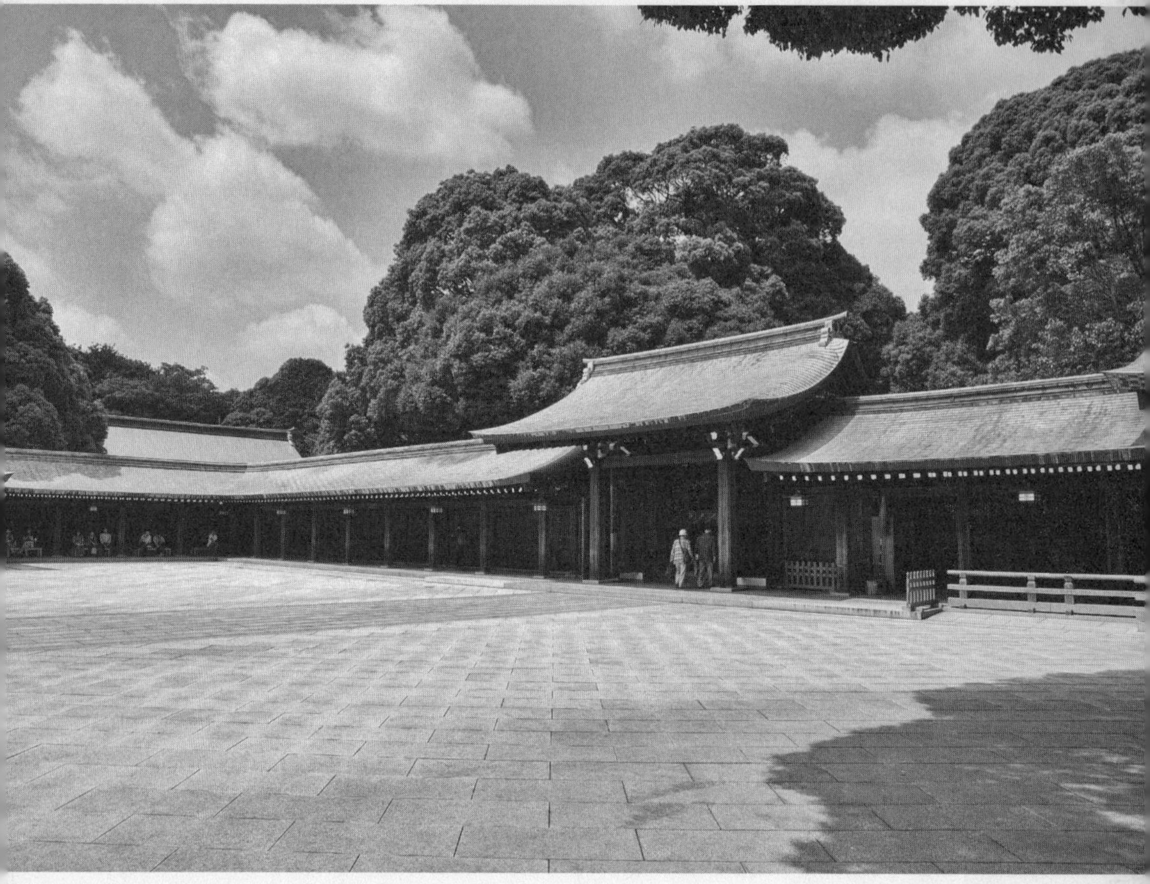

至更及於譯者Waley，謂：「譯文本身就是文學的成果。」「Waley的翻譯可以當做現代英國小說來讀。」美國學者Donald Keen提到Waley有一次說到他的翻譯是：「反覆讀一段文字，然後把領會到的用英文寫出來，再與原文對照，如果譯出的趣旨相同，即使漏掉幾個字與否都沒有關係。」另一位英國學者Ivan Morris則說Waley曾謂：「翻譯文學原典，常常會失掉很多東西，有時得要補回一些東西。」這種對Arthur Waley的*The Tale of Genji*的讚頌，即使在日本學界也可聞。早稻田大學的五十嵐力教授在書評中稱：「與其需要費神參考許多注解，讀此譯作有如順風走下山坡路，輕鬆而愉快。於現代文之中含古典趣味，英文裡帶著東方日本語言的情調，以滋潤的文章譯出了那華麗的王朝生活的韻致。」

雖然Waley把紫式部筆下的日本平假名轉換成為英文的拼音字，他那流利生動而文雅有致的譯文本身，就是上等的英文。這是衆所公認的，但他那樣比較傾向自由翻譯的風格，對於以此為參考書之一，以為研究原著的嚴肅讀者（例如另一個外文譯者）則有些地方未免令人失望。其實，這一點是我自己的親身感受。三十多年前（一九七三年——一九七八年）我翻譯《源氏物語》為中文時，除了原著及一些日文現代語譯本之外，我的手頭只備有Arthur Waley的*The Tale of Genji*（當時美國學者Edward G. Seidensticker的*The Tale of Genji*尚未出版）。日文的注釋，甚至現代語翻譯，終究都是日本語文，對於其迻譯為中國語文時的變化到底該如何？我想從Waley的英譯裡找尋參考。然而，結果往往是找不到線索的情況居多。我想像身為中國人的我在面對原著而有困難之處，大概身爲英國人的Waley也會有困難的吧，他有時會避重就輕，有時更會跳過不譯。而且，在以原著的文字順序爲依據對照時，到底譯文的哪一段是和原文的哪一段相對應的呢？有時也不十分清楚。這個問題大概同樣困擾過再譯此書的佐復秀樹。他在跋文中有一句話一般讀者或許不太重視，但對於我而言卻是格外戚戚於心的：「以原文與Waley譯文對照來看時，很難判斷，究竟哪一部分是和原文的哪一部分相對應的。」這應該就是比較自由的翻譯態度所導致。佐復秀樹既然指出了Waley 譯文的這個問題，然則他自己翻譯Waley所著*The Tale of Genji*的這本《ウエイリー版源氏物語》，又是如何一種態度呢？這是令我感覺好奇的地方。底下我想摘出其中我所發現的一些問題。

我曾經閱讀過不下於十種的現代日文本《源氏物語》，儘管各家的語文有別，但印象中卻還沒有看到過譯文中夾著外來語的情形。所謂「外來語」是指外國的語文進入日本而成爲少數人或一般人使用的情形，中古時期以來的日本受中國文化影響最深，詩文或語言中常見「漢字」之使用（至今仍之），室町時代（一三三六—一五七三）以後漸與歐西接觸，遂見西方語文摻入，而這種西洋「外來語」在文字書寫時則恆常以「片假名」寫出，以別於一般「平假名」的書寫。佐復秀樹的《ウエイリー版源氏物語》中往往可見這種片假名書寫出的西洋「外來語」，起初令我感覺甚爲不習慣，待我好奇地翻查Waley的原文後，得悉佐復是事出有據的。此舉其例：「たぐいなく醸し出されたハーモニーとどのようまじり合ったか……」（佐復譯 1，頁二三）。此處所見外來語「ハーモニー」是譯自Arthur Waley的*The Tale of Genji*：「……with those Strangely fashioned harmonies……」（Waley 1

P.22）；至於與Waley此譯對應的紫式部原文則是「……心ことなる物の音を搔き鳴し……」（小學館《源氏物語》，頁二一）。涵義較爲籠統廣泛，指音樂之美妙，所以我譯爲「……曼妙地撥弦弄琴。……」（林譯，頁六）；而豐子愷則譯爲「……有時彈琴，清脆之音，沁人肺腑。……」（豐譯，頁六）。可見佐復秀樹的再譯文是忠實地亦步亦趨於Arthur Waley的譯文之後，而且將「harmonies」音譯爲現在日本人流行的外來語「ハーモニー」。

下面再舉若干佐復再譯文與Waley譯文的對照，並且同時將紫式部原文、林文月譯、豐子愷譯並引供參考：

例一

……あまりうるはしき御ありさまの、とけがたく恥づかしげに思いしづまりたまへると……（紫1，頁七四）

……Above all wornen, (she) was as the type of that single-hearted and devoted wife……（Waley 1 P.65）

……献身的な妻で、賢明な男なら誰も軽率に怒らせたりはしないようなタイプだ。（佐復1，頁一〇〇）

……這便是昨夜左馬頭所提及的那種可以信託終身的品級吧。……（林，頁三七）

……這正是左馬頭所推重選拔的忠實可靠的賢妻吧。……（豐，頁三四）

很明顯的，佐復所使用的外來語「タイプ」，是根據Waley上常引英譯文中的“type”而來。其實，在紫式部的古日文裡，這個詞彙並沒有標明出，而是隱藏於前後文之間，令讀者可感，所以我譯為「品級」，而豐譯則隱藏於「……賢妻」之後（或為「型」、或為「類」）。在這個例子裡，大體言之，四種翻譯都沒有過分違背原文，然而也同樣未能完全貼近原文。究竟逐字逐句的翻譯，在外文、甚至同一種語言的古今文之間，仍是不容易，甚至有時是不可能的。

例二

……げにこそめでたかりけれ……（紫1，頁七八）

……He is as handsome as can be……（Waley 1 P.70）

……とってもハンセムだから……（佐復1，頁八八）

……真的美極了喲……（林，頁四〇）

……果然是個美男子……（豐譯，頁三七）

這個例子的四種翻譯都一致。原著的「めでたかり」是極古雅的詞彙，普通應該相當於現代日文的「美しい」或「麗しい」。但現今摩登的日語也都十分流行用外來語音譯「ハンセム」這個詞來形容男子俊美的外貌了，何況，佐復所翻譯的外來語，正是追隨在Waley的英文翻譯，他所根據的明明就是“handsome”的直接的音譯，而現今日本人十分通用摩登的這個外來語詞「ハンセム」。

例三

……山吹などの萎えたる　て……（紫1，頁一六久）

……lined with stuff of a deep saffron colour……（Waley 1 P.140）

……濃いサフラン色の布で裡をつけた……（佐復1，頁一八七）

……在白色的底裳上罩著一襲深黃色外衣……（林，頁九）

……白色襯衣上罩著一件棣棠色外衣……（豐，頁八四）

做爲英語及中文的譯者Arthur Waley、豐子愷和我都是外語翻譯，故而不得不使用類近"saffron colour"顏色的「棣棠色」或直指其顏色的「深黃色」來取代「山吹」這個紫式部所使用的千年前古老的日本原文；然而同爲日文的佐復秀樹譯文竟然會捨紫式部原典之詞「山吹」（這個詞並不太陌生），反而緊隨Waley的"saffron colour"，取「サフラン」這個外來語（而且並非普遍通行之外來詞），可見其步趨於Waley之譯文甚緊的態度了。

例四

……なやましければ忍びてうち叩かせなどせむに……（紫1，頁八九）

……I am not well, that my ladies are with me, and I am going to be massaged.（Waley 1 P.78）

……そのうえ、体が凝っていて、マッサージをしてもらいたい……（佐復1，頁一〇〇）

……就告訴他，我身子不舒服，讓仕女槌肩侍候著……（林，頁四六）

……況且我今天身上不好，想教人捶捶肩背……（豐，頁四二）

紫式部的原文明明寫著「うち叩かせ」，槌打之義形於字面，故豐子愷和我譯為「捶捶肩背」、「槌肩侍候」，而Waley的英譯"massage"則屬揉搓的動作，與捶背、槌肩有別。佐復的日文「マッサージ」乃是"massage"的音譯外來語，在今日日語中是普遍流行的。佐復在此再譯本《ウエイリー版源氏物語》裡，寧願忠於Arthur Waley而不顧紫式部，這是基於他的翻譯態度，當初他所選的對象是Arthur Waley的*The Tale of Genji*而不是紫式部的《源氏物語》。類似的情形頗爲不少。下面更引一例：

例五

……はかばかしくしたたかなる御後見は。（紫1，頁七〇）

……It is more worse to marry a blue-stocking……（Waley I P.61）

……ブルーストッキング〔青鞜＝インテリ女〕と結婚するのはもっとひどいですからね……（佐復1，頁七六）

……娶了這樣一位妻子，……這種能幹的妻子……（林，頁三四）

……此種機巧潑辣的內助……我明知此種人不宜為妻……（豐，頁三二）

紫式部原著的「したたかなる」是指「幹練的」的，並無褒貶之意，但在男女地位懸殊的古代，實際上妻子若是過於幹練，多少會令爲夫者感到壓力。這種與時代背景相關、社會風氣相聯的情形，在中譯之際無法用一個句子表達出來，此爲豐子愷和我的譯文皆分成二句之道理。但豐譯的「機巧潑辣」，未免有些形容過分，而且含有貶意。至於Waley的英譯"blue-stocking"則是近代女權漸升，英人爲知識分子女性所取的特殊名稱，她們捨普通婦女所著黑襪而穿上藍襪，以示自我標榜，語氣間稍有諷刺味。佐復譯文不取較爲尋常見的日本現代語表現（例如「賢明」），卻採音譯"blue-stocking"的「ブルーストッキング〔青鞜＝インテリ女〕」；但此語並未見於日本流行的外來語，此或是譯文後不得不加注解「青鞜＝インテリ女」之原因。可見其寧澀唯Waley是從的忠心態度了。

例六

……大床子の御膳などは、いとはるかに思しめしたれば……（紫1，頁二九）

……and seemed but dimly aware of the viands of the great table ……（Waley 1 P.29）

……大テーブルの御馳走〔大床子＝晝食〕にもぼんやりとしか氣づいていないようすで……（佐1，頁三二）

……至於正餐，更像是早已絕了緣似的……（林，頁一〇）

……正式御餐，久已廢止了……（豐，頁一〇）

東方和西方的文化背景與生活習慣自古不同，古代日本人席地而坐，就餐時，各人面前設有矮矮的一小方几，並沒有大桌子。Waley大概是聯想到西方人正式進餐時就坐於大桌前的情形，而推想平安朝皇帝正式進餐時也當在大桌前，遂以“the great table”譯出「大床子」。實際上，現代日本人的生活也多已洋化，很少席地而坐了。在此，佐復把“the great table”中的“great”義譯爲「大」，而“table”則採音譯爲「テーブル」，遂合成爲「大テーブル」。這可能是由於現代的日本人在日常生活裡確實多用外來語「テーブル」以稱餐桌，而不太使用舊稱「食桌」的原因；而且完全忠實於Waley的原譯文“the great table”。不過，他大概是又恐怕日本讀者起疑，所以便如上舉例五，也加上了注解「大床子＝晝食」。至於豐譯及我自己的中譯本則把原文「大床子－御膳」裡含有的中午正式餐食之意合併譯出來了。

多年前我在翻譯《源氏物語》的時候，取Arthur Waley的*The Tale of Genji*，爲參考時就注意到他不但有時刪省一些原文，有時也會增添原文所沒有的文字；而這種「溢譯」之處，佐復並沒有修正或改變，都一一追隨。換言之，Waley的譯文怎麼增添，佐復的再譯便也都依樣增添。下舉二例：

例七

……名香の香など匂い満ちたるに……（紫1，頁一七三）

……A heavy perfume of costly and exotic scents stolen from hidden incense-burners and filled the room with a delicious fragrance.（Waley 1 P.144）

……高價でエキゾチックな香の濃厚な匂が隱された香炉からひそかに漂い……（佐復1，頁一九二）

……佛壇上之香火，加以自源氏袖內溢出之香氣，混合成一種異樣動人的氣味……（林，頁一〇一）

……不知哪裡飄來的香氣，沁人心肺，佛前的名香也到處彌漫，源氏公子的衣香則另有一種佳趣……（豐，頁八六）

此段原文相當簡約，翻譯爲外文時，若不稍加一些其中所隱藏的涵義，確實不容易使讀者看懂，所以我的譯文有「佛壇上之香火，加以自源氏袖內溢出之香氣，混合成一種異樣動人的氣味」；而豐子愷則譯爲「佛前的名香也到處彌漫，源氏公子的衣香則另有一種佳趣」。原文的「名香」只提示了「很特殊的香味」，並沒有提到「高貴」、「異國情調」的意義，但Waley加添了較爲主觀的解讀“costly and exotic scents”；關於英譯中所增溢出來的這兩個形容詞，佐復的譯文也都接受下來了。“costly”譯爲「高價」，至於“exotic”則取今日已流行於現代日常用語中的外來語音譯「エキゾチック」。“exotic”這個詞，在日本早先是義譯爲漢字的「異國情調」的，而今大家都改稱爲較摩登的外來語「エキゾチック」了。可見佐復秀樹是以今日最流行的語言來做爲Waley的日語代言人的。"costly"和"exotic"這兩個Waley所添增的形容詞，在再譯文裡出現的現象，與上面例五似乎有些相像，實則在性質上是同中有別的。例五的"blue-stocking"，雖然直接音譯爲「ブルーストッキング」，對日文的讀者而言，難免顯得生疏突兀，但究竟係Waley對於原文「ブルーストッキング」一詞的特別的譯詞，仍然是有所依據的；至於"costly and exotic scents"卻是翻譯態度上的一種「溢譯」，並且未必是對於原文「名香」一詞的正確解讀。佐復再譯時不可能不知道，然而他卻依然寧可忠於Waley的英譯，「將錯就錯」而背棄紫式部的原文。同樣的情形於下例中可以更明顯地看到：

例八

……耳かしがましかりし砧の音を思し出づるさへ戀しくて、「正に長き夜」とうち誦じて臥したまへり。（紫1，頁一五四）

……and as he lay in bed he repeated those verses of Po Chu-i. In the eighth month and ninth month when the nights are growing long. A thousand times, ten thousand times the fuller's stick beats……（Waley I P.129）

……そして寢床に横になりながら白居易の詩をくり返し口ずさんだ。（佐復1，頁一七二）

……又想起那一夜在五　的陋巷裡聽見的砧聲，心中無限感慨，不覺地吟詠著「正長夜」那首

詩，然後靜臥下來……（林，頁八六）

……回想起五条地方刺耳的砧聲，也覺得異常可愛，信口吟誦「八月九月正長夜，千聲萬聲無了時」的詩句，便就寢了……（豐，頁七六）

紫式部出生於儒雅文學家庭，自幼習得漢學，她不僅擅長和文，並且深諳漢詩文，長達百萬言的《源氏物語》中，頗見巧妙引用我國典籍，經、史、子、集的語句，然而時則涵義隱而不顯，時或只取部分；於當時流行於朝廷貴族文士間的白居易詩尤好引用，不過，多數只引其三、五字而已，甚少引用完整的原句。此處所引的「正き夜」，典出於白居易七律〈聞夜砧〉。原詩共八句：「誰家思婦秋擣帛，月苦風凄砧杵悲。八月九月正長夜，千聲萬聲無了時。應到天明頭盡白，一聲添得一莖絲。」但紫式部只引其中第三句的「正長夜」三個字，其餘前後詞句俱未引。所以我翻譯時也只譯為：「不覺地吟詠著『正長夜』那首詩。」而在譯文之後的注解中標明：「白居易〈聞夜砧〉詩句『八月九月正長夜，千聲萬聲無止（一作了）時』。」（林，頁九四）；豐子愷則將其句前四字補足，且又添加了後面的句子「信口吟誦『八月九月正長夜，千聲萬聲無了時』的詩句便就寢了」。豐氏與我的中譯雖然在擇取詩句時的字數有別，我的翻譯完全依照原文只取三字，豐氏則稍稍添加了原文所未著墨的部分，可是我們二人都沒有溢加此詩作者的名字「白居易」在平安文士之間。白居易其人及其詩是非常著稱普遍的，想必是對於紫式部亦然，而她對於自己的讀者也有同樣的信心，故而引其詩，不必提其名，甚至引用其詩句時也無需引全詩或全句。至於漢學知識豐富的英國學者Arthur Waley則可能是擔心初讀日本古典文學的英文翻譯本*The Tale of Genji*的英文讀者無法了解此處「正長夜」爲何？所以多加了其前後句"In the eighth month and ninth month when the nights are growing long. /A thousand times, ten thousand times the fuller's stick beats……"，又補充了作者的姓名Po Chu-i。事實上Waley 自己對於白居易其人及其詩是非常熟悉的，他曾經寫過白居易的傳記，也翻譯過他的詩。但無論如何，就翻譯的立場而言，這種情形已經算是「溢譯」了。佐復秀樹對此不可能未察覺，但他再譯*The Tale of Genji*爲現代日文的態度時，卻與他所宗師的Arthur Waley不同，總是亦步亦趨地忠實翻譯，所以Waley「溢譯」，他便也「明知故犯」，照樣的「再度溢譯」；不僅是詩句加添如之，而且，不見於紫式部《源氏物語》文中的詩人名字「白居易」也連帶加上去了。

從上舉對照的諸例中，可以看出佐復再譯*The Tale of Genji*的態度，無論如何始終是十分忠於Waley的英譯文字的，於Waley刪簡的部分及增添的部分，都亦步亦趨。不過，在題目（帖名）方面，如果也謹守英譯的原詞，恐怕會令這本「譯書再譯本」的日本讀者（甚至外國讀者）覺得怪異，所以有些地方就不得不設注補救之：

例九

第五帖　若紫（紫1，頁一六三）

Chapter V　MURASAKI（Waley 1，頁一三五）

V　紫〔若紫〕（佐復 1，頁一八一）

第五帖　若紫（林 1，頁九四）

第五回　紫儿（豐，頁八〇）

紫式部原著的第五帖（日文「帖」字，相當於我國舊小說之「章」或「回」）的題目「若紫」，是指《源氏物語》一書中的女主角之一「紫夫人」的年幼時代。日文的漢字「若」字，是「年輕」的意思。凡帖名我都「直譯」（借用日文裡所使用的漢字，而於譯文後加注說明）故而仍作「若紫」。中文的讀者初看時也許會覺得奇怪，但看到注解就明白了。至於豐譯則採「意譯」方法，作「紫儿」，與原著帖名所使用的漢字不同。Waley 英譯帖名"MURASAKI"，沒有包含原來帖名中「若」的意思。生爲日本人的佐復大概是覺得此實不宜，所以表面上也只取了單字的「紫」，卻不得不於其後附加注解「若紫」。否則，再譯本的日本讀者之間，也許會有人責怪他：「紫」並非「若紫」了。

另外，於原著第六帖的帖名「末摘花」一詞，也有類似的有趣現象：

例十

第六帖　末摘花（紫 2，頁一）

Chapter VI　The Saffron-Flower（Waley 1 P.180）

VI　サフランの花〔末摘花〕（佐復1，頁二四一）

第六帖　末摘花（林，頁一二九）

第六回　末摘花（豐，頁一〇八）

對於這個帖名，豐子愷與我倒是都直襲紫式部原著使用的漢字而譯爲「末摘花」。人稱中、日兩國爲「同文同種」，其說未必完全可信，但是在兩種語文的注譯之際，這就是身爲中文譯者的我們得以利用「同文」的「特權」之處。至於英譯者Waley只能以英文譯出爲"The Saffron-Flower"，這個情形經佐復再譯爲現代日文時，竟捨紫式部原著的帖名「末摘花」，而採"The Saffron-Flower"的音譯「サフランの花」這個比較罕見的外來語爲帖名，但是於其下終究不得不加注「末摘花」三字，以求得大多數讀者的了解。而在譯文本的目錄上，從一開始，佐復便捨原著所使用的漢字「帖」字，而用西式之I、II、III、IV……標示法。此第六帖，他是依據Waley之"Chapter VI　The Saffron-Flower"譯爲「VI　サフランの花」，而非日式之標示法：「第六帖　末摘花」（「第五帖　若紫」之翻譯爲「V　紫〔若紫〕」亦同理）。讀者們若非從頭翻閱此書，單只是乍看「VI　サフランの花」。這樣的方式，定必不可能把它們和一千年之前的日本古典文學名著聯想在一起的吧？而我想，佐復氏也是明知的；但這就是他一開始執譯筆之際的「原則」。

從以上所列舉的多個實際例子看來，顯然的，佐復秀樹從 **Arthur Waley** 之 ***The Tale of Genji***，再譯《源氏物語》爲《ウエイリー版源氏物語》的態度，在原著與譯著之間，究竟何去何從？他很顯然是以英譯出版爲重的。這樣的選擇和決心所產生的後果，或者有些地方是佐復氏始料所未及的吧；或者也可能是他一開始時便預料到的挑戰。然則，從日文而英文而再回到日文，在翻譯的領域裡，這種翻譯的再譯，只是單純地爲不解英文的日本讀者服務，帶領他們閱讀 **Arthur Waley** 的 *The Tale of Genji* 呢？還是另有其他用意？其中所含帶的意義與思維，便頗堪玩味了。

參考書目

佐復秀樹《ウエイリー版源氏物語》，平凡社ライブラリー，二〇〇八

Arthur Waley, *The Tale of Genji*, London Allen & Unwin LTD, 1983

紫式部《源氏物語》，小學館完譯日本の古典14，二〇〇〇

林文月《源氏物語》，臺北洪範書店，二〇〇〇

豐子愷《源氏物語》北京人民文學出版社，二〇〇八

譯事之局限——談翻譯原始語文的困難

一九八九年秋季，我曾去美國西雅圖華盛頓大學（University of Washington）亞洲語文系客座一學期，教授中國文學，結識了一些優秀的美國學生以及中國的留學生。其中一位女學生，與我年輕時的志趣頗有幾分相近，喜歡於撰寫嚴肅的學術論文之餘，自由創作，乃至於偶爾從事翻譯。西雅圖地區有時可以見到美國的原始住民——印第安人。這位從臺灣赴美留學的女學生，一次閱讀了一篇印第安酋長的演講詞，為那樸質純美之旨趣所感動，遂將其文翻譯為中文，於某中文報副刊上發表。她極誠懇地把譯文拿給我看，並且希望我給她一些意見。以她攻讀中國文學與西方文學博士學位之素養，那篇譯文寫得既流暢又典麗，幾乎無可挑剔，令我十分感動；但我卻懷疑如此修飾的結果，是否大大減卻了原來講稿中的草原氣息，反而失掉一些語言本身的力量和特色呢？我們為此討論頗久。因為我自己稍早也曾翻譯過另一位原住民酋長的演講稿，[1] 我個人認為譯筆應當盡量保留原文的口吻才對。誰知，我返回臺北後再次閱讀自己的譯文，竟也發覺其間難免亦攙雜了許多不經意的潤飾。雖云刻意與不經意有別，其為不當則一也。下文，我將帶著懺悔之心，自我檢討，以就教於大方。

我所翻譯的《破天而降的文明人》，原書稱做《巴巴拉吉》（*Der Papalagi*）。在此，我應當先做一個翻譯過程的說明：《巴巴拉吉》乃是譯自日本岡崎照男的《パパラギ》；[2] 而「パパラギ」則譯自德國 Erich Scheurmann 的 *Der Papalagi*。[3] 其實，無論 Papalagi，或パパラギ，或巴巴拉吉，都只是模仿薩莫亞（samoa）島原住民的語音而已，原來的語言大概是沒有文字的。

「巴巴拉吉」——在薩莫亞語裡是意味著：破天而降的人。不僅發音奇特，涵義也奇特。大約在八十多年前，歐洲白人傳教士乘帆船抵達當時尚未獨立也未開化的薩莫亞。島上居民初見藍天碧海上突然出現白色的大帆，驚奇地以爲天空破了一個大洞；他們相信歐洲人便是通過那個大洞來到薩莫亞的。因而巴巴拉吉便是指：破天空而來的人；換言之，即指歐洲白種人。

《巴巴拉吉》這本書，是輯合薩莫亞島上的一位酋長椎阿比（Tuiavii）對他的同胞所作的十一次演講內容而成的，椎阿比演講的時候並沒有文稿，這十一篇演講詞，其實是椎阿比的德籍好友 Erich Scheurmann 獲得他的許可而用德文記錄下來的。Scheurmann 處在第一次世界大戰後的歐洲，厭倦了物質文明的生活，想追尋精神的解脫，乃自遙遠的歐洲飄泊到南太平洋的島嶼。他完全捨棄了白種人的生活習俗，如影隨形地與椎阿比及其島民親近，終於贏得酋長的信任與同意，而完成了 *Der Papalagi*。一九二〇年德文版問世，很快地就在歐洲人之間傳閱。椎阿比單純的敘述與批判，在高度文明的社會裡引起了意外的反省。一九八〇年，一位留學德國的日本青年學生岡崎照男將此書譯成日文，亦廣獲讀者喜愛。我個人讀日譯本《パパラギ》之後，也深受感動，遂由日文譯爲中文，供我國讀者分享。

椎阿比是八十多年前南太平洋上薩莫亞島的一位酋長。他曾經巡遊歐洲大陸的文明先進國家，卻能冷眼旁觀白種人的物質文明與社會精神，超然地保持其原始樸質的心智，返回薩莫亞後，對同胞發表了十一次演講。為了使他那些未涉文明的質樸同胞了解，他使用了許多就地取材的表達方式，更用一些薩莫亞原住民的詞彙及物象，以代替歐洲人科學文明發達之後的新詞。對於一些文明人的觀念，在講解給單純的同胞們聽時，椎阿比煞費心思的努力是可以想見的；而這些椎阿比當初的困難，也是後來德文記錄者（其實是翻譯者）Scheurmann 及日文譯者岡崎照男，以及中文譯者我的困難。姑且不論日文與德文，我願於此條舉一些中譯的實例，說明其端緒。

南太平洋的薩莫亞島得天獨厚，氣候宜人，所以在椎阿比的時代，島上的人無須衣冠緊裹。他們赤裸著上半身，只在腰下包一塊腰布，日間直接享受大自然的陽光和空氣，夜晚便將疲乏的身體倒臥在草蓆之上。他們的生活簡單，詞彙亦簡單，而椎阿比酋長遊歷過二十世紀初葉的歐洲繁縟文明國家之後，對於白種人男男女女的衣飾，觀察甚詳，卻苦於找不到現成的詞彙加以形容，甚至較貼近的語言都缺乏，因此他在族人的生活周遭努力尋找一些容易為他們所接受或想像的詞彙來表達。

首先，椎阿比簡單扼要地講解歐洲人何以需要那麼多衣飾來包裹軀體的道理：「身子是罪孽深重的肉體。脖子以上，才是真正的人。」——這是歐洲文明人對於肉體的看法；換言之，除了頭以外（還有雙手），若是裸露給人看到，就會被視為沒有禮貌。椎阿比先用族人觀點表示疑惑不解：頭及手，與身體其他部分有何不同？大概在椎阿比及他的同胞心目中，歐洲文明人是不可理喻的吧。他又進一步告訴族人：「看到肉體的人，跟給人看的，同樣都罪孽深重沒救。」白種人的規矩這麼說。接著，他又說：

巴巴拉吉的身體，從頭到腳都用腰布啦、腰簑等東西緊緊地包裹起來。甚麼樣的光也透不進去，所以巴巴拉吉的身體就像那開在原始森林中的花朵一般憔悴蒼白。

在這一段話中，他用「腰布」與「腰簑」兩種當時當地人所能理解的「衣物」，來指稱歐洲文明人的繁雜衣飾。並且告訴族人，歐洲人因爲有那麼多「腰布」及「腰簑」緊緊包裹身體，所以他們的皮膚看來像太陽曬不到的原始森林中之花一般憔悴蒼白，而未能像薩莫亞人的皮膚那樣，因充分吸收陽光與空氣而致黝黑、發亮、健康。我們可以想見椎阿比的演講詞一定是十分生動，既能滿足他的同胞們的好奇心，又能贏得他們的認同。但是，如今我重讀自己以上這一段譯文，卻對於當年所使用的「原始森林」、「憔悴蒼白」等譯詞感到十分不安。生活在大自然中的薩莫亞人，應該是理所當然地面對廣大深邃的林木，一如他們面對湛藍無涯的大海。在他們的思維裡，到底有沒有像文明人腦中已開發的土地及保留天然的「原始森林」的區分呢？然則，譯文中的「原始」二字，很可能是我這個自認爲文明人所擅加的形容詞了。我無由查證德文本，但日譯本在此也明明寫著：「深い原始林。」想來，在我們受過文明洗禮的譯者（包括Scheurmann、岡崎，以及我）腦中，恐怕已是潛意識地，也是根深柢固地存在著一些無法返璞歸眞的東西了。我如今設想，椎阿比當時講的話可能是「大大的森林」，或者「深深的森林」才對；他應該是不會講「原始森林」的吧。至於「憔悴蒼白」是我從日譯本「やつれて青白い」忠實地翻譯過來的；想必岡崎照男也是從Scheurmann的德文忠實地譯為日文的吧；只是，我懷疑椎阿比果眞用了這樣文縐縐的詞彙嗎？他會不會使用「生病」、「白白」一類更直截了當的語詞呢？

八十多年前生活在南太平洋島上的人，根本除了腰下一條遮擋下半身的布以外，更無須什麼累贅的衣飾。因此看過歐洲男女「奇異」的全身上下衣物之後，椎阿比酋長給島上同胞所作的說明是相當費神，卻有時令我們不免讀後捧腹大笑的。他說：

> 他們身體的最裡邊，有一種從植物的纖維取下來的白皮，包著裸體。這東西叫做上皮。把上皮往上一拋，將頭、胸，跟手臂穿過去，由上到下，就會落到大腿邊來。反過來，由下到上，通過兩腳和大腿，往上拉，可以拉到肚臍眼的，就是下皮。這兩層皮，給第三層皮緊緊包裹著。那層皮，是用從特別飼養的四條腿的獸身拔下來的軟毛織成的。

椎阿比酋長費力地向島民解說的，對於我們而言其實極為簡單：即是內衣、內褲和外衣。但由於薩莫亞的天氣溫暖，他們根本無須穿著內衣褲，所以大概在他們的詞彙中也找不到適當的語詞。用棉布織成的貼身衣褲，遂叫做「白皮」，而且分「上皮」及「下皮」。當我們閱讀（或聆聽）椎阿比酋長如何形容我們日日穿內衣和內褲的動作時，相信誰都會忍俊不禁，或者也可能引發一些反省吧？「四條腿的獸」大概是指羊，但薩莫亞無羊，因而也沒有稱謂，只能迂迴形容。歐洲的氣候比較寒冷，往往需要羊毛外衣，這就是「從特別飼養的四條腿的獸身拔下來的軟毛織成」的「腰布」。接下去，椎阿比繼續形容歐洲人所穿的外衣——腰布。對於他和他的族人，腰布是極單純的一條遮蔽下體的布；可是，在椎阿比眼中，歐洲人的衣著卻分成三部分：一是包著身體的上方——上衣；二是身子中間的——長褲或裙子；三是鞋子。對於一輩子都打赤腳的島民，這位酋長除了用簡單扼要的素材與製造過程來形容鞋子以外，他如何去講解鞋子這種東西呢？「巴巴拉吉用這種皮製造剛剛容得下腳那樣大小的有邊緣的小船。右腳一隻船，左腳一隻船。」而且說：「腳呢，就像是貝肉在硬殼中。」對於沒有見過鞋子，也沒有「鞋子」這個詞彙的島民而言，椎阿比酋長就地取材，以他們常見的「船」、「貝」、「硬殼」來形容鞋子，以及鞋子穿在腳上的樣子，實在是聰明絕頂，十分自然。若說將一個人的眼睛所見、耳朵所聞，用語言表達出來而能令自己的族人了解，也是一種迻譯，椎阿比無疑的是一位翻譯妙手。且看他如何形容歐洲的紳士淑女所戴的帽子吧：

男人把頭放進黑色的硬硬的東西裡，就像咱們薩莫亞的屋頂一般，中間高高，裡頭空空的。女人就把一個大大的籃子啦，顛倒過來的簸箕等拿來，在那上面裝飾著不會枯萎的花朵、羽毛、碎布、玻璃等各色各樣的東西，把它們統統放到頭上去。

在此，紳士們戴的高帽子、淑女們頂的華麗裝飾的帽子，都非常巧妙地用他們生活周遭所能見到的事物比喻取樣了。他甚至還會採用島民熟悉的事物更便捷地說明：

這倒是有點像跳戰舞時候「多褒」（按：即薩莫亞語「村裡的女神」或「少女們的女王」）頂在頭上的「追加」（按：即「頭飾」）。

關於椎阿比用薩莫亞語以及薩莫亞的習俗形容歐洲婦女繁褥的帽飾部分，岡崎照男採用了日文的片假名音譯，想來，當年Scheurmann必也是以德文音譯了薩莫亞語的吧。幾經轉折之後，究竟產生了多少變化？我不得而知，但是我把日文的「タオポウ」音譯為「多褒」——女神、女王；「ツイガ」音譯為「追加」——頭飾，或者是愚者千慮的一得，稍稍能兼顧音義雙方面的關係。

從歐洲回到薩莫亞島，對於居住在鋼筋水泥建築物中，又行走在柏油馬路的異國生活，椎阿比酋長大概著實感覺不易講解給與大自然融和為一體的同胞了解的吧？他形容屋宇道：

巴巴拉吉住在貝殼一般堅硬的東西裡面，就像是住在熔岩的裂縫中的毛蟲，總是在石頭和石頭之間生活著。他的頭頂上、腳下，和身體周圍，統統都是石頭。巴巴拉吉的屋子是用石頭造的，那形狀就跟盒子一樣，四四方方的，又有好多抽屜，是個到處有洞的盒子。

鋼筋水泥的建築物堅固如石頭，所以椎阿比酋長逕以「石頭」稱之；而文明人的高樓大廈儘管堅固，卻四四方方、冰冰冷冷，與薩莫亞島民居住的木屋子大異其趣，故又稱為「盒子」；而許多的門窗，就稱為「抽屜」與「洞」了。更有趣的是，椎阿比對歐洲人的公共場所進出口的觀察：

要進出這個盒子，只有一處地方。巴巴拉吉管這地方，出去的時候叫做「出口」，進來的時候叫做「入口」。雖然有兩個名稱，但完全是一回事。

可不是嗎？入口的門和出口的門，往往一模一樣，但愈是文明的社會，規矩就愈多，有些門只許入，有些門只許出。這種現象，對於住在人口較少、生活自由自在的薩莫亞島的椎阿比酋長來說，大概眞是「匪夷所思」的吧。不過，如今重讀這一段譯文，令我不安的卻是「出口」及「入口」兩個詞。既然他們的族人要出便出，要進便進，門無所謂進或出的限制，則椎阿比酋長當時所說的詞彙怎麼會是「入口」和「出口」呢？但我所依據的日譯本中，明明是如此書寫的。很可能日譯本所依據的德文本，也是如此書寫著；因爲Scheurmann、岡崎照男，以及我自己都已理所當然習慣於這一類繁文縟節的生活方式，遂都一不小心使用「入口」及「出口」二詞了。都市文明人之間的冷漠，當然也是令椎阿比酋長十分困惑的，他的演講往往頗具批判性：

那些「艾加」（按：即薩莫亞語「家族」）雖然住的是只隔著一道牆，普通並不了解別人家的事情。完全不了解。就好像那一道道的牆之間，隔著馬諾島啦、阿波里島啦、沙巴伊島（按：皆為薩莫亞群島諸島之名稱）的海似的。他們大部分都不知道彼此的名字，即使在門口遇見了，也頂多不過不情願地點個頭，或者像有敵意的昆蟲那樣低吟一聲罷了。大概是極痛恨不得不住在一起的吧。

在這一段文字裡，椎阿比將歐洲人雖住在同一幢房屋內、人際關係卻疏遠冷漠，用薩莫亞群島各島之間被海洋隔閡的情況做了十分恰切的比喻。時至今日，這些現象我們可以更加理解；但我譯後尚未能了然的是後段的一句：「像有敵意的昆蟲那樣低吟一聲罷了。」都市裡的人與人相見，「不情願地點個頭」，是否隨便在鼻端發出「哼」一類的聲音，即所謂「有敵意的昆蟲」的「低吟」呢？也許與大自然契合如椎阿比酋長和他的同胞們會懂得昆蟲的心，但愚騃如我，卻是聞所未聞，未能體會的。所以這一句話，我雖依日文版：「敵意を持っている昆虫どうしのように、低いうなり声をかわすだけである。」相當「忠實」地譯成了以上的中文，實際上，卻是至今未解之謎。我懷疑譯爲日文的岡崎照男是否了解？我甚至也懷疑德文版的譯者是否了解到這一個層面？抑或是Scheurmann在他迻譯（或記錄）酋長的語言時已經有所差錯、或不足、或誤會了？

關於歐洲人行走的柏油馬路，椎阿比酋長也有巧妙的比喻及講解：

兩排石頭盒子當中，有一條窄窄的縫兒，巴巴拉吉管它叫做「道路」。這個裂縫，通常都像河流那麼長，用堅固的石頭鋪成。得要走很久，才到得了廣場。可是，那廣場又接向另外的許多裂縫；那裂縫也像另一條河流那麼的長；這樣子，每一條伸長出去的裂縫都很長很長；所以，如果想要找到森林，或者想看一大片藍藍的天空，非得走上一整天的裂縫不可。

我們可以想像：椎阿比從海闊天空，舉目可見森林和藍天的南太平洋故鄉，去到有完整都市規劃營構的歐洲，必然是感到困惑不解的。人既不隨意散布地築屋居住，而是把自己局限於冰冷缺乏情味的「石頭盒子」中；又不得隨意任性地在大地上、野草間或砂灘上行走，並且必得依循

「道路」向前。這一段文中出現的「道路」，日譯本寫成「通り」，不知德文版如何？更不知椎阿比原先的演講是如何說的？既然在當時的薩莫亞島上還沒有那種用「石頭鋪成」的道路，人們可以東西南北任意在地上、草上、砂上行走，那麼經由規劃鋪成的「窄窄的」供人行走的「道路」，應在他們的概念之外，也是他們的詞彙所無才對。然則，此處所出現的「道路」，也與上面所提到的「入口」及「出口」一般，愈來愈令我惴惴不安。至於「裂縫」一詞，倒像是那位酋長苦思之後的妙喻了。這一段文字，初讀似愚鈍幼稚，實則具有空中鳥瞰似的視覺效果：屋宇大廈街坊之間有道路，而路與路相連，縱橫溝通。歐洲的市中心是廣場，具有我國古代所謂「九逵」的作用，為衆路匯聚之處。歐洲人就那樣子從這裡到那裡，從這個「石頭盒子」到那個「石頭盒子」，必得依循「像河流那麼長」的「裂縫」。何以是「裂縫」呢？大地為了人類（以及其他動物）提供了自由行走的廣袤空間，而文明人卻自限步履於窄窄的有如裂縫似的「道路」！而且，一旦文明都市建成之後，人便與大自然愈呈隔離。要看一片森林，甚至要看一片藍天，都得千方百計趕長途才能達到目的。這樣的情況，當然與椎阿比酋長和他的族人於舉目抬眉之際可致，是大異其趣的了。

八十多年前，一位南太平洋島上的酋長遠涉重洋去到歐洲，耳所聞目所睹，盡是令他眼花撩亂的新奇世界。然而，他那單純寬厚的心胸自有見地準則，並沒有被那些事物所迷惑。因此他帶回給族人的訊息，不只具有介紹的性質，更具有批判的性質。

巴巴拉吉又這樣說我們：「你們又窮又不幸。你們需要大量的援助和同情。你們真是甚麼東西都沒有嘛！」眾島上的親愛的弟兄們：讓我來告訴你們，甚麼是「東西」——譬如說，椰子是一種東西，蒼蠅拍子也是。……但是，「東西」有兩類。一種是椰子啦、貝殼啦、香蕉等等，用不著咱們出甚麼勞力，是那偉大的心製造出來的。另外一種呢，如指環啦、食器啦、蒼蠅拍子等等，是很多人用很多勞力製造出來的。……「你們甚麼東西都沒有」，就是指這些東西。

所謂「偉大的心」當是指上蒼、造物主或上帝等、我們至今都無法準確掌握指稱的力量。椎阿比提及歐洲人對薩莫亞人的蔑視，有更高層次的批判。他用族人所熟悉的身邊周遭事物，把物質的「東西」分爲兩大類：一種是造物主所賜；一種是人類所製造。而對於兩種的區別，他所舉的例子如椰子、貝殼、香蕉；又如指環、食器、蒼蠅拍子，當然都是他的族人乍聞便能曉悉區分的。對於歐洲人爲追求更多的物質而忙碌不已，他說道：

巴巴拉吉以為他們可以製造那些東西。他們自以為跟偉大的心一樣強有力，所以無數的手，從太陽出來直到太陽下山，都在忙著做東西。……巴巴拉吉時時刻刻都想造出更多更新的東西。他們的手變得很熱很燙，他們的臉變成灰白，他們的背也彎駝了。

他簡單的話裡，正蘊含著「心爲形役」的道理。

對於用物物交易，以勞役互易維生的島民，椎阿比酋長也介紹並批判了歐洲人的生活型態：

你到西阿馬尼斯（德國）的石頭裂縫當中去站一站，就會聽到大家不停地在喊：「馬克！」「馬克！」到處都會聽到這樣喊聲。那就是他們亮光光的金屬跟厚厚的紙頭了。到法拉尼（法國）去吧，就是「法郎」的叫；別列答尼（英國）是「先令」；伊大利阿（義大利）是「里拉」。「馬克」呀、「法郎」呀、「先令」呀、「里拉」呀，統統都是一回事——就是錢、錢、錢。錢才是巴巴拉吉的真正的神。對啦，我們所最崇拜的神，變成了錢。

在這裡一個有趣的現象是，椎阿比周遊歐洲各國，對於國名，他不得不逕取音譯，例如Germany、France、Britain、Italia，這些詞他當初是如何發音的？容或受些許母語發音的腔調而有所偏差，但德文、日文、中文的譯者倒是比較不必顧慮太多，自有各國公認的譯法可循。各國幣制單位之翻譯，亦與此同理。不過，通行於文明各國的硬幣及鈔票，我們雖亦有現成而直截了當的名詞，卻不得不隨著椎阿比酋長的表達方式而迂迴累贅地譯為「亮光光的金屬」（後文中又稱「圓的金屬」）與「厚厚的紙頭」，否則他那種無以名狀的好奇心便無法表達出來。類似的情形又見於他另一次詳介歐洲人生活的演講中：

> 成疊的紙，也會教巴巴拉吉陶醉和興奮——這個成疊的紙是甚麼呢？——你們去想像用「他巴」（按：當係薩莫亞島之植物）草製成薄薄的白蓆子就對了。他們把那玩意兒摺好又打散，然後又摺好。每一張每一張都寫著密密麻麻的字。真的是密密麻麻——這便是成疊的紙，用巴拉吉的稱呼，就叫做報紙。

薩莫亞的島民生活簡單而快樂，他們不但沒有報紙，大概連正式的紙張都沒有，否則椎阿比何以要費力地講解：「用『他巴』草製成薄薄的白蓆子」呢？然則，他們是有文字的嗎？我如今不禁又懷疑起來；但是，我所依據的日譯本上是明明寫著「字」的，而德文本的此處也恐怕是有德文「字」的吧。然而酋長說過「字」這個字嗎？這是我無法求證而感到十分困惑的一點。因爲他形容白種人閱讀報紙的情況如下：

那紙頭裡面，有巴巴拉吉很大的智慧。每天早上和晚上，巴巴拉吉都要把頭埋進那疊紙中，好像要讓自己的頭變成新的似的，把它餵得飽飽。於是，他的頭就會擠滿很多東西，有很多好的思想，就好比馬吃了很多香蕉以後，肚皮飽了就會跑得很快，是一樣的道理。

椎阿比無法形容文明人閱讀報紙，以及閱讀報紙以後的充實滿足感，所以他取用馬吃完香蕉以後的勁道爲例，希望從未見過「報紙」其物的同胞能夠想像一二。至於每個人都讀報的後果又是如何呢？他繼續評介道：

假如你讀報紙，就算是不去阿波里瑪、馬諾洪、薩巴伊（皆為薩莫亞諸島名稱），也可以曉得你的朋友在做甚麼，想甚麼，或者參加甚麼祭典。你自己只要靜靜地躺在草蓆子上，那疊紙頭就甚麼都會跟你講。這樣子看來是很奇妙的事情，教人挺高興的；其實，不然。為甚麼呢？假如你遇見弟兄們，每個人都已經把頭埋進那疊紙裡頭，那就沒甚麼新鮮事兒，沒甚麼特別的話題可談了。……報紙會把所有人的頭腦變成一個樣子。它要管我的頭腦、征服我的思想，想讓每個人的頭腦都變成報紙的想法。

椎阿比的睿智委實令人佩服。早在八十多年前，他就窺測出大衆媒體左右個人思想，爲害大衆之弊端了。不過，以上這段文字，我重讀之際，則又於感佩椎阿比過人的睿智之餘，不免爲「其實，不然」、「話題」、「思想」等譯文之措詞感到不安。這些不經意、習以爲常的「斯文學養」竟是如此刺目地跳躍在我眼前！

對於當時仍然過著日出而作、日入而息的島上人民，椎阿比酋長要解說歐洲人每人各司一職的生活方式，確實是相當困難的。且看他如何解說並如何批評：

每一個巴巴拉吉都有職業。職業是甚麼呢？要說明這個字很困難。應當是高高興興去做的，但通常都是一點也不想去做的，職業好像就是那樣的事。有職業，就是一天到晚做同樣事情的意思，……比方說，我除了造房子，或者編織草蓆，其他甚麼都不做——那麼，我的職業就是造房子，或編草席了。職業，有男人的，也有女人的。像在水邊洗腰布，或者讓足皮發亮，那是女人的職業；在海中划獨木舟，或者在樹林中射鴿子，那是男人的職業。

椎阿比用島民熟悉的日常工作：造房子、編草蓆的專業化，很簡單地把他們觀念中所沒有的「職業」介紹給同胞們；又以洗衣、擦皮鞋、划舟、射弋等，說明男女職業之別。而薩莫亞的人和大部分的原始民族的想法類近：「偉大的心給了我們雙手，是要我們用來摘果實、從泥地裡拔取芋頭、抵抗敵人，或者是跳舞、遊戲，和做其他各種快樂的事情，絕不是只用來造房子、摘果食、拔芋頭而已。」這種「鑿井而飲，耕田而食」的人，自然對於「一天到晚做同樣事情」而「其他甚麼都不做」的歐洲人的生活方式，難免會大感訝異了。歐洲人（其實我們也不例外）一到某個年紀就會爲找尋職業而煩惱，而一旦選定了自己的職業以後，便一方面一天到晚做同樣的事情，另一方面往往變成別的事情都理所當然地不會做了。對此，椎阿比是頗有微詞的：

每個巴巴拉吉在刺臉之前（按：此為當時薩莫亞人之成人儀式——紋面），就得決定他一輩子想做甚麼事情。選擇職業，就是指這個。……大部分的巴巴拉吉除了自己的職業以外，別的事都不會做。頭腦很聰明，力氣很大的最高酋長，也許連他自己的睡蓆也不會掛在樹幹上，也不會洗自己的食器。……職業，就是說：只會跑、只會嚐、只會嗅、只會戰鬥……也就是說，只會做一種事情。

如果翻譯的界限可以擴大其範圍，指涉將文字以外的視聽經驗，轉換爲語言敘述，那麼，椎阿比酋長也不失爲一位高明的翻譯家了。從我前面所列舉的一些例子可以發現，在遭遇到一些薩莫亞的語言、思維、概念，以及風俗、文化所賦有的現象時，他經常會隨機應變、自由地採用音譯（如「西阿馬尼斯」、「馬克」），或意譯（如「多褒」、「艾加」）。至於解說之際的靈活表現，更是令人嘆爲觀止。上文所謂「頭腦很聰明，力氣很大的最高酋長」，蓋取譬於島民所認知的制度，以指歐洲政治制度之最高統治者。他們專司治理國家行政之要事，無須自理生活瑣務，如整理床褥

——把睡蓆掛在樹幹上。[5] 椎阿比酋長不僅是一位靈活的翻譯家，他又時時表現出頗令人激賞的文學素養，甚至於哲人的胸襟。在一篇對同胞們介紹歐洲文明人重視時間的演說中，他先站在自我中心的立場說：

> 他們特別喜歡的，是手抓不到，卻在那兒的東西——時間。巴巴拉吉對於時間，大驚小怪，而且談得可真多！太陽出來，太陽下山，哪裡還會有比這更多的時間？

以日出日落爲作息標準的悠閒生活，確實是一切順其自然，不需要分秒必爭，汲汲營營的吧。他又費盡心機地向島民解說歐洲人發明了鐘和手錶，而鐘和手錶如何不斷地提示時間之流逝，又如何令他們因此而焦躁憂慮。對於時間之不可把握，椎阿比說道：

> 我想，時間好比是咱們濕手中的一條蛇，滑溜溜的，你愈是想捉牢它，它愈是要滑走，它反而要跑得遠遠的。

這樣的取譬，對於薩莫亞的弟兄們而言，既簡單易明，又十分自然，毫不做作；即使我們今日讀之，也不得不佩服說話者的睿智深刻，以及其語言象徵的高妙情趣。這與孔夫子臨水所嘆：「逝者如斯夫，不捨晝夜！」相較，究竟孰高孰低呢？至於他在「思想是嚴重的病」的演講中所說：「究竟不太思想的人是傻瓜呢？還是思想太多的人才是傻瓜呢？這倒是可疑的。……只有一種方法，也許是可以治療思想重病的。那就是：忘記，把思想丟棄掉。」我們若是懂得薩莫亞語言，乍聞之下會不會以爲老子再生於南太平洋呢？老子「絕聖棄智」、「絕學無憂」，蓋即此之謂也。

以上我舉出許多例子，而避開了學術性的技術討論，其實是有意於自我反省、質疑、批判之際，更想藉此以彰顯一位乍看似愚騃魯鈍、幼稚可笑的原始民族酋長的演講，如果反覆吟味思索，可以令我們認識到那單純質樸而充滿愛與公正的心，以及那些躲在簡單明快的語言背後的美感與智慧。

對於這樣一種看似簡單而實則豐富的語言及內容，要如何迻譯才能恰如其分呢？椎阿比酋長向他那些懵懂未開化的同胞演說時，經常會遭遇到詞彙缺乏的困難；但是反過來省思，無論德文、日文，或中文，一個已經在文明社會裡生活過、讀過一點書的人，試圖翻譯這樣子的語言，也是十分困難的。誠如Scheurmann在他譯本的序文中所說：

我企圖盡力忠實地翻譯這本手記，盡量不去更改其中的素材；然而，我還是覺得那種真實的感覺與呼吸已失去了許多。如果，讀者能體會翻譯原始語言為現代語言的困難，想把童真一般的話語表達得既不陷於平凡而又不失其風味是如何不容易，或者會原諒我這未盡完善的譯本吧。

力不從心的翻譯經驗，曾經苦惱了Scheurmann；大概也曾是岡崎照男的苦惱；而這也正是我的苦惱。

近二十年來，我利用授課之餘斷續翻譯。這一本《破天而降的文明人》，是在翻譯《源氏物語》與《枕草子》、《和泉式部日記》之間譯出的。[7] 我原本以為可以用比較輕鬆的心情譯出此書；但是，如今重閱自己的譯文，卻驚覺於隨處凸顯的文明人的習用詞彙，甚至稍一不慎即溜出筆端的成語。這些怎麼可能是椎阿比酋長對他的同胞演講時所採用的表達方式呢！既已是一個受過教育的文明人，想要去追蹤體會原始純稚的心思，是多麼不容易啊！在翻譯古典文學作品時，經常感到古今不同時空的語言之難於捉摸，有時且不免於使用大量的注解以求周全。事實上，這種困難並不只存在於古典名著的翻譯而已，面對一本原始語文的作品，我又一次深刻地感知譯事之局限，以及力不從心的無奈了。

1 一九八四年，我譯《破天而降的文明人》，由臺北九歌出版社印行。該書原名《巴巴拉吉》，後來出版社恐怕讀者未能接受而改易書名。其實《巴巴拉吉》並無甚不妥，久之，讀者自能習慣而接受，一如《阿里巴巴》然。

2 岡崎照男《パパラギ》，東京立風書房，一九八一年。

3 Erich Scheurmann, *Der Papalagi*（Zürich: Tanner + Staehelin Verlag,1979）。

4 關於我個人譯此書的緣由，請參閱九歌本譯序。

5 此蓋指清潔或曬太陽而言。

6 Scheurmann係根據椎阿比酋長的《手記》迻譯爲德文。椎阿比酋長曾於第一次世界大戰後周遊歐洲各國。他或者曾習得一些歐洲的語言。但德文版原序中並未提及《手記》中所記錄的是何種文字，或只是一些符號。

7 《源氏物語》始譯於一九七二年，歷六年，於一九七八年譯完出版。《破天而降的文明人》於一九八四年譯完出版。《枕草子》始譯於一九八六年，一九八八年出版。《和泉式部日記》始譯於一九九二年一月，同年九月譯完，一九九三年六月出版。

輯三　六朝微雨

八十自述

一九八六年我曾寫過一篇短文〈我的三種文筆〉，回憶自己原本喜愛繪畫，而後卻選擇了握筆爲文的生活。其後，又寫過另一文〈我的讀書生活〉，自稱：「以教書爲職業，寫作及翻譯爲嗜好的人。」類似的話語也多次在各種場合提到過，有時是自動道出，有時則是受訪時被動道出。到了現在，我的習慣和生活方式大概不可能會改變了，所以想藉此機會談一談，這樣的生活方式裡我自己覺得比較値得紀念的一些事情。

我是一九三三年出生於上海市日本租界的臺灣人。父親的籍貫是彰化縣北斗鎭，母親是臺南市人。但因爲中日甲午戰爭清廷敗績，一紙馬關條約改變了臺灣全民的身分成爲日本籍。父親在日本人設立於上海的東亞同文書院畢業後，便於三井物產株式會社工作，我們雖然是臺灣人，卻隸屬日本公民。其實，當時所有的臺灣人都是處於同樣情況，但是居住在臺灣的人，左鄰右舍大概都是臺灣人，而我們的鄰居多爲日本人。生活在日租界，連上海本地人都不怎麼見得到（除非勞動階層，或做買賣的小民）。我們家的孩子到入學年齡，都很自然地被編入日本小學讀書。當時上海日租界裡爲日人子弟所設置的小學共有九所之多（第九國民學校係專收韓裔日人子弟）。我所讀的第八國民學校，全校只有我和我的妹妹是臺灣籍，其餘皆是純粹的日本人。

我在這樣的環境出生成長，日常使用的語言是日本話，和家裡的本地女傭講的則是上海話，我們甚至也不怎麼會說臺語；父母不想讓我們知道的事情，往往會選擇臺灣話對談，我們也就走開了。至於學校教的文字，是從日文的「假名」開始。先背五十一字的「片假名」、「平假名」；不過，日本人也使用漢字，所以在學習的過程中，我也學到一些中國文字，只是讀出來的是日本式的發音。我在上海日租界讀小學到五年級，那一年（一九四五）太平洋戰爭結束，日本打敗投降了。臺灣回歸中國，於是臺灣人重新成為中國人民。這件事對全體臺灣人民而言，是極大的變化，也需要不同尋常的適應能力；至於我們生活在上海日租界的臺灣人，則旦夕之間由戰敗國民變為戰勝國民，更是處在頗為尷尬的地位。左鄰右舍的日本居民倉皇撤回日本，平時受日本人欺壓的上海市民，遂趁機掠奪他們遺留的財物。而我們處身其間，聞所未聞過的呼嘯，見所未見過的亂象，亂民指著我們叫喚：「東洋鬼仔的走狗！」居住於日本租界的臺灣人，雖然名義上已改隸為中國國籍了；但我們的立場並不安穩，父親決定攜家返回臺灣，我們只能離開上海了。

回臺灣的時間，對於我個人而言並不太適宜；當時臺灣剛剛光復，學制方面仍沿用著日本式的春季升學制度；我在上海讀到五年級，平白失去了五年級的下學期，直升六年級。當時臺北市的許多學校都辦完畢業典禮，而沒有六年級班；我每天得從東門的家步行到萬華的老松國小讀書，因為那是我們住家最近且仍設有六年級的小學。我總算是回到了左鄰右舍和我一樣都是臺灣人的家鄉了。但我不太懂臺灣話，政府為了推行國語，禁止在學校使用日語。老師用臺語講解國語，同學們用臺語交談；他們講的日語帶著濃濃的閩南語腔調，令我難於聽辨。我在我的「家鄉」感覺到好似「異鄉人」一般的寂寞與無助。我們確實是處於非常困難的學習境況之中。五年級之前讀日文，從六年級才開始重新學習改讀中文。但這樣的背景，卻使我們日後自然地具備了中、日兩種的語文能力。直到今天，如果遇著早期的同學，習慣上我們常常會說一些日語，書信也往往會使用日文。我自己的臺語進步了一些，所幸日語倒是並沒有退步。

無論是讀日本書時代，或讀中國書之後，我的興趣都是在文科，我特別喜愛作文。在上海讀小學時，我的作文常常和日本同學的佳作，被張貼在校門口的大看板上，覺得十分光榮。回臺灣讀中學時，也往往被選派出去參加校際的比賽而得獎；或許是年少時期受這些鼓勵的關係，便也對文學產生了喜愛。考大學時，我錄取了藝術系和中文系，後來選讀了中文系，以至於今日。

年輕的我並不清楚讀中文系是怎麼一回事，以爲必然會多讀中國古今書籍；而且會接受密集的寫作訓練。然而，事實並非如此。當時的局勢與今日大異，整個社會籠罩著詭譎而緊張的氣氛，而在思想和文字上的忌諱則甚多。大學中文系所開的文學課程，百分之百都是古典的，沒有開設現代文學的課程。原來，在大學裡，文學是研究的對象；大學不是訓練寫作的地方。進入中文系後，我們只在一年級的「國文」課班上，一學期寫過四篇作文；「歷代文選」課也只寫過若干篇作文而已。中文系並不是寫作訓練所，卻是一個培養我們從語言、文字、思想、歷史、文化等等多方面，探究文學的環境。從在臺大中文系到中文研究所的七年讀書經驗中，我習得如何探討、思考、分析文學的課題，以及如何將其結果整理出來，書寫成爲條理分明、言之有物的學術論文。

當年讀大學本部，也需要提出「學士論文」才能畢業的。我們在大三時就得找好論文的題目和指導教授。中文系課程的內容大約包含文學、文字學、聲韻學、訓詁學等四部分，學生便在自己的興趣範圍內，去請某一位教授擔任論文的指導教授。題目由學生自己選定，或由老師與學生商定，而在大三的暑假過後，畢業班的學生就得一面上課，一面各自寫作畢業論文了。鄭騫先生出版過一本論文集《從詩到曲》，他的學問就如同此書名，在臺大中文系任教多年，他所開的課程，涵蓋了從詩、到詞、到曲，包括選集的課和專家的課。他在大學部講授文學課程，無論是必修課或選修課，我全都上過課，而且認眞做筆記。我請求鄭先生做論文指導教授，他欣然答應了。至於論文題目《曹氏父子及其詩》，是老師替我選擇的。他說：「這三人的詩篇，我比較沒機會在課堂上講，可以讓妳多做發揮。」

論文怎樣構思？論文怎樣撰寫？我們在大四之前的日子裡，雖然也寫「讀書報告」類的文章，有些課程，並且取報告以代替大考。但畢業論文的寫作，究竟更爲鄭重其事，也花費較多的時間和精神。我先細讀三家的詩和其他文體，參照三人的傳記及相關的史料。把心得逐一記下，摘錄於卡片上，再分門別類，條列於文字裡。那個時代的資訊搜尋，或許是今日大學生無法想像的。不說電腦、手機了，就是影印機都還沒有出現。老師要發給學生書本以外的補充資料講義，就得自己在臘紙上書寫，再用手工一張一張地印出來，有多少學生就在那張板子上來回的油印。至於我們想查資料也沒有快速方便的方法，須得自己到圖書館翻書查尋，備用紙張，一字一字抄寫出來。至於論文的撰寫，也是在稿紙上用鋼筆寫出（當時原子筆尚未發明）。論文一份，呈指導教授存放學校，如果想要自己保留，就得另外再抄一份。我的《曹氏父子及其詩》，正本呈校存放的是自己寫的；至於保留的副本，是正本寫完後自己抄寫三分之一，其餘部分由妹妹和男朋友各抄寫三分之一，三份合訂為一本。論文之提出有時間限制，否則無法畢業。雖然三人的筆跡各異，卻是別無他法。那是我想出的唯一快速的辦法。送呈學校的論文正本，據說由於庫存空間有限，每隔若干年便集中銷毀一次，大概已不存在；三人合抄的副本，我一直保留著，二〇〇一年臺灣大學為我舉辦手稿系列展，我把那本學士論文也提出，展覽之後，與其他文稿一起捐出，如今是存放在臺大總圖書館的典藏室內了。

在我讀書的時代，文學院內的中文系和外文系，風格並不十分相同。中文系的師長以學術性論文的撰寫為重；外文系則對於文學創作多所鼓勵。舉一個實際事例：約在我讀研究所時期，《文學雜誌》創立，當時創辦人夏濟安先生和葉慶炳先生，是外文系及中文系的年輕學者，所以得到兩系師長撰文支持，如臺靜農先生、鄭因百先生、黎烈文先生、勞幹先生，都曾撰文支持。當時我已升入研究所，和同班同學王貴苓，與葉先生共用中文系第四研究室。他常常鼓勵我們投稿，我們二人便試著抽出「畢業論文」的一部分，重組改寫成為獨立的文章，發表於《文學雜誌》。夏先生課餘，於文學創作多所提倡，外文系學生一時間出現了許多文壇新秀，如王文興、白先勇、陳若曦、葉維廉、杜國清……在小說、新詩、翻譯、各方面都有具體而傑出的表現；同時，他們又在很年輕的時候創辦了《現代文學》。在《文學雜誌》停刊以後，成爲臺灣文學作品及論著賴以繼續發表的重要園地。《現代文學》與《文學雜誌》雖然都由臺大外文系的師生所主辦，相對於其他的文學刊物而言，是兼收古今主題，而且是創作與論文並呈的較嚴肅而學術氣氛稍重的出版物。其後的《中外文學》與《純文學》在性質上也有相當類似之處。幸運的是，這些雜誌的陸續誕生，正好是在我讀研究所到初爲教員時期，正處於對學術論著有濃厚興趣之際，遂於校內的院、系學術刊物之外，它們便成爲我發表文章的主要對象。從《文學雜誌》到《現代文學》、到《中外文學》、到《純文學》，我在這四種雜誌都刊載過論文。

身爲職業婦女，中年是最忙碌的時期。結婚和養育兒女、家事與工作成爲生活中不容不兼顧，而又不容易兼顧的雙面；至於身爲教員，在學術領域裡，則又有升等競爭的壓力存在。從讀研究所，直到退休之前，我在文學院右翼二樓中文系辦公室的第四研究室有「一席之地」。許多年來，我只有白天在那裡備課、休息或會見學生；甚少於夜間留守在第四室閱讀書寫。事實上，類似的現象也發生在其他女同事身上。晚間那一排研究室若有燈光亮著，必然是男同事在辦公室內閱讀或書寫。閱讀、研究或書寫，可以在家中做；但是家務、照顧兒女，卻是無法在研究室裡做的。沒有人規定如此，但身爲母親的教師，大概都會如此的吧。我自己對於家庭和事業，便是在如此心態下度過來的；一直到一九六九年的春季，中文系接到國科會來函通知，希望推薦一名教員赴日研究一年。條件爲：一、四十歲以下；二、副教授以上；三、通曉日語文者。系主任屈翼鵬先生要我考慮。他說：「仔細看了教員錄，系裡只有妳一人合乎這個條件；如果妳不去，斷了這個管道，很可惜！」事情太突然，沒有多少時間讓我猶豫，我幾乎是為「大局設想」而簽下了合約。那年我三十六歲、副教授、有一兒一女，各為八歲及五歲。

一九六九年秋季，我赴京都，在左京區北白川通租下一間面臨銀閣寺疏水的日式木屋二樓的房間，開始了生平第一次的異鄉獨居生活。我擬定的論文題目是《唐代文化對日本平安文壇的影響》。從住處到京都大學人文科學研究所（簡稱「人文」），步行約只需十餘分鐘。「人文」是著名的漢學研究中心，以藏書豐富及各國漢學界人物來往頻仍著稱。那座古老樸實的西式二層樓建築物，樓下是學者們的研究室和會議討論室，二樓為書庫及閱覽室。除了週末，我每天到「人文」的二樓，去查閱與論文相關的書籍資料，並且順便流覽當時在臺灣無法接觸到的一些「禁書」。離家的思念與寂寞逐漸有了寄託，時間也就好過多了。此外，在我赴日之前，《純文學》出版社的社長林海音女士曾經囑咐我，每月為雜誌寫一篇文章，內容與形式不拘。我在京都的生活與在臺灣時沒什麼大改變，大致仍與書籍為伍，只是不必教書，而單身獨居的日子也清閒多了；何況週末「人文」的圖書館休館，我便將自己在京都的見聞用文字記錄下來。

在京都居住近一年的時間，除了原定為國科會的合約而撰寫的論文之外，我每月又給《純文學》寄一篇散文。當時沒有電腦，也沒有傳眞機；我用臺灣帶去的稿紙寫成三、四千字的文稿，於每月的月中航空郵寄出版社，始終未拖期過。自進入中文系之後，久已不寫散文了。時隔十餘載，重提筆寫起創作的文章來，初時竟有些生疏的感覺。或許是受到論文書寫的習慣使然，凡事講究依據憑證。平日整天在圖書館裡，查書追究，十分方便，於是無論寫山水景物、風俗節慶或人物故實等等，都引經據典，並且將文字出處標明，附錄於文後。在京都一年，除了完成論文《唐代文化對日本平安文壇的影響》之外，這些遊覽觀察的散文共得十篇，加上回臺灣後補寫的幾篇，一九七一年由純文學出版社結集出版了《京都一年》。這本書成為我的第一本散文集，散文創作自然也就成為我日後論文之外提筆撰文的另一個空間。對我個人而言，由於答應了林海音女士，每月寫一篇文章，那一年時間，每逢週末，便認眞出遊，尋找題材，詳細觀察記述，無意間，使我對於這個曾經是日本中世紀以來政治和文化的古都，有了從實際生活面進一步去實際接觸。這本遊記出版的年代，臺灣人民的出遊機會尚未普及，此書對於初臨其地的人倒是有一些實際的助益。

《京都一年》的出版，在我的生命中，也形成相當大的變化。由於當初鄭重選題，認眞寫作，不僅讓我更深刻地把握到京都的文化裡層，而且又成為日後於教學研究之外，從事散文書寫的習慣。使我重新提起久違了的文學創作之筆。《京都一年》雖是遊記散文，寫作的方法猶是深受論文影響。《讀中文系的人》在一九七八年刊印，內容分三部分：一、散文創作；二、文學論著；三、比較文學論文。在性質上，仍屬於從學術論文過渡到文藝創作的領域。

我回首自省，眞正把創作類文章和學術類論文區別開來，大概是到了寫作《遙遠》（一九八一）所收各篇文章的時期。雖然生活仍不脫教書、研究和出國訪問等等學術活動的範圍，但在寫作的技巧上，我已經有意識地區別論文與創作兩個領域的筆法。換言之，論文書寫講究理性，凡事必有所根據，不尙華文麗辭；但文學創作則不避藝術經營。我一方面把這個感悟在不同文章裡表現出來，同時也寫成一篇〈散文的經營〉，於一九八六年出版《午後書房》時，做爲序文刊出。

在學院的環境裡生活、教書和研究，是最重要的目標與責任，但是由於養成使用散文創作的筆，以抒發某時某地感懷的習慣，無意之間生活忙碌，卻豐饒了起來。同時，這樣子的生活，也讓我反而體會到研究與寫作的相輔相成之樂。舉一例言之：約在一九八七年代末期，有一位美國西雅圖華盛頓大學的博士班學生來臺大旁聽我六朝文學的課，她正要寫有關潘岳、陸機的畢業論文，故而課後又時時來我家書房，討論和她的論文相關的問題。我自己也就藉此機會構想〈陸機的擬古詩〉題目；並且在這位學生返歸美國後完成了論文。以前，王瑤《擬古與作僞》，及姜亮夫《晉陸平原先生機年譜》二書，都認爲陸機〈擬古詩〉是作者年少學詩之習作（詳見《中古文學論叢》，頁一二三—一五八所收〈陸機的擬古詩〉）。我把陸機〈擬古詩〉現存之作，與東漢的「古詩」逐一比對研究後，發現王、姜二氏之說，未必屬實，所以提出反駁。文中有兩個要點：一、陸機〈擬古〉之作，未必在二十九歲入洛以前；二、「擬古」非爲摹擬古詩之習作，而是選擇古詩之上品，以爲與古人挑戰、並超越自我之目的所寫。陸機以後，六朝詩人如陶淵明、謝靈運、鮑照、江淹等名家，也多有「擬」、「代」諸篇，取前人之內容或語氣，以爲寄託寫意，或綜論批判，出於單純習作之目的者甚少，反而往往是各家的寫作技巧成熟之後，嘗試與前人一較長短的傾向更爲濃厚。

詩的「擬古」例子很多，然而文章的「擬古」則少見。是否能取「古人」的散文作品，擬之以爲今之散文作品呢？處於今日的我們，比西晉的太康時代晚了一千六百多年，可以摹擬取法的「古人」和「古文」更多；何況，今日我們所能取法的「古文」，又何止於中國之古文？可以摹擬、遊戲、競爭的對象，未嘗不可包括所認識的外國語文作品（以我個人而言，包括英文與日文）。從一九八七年到一九九三年，我斷續寫成了十四篇「擬古」構思系列的散文，包含摹擬中文、日文及英文的文章。在這五、六年的期間裡，我另有普通的（非擬古的）散文作品，只有在內容或形式適合擬古的情況下，我才寫白話的《擬古》散文，共得十四篇。鍾嶸《詩品》古詩條寫著：「其體源出於國風，陸機所擬十四首。」是我賴以結集出版的依據。在編印之際，我故意把所擬的文章附錄文後，以供讀者參考。那十四篇所摹擬的，有的是原作的內容風貌、有的是取其形式技巧；那也是我研究陸機〈擬古詩〉所得到的結論：擬古，其實是憑藉古詩文以抒發自己心意的創作態度，是一種嚴肅的遊戲。對我而言，則更是將研究與創作組合起來的一種嘗試。我把那十四篇或摹擬形式或摹擬內涵的散文，每篇之後繫以所擬之對象，都爲一集出版，書名就稱爲《擬古》。這些文章的寫作從一九七八年到一九九一年，斷續寫出。只有在各方面條件適合、自自然然的情況下方始爲之。《擬古》，主要是以寫作動機（或技巧）爲考慮而成集的一本書。其後以內容爲主軸的另有《飲膳札記》（一九九九）、《人物速寫》（二〇〇四）及《寫我的書》（二〇〇六）等等。散文的書寫，是我個人在教學、研究的空檔中進行的行爲。把握筆的時間，有時投入在抒發感情思想的另一範疇，頗能夠令我自得其樂。

其實，一九六九年到一九七〇年在京都的生活，給了我很大的影響和經驗。我當時所擬的論文題目，爲著符合國科會的條件，定爲《唐代文化對平安文壇的影響》。原因固然與我的語文能力及研究根底有關聯，然而討論的方式和方向，卻從此一步跨入了比較文學的領域。在京大人文科學研究所的圖書館，我閱讀了許多日本平安時代的古典文學作品，也參考了一些日本學者的論著。隔離了三十餘年的時間，年少時代習得的日本語文，竟會自自然然回到腦海裡。那是我自己也料想不到的。日本的文化原本低落，七世紀時，聖德太子崇信佛教，派遣「遣隋使團」赴中國朝貢、兼學佛取經，後因有見於中國文化的高深，而另派遣專事學習中國文化的「遣隋留學生」，其目的在吸收中國的文化，包括文學、藝術、音樂、醫學等等，廣及生活全面，而提升了他們的文化。歷史上稱此現象爲「大化革新」。隋朝雖只有短暫的三十多年（五八一—六一八）但中古時期日本向中國學取文化的行爲，卻一直經唐代而未停止。「遣隋使團」遂改稱「遣唐使團」。中古時期由於這個漢化的事實，提升了日本的文化水準。以文學而言，平安時代女性作者紫式部所寫的《源氏物語》一書，是平安文學中最重要的作品，也是日本文學史上最重要的作品之一（如今透過翻譯，也成爲世界文學史上最重要的作品之一）。而且書中往往可見深受中國文學與文化的影響。我知道這些外圍的事情，但《源氏物語》其書本身，卻一直沒有機會完整的讀過。所以利用客居京都的一年，躺在寄宿的日式屋內，讀完了谷崎潤一郎的日本現代語譯本。

一九七二年日本在京都舉行國際筆會。我應邀參加，提出日文書成的論文〈桐壺と長恨歌〉。

《源氏物語》雖以日文書成，但明顯地可以看到在內容或文字方面深受中國文學的影響。當時的貴族和文人，尤其喜愛白居易的詩，其中，以寫唐玄宗與楊貴妃的生死愛情長詩〈長恨歌〉，尤其特受歡迎。紫式部在《源氏物語》的首帖〈桐壺〉，將白居易筆下唐玄宗與楊貴妃的故事移植入文中。開完會回臺灣後，我把那篇論文自譯成為中文，在創刊未久的《中外文學》發表；同時為讀者閱讀之便，將〈桐壺〉近萬字的原文也譯為中文，附錄於論文之後。未料，文章刊出後，論文的反應如何，並不詳細，但是那篇附錄的譯文卻大受讀者歡迎。那時臺灣還沒有《源氏物語》的中文譯本，大概是讀者們被那種異國情調之中，又帶著熟悉感覺的特殊氛圍所吸引的吧。為此，中外文學出版社的社長、外文系主任胡耀恆教授特別到我的研究室，轉告讀者們熱烈投書，要求我把《源氏物語》全書繼翻譯下去。但這篇〈桐壺〉只是一個開始，其後還有五十三帖長長的「尾巴」，全書百餘萬言呢！在胡主任一再勸說下，我無法拒絕，只能以「試試看」、「隨時可能中斷」為前提，暫時答應了。〈源氏物語與桐壺〉是刊登於《中外文學》第一卷第十一期（一九七三年四月）。換言之，其譯文始見於一九七三年。在教書、研究、持家之餘，如何在當時已經夠忙碌的生活中，再加上這大部頭鉅著的譯事？我其實並沒有太大的信心。不過，既然答應了，便只得用心做去。我譯第一帖〈桐壺〉的時候，暫時依據的底本，是臺大總圖書館內，日據時代遺留下來的平凡社一九四〇年版吉澤義則譯注本《源氏物語》。其後，我自己購買了小學館一九七〇年版《日本古典文學全集》中的《源氏物語》。那是由當世「源學權威」阿部秋生、秋山虔及今井源衛三位學者共同負責編著。

原文居中、上有注、下有現代日語譯，爲最詳實可信的版本。其實，以小學館本爲中心，我又另外準備了與謝野晶子（角川文庫，一九七二年）、谷崎潤一郎（中央公論社，一九六九年）、円地文子（新潮社，一九七二年）等三種不同的版本；除了日文的版本外，我又備有兩種英文譯本：*The Tale of Genji* 其一爲英國 Arthur Waley 所譯（London George Allen & Unwin, Ltd., Press, 1925），另一爲美國 Edward G. Seidensticker 所譯（Alfred A. Knopf, Inc., NewYork, 1976）。每譯一句話，我都同時參考這些不同人、不同語言、不同譯文，從各個角度去探討、對照原文的意思，盡量在內容和表現方式上都去貼近原文。讀大學和研究所時代，我曾經爲東方出版社翻譯過一些少年讀物，但那些文字都是日本現代語文，雖然也有一些困難，但心理的壓力不大。《源氏物語》則是千年以前的古典鉅作，語文、文化背景都有別於今日。現在的日本人，除了少數「國學專家」之外，多數人都沒有眞正去閱讀，就是由於古今文化、語言有差別，讀起來非常困難之故。

答應胡教授之後，除了教書和家務以外，生活的重點便是做這個工作。我的書桌，基本上是由譯事的組合構成：以稿紙爲中心，遠近攤放著各種版本的《源氏物語》。這個組合是不能改換的，因爲只要稍稍有空，我便坐下來面對這樣的書桌，能寫幾個字就寫幾個字，能寫幾行就寫幾行，像一個攀登高山的人，我不敢向上望，只能看眼前當時的情況，一步一步用心爬。所幸，那時我正當四十歲上下的壯年，無甚病痛，家人也十分支持。遇著假期就多做些；遇著雜誌安排專輯，則可以休刊一期譯文，多儲備些文字，減輕壓力。如此，春夏秋冬更替，從一九七三年四月，到一九七八年十二月，全書譯完。五年半內，沒有拖過一期稿。在《中外文學》連載期間，累積到一定分量就印成單行本，共得五冊。每出版一冊之際，我都書寫與平安時代文化相關的導讀性文字，以助益中文譯本之讀者。我的母語雖然是日本語文，但只學到小學五年級就中斷，翻譯《源氏物語》，對我而言，是相當勉強的，但自忖努力並且堅持，邊學邊做而完成。那時候，大陸與臺灣尙未有往來，音訊隔絕，我是在譯本已經全部出版後始得悉，豐子愷先生早在六〇年代初期已默默從事此書的中譯，但在「文革」那樣的環境中，寫平安貴族優遊生活的小說，大概不可能出版上市的吧。因爲「消息不靈」，才促成我敢於提筆；不過，如果有前輩的業績在身旁，可供隨時參考翻閱，大概不會不去依賴的吧。於今思之，反倒是慶幸矇昧摸索前行，至少建立了屬於我自己的譯風。

一年冬天，我受邀訪問北京大學時，在演講之後，聽衆中有人說：「讀了兩種中譯本，覺得比較習慣豐譯。」其實，得到豐先生的譯本（北京人民出版社，二〇〇八）後，我也比較過二書。豐先生的譯文採取「話說從前」等等，中國傳統小說的習慣語氣。至於，在原著散文的敘述內，時時交織而出現的七九五首日本古典詩「和歌」，豐先生則以中國的古詩「五言絕句」或半首「七言絕句」的形式翻譯出來。這兩點都與我的譯法不同。我認爲文學的翻譯和一般文字（例如說明書）的翻譯應該不同。一般實用文字翻譯的目的，是在幫助不懂原文的人了解其內容，所以愈清楚愈好；但文學的翻譯，不僅要告訴讀者文字的內容，而且要盡量貼近作者的語氣筆法，避免過多譯者自己的語氣筆法才好。換句話說，譯者所要負責的，不只是原著作者：「說什麼？」而且：「怎麼說？」譯者的位置，應該是在原著作者，和譯文讀者之間。他工作的目的，是替不能閱讀原著的讀者，把文字轉換成為可以讓他們閱讀的另一種文字而已；譯者不應該把作者的「話」，按自己的方式「說」出來。文學作品翻譯之目的，是在介紹不同國家的不同文學藝術，甲、乙、丙、丁，各有所不同，不應該把不同國的文字都變成自己所熟悉的面貌。讓日本平安時代的紫式部依她的方式說《源氏物語》；別讓她變成中國清朝的曹雪芹說《紅樓夢》那樣子。我認爲譯者應該要達成這樣的目的，所以他在讀懂那原著的內容之外，還需要具備敏銳的感受力，體會作者文章的特色。正如同一個演奏者，不能把蕭邦彈成貝多芬，或者把柴可夫斯基演奏成莫札特。我認爲在翻譯的領域內，太強調譯者的「自我」，而把作者的「風格」蓋住，是不適宜的。句型較長，是日文的特色，而華麗委婉纏綿是《源氏物語》的特色。我覺得不管是翻譯成哪一國的文字，都要保存這樣的味道才對。

《源氏物語》出版後，我得到臺大校長推薦，出國訪問三個月，在許多地方、許多場合中，我往往被誤認爲是日文系的學者；一個教中國文學系的教員，翻譯日本的古典文學，似乎是有些不可思議的。因此，每次我都得從自己的出生談起，以解釋在中文系教書而翻譯了《源氏物語》的道理；其實，在臺灣也發生過類似的事情。我的信件常常會寄到外文系去（當時臺大日文系尙未獨立設置，而附屬於外文系裡）。是不是由一個中文系的人翻譯舉世公認爲深奧困難的《源氏物語》，眞的是奇怪的事情嗎？同樣的問題聽多了之後，連自己都覺得奇怪、懷疑起來。我想到，或許我再翻譯另一本同樣是古典，同樣深奧困難的，而且更重要的是還沒有譯爲中文的書，就可以做爲無言的說明，也可以證明給自己看了。清少納言的《枕草子》，是與紫式部的《源氏物語》合稱爲「雙璧」的重要平安文學作品。而在日本中古的文學史上，這兩位曾仕皇族後宮的女性，處於同一個時代，彼此之間意識到對方的才識，但又互相視爲「畏敵」。於是，我決定取《枕草子》爲下一個譯注的對象。在那次訪問旅行途中，經過英、美國和日本，我開始蒐集與這本書相關的日文和英文的各種新舊版本，以及參考書。

《枕草子》和《源氏物語》，屬於日本平安時期的重要女性著述，但作者其人，和寫作風格則迴異。同樣是多才多識的女性，而且都在皇后身邊供職，清少納言的個性比較率性剛強，而《枕草子》的文筆，也比較簡勁、敏銳、犀利，有別於《源氏物語》的委婉華麗。準備再度投入另一部日本平安時期重要文學作品的我，瀏覽全書之際，意識到了這一點。所以警惕自己應該避免先前譯《源氏物語》時候的筆調才好。不過，這只是理論上，或理智上的考慮而已。高中時期，我讀過不少傅雷翻譯的西洋名著。他的譯筆生動而流利，可是讀多之後，總覺得好像是一個作者的文章；或者也可以說好像那些譯著就是傅雷自己的文章。因爲每個人的文章，總是不知不覺地會帶有他個人的特性，要完全除去這種自己的特性是不太容易的。總之，先讀那原著，辨別出其滋味，而後努力依那種滋味轉變成爲譯文。《枕草子》的筆調趣味係模仿唐代李義山的《雜纂》，很少長篇大論，大部分都是直截了當的短文；與《源氏物語》纏綿委婉的語氣迴異，故只要按照原文逐譯下去，便自然會呈現出其文的風格來。《枕草子》也在《中外文學》雜誌連載。由於原著較《源氏物語》短許多，所以分二十二期，不到兩年，而全文與注解全部刊畢。一九八九年，依照《源氏物語》的出版方式，加上一些導讀性文字後，由臺大中外文學月刊社印製成單行本。

譯注平安文學《源氏物語》與《枕草子》之後，這種利用課餘時間從事日本古典文學翻譯，似乎已成爲我的一種習慣，而外界也往往會隔一段時間就問我：「下面要翻譯哪一本書呢？」記得一九七二年在京都參加日本筆會舉辦的國際大會時，京都大學退休教授吉川幸次郎先生曾經對我說：「我們日本人研究漢學，也把中國的重要文學作品，自古到今，幾乎全部都翻譯成日文了。相對的，中國人卻對我們的文學作品不加以重視；尤其對日本古典文學，更是相當冷漠。這是不公平的啊！」吉川教授的話，是事實。臺灣的翻譯界對日本的近、現代文學作品倒是有些表現；至於對古典文學的反應，確實是相當冷漠的。這個現象，可能一方面與讀者不多有關係。至於讀者不多的原因可能是古文的閱讀不容易，而且，日本古代的生活習慣、思想行爲也與現今有別。然而，千年前的古文翻譯起來困難度極大，恐怕才是令人望而卻步的最大原因吧。我想，日本的文化、文學向來受中國的影響甚深，所以由讀中文系的人執譯筆做這個工作也不妨吧？遂給自己一個再接再厲的理由，繼續翻譯的工作。

一九九三年，我自臺灣大學退休，有三本書出版：《擬古》（洪範書店）、《作品》（九歌出版社）及《和泉式部日記》（純文學出版社）。前二書是散文集，第三本爲翻譯。《作品》是散文創作、

《擬古》是研究與創作結合的文體，而《和泉式部日記》是日本古典文學中，「日記體」文學的譯注，作者和泉式部和紫式部、清少納言，都是平安文壇的著名女性作者。此三人在文學史上合稱爲平安「鼎足」。我用出版《擬古》、《作品》及《和泉式部日記》這三本書，告別了教書生涯。

退休以後，我在美國史丹佛大學（一九九三）、加州大學柏克萊分校（一九九三—一九九四）各教了一、二學期，才眞正步下教壇。完全退休以後，我仍以讀書寫作做爲生活的重心。論文的書寫較少了，不過，偶爾配合有些場合的研討會，寫一些自己所感興趣的文章。日本古典文學之翻譯，在《和泉式部日記》之後，又先後完成了二書：《伊勢物語》（洪範書店，一九九七）及《十三夜》（洪範書店，二〇〇四）。《伊勢物語》是比《源氏物語》更早的文學作品，作者在原業平爲平安時代男性貴族。紫式部在《源氏物語》內曾引用過《伊勢物語》之文，可見其書更在《源氏物語》之前。《十三夜》的作者樋口一葉，是一百多年前的女性作者，雖然她以肺病早逝，得年僅二十四，日本人稱爲「現代紫式部」。二〇〇四年日本中央銀行以樋口一葉的肖像印製五千円新鈔票，以紀念其百歲冥誕，可見她的重要性。

從《和泉式部日記》之後，《伊勢物語》、《十三夜》三本譯書，除了文字的注解之外，我又自己繪製簡單的人物、建築、器物等等的插圖，以補助注解的文字所無法達成的說明效果。從事這些與譯文相關的插圖繪事，令我體會到年少時候塗塗抹抹的樂趣，同時似乎又從那種勾勒的動作之間，更深刻地認識到自己譯出的文字了。我想，這些插圖也必然會對讀者們產生助益，所以在出版單行本時，將其置入相關文字的空間範圍內。從一九七三年到二〇〇四年之間，我譯完了《源氏物語》、《枕草子》、《和泉式部日記》、《伊勢物語》等，四本千餘年前日本平安時代的著作，及一本百年前明治時代的《十三夜》短篇小說集。自覺得每次選擇翻譯的對象時，都不是輕易可以平身探得，而是得要抬起腳跟，甚至於端出椅子踩在上面，很努力才取得的。我只是小學五年以前接受過日語文教育，後來由於喜愛文學，而讀了中文系，又由於種種因緣際會，而促成這樣的結果。以上這幾本譯書，都投入很長的時間，無形中，我和那些書，那些作者，都建立起了超越現實時空的認識與感情，因此每回譯完，都有一種只有我自己才感覺得到的依依之情。有時候，不寫出那種感覺，便彷彿無以休止。〈終點〉（收入《讀中文系的人》，一九九〇）是記述我譯完《源氏物語》那一夜的心境，〈你的心情〉（收入《作品》，一九九〇）是給《枕草子》作者清少納言的一封信，而〈H〉（收入《人物速寫》，二〇〇四）則是譯完樋口一葉的十篇短篇小說《十三夜》之後，不吐不快，又不適合在譯文或注解裡抒發的意見。這三篇文章，都是從翻譯而入，出而為散文的例子。其實，散文集《擬古》是由研究〈陸機的擬古詩〉而想起的試驗性創作。如果沒有寫過那篇論文，也許我就永遠不會寫那一系列的「擬古散文」吧。至於其中所收〈江灣路憶往〉，是我讀蕭紅的《呼蘭河傳》受感動，試著摹擬她那種用地理方向記述童年故事的筆法；把主角換成我，寫我在上海江灣路的童年。

我曾寫過不只一篇有關童年的散文。一般說來，記述時都會以事情發生的先後次序安排為常態；用地理空間去記事，則比較少見。例如由東往西、由南向北；依空間位置的順序書寫所發生的事情，未必在時間上會具有連貫性，而往往會呈現跳躍性的。但另一方面，這樣的書寫法式，卻顯現出年少時我在江灣路所走經過、發生過事情的地圖。我用這樣的文筆記述從出生到十二歲告別上海所發生過的事情。無形中，那文字內的地理方位，就會特別清楚了。出版《擬古》單行本時，我依例把所摹擬的蕭紅《呼蘭河傳》節錄於〈江灣路憶往〉文後。事隔十年的一九九八年，中央大學有一位博士班學生許秦蓁，爲了寫學位論文《戰後臺北的上海記憶與上海經驗》（大安出版社，二〇〇五），拿著那篇〈江灣路憶往〉，一步步走過我的文章裡提及的江灣路各處所、各店鋪（包括北四川路的「內山書店」）等等標的。指出我小學一年級時，曾躲避大雨的那片日本書商所經營「內山書店」，也是三〇年代另一位臺灣人士劉吶鷗經常出入購買書籍的地方。其後，得與秦蓁相識，而獲贈論文。閱讀時，令我心驚不已。我寫〈江灣路憶往〉時，兩岸間的來往尚未普遍，我文中所提，都是記憶中的一些故事、人物和場景。當初也沒有查證任何書籍或地圖。我的記憶力並不好，事過境遷，那些事情只是順著在稿紙上滑動的筆尖自自然然不斷湧現出來，而且是不克自制地湧現出來。我根本也沒有想到日後會有那麼認眞的讀者拿著文章去「按文索驥」。而且更令我意外的，是她的論文中所寫的，足跡和我先後重疊過的臺南縣柳營人「劉燦波」（一九〇五－一九四〇）的筆名是「劉吶鷗」（或者應該說「劉吶鷗」的本名是「劉燦波」）。在我懵懂的童年，曾經聽過父母親有時會用臺語交談，提及「劉燦波」那位臺灣同鄉朋友的名字。譬如那一天（一九四〇年六月二十八日），劉燦波在上海被刺殺的那個下午。我聽見提早下班回家的父親，對母親用臺語匆匆

而緊張神祕地說些什麼。我只記得其中提到「劉燦波」。其實，我那時並不知道「劉燦波」三字怎麼寫法；而且，是在讀到秦蓁的論文之後推想，才知悉劉吶鷗的原名是「劉燦波」。劉燦波是我父親的朋友。父親長於劉氏十餘歲，和他是居住上海日租界的同鄉朋友；他們二人並且還曾經共同投資過房地產。父親是商界人士，故以臺語直呼其本名，從來不稱他的筆名。兄弟姊妹中，只有我在文學界，因此在延遲了許多年後，才明白「劉吶鷗」和父親的關係。可惜劉氏已不在了，父親也已經不在了。二〇一一年，中央大學召開「璀燦波光——劉吶鷗國際研討會議」，我應邀參與，做專題演講，講題爲「我所不認識的劉吶鷗」。那篇論文除了解析劉吶鷗其人的文學藝術之外，也記錄了當時在上海日租界居住的臺灣人處境；我是帶著感傷心情書成的。我曾經寫過這樣的幾行字：

> 我用文字記下生活，事過境遷，日子過去了；文字留下來，文字不但記下我的生活，也豐富了我的生活。

在使用文字書寫論文、散文和翻譯之間，我享受到各種文體書寫的愉悅和滿足感；並且也體會到三種文體交互影響的美妙！

關於文學史上的指稱與斷代——以「六朝」為例

文學史，在歸類上是屬於歷史的一類，爲專記文學作業者而言；述各時代文學演變的痕跡，兼及於各代重要作家的生平、思想、作風等。既然文學史是歷史的一類，記述文學活動的現象與變化，在敘述某一種文體的發生、變化，或某一個作家的生平、風格時，便不得不對其時代有所指稱；而大體上，爲了顧及歷史的現象，一般的文學史家多會利用既有的歷史名詞以爲某一個時間的指稱，或以爲記述某種文體在那一段時間裡的演變情況。有一些指稱已經約定俗成，爲衆所熟悉，而似乎不再去追究其內涵如何的問題了。翻開文學史的書，觸目皆是「漢賦」、「魏晉詩人」、「六朝駢儷」、「唐律」、「宋詞」、「唐宋古文」、「晚清文學」等詞。這些文體、文學現象或文士集團，與歷史上習用的某斷代指稱結合而成之詞，往往能立即引起我們的認知。但是，若要細究，什麼是漢賦？什麼是魏晉詩人？或唐宋古文？晚清文學？等等，幾乎每一個名詞的背後，都有一些時間上或長或短不甚吻合的矛盾現象存在著。例如：「魏晉詩人」之詞，其內容自不能不包含領先的建安詩人，而建安實爲漢獻帝年號，但以曹氏父子及兄弟爲中心的鄴下文學之士，向來被視爲魏代文學之代表，並因文風遞承之關係，又時常與晉代相連爲稱，故文學史上遂有此詞。又如詞，稱爲詩餘，本是唐代中、晚期逐漸產生，入宋而自然取代詩的一種新文體，所以若要論述詞的完整面貌，實不可囿限於宋代的時限，而需將宋以前的文學狀況包含在內。如此，則文學史上的斷代，並不與一般歷史的斷代步伐一致；而其所指稱，也往往與一般習慣有所出入。下面，擬取六朝為例，來解說文學史上的指稱與斷代的問題。

「六朝」之詞，一般係指自三國時代東吳以降，奠都於建康的六個朝代——吳（孫氏）、東晉（司馬氏）、宋（劉氏）、齊（蕭氏）、梁（蕭氏）、陳（陳氏）。這種說法，自有其歷史以及政治的觀點。然而，在文學史上，「六朝」一詞所指稱的，卻未必完全等同於一般歷史或政治史的說法，其時間的上下限，甚至於空間上的範圍大小，也都呈現不一致的現象。若純就奠都於建康這個地方為「六朝」之指稱，則曹氏父子兄弟及建安七子等人物將被剔除出外。無庸置疑的，三國時代，吳雖有陸機、陸雲，但兩兄弟的文名在入晉以後始顯著；蜀亦有諸葛亮，寫成感動人心的〈出師表〉，但究竟武功高於文名；若要談論三國的文學，曹魏實最為鼎盛。故〈詩品序〉云：

降及建安，曹公父子，篤好斯文，平原兄弟，鬱為文棟，劉楨、王粲，為其羽翼。次有攀龍托鳳，自致於屬車者，蓋將百計。彬彬之盛，大備於時矣。

《文心雕龍》〈明詩篇〉亦云：

暨建安之初，五言騰踴，文帝陳思，縱轡以騁節；王徐應劉，望路而爭驅；並憐風月，狎池苑，述恩榮，敘酣宴，慷慨以任氣，磊落以使才；造懷指事，不求纖密之巧；驅辭逐貌，唯取昭晰之能，此其所同也。

上引二條南朝文士論評之資料，均對建安之詩而發。事實上，建安時代的詩，由先秦兩漢古樸之四言而開五言之新格局，正是其後數百年之間，詩人寫作大量選用的重要形式之一種[1]。曹操本人的詩篇以及書論表令，雖然猶存漢人風格，但論及建安文學的奠基，其領導之功實不可沒，故《文心雕龍》〈時序篇〉云：「建安之末，區宇方輯，魏武以相王之尊，雅愛詩章；文帝以副君之重，妙善辭賦；陳思以公子之豪，下筆琳琅。並體貌英逸，故俊才雲蒸。」何況，曹操在形式上雖偏於古體，其內涵則開啓了建安文學寫實之風氣。如〈薤露〉、〈蒿里〉，均採漢樂府之挽歌以敘論時勢；此對於其子曹丕、曹植寫作哀時、悲從軍之類篇章極具影響力[2]，而王粲〈七哀〉三首，亦與曹氏父子關懷現實的胸襟一脈相承；至於他本人吸取東漢民歌以寫神仙，則非僅影響了丕、植兄弟，成爲建安詩作的重要題材之一類，更形成往後遊仙詩之先聲；遂有正始嵇康、阮籍，乃至於東晉郭璞諸人之繼起，遊仙詩終於在詩的寫作範圍裡取得正式體格。

建安時代的文人，於哀時、悲從軍、遊仙詩外，又深體現實生活之樂，所謂「憐風月，狎池苑，述恩榮，敘酣宴」，而以華辭偶句成章。曹植以才華出衆，所著〈公宴〉、〈侍太子坐〉及〈名都〉、〈美女〉諸篇，最見精工華美；而曹丕〈芙蓉池作〉、〈於亦武陂作〉亦多有美辭儷句。文學逐漸脫離諷諭功用，而步趨純粹藝術之途，已經隱然可見。至於曹丕〈典論論文〉肯定文章不朽，主張文學分科，「詩賦欲麗」之說，則可謂建安文人之代言，將其共同之文風形諸筆墨，開創了我國文學批評之先聲。這種崇尙文學地位與價値的嶄新觀念，顯然有別於先秦兩漢時代以文學爲政治教化服務的思想。待西晉太康時期，陸機發表〈文賦〉，專門論述運思寫作之道，並且提出「詩緣情而綺靡」、「賦體物以瀏亮」之說，而詩賦類純文學的抒情藝術乃更獲得肯定與讚頌，視爲可供審美的文學觀於焉成立。從這個角度言之，建安時代的文學批評與太康時代的文學批評自有其關聯性，而建安文士與太康文士之文學觀念與其實踐，遂亦有了前啓後承的痕跡可尋了。自文學的承傳與發展而言，太康與建安之間自有連綿不可分割的關係，而從來論說文學者也都持如此觀，是以裴子野〈雕蟲論〉云：「其五言爲家，蘇李自出，曹劉偉其風力，潘陸固其枝葉。」庾信〈趙國公集序〉云：「自魏建安之末，晉太康以來，雕蟲篆刻，其體三變；人人自謂握靈蛇之珠，抱荊山之玉矣。」而即使對之持反對意見者，如李諤在〈上書正文體〉一文之中亦言：「魏之三祖，更尚文詞。忽君人之大道，好雕蟲之小藝；下之從上，有同影響，競騁文華，遂成風俗。江左齊梁，其弊彌甚。」此則更以文章之敗壞，直接自魏代與齊梁相連貫起來。以上，無論對於晉代以降的文學風尚持正面或反面的評論者，皆認爲文學的發展自有其由來與脈絡。

倘若「六朝」一詞必限於奠都建康而後認可，則設都邑於洛陽的西晉將無所容於其間，而成爲文學史上游離逸出的一個時段。這種說法，於詞彙的正確指認上而言之，固是無可厚非；然而自文學的啓承演變方面觀之，則實在難以爲辯。基於這個道理，〈詩品序〉在上引之文後，緊接而云：

爾後陵遲衰微，迄於有晉。太康中，三張二陸，兩潘一左，勃爾復興，踵武前王，風流未沫，亦文章之中興也。

此所謂「踵武前王」，乃指太康濟濟多才的文士能繼跡建安時代曹氏父子而言。《詩品》專就五言詩立論，而自建安以降，五言詩確實爲文學之主流，討論其時文學現象者，不能捨詩爲說；故《文心雕龍》〈明詩篇〉關於此時期詩壇的遞嬗演變亦有精當之辭：

晉世群才，稍入輕綺，張潘左陸，比肩詩衢，采縟於正始，力柔於建安，或析文以為妙，或流靡以自研，此其大略也。

〈明詩篇〉於論說西晉此段文字以前，另有言及魏代末期正始之文，稱：「正始明道，詩雜仙心。」其中所指關於仙心者，正是繼曹氏父子的遊仙詩而來，至嵇、阮筆下而愈形穩固的寫作體材。曹丕登基建國，而魏不過三代數十年，即爲司馬氏所取代；政權雖轉易，國號已改變，唯文學之途並未因此而斷絕。所謂張潘左陸，即是三張二陸兩潘一左等維繫西晉文學於不墜之大家；他們一方面繼承建安、正始的詩風，卻又受文學寫作的主客觀環境影響，而塑造出屬於太康的文風——「輕綺」。所謂輕綺者，自太康諸文士的表現歸納起來，應是指綺錯斑斕的詞采，及雕琢工整的結構而言；換言之，乃意味著詩人有意識地從事於藝術之經營。實則，詩作之講究經營，已始於建安時期；曹氏兄弟與王粲的作品已見其端倪了。故李空同謂：「陸機本學陳思王，而四言渾成過之，然五言則不及矣。」(《詩紀》別集引)。《詩源辯體》亦云：「士衡樂府五言，體製聲調，與子建相類，而俳偶雕刻，愈失其體，時稱曹陸爲乖調是也。」建安文學雖以風骨著稱[3]，然亦兼備美文，所以《詩品》稱曹植，上句謂「骨氣奇高」，下句曰「詞采華茂」。至於太康諸文士，除左思而外，多僅承其詞采，而未得其骨氣：此其「力柔於建安」的道理。

風骨遞減而藻飾愈增，是太康以降六朝文風的趨勢。這個原因，一方面是由於八王之亂、五胡亂華，以至於偏安江左，士氣大有異於往時；另一方面，則是文學本身的發展變化所致。文學之士一旦而自覺遣辭綴文之道，便不可能再退返質樸的古貌了。故《文章流別論》云：「夫古之銘至約，今之銘至繁，亦有由也，質文時異，則既論之矣。」又《抱朴子外篇》〈鈞世〉亦云：「古者事事醇素，今則莫不雕飾。」這些論調說明了魏晉人士已認識到，一切事物由簡單質樸趨向於雕飾繁複的道理；文學之發展，自亦不免於此。太康詩人競騁文辭，以藻豔爲能，確實開啓了後來篇章愈形豔美的先驅。故而丁福保《全漢三國晉南北朝詩》緒言云：「溯自建安以來，日趨於豔。魏豔而豐，晉豔而縟，宋豔而麗，齊豔而纖，陳豔而浮。」丁氏此說，以一「豔」字貫穿上下，不僅扼要點出各代詩風同中有異之處，十分可貴，更能將其源由晉代而上溯自建安，甚有見地。這便是上文解析太康之詩從建安而來，卻風骨削減，徒事藻飾之實。至於魏之所以豔而「豐」者，以其兼備骨氣；而晉之所以豔而「縟」者，乃因爲潘、陸之輩所製，雖文辭華美，唯所言無非一己之私[4]，與建安詩章之關懷社會時勢，慷慨志深者，大異其趣。要言之，長於情而短於氣，筆端繁冗[5]，文工而縟[6]，是太康詩人共同的表現。其實，文風因時變而轉化，由簡趨繁，甚至自拙向豔，皆無可厚非；但是由「豐」而「縟」，而「麗」，而「纖」，而「浮」，其中便不免有一層令人每下愈況之憂了。

胡騎南逼，懷、愍二帝先後被擄；晉室棄中原而典午南移。偏安的東晉得又苟延殘喘百年，而後，以建康爲首劉裕篡晉，蕭道成篡宋，蕭衍篡齊，陳霸先篡梁；但是內憂外患不絕。國祚長者不過數十年，短者僅二十餘年皆設都於建康，此即是歷史上所謂「南朝」。東晉時中國首嘗喪失北方半壁江山之可恥經驗，但士人除劉琨等極少數著有清剛之氣的國破家亡之詩篇[7]，餘人多懷逃世之情，詠黃老、述神仙，皆遁於世外之逍遙了。〈詩品序〉論述此一時期的詩壇云：

> 永嘉時，貴黃老，稍尚虛談。於時篇什，理過其辭，淡乎寡味。爰及江表，微波尚傳，孫綽、許詢、桓庾、諸公詩，皆平典似道德論。建安風力盡矣。

西晉時所謂名理，其實乃是承襲正始時代的「明道」，將老、莊爲課題之玄談，反映入詩者，阮籍的〈詠懷詩〉內，已略可窺見[8]：到了東晉，由於清談之雅聚多有佛徒參加，而又添增新的談題，遂於莊老之外，又增佛理。玄言詩雖流行將近百載，已多佚亡，僅賴東晉名流贈答之作以存其貌。這種「寄言上德，託意玄珠」[9]，重理乏趣的哲理詩篇，自然不可與建安時期鄴下文士充滿活力之作相比，故稱「建安風力盡矣」。不過，從寫作的講究對偶平穩方面觀之，東晉的玄言作者，似並未完全揚棄先人作詩之道；只是在建安、太康以來日趨於豔的文學發展途中，稍事頓躓而已。修文學史的人往往以玄言詩「淡乎寡味」，而忽略此一時期在文學史上存在的事實與意義；將此一頁匆匆簡述，甚至一言不及於此。[10] 實則，玄言詩在六朝詩的承啓上有極重要的過渡功用：上承正始以來「明道」之途，正式成就了六朝詩寫作的一種題材類型；其後又開啓了融匯田園、山水於哲理，以陶淵明爲代表之田園詩，以及以謝靈運爲代表之山水詩。東晉的詩一方面發揚了正始的「明道」；另一方面又擴大了「仙心」，遂令曹氏父子以來一改民歌素樸面貌之遊仙詩愈形華麗絢爛，至郭璞筆下，而終於呈現「豔逸」[11] 的風格。所謂「逸」者，係指詩中充滿飄飄凌雲之仙氣，至於所以「豔」者，實由於華美的仙境造成之效果。郭璞遊仙詩中的景象，與謝靈運筆下的山水，其實已頗爲接近；故與其將郭璞詩的「豔」歸入上舉丁福保所稱晉代之「豔而縟」，不如歸於宋代之「豔而麗」爲宜。

〈詩品序〉以謝靈運、顏延之爲上繼曹植、劉楨、王粲，及陸機、潘岳等建安、太康詩人之大家，稱諸人爲「五言之冠冕」。更指出謝靈運曰：「才高詞盛，富豔難蹤，固已含跨劉、郭，陵轢潘、左。」可見，靈運實爲五言詩日趨於「豔」之途的重要人物。《文心雕龍》〈明詩篇〉亦云：

> 宋初文詠，體有因革，莊老告退，而山水方滋。儷采百字之偶，爭價一句之奇，情必極貌以寫物，辭必窮力而追新。此近世之所競也。

以上一段文字，可爲謝靈運所開啓的山水詩作注解：山水詩之產生，雖與靈運個人的際遇與才性有關，而自詩體本身的發展演變觀之，亦固有其脈絡可尋。從題材類型而言，建安以來，詩人致力於各種內容範疇的嘗試，已有公讌、詠懷、遊仙、詠史、玄言等不同類型內涵之拓展，而所謂「山水以形媚道」[12]，山水詩於玄言詩流行百載後，易客為主，取而代之，乃是十分自然之事；從寫作方法上而言，極貌以寫物者，實爲「巧構形似」之法，已發端於太康張協等人筆下。[13]而儷采百字之偶者，亦承襲曹植、陸機以來詩章愈求精工之學。故胡應麟稱：「子建名都白馬美女諸篇，辭極贍麗，然句頗尚工，語多致飾，視東西京樂府天然古質，殊自不同。」又《詩源辯體》亦云：「士衡五言如從軍行、飲馬長城窟、門有車馬客、苦寒行、前緩聲歌、齊謳行等，則體皆敷敘，語皆結構，而更入於俳偶雕刻矣。」

事實上，講究俳偶雕刻，敷敘結構的寫作技巧不僅顯現於詩作，風會所趨，於其他類型之文體亦可見到。以賦而言，漢代〈子虛賦〉、〈上林賦〉、〈甘泉賦〉、〈羽獵賦〉一類的大賦自張衡、禰衡而後，已不多見，而在體製上漸形精簡。其鋪采摛文之特徵雖未變，但抒情述志，逐漸取代了諷諭之旨；而王粲〈登樓賦〉、曹植〈洛神賦〉、陸機〈西征賦〉、孫綽〈遊天台山賦〉等作在內容方面既見多樣化，而句構體製則愈形俳偶精工。既使詩詠比較古拙無華的陶潛亦有浪漫而工整精美的〈閒情賦〉，是頗值得注意的。至於左思〈三都賦〉，與謝靈運〈山居賦〉，雖然仍具長篇巨構的大賦規模，究竟在寫作態度上已不再子虛烏有，寫實的筆調取代了浮誇之詞；尤其在行文上大量採用駢辭儷句，則已改變漢賦的散筆句式，顯現出六朝賦之特色了。陸機用賦體以寫文學論，則可謂賦史上一大創舉。〈文賦〉上承曹丕〈典論論文〉，於文藝之創作甘苦，各體文類之特徵，乃至於審美標準等各方面，有更細微深入的闡述；而通篇採用四六句法，則已經是駢四儷六的形式了。

陸機的〈文賦〉，在六朝駢文的發展史上，或文學批評史上，無疑都是一篇極重要的著述；尤其以當時逐漸流行的四六對稱均衡句構做爲表現文藝思想的形式，則又開啓了後來的文評者寫作的一種典範。劉勰著《文心雕龍》，不僅在六朝的文學批評史上是一件重大的事情，即使就整個的中國文學史上而言，也是一件非常值得注意的事情。《文心雕龍》總結了先秦以至南朝宋齊時代文學創作和文學批評的豐富經驗，著成體系完整的文學評論。劉勰在〈序志〉中列舉了前代的重要文論，並加以評價，其所受魏文述典、陳思序書、應瑒文論、陸機文賦、仲治流別、弘範翰林的影響，於此可見。至於全書用優美的駢文寫成，則顯然與六朝駢文之流行有必然的關聯，而劉勰自己在〈聲律篇〉中也表示了「聲不失序；音以律文」的主張。鍾嶸作《詩品》，專就五言詩品第立論，則是有見於漢魏以降，五言爲詩之主流。〈詩品序〉中，他也列舉了陸機〈文賦〉以降的主要文論而加以評述，可知其受前代詩論之影響，亦至爲深遠。關於聲律問題，鍾嶸雖批評南齊時代王融、沈約等所提倡的聲病說，認爲循其說而作，「文多拘忌，傷其眞美」，且指出永明聲律論者「襞積細微，專相陵架」；但是其所自擬之序文，亦多採用四六偶句，且觀其列入上品而特予推崇諸家，如曹植、陸機、謝靈運等所作，亦皆爲講究對偶、辭藻、音韻之美者。

以上，觀察詩文演變之情況與文學理論遞傳發展之現象，可知魏晉以降，無論渡江前後，都邑是否在建康，文學之趨向於緣情、唯美，乃是不爭之事實；而詩既爲其時寫作之重心，詩之寫作風格必然影響於他類文體；反之，他類文體之寫作風格亦必影響於詩，於是，在文人有意識地追求藝術美的心態之下，文學創作與文學理論相互激盪，六朝後期的文士們，無論在現實生活方面或文藝創作方面，都日愈趨向於耽美之途了。丁福保稱齊、梁時期之詩風爲「豔而纖」、「豔而浮」，實指詩風由骨氣與風采並重的建安更呈不同面貌。其所以不再豐富可喜，而轉爲纖細輕浮者，實因文學過分重形式美之講究，再則是宮廷貴遊之士掌握了文學的領導權，令寫作的範圍窄化僵化。齊、梁、陳之君主雖多才能文，而生活率皆荒淫無度，文學寫作遠離了社會民生，淪爲帝王與文學侍臣等少數人士附庸風雅，誇辭耀句之用；故而建安時代的慷慨骨氣，至此竟已蕩焉不存。不過，從文學寫作之題材範圍而論，大謝的山水寫實之風既開，小謝兼寫山水與詠物，以模山範水，巧構形似之筆，及於日常生活的身邊小小物體，於是，庭花、苑柳、閨中鏡、腳下履等無不可入詩，而且，凡肉眼所觀，皆得栩栩生動地以文字把握。梁代蕭氏父子、兄弟在文學史上與魏之曹氏父子、兄弟皆以政治的領導者兼具文壇之領導者地位，而且其宮廷文士集團的附庸唱和亦直追鄴下風流，唯前後兩者之間的文風則差別大矣；曹魏所意味的是既饒風采且富生命力的文學，而蕭梁所意味的則是徒競藻飾卻柔弱缺乏氣力的文學。蕭氏文學集團，也從民歌吸取新貌，但是吳歌、西曲的香膩情調，與後宮富貴綺麗之風相結合，徒呈現豔美矜持的外觀；竟連民歌中原本存在的那種奔放天眞的活力都消失殆盡了。

齊朝立國二十三年，梁朝立國五十五年，陳朝立國三十二年，國祚皆不長，國號雖屢易，其內蘊實質未大改；而帝王權貴居於文學領導之中心，君臣唱和的情況，亦相承未變。蕭綱在春宮，徐、庾父子為文學侍讀，遂開「輕豔」的宮體，於詠物之外，更添加大量的後宮佳麗，乃至舞孃倡妓之題材，於文學之寫作固不失又拓廣範圍，且將山水詩以來的巧構形似之寫實技巧推及於人物。純就藝術觀點而論，猶不失為一種進步的現象，唯至此而詩所展現的題材範圍愈形狹小，詩人所關懷的對象更見低下墮落了。以女性為物化欣賞之對象，以詠物之寫實筆調細膩刻畫其外形，復援用永明以來之聲律，遂有〈美人晨粧〉、〈詠內人晝眠〉一類所謂宮體之豔詩。這種輕豔的趣味，不僅在於詩章，當其詠物、宮體盛行之際，〈梅花賦〉、〈舞賦〉、〈蕩婦秋思賦〉等類同趣旨與風格之作，當然也就普遍見於賦體間；而篇製較短，講究聲律和對偶的特色，則與六朝文風緊密關聯，遂成就格律嚴謹的駢賦。「宮體」之詞，見於《梁書》〈簡文帝紀〉：「(簡文帝)雅好題詩，其序云：余七歲有詩癖，長而不倦。然傷於輕豔，當時號曰宮體。」又見於〈徐摛傳〉：「摛文體既別，春坊盡學之，宮體之號，自斯而起。」這種輕豔、陰柔、講究聲律的風格，卻不限於簡文帝太子時期，而籠罩整個梁朝的文壇。到了「生深宮之中，長婦人之手」[14]的陳後主，更由於江總、孔範等「狎客」[15]。文士之唱和，遂愈為興盛流行。以女性及兩性情愛為主題的詩篇競逞華麗頹廢之情調，故《陳書》〈江總傳〉云：「好學能屬文，其五言七言尤善，然傷於浮豔，故為後主所寵愛。」此與〈簡文帝紀〉文，或者就是丁福保以為梁「豔而輕」、陳「豔而浮」之依據。唯陳後主與其宮廷文士之製作，和蕭梁君臣之唱和篇章，則都無甚分別。而輕則浮，浮則輕，宮體詩風實通兩朝而呈現共同面貌。不僅自梁而陳，即使隋朝統一南北，結束分裂；甚至於李氏取代楊氏而更建立大唐帝國的初期，六朝的宮體豔詩寫作風氣仍持續延宕不已。以隋煬帝及唐太宗爲例：煬帝荒淫無度的生活無異於陳後主，而亦好文學。《隋書》〈音樂志〉云：「煬帝不解音律，略不關懷。後大製豔篇，辭極淫綺。」劉肅《大唐新語》載太宗及虞世南的對話：「太宗謂侍臣曰：『朕戲作豔詩。』虞世南便諫曰：『聖作雖工，體製非雅。上之所好，下必隨之。此文一行，恐致風靡。而今而後，請不奉詔。』」不過，虞世南本身則又自陳朝歷隋而入唐，其文風亦不脫六朝餘緒。事實上，宮體詩雖「體製非雅」，此種「辭極淫綺」的豔篇，竟餘波蕩漾地自梁朝而到唐代初期，風靡盛行於文壇，其影響足足延續了一百年；儘管爲後世文評所詬惡，在文學史上所盤據時間之長久，實則與「淡乎寡味」的玄言詩是不分軒輊的。

嚴羽《滄浪詩話》〈詩體〉將建安至宋代的詩以時代年號分爲十六體；其中與本文相關者如下：

建安體：漢末年號，曹子建父子及鄴中七子之詩。

黃初體：魏年號，與建安相接，其體一也。

正始體：魏年號，嵇阮諸公之詩。

太康體：晉年號，左思、潘岳、三張、二陸諸公之詩。

元嘉體：宋年號，鮑、顏、謝諸公之詩。

永明體：齊年號，齊諸公之詩。

齊梁體：通兩朝而言之。

南北朝體：通魏、周而言之，與齊梁一體也。

唐初體：唐初襲陳、隋之體。

此分體之法，與本文所述可謂大體一致。建安與黃初雖分而相接，亦即表明嚴羽不視建安詩體為漢詩。齊、梁二朝之詩，視為一體；未另設陳隋之體，但於唐初體下注稱，唐初襲陳、隋體，則知唐初與陳、隋皆如齊、梁，至於南北朝體下注稱通魏、周而言，且又稱與齊、梁一體。可知，前人觀察文學史上詩體發展演變的情形，雖然暫藉時代年號以為區別，實則已不拘朝代國號，而就其文學之實質以立論了。從這個觀點上言之，魏、周雖屬北朝，但在文風的大方向而論，皆在齊、梁、陳的南朝宮體豔詩之籠罩下，因此南北都無甚分別，而得通稱為南北朝體。

北人占據中原後，政治文化反以漢人之制為依歸，文學亦早已揚棄其草原簡樸剛陽之本色，而以南朝陰柔輕豔之宮體為競相摹仿的準據。魏收、溫子昇與邢邵，稱為北地「三才」，然其作品亦觸目皆是「美人妖姬」、「紅妝玉筋」[16]等香豔之內容與雕琢之詞藻，入南朝詩人文集，都不易辨別。《魏書》〈溫子昇傳〉有戴暉業言：「我子昇足陵顏轢謝，含任吐沈。」所比擬模範的顏、謝、任、沈諸人，盡是南朝名家。至於《北齊書》〈魏收傳〉所記邢邵與魏收互譏云：「收每議陋邢邵文。邵又云：『江南任昉文體本疏，魏收非直模擬，亦大偷竊。』收聞乃曰：『伊常於沈約集中作賊，何意道我偷任昉。』則完全披露了各人所本的底細。北朝的文學，大體而言，無論詩、賦都在南朝文風的籠罩下，而從量與質兩方面觀察，皆不及南朝；故文學史上可視爲六朝文學的一個支流。

在豔詩與駢文盛行大江南北之際，酈道元的《水經注》與楊衒之的《洛陽伽藍記》先後以清麗的文筆記述地理，兼及歷史和風俗文化，爲北朝文士不容忽略的貢獻。以文字而言，《水經注》尚屬單筆散文；至於後出之《洛陽伽藍記》則兼採駢散文，二書皆自地理的角度切入，卻表現出不同凡響的文學價值。《水經注》〈江水注〉描寫長江巫峽的一段文字，傳頌千古，其餘各段寫山水田園，無論白描或彩筆，也都自然清新可讀；而《洛陽伽藍記》寫永寧寺之浮屠，景林寺之庭園，或北魏豪門貴族之奢侈生活，無不絢爛而栩栩生動。至於兩本地理著述之中，同時多收有短篇的志人、志怪之文章，實可與魏晉以降的短篇小說合觀。向來研究小說的學者，在論述魏晉南北朝時期短篇小說時，均取曹丕《列異傳》、張華《博物志》、葛洪《西京雜記》、干寶《搜神記》，乃至劉義慶《幽明錄》、任昉《述異記》等，多偏重南朝人之著作；北朝小說，或取顏之推《冤魂志》與《集靈記》而已。實則，《水經注》與《洛陽伽藍記》二書雖非小說，但也都收有志人與志怪之短文，可與南朝的《世說新語》及許多神怪或佛教小說相互發明，做爲北朝文學在此方面較貧乏之補充；且可供中國小說由南北朝時期過渡到唐代傳奇的說論。

綜合上論，顯然可以看出文學的發展與演變，往往有其自然的順應趨勢，並不因朝代的開始而開始，亦不因朝代的終結而終結；有時候甚至亦不因爲政治的分裂便形分裂。文學的發展與演變，有如流水，行於當行，止於當止，與歷史上的政權改易或分割並無絕對的關係。簡言之，文學史的斷代，未必與歷史的朝代興亡一致。以六朝文學而言，漢末建安已啓其端，其後歷魏、西晉、南北朝、隋代、至唐初而告終；故文學史上的「六朝」，在時間上，比一般歷史所指爲長；在空間上，則比一般歷史所指爲廣。因而，文學史、文集或論文，在涉及六朝的文學現象時，其論述的內容範圍，往往也會超越一般歷史上所界定的「六朝」一詞的時空觀念，而變爲比較有彈性的指稱了。例如：明、張溥編《漢魏六朝百三名家集》不僅收漢、魏、兩晉、宋、齊、梁、陳各朝文人之作品，且又收北魏、北齊、北周，及隋朝文人之作品；可知其所稱「六朝」是包括了北朝與隋代。清顧炎武《日知錄》詩文代降條下云：「三百篇之不能不降而楚辭，楚辭之不能不降而漢魏，漢魏之不能不降而六朝，六朝之不能不降而唐也，勢也。」其中「六朝」一詞所指涉的，蓋與張溥相同。郭廣編《中國文化精華全集》（北京國際廣播出版社，一九九二）〈文學卷〉（一）漢魏六朝詩，收漢魏、晉、宋、（缺齊）、梁、陳、北朝、隋代詩選；亦與張溥略同。日本人研究中國文學之歷史已久，對於歷史上與文學上之「六朝」常持不同觀點，故《大漢和辭典》於「六朝」條下云：「三國吳以下，都建康之六國，吳、東晉、宋、齊、梁、陳。文學上則概稱魏晉，經南北朝，至隋。」故狩野直喜《支那文學史》（みみず書房，一九七〇）第四編爲六朝文學，所包括之範圍則自建安文學，而正始文學、太康文學、東晉文學、宋代文學、齊代文學、梁代文學、陳代文學，及北朝文學，共九章。森野繁夫《六朝詩の研究》（第一學習社，一九七六）則以齊梁時代爲中心，上溯自建安，下至於初唐四傑。美國學者Burton Watson所編譯的*Chinese Rhyme-Prose: Poems in the Fu Form from the Hanand Six Dynasties Periods*（Columbia University Press, 1971）收自宋玉、賈誼以降，至江淹、庾信之賦。其中，王粲、曹植是建安文人，潘岳是西晉文人；嚴格說來，也並不合此書子題中所標示的"Six Dynasties"一詞。至於美國另一位學者Albert E. Dien所編*State and Society in Early Medieval China*（Stanford University Press, 1990），在內容上言之，雖應屬於史學或政治社會史學類的書，但其序言中竟也言及所謂"Early Medieval China"係意味著"the Period of division between the Hanand the T'ang"或"the Nan-pei ch'ao"或"Six Dynasties period"；有時探究甚至尚需及於隋、唐時代。

以上所舉古今中外各種書籍中所用的「六朝」，雖然不一定十分精確，但凡涉獵中國文學的人都一定有共識，而不會有任何疑問；這便是文學史上所謂的「六朝」。

1 建安，始於西元一九六年，唐太宗立國在西元六一八年。五言詩自建安後，盛行於詩壇。當時四言詩之寫作已漸衰；七言詩雖見於曹丕〈燕歌行〉二首，但自鮑照始有較多之製作，而五言、七言仍並行。

2 曹植〈送應氏詩〉，哀時；曹丕〈陌上桑〉，悲從軍，皆可與其父諸篇合觀。

3 李白〈宣州謝脁樓餞別校書叔雲〉：「蓬萊文章建安骨，中間小謝又清發。」《滄浪詩話》：「黃初之後，惟阮籍詠懷之作，極爲高古，有建安風骨。」

4 潘岳〈悼亡〉、陸機〈赴洛〉等。均著稱古今，唯內容皆係個人感思，所關懷者亦多一己仕宦之事；與建安詩人哀時、悲從軍、關懷社會民生者有別。

5 陳祚明曰：「安仁情深……所嫌筆端繁冗，不能裁節。」

6 劉師培曰：「蓋陸氏之文工而縟。」

7 劉琨〈扶風歌〉、〈重答盧諶詩〉等作，頗見家國之思，爲當時難得之篇章；唯其詩多用典故，重排偶，則不脫詩壇風尚。

8 〈詠懷詩〉八十二首之四十三句：「陰陽有舛錯，日月不常融。天時有否泰，人事多盈沖。」又五十四有句：「自然有成理，生死道無常。智巧萬端出，大要不易方。」

9 語出《宋書》〈謝靈運傳〉論。

10 劉大杰《中國文學發展史》，對於玄言詩，僅有不及二十行字的敘述，舉孫綽詩二段（詳臺灣中華書局版上冊，頁一九九—二〇〇）。葉慶炳《中國文學史》，於兩晉詩壇概況，有八行文字敘述（見弘道文化版上冊，頁一二七），未舉一例。游國恩等編《中國文學史》（北京人民出版社，一九八一），及錢基博《中國文學史》（北京中華書局，一九九三）皆一不及於玄言詩之敘述及其例。

11 語出《文心雕龍》〈才略篇〉。

12 語出宗炳〈畫山水序〉。

13 《文心雕龍》〈物色篇〉：「自近代以來，文貴形似，窺情風景之上，鑽貌草木之中。吟詠所發，志惟深遠華體物爲妙，功在密附。故巧言切狀，如印之印泥，不加雕削，而曲寫毫芥。」《詩品》上品張協條：「文體華淨，少病累，又巧構形似之言。」

14 語見《陳書》〈後主本紀〉。

15 《南史》〈後主本紀〉：「（後主）荒於酒色，不恤政事。左右嬖佞珥貂者五十人，婦人美貌麗服巧態以從者千餘人。常使張貴妃、孔貴人等八人夾坐，江總、孔範等十人預宴，號曰『狎客』。」

16 溫子昇〈安定侯曲〉：「封疆在上地，鐘鼓自相和。美人當窗舞，妖姬掩扇歌。」魏收〈挾琴歌〉：「春風宛轉入曲房，兼送小苑百花香。白馬金鞍去未返，紅妝玉筯下成行。」

潘岳、陸機詩中的「南方」意識

一

太康時代最具典型的代表文人，自來推潘岳與陸機。詩品並列二家於上品，舉謝混語曰：「潘詩爛若舒錦，無處不佳；陸文如披沙簡金，往往見寶。」鍾嶸又加按語：「余常言：『陸才如海，潘才如江。』」[1]《文心雕龍》〈體性篇〉則曰：「安仁輕敏，故鋒發而韻流；士衡矜重，故情繁而辭隱。」[2]潘、陸遂成爲後世文學評論者樂於相提並論的對象。

本文不以江海小大，或輕敏矜重爲討論主旨，擬僅提出二家詩中常見之「南」字，及與「南」字相關之詞，並參照二家所留存之其他文獻，以與史傳比對，試爲解釋「南」字在潘、陸心目中的意義，及其呈現於詩章中的旨趣。

在實際進行分別討論之前，先列舉二家詩中「南」字出現之詩句於後。

潘岳詩中出現「南」字句：

登城眷南顧，凱風揚微綃。（〈河陽縣作詩〉三首之一）

引領望京室，南路在伐柯。（〈河陽縣作詩〉二首之二）

徒懷越鳥志，眷戀想南枝。（〈在懷縣作詩〉二首之一）

三雄鼎足，孫啟南吳。（〈為賈謐作贈陸機詩〉十一章之三）

南吳伊何，僭號稱王。（同上之四）

英英朱鸞，來自南岡。（同上之六）

在南稱柑，度北則橙。（同上之十一）

陸機詩中出現「南」字句：

惟南有金，萬邦作詠。（〈答賈謐詩〉十一章之十一）

誕育祖考，造我南國；南國克靖，實繇洪績。（〈與弟清河雲詩〉十章之一）

昔與二三子，遊息承華南。（〈贈馮文羆〉）

南歸憩永安，北邁頓承明。（〈於承明作與弟士龍詩〉）

大火貞朱光，積陽熙自南。（〈贈尚書郎顧彥先〉二首之一）

東南有思婦，長嘆充幽闥。（〈為顧彥先贈婦詩〉二首之二）

南望泣玄渚，北邁涉長林。（〈赴太子洗馬時作詩〉）

永嘆遵北渚，遺思結南津。（〈赴洛道中作〉二首之一）

牽牛西北迴，織女東南顧。（〈擬迢迢牽牛星〉）

招搖西北指，天漢東南傾。（〈擬明月皎月光〉）

朝採南澗藻，夕息西山足。（〈招隱詩〉）

朝榮東北傾，夕穎西南睎。（〈園葵詩〉二首之一）

以上據逯欽立輯校《先秦漢魏晉南北朝詩》所錄潘岳與陸機詩先後次序。其中，潘詩四十六首（佚句不計），含「南」字者七首；陸詩一一三首（佚句不計），含「南」字者十二首。如此的比例雖不為多，但實際觀察二家詩全貌，則又可以發現與「南」字相關之詞義或觀念，頗不乏其例，且足以形成潘、陸詩的特色，故值得注意。下文將以潘岳、陸機之詩與相關資料先行個別析論，再就其結果，比較「南」字在二家詩中所具有的異同意義。

二

潘岳（二四七—三〇〇），字安仁，滎陽中牟（今河南省鄭州與開封之間）人。據傅璇琮考證，滎陽中牟是潘岳的郡望，鞏縣（在中牟之西，羅水之右）實為其居住之舊鄉。[3] 潘岳早期作品〈射雉賦〉序云：

余徙家於琅邪。其俗實善射，聊以講肆之餘暇，而習媒翳之事，遂樂而賦之也。

潘岳之父芘，曾為琅邪太守。[4] 少年時期的潘岳，一度曾隨其父自家鄉移居於琅邪；至二十歲辟為司空掾，始赴洛仕宦（時司空為荀顗）。

在〈懷舊賦〉（約作於四十歲時）序中，潘岳自記：

余十二而獲見於父友東武戴侯楊君，始見知名，遂申之以婚姻。

楊君即是同鄉楊肇，爲潘芘之摯友。後潘岳果與楊肇之女成婚，感情恩愛，見於詩文。年少時期的潘岳「夙以才穎發名」（晉陽秋《潘岳別傳》）、「鄉巴稱爲奇童」（臧榮緒《晉書》），又稟具美姿儀，致「常挾彈出洛陽道，婦人遇之者，皆連手縈繞，投之以果，遂滿車而歸。」（《晉書》本傳）楊肇許嫁以女，想必除了與潘芘爲摯交而外，十二歲的美少年潘岳所具備的才華聲譽，也是獲其青睞的原因。5

至於二十歲正當青年英發的潘岳，赴洛陽投身仕宦，恐怕對於自己所具有的優異條件，也是充分意識的；自我期許的程度，必然也是相當高的。然而，事實並未盡如人意。在他五十歲之年所寫的〈閒居賦〉序，有一段回顧仕宦生活的文字：

僕少竊鄉曲之譽，忝司空太尉之命，所奉之主，即太宰魯武公其人〔按：指賈充〕也。舉秀才為郎。逮事世祖武皇帝，為河陽、懷令、尚書郎、廷尉平。今天子諒闇之際，領太傅主簿；府主誅〔按：指楊駿為楚王瑋所殺〕，除名為民。俄而復官，除長安令。遷博士，未召拜。親疾，輒去官免。自弱冠涉乎知命之年，八徙官而一進階，再免，一除名，一不拜職，遷者三而已矣。

此外，司馬氏建國後十四年，潘岳三十二歲時所寫〈秋興賦〉序中，亦有可茲補充之自敘：

晉十有四年，余春秋三十有二，始見二毛。以太尉掾兼虎賁中郎將，寓直於散騎之省。

合觀以上二段文字中所記官職，可以約略勾勒出潘岳自弱冠至知命之年的仕宦概況：

二十歲，辟爲司空掾。

約二十二、三歲，舉秀才爲郎。

三十二歲，遷太尉掾，兼虎賁中郎將。

三十三歲左右，爲河陽縣令。

三十六歲左右，爲懷縣令。

約四十一歲，爲尙書郎。

約四十二歲，爲廷尉平。

約四十四歲，爲太傅主簿。後因楊駿誅，除籍。

約四十六歲，爲長安令。

由此可知，近三十年間的宦海浮沉，潘岳的官階始終停留於六、七品間的中下等地位。這期間，他雖然會追隨託依於賈充（時爲侍中、尙書令，專權任勢），以及楊駿（晉武帝楊皇后之父。賈充死後，權傾一時）等二位權貴，於晉階似無甚補益。當時朝廷權勢鬥爭劇烈，楊駿爲楚王瑋等所殺，潘岳險受連累，賴河陽故屬公孫宏救急，得倖免於難，除名爲民。

越四年，元康六年（二九六），五十歲，長安令任滿後，徵補爲博士，因母病未應召，去官免職。〈閒居賦〉便是此時期的作品。由前引序文可想像，當時潘岳對於蹉跎的官運幾近絕望，故有頗帶自嘲的語氣：「雖通塞有遇，抑亦拙者之效也。」

不過，大約也就在這個時期，潘岳參與了賈謐的文學集團「二十四友」。賈謐是惠帝賈后之妹賈午嫁與韓壽所生之子，因賈充無後，以外孫嗣爵位，亦掌大權。潘岳與石崇十分接近，其著名的《金谷集作詩》[6]即作於此時；而為史家詬病的與石崇「望塵而拜」[7]的故事，也是發生於五十歲左右的此時期。

元康七年（二九七），五十一歲，為著作郎，未幾而轉散騎侍郎。

在家庭生活方面，潘岳五十二歲時喪失愛妻楊氏。自四十六歲赴長安任職途中失去弱子，[8]至此歷時六載，失子又喪妻，而在楊氏亡後一年左右，再失愛女金鹿，家變迭生，內心沉痛可以想見，故其〈金鹿哀辭〉有句：「既披我幹，又剪我根。」[9]

正值潘岳喪妻失子哀傷之際，晉室適有內亂。賈后欲廢太子，逼之以酒，使黃門侍郎潘岳起稿，令太子書寫有若禱神之怪異文章。[10]但賈后的陰謀終為趙王倫等先制，廢賈后為庶人，同時遇害者有張華、裴頠、賈謐及黨羽數十人。潘岳則因孫秀誣告與石崇、歐陽建謀奉淮南王允、齊王冏為亂，而見殺，並夷三族。時年五十四。

綜觀潘岳一生，雖然少年時期即以美姿儀及才穎見稱鄉里，且先後追隨過三位權貴者——賈充、楊駿、賈謐，然而宦海浮沉，官位終於未逾五品，可謂滯礙未達。

前引潘岳詩中「南」字出現的五例，係依據逯欽立氏書的次序，未必是寫作的先後次序。前二例為五十歲左右代賈謐所作，故暫留待後述。餘三例均為三十餘歲青年期之作品，與其人身世遭遇有密切關係，可以觀察寫作時的背景及心情。下面將逐一引錄全詩，並以相關之詩文及史料爲補充，做較細微之探討：

〈河陽縣作詩〉二首之一

微身輕蟬翼，弱冠忝嘉招。在疚妨賢路，再升上宰朝。
猥荷公叔舉，連陪廁王寮。長嘯歸東山，擁耒耨時苗。
幽谷茂纖葛，峻巖敷榮條。落英隕林趾，飛莖秀陵喬。
卑高亦何常，升降在一朝。徒恨良時泰，小人道遂消。
譬如野田蓬，斡流隨風飄。昔倦都邑游，今掌河朔徭。
登城眷南顧，凱風揚微綃。洪流何浩蕩，修芒鬱岧嶤。
誰謂晉京遠，室邇身實遼。誰謂邑宰輕，令名患不劭。
人生天地間，百年孰能要。熲如槁石火，瞥若截道飆。
齊都無遺聲，桐城有餘謠。福謙在純約，害盈由矜驕。
雖無君人德，視民庶不恌。

河陽縣在今河南孟縣之西，黃河北岸，與洛陽隔河相對。此詩寫作的時間，各家說法不一致。傅璇琮《潘岳繫年考證》謂，潘岳約於三十二或三十三歲出爲河陽令，有〈河陽縣作詩〉二首。[11]陸侃如《中古文學繫年》繫於三十六歲下。[12]日本學者高橋和巳《潘岳論》以爲潘岳二十年代後期作品。[13]松本幸男《潘岳の傳記》則在文後年譜中，列於三十三歲下。[14]《晉書》本傳於引〈藉田賦〉文後即曰：「岳才名冠世，爲衆所疾，遂栖遲十年。出爲河陽令。」晉武帝躬耕藉田事在泰始四年丁亥（二六八）。[15]是以潘岳賦藉田當在二十二歲左右，栖遲十年後出爲河陽令，則最早不應在三十二歲以前，是以高橋氏之說不合史實。其餘三家推定爲三十二歲至三十六歲之間所寫，均有可能。

此詩的寫作背景，史傳與作者本身都沒有交代。《晉書》本傳所傳達的訊息是：「才名冠世」帶給潘岳的反而是負面作用。「爲衆所疾」，乃至於不得不栖遲十年。十年，在一個二十多歲的青年而言，是十分重要的一段時間；而栖遲十年復仕，卻是出爲河陽令。這種現象，毋寧是十分耐人尋味的。才高招疾，不見重用而外調，或者與當時朝廷上的黨爭有關。潘岳二十餘歲入賈充幕下，充雖擁有權勢，卻與任愷、庾純、張華、和嶠、山濤等人對立，彼此結怨頗深，形成朋黨。潘岳在賈充幕僚中雖只是一個小角色，但政治黨爭，或者亦波及於其身。

此詩起首六句，可視爲作者對其家世及早年仕宦生活之自述。潘岳的祖父名瑾，爲安平太守。其父芘，曾爲琅邪太守。如此的家庭背景，只能算做中等地位。所謂「上品無寒門，下品無士族」，[16]在重視門第的當時，自難以躋身上流社會，故首句「微身輕蟬翼」有其現實意義，非自謙泛詞。次句「弱冠忝嘉招」，當指二十歲時荀顗辟爲司空掾始入仕途而言。[17]如前所述，潘岳雖乏顯赫的家世背景，但其個人的外貌與資稟早已享譽家鄉，故年少的他初踏仕階，恐怕是有滿懷希望的吧。

泰始四年正月，晉武帝躬耕藉田，當時潘岳年僅二十二歲，作〈藉田賦〉以頌其事，文采豐贍，頗受矚目。但事實上，年少即鋒芒畢露，對於家世背景不夠堅實的潘岳反而不利。臧榮緒《晉書》稱：「高步一時，爲衆所疾。」與前引《晉書》本傳所記略同。

第三句中「在疚」一詞，衆說頗不一致。疚，病也（《集韻》久病也）。《文選》李善注云：「言己在病，以妨賢路也。」五臣注李周翰則云：「疚，病也。自謙以病敗不才，爲上宰府掾，是妨賢明之路也。」日人高橋知巳《潘岳論》取後說，謂「在疚」二字含有自謙及自哂意味。[18] 松本幸男《潘岳の傳記》則推測「在疚妨賢路，再升上宰朝」（原文誤植爲「相」）二句係因值父喪而暫去官。[19] 潘芘卒於何年？史傳並不載，但從潘岳追悼其岳父〈楊荊州誄〉云「仰追先考，執友之心」可知，當在晉武帝咸寧元年（二七五）[20] 潘岳二十九歲以前。復職的潘岳，入賈充幕（時充爲司空太尉）爲太尉掾。「猥荷公叔舉，連陪厠王寮」蓋即指此而言。〈秋興賦〉序的「攝官承乏，猥厠朝列。夙興晏寢，匪遑底寧」亦是指此事而言。

「長嘯歸東山」以下六句，當是寫二十餘歲才名冠世，爲衆所疾，反而不得不栖遲十年的青年期困躓狀況。《文選》李善注：「岳天陵詩序曰：『岳屛居天陵東山下。』」[21] 故知其長嘯東山，風物雖美，詩人的心境並不平靜。

「卑高亦何常」以下六句，忽又由景語轉回現實，感慨仕宦遭遇之不可恃，而發爲「升降在一朝」之嘆。在此值得注意的是「徒恨良時泰，小人道遂消」二句。處於表面安泰的西晉初期，誠如《周易》〈泰卦〉：「君子道長，小人道消。」一個人的才識反而沒有發揮的機會，故三閭大夫徘徊悲痛的背景不存在，甚至像陳思王婉轉訴怨的苦悶亦無由，對急欲一展才能躋身上流社會的潘岳而言，「良時泰」遂只有令他遺憾而已。這是何等自我中心的思想！故其下「譬如野田蓬，斡隨流風飄」，便也只能視爲急功求名而依附於顯貴之下（當時潘岳已曾附隨賈充）而猶似隨風飄飛的野蓬了。同屬於比喻象徵之作，此與曹植的〈呼嗟篇〉，在處境與心境方面都是迥異其趣的。[22]

「昔倦都邑遊，今掌河朔徭」二句，正是棲遲十年後復出爲河陽令的自述。河陽在黃河北岸，與南岸的都邑——洛陽，雖只一水之隔，但對於熱衷功名的潘岳而言，這個七品的官職既無吸引力，且更意味著與政治權力中心的隔離，所以心中自然不免是鬱悒的。在潘岳而言，對舊遊地洛陽的眷念，其實也代表他對於事業功名的嚮往，故其下二句「登城眷南顧，凱風揚微綃」，便不能單純地僅視爲對一個地理空間的懷念而已。「南方」——洛陽，對於出守黃河北岸的河陽縣令潘岳言之，是代表他想要力爭上游之可能性比較高的政治重鎮。因爲那裡有他可以依託的權貴人士，以及可供晉階的一些機會。像他那樣出身中等地位的士人，在當時是即使有才識也不易有所發展的。與他同時期的另一位寒門出身之士左思的〈詠史〉八首之二便寫出高門與寒士子弟的不公平現象：「鬱鬱澗底松，離離山上苗。以彼徑寸莖，蔭此百尺條。世冑躡高位，英俊沉下潦。地勢使之然，由來非一朝。……」此外，〈詠史〉之四又云：「濟濟京城內，赫赫王侯居。」潘岳雖屬英俊之士，奈何松雖百尺條而生於澗底，地勢之低注定其沉下潦，故攀託世冑高門，或者是他顯現自己的一條捷徑，而濟濟赫赫的王侯都居京城內，因而從那個方向吹來的「凱風」（即南風——洛陽在河陽縣之南方）吹揚起登城南顧者的綃頭，遂格外令其傷心遺憾了。

南望何所見？「洪流何浩蕩，修芒鬱岧嶤」。芒山又稱北芒山，在洛陽城北。從河陽縣南望，黃河與北芒山橫梗其間，使洛陽變得遙不可及，正亦象徵詩人的意願欲求與現實政治的隔絕。「誰謂晉京遠，室邇身實遼」，晉京——洛陽遠否？雖隔河山，其實在地理空間而言，並非十分遼遠（同屬於司州），但對於被政治中心摒棄於外的河陽縣令潘岳而言，自不免有「身實遼」的感受；換言之，由於希望的落空，心思欲求的疏離隔絕，才是眞正令他感覺洛陽雖近卻又遼遠的原因。

「誰謂邑宰輕」以下十二句做爲此詩尾段，乃是詩人既絕望於衷心渴求之中央高吏職位，遂不得不退而求其次，自勉以安分守己，克盡當前職守。邑宰雖非潘岳所嚮往追求的官職，但事實既然如此，倘能政績卓越，令名遠播，亦聊堪安慰，且未嘗不是來日藉以晉階之一途。人生短促，建功當及時。這一點，潘岳的態度倒是與建安文士有幾分相近。[23]

詩內引用二典故：「齊都」及「桐城」。前者出自《論語》〈季氏篇〉：「齊景公有馬千駟，死之日，民無德而稱焉。」後者出自《漢書》〈朱邑傳〉：「（朱邑）少時爲舒桐鄉嗇夫，廉平不苛，以愛利爲行，未嘗笞辱人，存問耆老孤寡，遇之有恩。所部吏民愛敬焉。……及死，其子葬之桐鄉西郭外，民果然共爲邑起冢立祠。」二典故之使用，從正反兩面顯示古代爲政者之善惡得失。《晉書》本傳記載：「岳頻宰二邑（按：指河陽縣、懷縣），勤於政績。」可見果如詩所言，能克盡地方官吏之職司。

〈河陽縣作詩〉二首之二

日夕陰雲起，登城望洪河。川氣冒山嶺，驚湍激巖阿。
歸鴈暎蘭時，游魚動圓波。鳴蟬厲寒音，時菊耀秋華。
引領望京室，南路在伐柯。大廈緬無覿，崇芒鬱嵯峨。
總總都邑人，擾擾俗化訛。依水類浮萍，寄松似懸蘿。
朱博糾舒慢，楚風被琅邪。曲蓬何以直，託身依叢麻。
黔黎竟何常，政成在民和。位同單父邑，愧無子賤歌。
豈敢陋微官，但恐忝所荷。

潘岳任河陽縣令職的時間無法確知，約爲三年左右。[24]〈河陽縣作〉二首亦未必是同時所作。較諸第一首中「卑高何常」、「徒恨時泰」等語所呈現的焦慮心態，第二首前段有大量的景物描繪，或者是居河陽有時而稍能接受現況之故。但無論如何，二首中所透露出來對於「南方」——洛陽的眷戀則是一致的。故於八句寫景之後，有「引領」、「南路」二句。「伐柯」典故出自《詩經》〈豳風〉：「伐柯伐柯，其則不遠。」鄭箋：「則，法也。伐木者必用柯，其大小長短，近取法於柯，所謂不遠求也。」然則，此二句正與第一首「誰謂晉京遠，室邇身實遼」意同。但高大的大廈門（「廈」一作「夏」）。大夏門爲洛陽城北之門）與嵩高的北芒山阻絕視野，遂令詩人無由窺覿繁華的京城。大廈門與北芒山雖是黃河以南的具體實象，卻亦象徵著阻絕潘岳與政治中心的一些內外主客人事因素。是以登城南望帝京，潘岳當時的心境又豈止於一般思念而已！京都內總總擾擾是是非非，令人眷戀又焉能不怵然警惕？出身卑微背景薄弱之士浮沉宦海，誠然似浮萍依水，懸蘿寄松，潘岳終於道出了自己尋覓依託權貴而仍不免於漂泊不定的苦衷。

此詩的後段與前一首十分近似。詩人暫屏南路之眷望，正視眼前的職守，並舉古之爲政者二例，以爲對自我的期許：其一爲朱博。《漢書》有傳：「博本杜陵人，遷琅邪太守。齊郡舒緩養名，敕功曹官屬多褒衣大袑，不中節度，自今掾吏衣皆去地三寸……視事數年，大改其俗，掾吏禮節，皆如楚、趙。」其二爲宓賤。《呂氏春秋》載：「宓子賤治單父邑，彈鳴琴，身不下堂而單父治」。朱、宓二人爲政，雖有積極與無爲之別，於治績均有口皆碑，故爲潘岳自我期許之楷模典範，所以末二句謂：「豈敢陋微官，但恐忝所荷。」

除以上引二首詩外，〈河陽庭前安石榴賦〉顯然也是潘岳任河陽縣令時所作。茲引其序及部分賦文於下：

仰天路而高睇，顧鄰國以相望，位莫微於宰邑，館莫陋於河陽。雖則陋館，可以遨遊。實有嘉木，曰安石榴。脩條外暢，榮幹內樛，扶疏偃蹇，冑弱紛柔。於是暮春告謝，孟夏戒初，新莖擢潤，膏葉垂腴。……遙而望之，煥若隋珠擢重淵，詳而察之，灼若列星出雲間。千房同模，千子如一。御飢療渴，解酲止疾。既乃攢夫狹庭，載阨載褊，土階無等，肩牆惟淺。壁衣蒼苔，瓦被駁蘚。處悴而榮，在幽彌顯。其華可玩，其實可珍。羞於王公，薦於鬼神。豈伊仄陋，用渝厥貞。果猶如之，而況於人！

此賦不過二百數十字，寫華美實珍姿態可賞的安石榴而植種在狹庭淺牆之內，作者的用意顯然要引發讀者惋惜。而這一棵與生長環境極不相稱的安石榴，顯然也是作者自況象徵。以潘岳的美姿儀與多才識，堪稱「其華可玩，其實可珍」，但處在河陽縣令之卑位，便如同安石榴之在狹庭淺牆內，殊甚可惜。賦首明言「位莫微於宰邑，館莫陋於河陽」，則與〈河陽縣作〉二首呈極大矛盾。「誰謂宰邑輕」（其一）、「豈敢陋微官」（其二）與此合讀，頗覺其出爾反爾。詩中口吻若非矯情，便是過分謹慎所致。事實上，小心翼翼，欲怨懟還自抑的起伏複沓感情，正是潘岳詩文的特色之一。安石榴委屈狹庭，作者似欲爲之不平之鳴，收尾卻稱以其華實「羞於王公，薦於鬼神。豈伊仄陋，用渝厥貞」，與〈河陽縣作〉二首結束處之以勤政自勵、勉強安於現狀的欲放更斂、沉鬱凝滯低調並無二致。

潘岳居河陽縣約三年，轉任懷縣令。懷縣在河陽縣東，亦在黃河北岸。此時期有〈懷縣作〉二首留傳。其第一首：

南陸迎修景，朱明送末垂。初伏啟新節，隆暑方赫羲。
朝想慶雲興，夕遲白日移。揮汗辭中宇，登城臨清池。
涼飈自遠集，輕襟隨風吹。靈圃耀華果，通衢列高椅。
瓜瓞蔓長苞，薑芋紛廣畦。稻栽肅芊芊，黍苗何離離。

虛薄乏時用，位微名日卑。驅役宰兩邑，政績竟無施。
自我違京輦，四載迄於斯。器非廊廟姿，屢出固其宜。
徒懷越鳥志，眷戀想南枝。

此詩前段十句極寫一個「暑」字，即因暑登城納涼。此蓋即鍾嶸〈詩品序〉稱「安仁倦暑」之道理。其下六句寫登城所見：華果、瓜瓞、薑芋、稻栽、黍苗等紛陳，頗饒田園情趣。但其下筆端一轉，竟由眼前佳景改述一己仕宦之遭遇，乃有「位微名日卑」之憾。所謂位微名卑，即指前為河陽縣令、今為懷縣令（均屬七品）——「驅役宰兩邑」。前引《晉書》本傳曰：「岳頻宰兩邑，勤於政績。」事實上，潘岳任河陽縣令時，曾遍植桃李，傳頌後世；[25] 至於任懷縣令時，有「上客舍議」，反對客舍禁令，以便利商旅通行。均頗能表現地方官吏的治績，故詩中政績無施云云，是自謙之辭。不過，從另一個角度觀之，則以潘岳的才識而屈居地方吏職卑位，未能施展懷抱，豈是其所甘忍受？由河陽縣而懷縣，離開政治的核心地洛陽已四載，愈令其由眷戀而躁急。分明是自視甚高，卻以自哂的口吻道出「器非廊廟姿，屢出固其宜」。二句之中有無奈與焦慮；而此內在的焦慮煩躁，與外界的酷暑難當，遂使鬱悶之情更形熾烈。

值得注意的是結尾二句「徒懷越鳥志，眷戀想南枝」，引〈古詩十九首〉「胡馬依北風，越鳥巢南枝」典故。潘岳的家鄉在黃河南岸的鞏縣，自地理方位而言，固然是在懷縣之南方，但是從全詩所顯現的情結看來，此處藉越鳥以喻對「南方」的眷戀，與其說是其家鄉鞏縣，毋寧更應指廊廟所在的洛陽。謂己非廊廟姿屢出固宜，顯非肺腑之言，中間正蘊藏極深的不平與遺憾；至於他對於中央政權之嚮往，可自「想南枝」窺見。換言之，只有將「南枝」解釋為晉京洛陽，此結尾處的涵義始能與其前之「自我違京輦，四載迄於斯」相關聯；若以鞏縣視「南枝」，反倒與前面自嘆位微名卑、違京四載、屢出固宜云云脫節而顯得突兀了。至於〈在懷縣作〉二首之二並不見「南」字出現於詩句裡，但其內容旨趣乃至語氣均與前舉三首十分近似。

春秋代遷逝，四運紛可喜。寵辱易不驚，戀本難為思。
我來冰未泮，時暑忽隆熾。感此還期淹，嘆彼年往駛。
登城望郊甸，遊目歷朝寺。小國寡民務，終日寂無事。
白水過庭激，綠槐夾門植。信美非吾土，祇攪懷歸志。
眷然顧鞏洛，山川邈離異。願言旋舊鄉，畏此簡書忌。
祇奉社稷守，恪居處職司。

首四句以四時遞換為自然現象，而帶出寵辱不足以驚的明達思想。此是用老子《道德經》十三章典故：「寵辱若驚，貴大患若身。何謂寵辱若驚？寵為下，得之若驚，失之若驚，是謂寵辱若驚。」詩人寫出自己在宦途上的寵辱遭遇遠不如戀本之情結難解。此處「本」字，理當指所出生之地或故鄉而言，但由於鞏縣與洛陽皆在懷縣的南方，故亦廣義地包括了洛陽；這一點可自後句「眷然顧鞏洛」得證。

詩第三句以下十句，與第一首極近似。均寫因暑熱而登城遠望，是知二首寫作的季節背景皆是夏季。而自「我來冰未泮，時暑忽隆熾」觀之，則是來懷縣在初春，寫詩在同一年暑日。可以推測潘岳當時三十六歲，離開洛陽已數年（第一首「自我違京輦，四載迄於斯」）。戀本固是人情所難免，而數年來輾轉地方官吏的卑微職司，恐怕也是愈使詩人嚮往洛陽的原因。

登城遠眺，近景是任所懷縣的白水綠槐美景，但懷縣令職小國寡民終日無事，引不起潘岳的興趣，其寂寞無奈與不滿足是可以想見的。這種語調與前舉〈河陽縣作詩〉第二首所稱「位同單父邑，愧無子賤歌」極相矛盾，遂露出破綻，可知前詩之言不由衷。登城眺望，更遠處是山川邈離的「鞏洛」。在近景與遠景之間，潘岳用王粲〈登樓賦〉的典故「雖信美而非吾土兮曾何足以少留」。王粲身處東漢末的亂世，飽經顛沛流離之苦。本山陽高平（今山東鄒縣西南）人，賦作於荊州當陽城樓（今湖北當陽縣城樓），[26] 兩地既遠，而世事紛濁，乃有斯嘆；但潘岳寫〈在懷縣作〉二首時值太康三年（二八二），天下已由分裂而統一，八王之亂尚未開始，二人的時代背景完全不同。潘岳沿用〈登樓賦〉的典故，遂只能純就「雖信美非吾土」這一層面上去了解。不過，如前所述，懷縣與鞏、洛同屬司州，就廣義言之，亦不致如詩所呈現的陌生與遼遠才是。〈登樓賦〉另有「冀王道之一平兮假高衢而騁力」句，王粲冀望王道平而一騁才力，此句後半所顯出的懷才不遇、急欲展現才能的焦慮，倒是潘岳戚戚然有同感之處吧。

以鞏縣與洛陽聯稱，又可見於潘岳四十六歲赴長安令時所寫的〈西征賦〉：「眷鞏洛而淹涕，思纏綿於墳塋。」此所側重，宜當是指墳塋所在的舊鄉——鞏而言，但鞏縣在洛陽之東，地理空間甚近，在潘岳心目中，故鄉與京邑幾乎是重疊不可分割的，故懷土即思京，而離開鞏、洛又往往意味著被摒棄於政治核心之外，宜其不免於愀愴之情了。〈登樓賦〉之所以感人，在其懷鄉之情貫穿全篇，以「循階除而下降兮，氣交憤於胸臆。夜參半而不寐兮，悵盤桓以反側」結束，文雖盡而情無限。但潘岳此詩眷顧鞏洛雖亦興旋歸之情，終謂「簡書」在身，不得不「祇奉社稷守，恪居處職司」。這種思鄉戀京之情，欲放卻更斂，乃有別於王粲的纏綿奔放；而初寫胸中不平，末了又回到謹慎安分的鬱悒低調，便也與前舉三首如出一轍了。

〈河陽縣作〉與〈懷縣作〉四首之中，僅此一首未見「南」字，不過，登城遠眺眷顧鞏縣、洛陽，其方向當然也在南方，故四首可同視爲一貫。從潘岳三十三歲至三十八歲左右的數年內，連續二度外任河陽縣令及懷縣令，他所頻頻南顧而眷戀未已的地方，在地理空間上言之，其實是同屬司州一河之隔的京邑——洛陽，用他自己的詩來講：「室邇身實遼」，然而四首詩中一再顯現眷戀的、企慕的、失望的，甚至於被隔絕的焦躁情緒，實由於洛陽對作者而言，不僅是一個地理名詞，或舊遊之地而已，那裡是政治的核心地，王侯貴族圞居處，也是出身不高的「英俊」要力爭上游免於「沉下潦」的機會所繫的地方。故而自黃河北岸頻頻南顧，潘岳衷心眷戀的地方，與其說是他的家鄉，毋寧乃是與他的仕宦前途有密切關係的晉京洛陽才對。

返歸京邑的願望遲遲才實現。〈懷舊賦〉序曰：「余既有私艱，且尋役於外，不歷崇丘之山者，九年於茲矣。」永熙元年（二九〇）晉武帝崩。楊駿爲太傅，辟潘岳爲主簿。楊駿是武帝楊皇后之父，武帝崩後，攬權一時。返歸洛陽後的潘岳，果然迅速地在京邑找到了託攀的對象。但是，不久楊駿與賈后集團對立，終爲楚王瑋所殺。潘岳僅以身免。[27]在其後所作的〈西征賦〉中有句云：「匪擇木以棲集，鮮林焚而鳥存。」可謂道盡所託非人的悲哀與險境。

大約二年後，潘岳又攀依賈謐，爲其文學集團「二十四友」之主要人物。《晉書》〈賈謐傳〉曰：「（謐）開閣延賓，海內輻輳，貴遊豪戚及浮競之徒，莫不盡禮事之，或著文章稱美謐，以方賈誼。……」當時參與此貴遊集團者，除潘岳外，又有石崇、陸機、陸雲兄弟，乃至左思、劉琨諸士。前舉「南」字出現之後四例，便出潘岳在賈謐集團時所寫〈爲賈謐作贈陸機詩〉共十一章內，可見其文才受重視之一斑。此詩採四言體，每章八句，十一章共三五二字，以其篇幅長，此不擬抄錄，但摘要於下：首章自天地創始立言；二章上溯歷史，自神農至於六國；三章述秦漢至三國，而有「孫啓南吳」句；四章承三章曰「南吳伊何」，遂斥孫吳僭號稱王；五章始及於陸機，謂其生於海隅而名揚上京；六章述陸機應召北上，頌讚道：「英英朱鸞，來自南岡。」七章、八章均稱讚陸機入中原後仕宦於晉室；九章言陸機與賈謐交遊；十章致賈謐思念陸機之情；末章勉陸機崇德立功，以其南人北上，故稱「在南稱柑，度北則橙」。

由此可知，〈爲賈謐作贈陸機詩〉十一章中四見「南」字，皆指陸機所來自的吳國，與〈河陽縣作〉及〈在懷縣作〉中的「南」字所指有別。此兩組「南」字在潘岳詩中不但指不同的兩地，而且縈繞其間的情緒氛圍亦截然不同。對於較近的南方——洛陽，詩人表現了眷戀企慕、思歸不得的焦慮感，因爲京邑與他的仕宦生活及前途期盼有十分密切的關係，故而那是一個充滿美好機會之可能性的地方。對於較遠處的南方——吳國，詩人表現了冷漠的，甚至於鄙夷的心態，此可自第四章中看出：

南吳伊何，僭號稱王。大晉統天，仁風遐揚。偽孫銜壁，奉土歸疆。婉娩長離，凌江而翔。

其所以冷漠無所依戀，蓋就潘岳（或賈謐）而言，遙遠的吳地乃是陌生的他鄉。至其鄙夷之心態，則爲中原人士居高臨下視江左吳越的地域觀念使然；當然，政治上的正朔之爭，也是詩中刻意貶抑南吳的一個主要原因。

潘岳集中又有〈於賈謐坐講漢書〉稱頌謐云：「治道在儒，弘儒由人。顯允曾侯，文質彬彬，筆下摛藻，席上敷珍。……」正可應證史籍謂當時文士「以文才降節事謐」、[28]「諂事賈謐」[29]之一斑。潘岳善爲哀誄，著有〈買充誄〉及充妻〈宜城君誄〉，[30]更可見其與賈謐之間的密切關係。至其與石崇望塵而拜的故實每爲後世所不齒，成爲文人無行之代詞，而所著〈金谷集作詩〉之末二句「投分寄石友，白首同所歸」，人稱其爲讖語，與石崇雙雙捲入當時政治權力的鬥爭漩渦中。賈謐既見殺，而二人亦不免於罹禍及身，終致夷三族之後果！

〈閒居賦〉序於回顧五十歲以前的宦運（引文見前）後慨嘆道：「雖通塞有遇，抑拙者之效也。」然而綜觀潘岳一生行跡，及其詩文中所呈現的心態，實不足以當一個拙者。他雖三度追隨顯貴，並無濟於晉階，一度且因楊駿而險遭牽連受害；最後依託賈謐門下，竟因而遭殺身滅族的下場，可謂「弄巧反拙」。不過，換一角度觀察，才高位卑、晉階無由，而不得不遊走權貴門下，乃不自覺地身陷政權鬥爭中而成爲犧牲者，潘岳的遭遇未嘗不是時代陰影之下的一個悲劇。

三

陸機（二六一—三〇三），字士衡，吳郡華亭（今上海市松江縣）[31]人。在其樂府〈吳趨行〉有句：

> 屬城咸有士，吳邑最為多。八族未足侈，四姓實名家。

當時的南方四大世族：朱、張、顧、陸，爲與北方王、謝、袁、荀、崔、盧、李、鄭等大姓相抗衡的豪門。陸機的祖父陸遜，爲東吳的丞相，父親陸抗，爲大司馬。從父陸凱爲左丞相，從父陸喜累遷吏部尙書。復以孫、陸聯姻，[32]故陸氏家族在吳國的地位、權勢與名望都極穩固崇高。而陸機的母系張氏一族，則在吳地爲知識分子的中堅。[33]陸機先天稟承了南方優越的地位名譽及文化教養的背景。至於陸機本身，《晉書》本傳稱：「機身長七尺，其聲如鐘。少有異才，文章冠世。伏膺儒術，非禮不動。」足見其外表雖未如潘岳之以美姿儀著名，但昂藏七尺之軀，可謂堂堂男子漢，又少時亦以異才見稱於鄉黨，充分具備了出類拔萃的種種內外條件。

陸遜、陸抗爲輔佐孫吳政權，確曾盡勞盡力，功勳彰明顯著。孫權對於中國東南地區吳國的開發是不容忽視的，但孫權死後，吳國內部的矛盾愈形劇烈，而孫皓行暴政，殺害大臣與宗族，吳之將亡，已有隱憂存焉。陸抗死於大司馬任，病重之際猶上疏殷殷建議以西陵爲屬。

陸抗死亡時，陸機十四歲。與兄晏、景、玄（早卒）及弟雲分領其父兵，爲牙門將。然而，正當陸機少年承襲祖蔭，思欲仿效先人創立功業時，東吳的國運卻漸趨於弱勢下坡。吳國既失忠勇之士陸抗，晉羊祜遂上疏請伐吳。[34]羊祜卒，王濬、杜預又續上疏請伐吳。晉武帝司馬炎乃發兵攻吳。孫皓乞降於王濬軍，吳國遂亡滅。

吳滅亡時，陸機二十歲。兄晏、景皆死於戰役。既遭遇國破家亡之痛，陸機乃與弟陸雲退居華亭故里，閉門勤學，度過寂寞的十年。此十年鄉居，在政治上無所聞問，卻得以專心文學。著名的〈辯亡論〉便是此時期所寫，一說以爲〈文賦〉及〈擬古詩〉十二首也是此時期之作。但〈文賦〉體製宏偉，思想成熟，恐非二十歲年少之作；[35]而〈擬古〉之作也未必純屬模仿前人的習作。[36]

司馬氏統一天下後，頗徵南方之士北上。這或許是對於南士的安撫方法，同時也未嘗不是廣徵人才之途。武帝太康四年（二八三），陸喜（機從父）等十五人應詔北上，仕於晉室。[37]

晉武帝太康十年（二八九），陸機二十九歲，與弟雲及顧榮先後北上入洛，時人號爲「三俊」。[38]陸氏兄弟既至洛陽後，張華見之，如舊相識，曰：「伐吳之役，利獲『二俊』。」[39]張華正是當年力主伐吳之人，又爲中原文壇的領袖人物，但他本身卻是寒門出身，而陸氏兄弟雖是吳國世族的後裔，以亡國之臣而北上，初於中原並無憑依，故張華乃廣爲之推薦於洛陽諸公。從晉書及其他史料所記載的文字可知，到洛之初，陸機所見的中原人士有王濟（《太平御覽》八六一）、劉道眞（《世說新語》〈簡傲篇〉）、盧志（《世說新語》〈方正篇〉）、荀鳴鶴（《世說新語》〈排調篇〉）等。陸機的才華雖頗見重於洛陽諸公之間，但礙於偏狹之地域觀念及南北人相輕，[40] 入洛之初實亦頗受到中原人士的譏誚與輕蔑。此事後文將及，此暫不敘。

陸機既以才華受北方諸士矚目，而他的父祖皆是積極進取有功之士，故而在思想上似亦稟承此用世之傳統。其〈與弟清河雲詩〉十章之三有句：「昔予翼考，惟斯伊撫。今予小子，繆尋末緒。」可見其欲追隨陸抗後塵的志向。又有〈百年歌〉十首，歌詠男子人生自少到老的十個階段，其中段寫三十歲至六十歲曰：「三十時，行成名立有令聞，力可扛鼎志干雲。……四十時，體力克壯志方剛，跨州越郡還帝鄉，出入承明擁大璫。……五十時，荷旄仗節鎭邦家，鼓鐘嘈囋趙女歌。……六十時，年亦耆艾業亦隆，驂駕四牡入紫宮。……」這種及時建功立名，享年老後之隆業的積極入世的人生觀，顯然是陸機直言不諱的意願。故而入洛後，進入仕途乃是必然之趨勢。然而，當時司馬氏雖統一了天下，陸氏兄弟於太康之末入洛，晉室朝廷內部正値權力鬥爭開始之時，便也注定了像其他一些文士一般，不免於捲入政治亂流的漩渦內了。茲將陸機二十九歲入洛以後所經歷的仕宦軌跡簡記如下：

三十歲，太傅楊駿辟爲祭酒。此是陸機初仕晉室官職。但翌年駿爲賈后所誅，從此楊氏一族沒落而賈氏得勢；賈謐尤其權傾一世，取代楊駿昔日之地位。以謐爲中心的文學集團網羅了當時著名的文士，陸氏兄弟以南人北上之背景，亦因為才華獲得肯定而雙雙參與其「二十四友」。

三十一歲，徵為太子（愍懷太子）洗馬。翌年，改中書著作隸部書。又一年，復太子洗馬職。

三十四歲，吳王晏出鎮淮南。陸機與弟同拜郎中令。

三十六歲，入為尚書中兵郎，轉殿中郎。

三十八歲，出補著作郎。

四十歲，賈后誣愍懷太子為逆，旋使黃門孫慮弒之。趙王倫廢賈后，殺賈謐。謐之黨羽數十人皆伏誅，有張華、石崇、潘岳等。其後，趙王弒賈后而輔政，以陸機豫誅賈謐有功，賜爵關中侯。

四十一歲，趙王倫將篡位，以陸機為中書郎。其後，齊王冏、成都王穎、河間王顒共討倫。迎惠帝，殺趙王。陸機因任趙王倫中書職，疑九錫文及禪文為其所作，收付廷尉；賴成都王穎及吳王晏救理，機亦上表於齊王及吳王，乃得減死罪，徙邊，遇赦而止。其時中國多故，顧榮等勸機還吳，然未從。成都王穎以機參大將軍軍事。41

四十二歲，成都王穎表為平原內史。

四十三歲，河間王顒、成都王穎舉兵伐長沙王乂。以陸機為後將軍前鋒都督。督北中郎將王粹、冠軍將軍牽秀、中護軍石超等軍二十餘萬，南向洛陽。惠帝以長沙王乂為大都督，禦之。既戰，陸機軍大敗。成都王穎寵宦孟玖，及其弟超誣告之，遂遇害於軍中，夷三族。

今日可見的陸機詩篇，比潘岳作品多出近三倍的數量，而陸詩中出現「南」字的篇數亦較潘詩爲多。但陸詩的「南」字，除少數例外，皆指向其故鄉——吳地，而且其中又以入洛初所作者居多。陸機二十九歲時與弟雲及顧榮入洛，其〈與弟清河雲詩〉十章序曰：「余弱年夙孤，與弟士龍銜卹喪庭，續忝末緒，會逼王命，墨絰既戎，時並縈髮，悼心告別。……」可知陸氏兄弟之北上洛陽，乃逼於王命，非出自本意，有其不得已之苦衷；此蓋即張華以爲「利獲二俊」之道理。當時有〈赴洛道中〉二首其一：

總轡登長路，嗚咽辭密親。借問子何之？世網嬰我身。
永歎遵北渚，遺思結南津。行行遂已遠，野途曠無人。
山澤紛紆餘，林薄杳阡眠。虎嘯深谷底，雞鳴高樹巔。
哀風中夜流，孤獸更我前。悲情觸物感，沉思鬱纏綿。
佇立望故鄉，顧影悽自憐。

篇首四句顯示辭別親人心懷悲悽踏上長途之旨。陸抗於機十四歲時病歿，而二十歲之年，王濬領兵攻吳，二兄晏、景均見殺，故此處所謂「密親」，蓋指其母張氏及其妻兒諸親人。潘岳的詩文中頗見妻子兒女的家庭親情，但陸集中則除父祖與兄弟情外，甚少及於其餘家人，故無法推斷「密親」是否包括妻子兒女？不過，從他爲同入洛之吳人顧榮所寫〈爲顧彥先贈婦詩〉二首中有「辭家遠行遊」、「東南有思婦」、「遊宦久不歸」等句，知顧榮入洛，妻子並未隨行，則或者陸氏兄弟初北上，亦有留別妻子「密親」在家鄉之可能性。

此詩三句以下全在寫離家思鄉的愁緒。自吳地赴洛陽，是由東南而西北行，所渡之水迨指長江而言，故稱「永歎遵北渚，遺思結南津」。對「逼於王命」離鄉別親北上的陸機而言，渡江而北即意味具體地離開本根之所在，但身雖離而心留戀，即所謂心思鬱結於江水的南津——吳郡華亭，寫出當時處境的無可奈何。

其後的十句，藉沿途見聞的景象，以充滿寂寞、悲哀、不安、恐懼的多種感情，道出詩人去家漸行漸遠，前赴曾經是吳國仇敵之地——晉京的心境。對二十九歲的陸機言之，一種前途未卜的緊張感，亦可能成爲增加他對於自己生長之地更爲依戀不忍離開的因素，所以詩末「佇立望故鄉，顧影悽自憐」，從江水的北岸南望，向故鄉投以最後一瞥，自然難免於淒涼孤獨之嘆息了。

〈赴洛道中〉二首之二的詩中雖未出現「南」字，其內容情調則大體與第一首相似，皆以景寓情，寫去鄉者的悲懷。其中「夕息抱影寐，朝徂銜思往」、「撫枕不能寐，振衣獨長想」等句，頗能道出「逼於王命」的無奈，以及留故鄉於後的依戀。

至於〈赴太子洗馬時作詩〉（此題據逯欽立考證，他本或作〈赴洛詩〉）[42]蓋爲陸機至洛陽後二年，即三十一歲徵爲太子洗馬時所作。不過，全篇仍在追敘自吳赴洛所見之景物與所興之情緒，與〈赴洛道中作〉二首之一極近似，可以合讀印證：

希世無高符，營道無烈心。靖端肅有命，假檝越江潭。
親友贈予邁，揮淚廣川陰。撫膺解攜手，永歎結遺音。

無迹有所匿，寂寞聲必沈。肆目眇不及，緬然若雙潛。
南望泣玄渚，北邁涉長林。谷風拂修薄，油雲翳高岑。
亹亹孤獸騁，嚶嚶思鳥吟。感物戀堂室，離思一何深。
佇立慨我歎，寤寐涕盈衿。惜無懷歸志，辛苦誰為心！

起首二句，郝立權注云：「言見用於世，既無高位，而營治道儒，亦無此猛烈之心志也。」43陸機二十歲之年，祖國爲晉所滅，兄二人並遇害，乃與弟雲退居舊里，閉門勤學。二十九歲時，逼於王命，不得不結束隱居生活，北上赴洛，未幾而仕爲太子洗馬。仕既無高位，又不能遂其不仕之志，二句道盡了亡國遺臣的悲哀。三句以下是追憶當初去鄉別親友、北上赴洛陽的情景。其情其景，與前引〈赴洛道中作〉二首之一完全一致，無怪乎《文選》以下多題爲「赴洛」。「南望泣玄渚，北邁涉長林」即類前詩中的「永歎遵北渚，遺思結南津」。都在寫既渡江之後，眷戀回顧南方吳國的悲苦心情，故二詩中所出現的兩個「南」字，所指的地理空間皆是其故鄉——吳郡華亭。至於末二句「情無懷歸志，辛苦誰爲心」，則是指己身既已仕晉，乃不得有懷歸之自由，此種羈旅辛苦之心，誰堪任之？於是亡國者無奈之情迴盪其間矣。

這種身嬰世網、遠遊宦而有家歸不得的悲嘆，遂構成陸機入洛後許多詩文的主調。在〈東宮作詩〉（此詩寫作時間當與〈赴太子洗馬時作〉接近，而各本亦多題爲〈赴洛詩〉二首之二）即可以明顯地看到：

羈旅遠遊宦，託身承華側。撫劍遵銅輦，振纓盡祇肅。
歲月一何易，寒暑忽已革。載離多悲心，感物情凄惻。
慷慨遺安豫，永歎廢寢食。思樂樂難誘，曰歸歸未克。
憂苦欲何為，纏綿胸與臆。仰瞻凌霄鳥，羨爾歸飛翼。

陸機〈洛陽記佚文〉有一條：「太子宮在大宮東，薄室門外，中有承華門。」[44]又《晉書》〈職官志〉：「（太子）洗馬八人，職如謁者如秘書，掌圖籍。釋奠講經則掌其事，出則直者前驅，導威儀。」此詩前四句所寫正是太子洗馬的職象，而從所稱「歲月一何易，寒暑忽已革」可知，作詩時，陸機到洛陽已有年，由於職務在身，雖思故鄉而欲歸不可得，故有「曰歸歸未克」之嘆，終而轉覺己身不如凌霄之鳥，羨慕鳥且可以振翼（南翔）飛回故鄉舊巢。在此，作者雖未明寫鳥飛的方向，但自全篇所顯示的離思別緒推斷，所以令其廢寢忘食樂難誘的地方，當然是指在洛陽南方遙遠的吳郡無疑。

除以上四篇直抒思鄉之作外，集中文有〈爲顧彥先贈婦詩〉二首。顧榮，字彥先，《晉書》卷六十八有傳。榮祖雍，爲吳丞相；父穆，爲宜都太守。榮機神朗悟，弱冠仕吳，爲黃門侍郎、太子輔義都尉。吳平與陸氏兄弟同入洛仕晉。以處境與陸機相似，所以陸機代作的兩首詩，頗能夠婉轉傳達詩人自己的情愫。茲錄二詩於後：

辭家遠行遊，悠悠三千里。京洛多風塵，素衣化為緇。
循身悼憂苦，感念同懷子。隆思亂心曲，沈歡滯不起。
歡沈難尅興，心亂誰為理。願假歸鴻翼，翻飛漸江汜。（一）

東南有思婦，長歎充幽闥。借問歎何為？佳人渺天末。
遊宦久不歸，山川修且闊。形影參商乖，音息曠不達。
離合非有常，譬彼絃與筈。願保金石軀，慰妾長飢渴。（二）

前後二詩中所強調的地點：「京洛」與「浙江」（又稱富春江或錢塘江）——吳地之代稱，之間「悠悠三千里」的距離，以及顧榮「辭家遠行遊」、「遊宦久不歸」令其妻——「東南有思婦」，幽闥長嘆的哀苦。前首以顧榮之口吻詠出；後首以顧妻之語氣賦之。二詩中彌漫的離思，由思故鄉而念妻子，呈現遊宦者心底的沉深苦衷。如果前文所假設的「密親」（〈赴洛道中〉二首之一）曾經或一時也包含其妻子在內的話，則代顧榮所詠的此二首詩便也可視爲正寫出了陸機自己的心境；或者可以說，陸機是藉由代友賦詩的方式，巧妙地傳達了他自己的心聲。

這種對於南方的不斷回顧，一者固然是思鄉思親情切，再者也呈現出南人北上之際的地域觀念。《晉書》本傳記載陸機入洛之初的遭遇有二段文字，其一曰：

嘗詣侍中王濟，濟指羊酪謂機曰：「卿吳中何以敵此？」答云：「千里蓴羹，未下鹽豉。」時人稱為名對。

此乃是就南北人飲食習慣互異所設的對話。陸機才思敏捷，在此充分表現，致有如此名對；實則其間又透露中原人士對於初次北上的吳地亡國遺臣的一種地域性歧視心態。《世說新語》〈簡傲篇〉另有一段類似記載：

陸士衡初入洛，咨張公所宜詣；劉道真是其一。陸既往，劉尚在哀制中，性嗜酒，禮畢，初無他言，唯問：「東吳有長柄壺盧，卿得種來不？」陸氏兄弟殊失望，乃悔往。

陸氏兄弟以南方之才俊，而劉道眞與之初見，一不及於稍有文化品味之內容，但言長柄壺盧，正是中原人士故意蔑視其所自來地的表現。陸氏兄弟當時聞語，恐怕不僅失望而已，胸中必然有難言之憤懣吧。故而《晉書》本傳另一段所記，乃爲陸機之反應：

范陽盧志於眾中問機曰：「陸遜、陸抗於君近遠？」機曰：「如君於盧毓、盧珽。」志默然。既起，雲謂機曰：「殊邦遐遠，容不相悉，何至於此？」機曰：「我父祖名播四海，寧不知邪！」

古人重視避諱，盧志面斥陸氏兄弟父祖之名，是故意侮慢二人，爲人情所不能忍。陸雲的畏葸，固爲亡國遺臣處中原眾人間的無可奈何表現；但陸機以直斥盧父祖反唇相譏，卻表現了一種忍無可忍的心態，同時也證明了其人剛烈自尊的個性。

當時南北人士互相對立，心中存有芥蒂，固然是畛域觀念使然，而晉朝中原人對於吳地之士尤不懷好感，則又與晉之完成統一天下的過程也應有關係。蜀漢在炎興元年（二六三）結束，曹魏在咸熙二年（二六五）爲司馬炎所篡，而孫吳則又過了十五年，於天紀四年（二八〇）才爲司馬炎的大軍敗滅。中原人士對於頑強抗拒一統的吳人，自不免多一份厭惡。這種情況，可自棗據的〈雜詩〉見到：

吳寇未殄滅，亂象侵邊疆。天子命上宰，作蕃於漢陽。
開國建元士，玉帛聘賢良。予非荊山璞，謬登和氏場。
羊質服虎文，燕翼假鳳翔。既懼非所任，怨彼南路長。
千里既悠邈，路次限關梁。僕夫罷遠涉，車馬困山岡。
深谷下無底，高巖暨穹蒼。豐草停滋潤，霧露沾衣裳。
玄林結陰氣，不風自寒冷。顧瞻情感切，惻愴心哀傷。
士生則懸弧，有事在四方。安得恆逍遙，端坐守閨房。
引義割外情，內感實難忘。

棗據，穎川長社人。賈充伐吳，請爲從事中郎。此詩當是其時所作。寫征役之苦，頗有曹操〈苦寒行〉風格，爲太康詩壇鮮見的豪邁篇章。首二句「吳寇未殄滅，亂象侵邊疆」正寫晉朝統一天下前遭遇東吳頑強的抵抗。而「怨彼南路長」，征夫們千里迢迢含辛茹苦南下役戰的愁怨與敵視心態，自與由吳地北上的陸機回望故鄉南方的眷戀心境是迥異其趣的。在〈答張士然〉詩中，陸機有句：「余固水鄉士，摠轡臨清淵。戚戚多遠念，行行遂成篇。」便是這一份對於南方的強烈的認同，使陸機始終能夠昂首自尊地對中原之士誇稱「千里蓴羹，未下鹽豉」。即使在中原客居有時，陸機維護所自來的南方意識仍絲毫沒有減卻。

大約在入洛數年後，陸氏兄弟加入了賈謐的文學集團「二十四友」。在衆多中原一時之選的文彥中，陸氏兄弟能夠獲得賈謐青睞，毋寧是十分光榮之事。賈謐嘗令二十四友之首的潘岳代作詩贈陸機，而機亦有〈答賈謐詩〉十一章作於元康六年（二九二）三十六歲之時。贈詩中，潘岳之筆調於典雅中頗帶中原本土意識，指稱南方之吳國時，甚有居高臨下之姿態，已見於前文舉證。對於如此具有侮蔑性的口吻，陸機的答詩則不卑不亢，保持東吳遺臣的尊嚴。贈詩第四章中稱「南吳伊何，僭號稱王」，陸機答詩云：

委茲有魏，即宮天巴。吳實龍飛，劉亦岳立。干戈載揚，俎豆載戢。民勞師興，國玩凱入。

（十一章之四）

贈詩以「僭號」抑之，機答以三國鼎立之史實，並以「吳實龍飛」抗之。頗見針鋒相對，不以亡國遺臣屈居人下之傲骨。至於贈詩末章，潘岳代賈謐頌讚陸機個人的才華之餘，仍不免於畛域之見，以「在南稱柑，度北則橙。崇子鋒穎，不頹不崩」勉之。此係沿用出自〈淮南子〉的典故：「江南橘，樹之江北而化爲橙。」陸機以南人北上仕晉，故引木以爲誡。對此，陸機答詩則云：

惟漢有木，曾不踰境。惟南有金，萬邦作詠。民之胥好，狷狂厲聖。儀形在昔，予聞子命。

毛詩「大路南金」，木度北而變質，故不可以踰境，唯金百鍊而不銷，故萬邦作詠。贈詩誡之以木，答詩自勗以金。來往之間，頗見攻守。這種對於自己根源之土地的肯定與懸念，復又以父祖爲吳國重臣，乃成爲陸機以身爲亡國遺臣赴中原，而始終以南方爲榮，並且形諸篇章爲基調的原因所在。同樣在三十六歲之年（此從姜亮夫說），陸機有一首〈與弟清河雲詩〉十章並序，稱道先人，其首章曰：

於穆予宗，稟精東嶽。誕育祖考，造我南國。南國克靖，實繇洪績。惟帝念功，載繁其錫；其錫惟何，玄冕袞衣。金石假樂，旄鉞授威。匪威是信，稱丕遠德。奕世台衡，扶帝紫極。

對此贈詩，陸雲亦有答作「伊我世族，太極降精」云云。可見兄弟二人雖皆以身仕宦於晉朝，但互相勉勵提醒，無時或忘南方的祖國。

元康四年（二九四）陸機三十四歲時，與弟陸雲俱爲吳王晏郎中令。當時司馬晏出鎮淮南。晏才不及中人，而職在外藩，既輕且遠，何以機、雲兄弟駢而俱往？潘岳〈爲賈謐贈機詩〉的第七章有句：「藩岳作鎮，輔我京室，旋反桑梓，帝弟作弼。」可見兄弟二人不惜左宦追隨吳王，正因淮南近吳，欲藉此作歸省之計。不過，在淮南二年，只有陸雲成行，陸機可能因事牽累而未得南歸。至元康六年（二九六）又失一良機，遂有〈思歸賦〉記其遺憾：

余牽役京室，去家四載，[45]以元康六年冬取急歸。而羌虜作亂，王師外征，職典中兵，與聞軍政。懼兵革未息，宿願有違，懷歸之思，憤而成篇。

節運代序，四時相推。寒風肅殺，白露霑衣。嗟行邁之彌留，感時逝而懷悲。彼離思之在人，恆戚戚而無歡。悲緣情以自誘，憂觸物而生端。晝輟食而發憤，宵假寐而興言。羨歸鴻以矯首，挹谷風而如蘭。……

賦與序文中對於家鄉的思念之切，與當初離鄉赴洛時的悲慨並無二致，故內涵語調亦與〈赴洛道中〉及〈赴太子洗馬時作〉等完全相同。思歸未克，徒令其懷念鄉土。此外又有〈懷土賦〉並序：

余去家漸久，懷土彌篤。方思之殷，何物不感？曲街委巷，罔不興詠；水泉草木，咸足悲焉。故述斯賦。

背故都之沃衍，適新邑之丘墟。遵黃川以葺宇，被蒼林而卜居。悼孤生之已晏，恨親沒之何速。排虛房而永念，想遺塵其如玉。眇緜邈而莫覯，徒佇立其焉屬。……伊命駕之徒勤，慘歸途之良難。愍栖鳥於南枝，弔離禽於別山。念庭樹以悟懷，憶路草而解顏。甘堇荼於飴茈，緯蕭艾其如蘭。神何寢而不夢，形何興而不言。

序文開始便直言不諱暢抒其「去家漸久，懷土彌篤」之眞情，而賦內更一度使用屢見於詩中的「南」字。南方之於陸機，實具有十分甜美的意義，故而無論曲街委巷、水泉草木，無不令他夢寐難忘、倍覺可愛。

當然，南方之可愛，不僅因爲山川草木水泉街巷，乃是因爲桑梓親人故舊所在的緣故，所以另有一篇〈思親賦〉，其起首四句曰：

悲桑梓之悠曠，愧蒸嘗之弗營。指南雲以寄款，望歸風而效誠。……

這種頻頻南顧，懷土思歸而未克，與陸機北上仕宦後公務在身，實有密切的關係，故其〈贈從兄車騎〉46曰：

孤獸思故藪，離鳥悲舊林。翩翩遊宦子，辛苦誰為心。
髣髴谷水陽，婉孌崑山陰。營魄懷茲士，精爽若飛沉。
寤寐靡安豫，願言思所欽。感彼歸塗艱，使我怨慕深。
安得忘歸草，言樹背與襟。斯言豈虛作，思鳥有悲音。

詩中以孤獸、離鳥尚且悲思故藪舊林，愈加烘托遊宦者懷土之心。毛詩有句：「焉得萱草，言樹之背。」此則將忘憂草巧妙地轉換爲「忘歸草」，遂令作者的憂思怨慕之情明白而單純地指向思鄉一途。而詩中「翩翩遊宦子，辛苦誰爲心」二句遂亦與安得忘歸草緊密聯結，成爲陸機詩中另一種十分具有特色的低沉基調，便亦反覆出現。下面試舉其彰明顯著之例句若干：

羈旅遠遊宦，託身承華側。（〈東宮作詩〉）

> 翩翩遊宦子，辛苦誰為心。（〈贈從兄車騎〉）
>
> 如何就時寵，遊宦忘歸寧。（〈為陸思遠婦作〉）
>
> 遊宦久不歸，山川修且闊。（〈為顧彥先贈婦〉二首之一）
>
> 遊宦會無成，離思難常守。（〈擬明月何皎皎〉）

由於陸機個人之親身體驗，羈旅遊宦成爲他日歸歸未克的主因，集中無論寫己代詠，往往大量使用「遊宦」、「羈旅」、「行遊」以及種種暗示思戀鄉曲之詞，故而梁代詩人江淹的擬古體〈雜詩〉三十首之十二便取「陸平原機羈宦」爲題，寫成一首詩：

> 儲后降嘉命，恩紀破微身。明發眷桑梓，永歎懷密親。
> 流念辭南澨，銜怨別西津。驅馬遵淮泗，旦夕見梁陳。
> 服義追上列，矯迹廁宮臣。朱黻咸髦士，長纓皆俊民。
> 契闊承華內，綢繆踰歲年。日暮柳總駕，逍遙觀洛川。
> 殂殁多拱木，宿草凌寒煙。遊子易感慨，躑躅還自憐。
> 願言寄三鳥，離思非徒然。

此作不僅掌握陸詩兩大特色——遊宦與離思，更使用本文所強調的方向——「南」。

陸機北上後至其遇害的十數年間，一度不惜左宦，與弟陸雲同入吳王幕下，求償歸省之願，卻因公務纏身而未能遂志，此誠爲其後半生之一大憾事。《晉書》本傳載：

初機有駿犬，名曰黃耳，甚愛之。既而羇寓京師，久無家問，笑語犬曰：「我家絕無書信，汝能齎書取消息不？」犬搖尾作聲。機乃為書，以竹筩盛之而繫其頸。犬尋路南走，遂至其家，得報還洛。其後因以為常。

洛陽與華亭之間，不僅路途迢遙，且其間山川阻絕，此段文字顯係無稽之傳說。但也顯然由於陸機的行跡詩章處處表現濃郁的羈宦鄉愁，故而有此種附會產生之可能，這一點應是可以理解的。《晉書》本傳於黃犬傳說之後又載：

時中國多難，顧榮、戴若思等咸勸機還吳。機負其才望，而志匡世難，故不從。

顧榮昔年雖與陸氏兄弟同爲晉室所羅致北上，但其人甚機警。齊主冏召爲大司馬主簿，因見冏擅權驕恣，恐連累及禍，而終日昏酣，不綜府事；及冏誅，榮果能免於難。其後雖輾轉長沙王乂、成都王穎幕下。終以世亂不應徵而還歸於吳地，躲避中原之政治紛亂。

至於陸機何以未如顧榮之及時隱退而留居中原？在此擬略做探析。

陸機二十歲時身遭國破家亡之痛，曾退居舊里著〈辯亡論〉以析論吳所以興亡，並及於其父祖的功業。論者或以之與賈誼〈過秦論〉相提並論；但事實上，陸文遠遜於賈論之宏觀，較欠缺客觀實證性的歷史論，而充滿了一個亡國者對於過去的光榮的沉痛依戀，以及對於其先人的崇拜，毋寧乃是一篇較爲情緒化的論著。不過，也正因爲這樣的特色，而充分反映了陸機對於其祖國那一份深刻的愛，以及對於身爲吳國重臣之後的一份榮譽感。這樣的深情，實爲造成陸機入洛之際的依戀不忍離，以及面對中原人士故意的侮慢，以亡國遺臣而毫不退讓，與衆舌戰自重的心理基礎；即使入仕晉朝廷有年，這樣的自尊心依然未滅，這可以從前引的〈與弟清河雲詩〉十章，以及〈答賈謐詩〉十一章中得證。

不過，相對於這種濃郁的南方意識，北上仕晉後的陸機內心，則另有一種積極仕進的欲望，而其個人的才識，與南方貴冑的優厚條件，也令他得以自中原的文化圈而相當自然地切入政治界；並且像當時的一些文士一般，隨著朝廷周圍的諸王權力傾軋而不得不流轉周旋於北方的貴族王侯之間。從最初在太傅楊駿之下爲祭酒；駿誅後，改仕太子洗馬；其後又入賈謐「二十四友」的貴遊文學集團中，他經歷了在楊氏與賈氏二大外戚之間的擺盪。不過，陸機與賈謐的關係似未如潘岳與賈謐接近。他一度入吳王幕下以求遂其還鄉之志，其後又追隨趙王倫；趙王倫圖篡位失敗後，又入成都王穎幕下。十數年之間，頗見其宦海浮沉流盪的痕跡。當時「王室多故，禍難薦有」（陸機〈至洛與成都王牋〉語），他雖非政爭的主腦人物，卻也因屢附幕僚地位，而難免於牽連受到險困。

永寧元年（三〇一）四十一歲時，趙王倫失勢見殺，陸機幸賴吳王晏、成都王穎救理而倖免於死。有一首〈園葵詩〉以象徵筆調言及其事：

種葵北園中，葵生鬱萋萋。朝榮東北傾，夕穎西南晞。
零落垂鮮澤，朗月耀其輝。時逝柔風戢，歲暮商飆飛。
曾雲無溫液，嚴霜有凝威。幸蒙高墉德，玄景蔭素蕤。
豐條並春盛，落葉後秋衰。慶彼晚雕福，忘此孤生悲。

被移植於北園中的葵，居然萋萋鬱成。顯然首二句是作者自況：以南方之士而移居來北（前引潘岳代賈謐作贈詩正有「在南稱柑，度北則橙」句），但朝夕霜露，節候變故，時往事易，如葵之在北園，陸機處北土，亦不免於周遭政治風暴的侵襲。此度齊王冏等人疑趙王倫之輩篡位，陸機職在中書，其九錫文及禪文難脫參與之嫌而收付廷尉，倘非成都王穎救理，恐怕命已凋落，故末段充滿對於穎救己之恩德的感激情意。《文選》〈齊故安陸昭王碑文〉注引陸機〈謝成都王牋〉，[47] 今只存二語：「慶雲惠露，止於落葉。」與此合觀，更可見其心境。詩中道盡了亂世死裡逃生的悲辛與恐懼。雖云當時許多士人亦捲入此政治危機與恐怖中，而以陸機特殊的出身背景，其漂泊不安，或者有更深一層的感慨吧。

其後，因感恩而入成都王穎幕下，獲見重而參大將軍軍事，表爲平原內史。太安二年（三〇三），成都王與河間王顒起兵討長沙王乂，以陸機爲後將軍河北大都督，統帥二十餘萬軍。陸機一度以「三世爲將，道家所忌」而辭退，但成都王許之以功成事定後「爵爲郡公，位以臺司」。這樣的期許，或者正吻合其「烈士赴節於當年」（〈演連珠〉五十首之十四）、「跨州越郡還帝鄉，出入承

明擁大璫」（〈百年歌〉十首之四）的素志。

事實上，陸機入中原之後，以此時期爲最得志，但以吳人仕晉而統帥二十餘萬大軍，麾下的中原人士心有不甘是可以預料的。王粹、牽秀等人，果然皆有怨懟。成都王左長史盧志，正是當年侮陸機於衆座反而自取其辱者，言於穎：陸機自比管、樂。而宜人孟玖弟孟超在陸機麾下爲小都督。玖、超兄弟因往時薦其父爲邯鄲令，受阻於陸雲，故銜恨於心，未戰而故意縱兵大肆掠奪。陸機爲整軍紀，錄其主謀者。未料，孟超親領武裝部隊百餘騎，直入陸機麾下追回所錄部下，又面斥道：「貉奴能作督不！」且又誣告陸機將反。及戰，孟超不聽指揮，輕兵獨進而歿。孟玖疑弟爲陸機所殺，遂譖陸機有異志。所謂「三人成虎」，成都王穎終於大怒，使牽秀收殺陸機。陸機脫去戎服，著白帢，從容赴死，對牽秀曰：「自吳朝傾覆，吾兄弟宗族蒙國重恩，入侍帷幄，出剖符竹。成都命吾以重任，辭不獲已。今日受誅，豈非命也！」又嘆道：「華亭鶴唳，豈可復聞乎！」遂遇害於軍中，時年四十三，正是生命如日中天之壯歲。二子及弟雲一族亦均見殺。

「貉奴」是南北人相輕，北人詬罵南人的稱呼。陸機二十九歲時因其才華及世胄家庭背景而受邀北上，十餘年內，以一介「出自敵國」（〈謝平原內史表〉語）的吳人而處中原政局紛亂之際，能輾轉諸王間，居然統領二十餘萬大軍，亦誠屬不易。不過，雖受賞識於張華、成都王等人；畢竟在衆多北人心中，他那「貉奴」的背景仍無法消匿殆盡。而才高性傲，自難免於遭人嫉恨，宜其受誣遇害！但是臨終所嘆「命也」云云，未必是其唯一可行之途。即以同爲北上仕晉之顧榮爲例，由於能警惕自身處境，在齊王冏下時，佯裝昏酣，不綜府事，而免於連累受難；復能洞察時局，及時退引南歸，得以保全其身。至於陸機，非不敏悟，但較諸顧榮，對於功名事業，畢竟多一份眷戀；南方之故鄉雖寤寐不忘，究非成大功立大業之場所，致留居中原，身陷權力爭鬥之中心，終於遇害他鄉！如此看來，命運還是自我抉擇的結果，並非全不可抗拒的超然巨大力量。

在陸機的詩文中，「南方」係指與中原山川遙隔、蓴羹味美的水土之鄉——吳國，而「吳實龍飛」、「惟南有金」，他始終以東吳世胄之後裔為榮。然而吳既亡滅，男兒欲建「跨州越郡」的功業，政治權力邊陲的故鄉卻不是適宜有志者居留的地方。事業功名的嚮往，遂令「南方」徒然成為陸機後半生精神上一種既甜美又悲辛的浪漫情懷所繫之地；事實上，他的行跡一直與心願背道而馳。於是，故鄉乃成為詩人日夜懸念的美麗的地理空間；「南」字便也成為既美麗又哀愁的字彙，反覆地出現在其詩章裡。

四

以上，分別析論了潘岳與陸機詩中關於「南」字，以及與其相關之詞彙，從實際的探討結果得知，二人雖頻仍使用「南」字，顯示對於「南方」的特殊依戀之情，事實上，潘、陸二人所指的「南方」，以及其所以依戀「南方」的心態，卻是同中有異的。

潘岳的詩中出現「南」字最多，並且對於「南方」最具強烈意識的時期，約當其三十三歲至三十八歲的數年期間，任職河陽縣令及懷縣令時期。美姿儀而才高的潘岳，其個人雖具備仕進的優越條件，奈何在講究門第出身的當時，他所欠缺的是高貴的家庭背景，故而不得不遊走顯貴之間，求取有力的託附。然而，政治的風向有時難以逆料，弄巧成拙亦往往難免。與年少時代的鄉黨美譽相比，成年步入仕途之後的潘岳，其文才反而引來衆人之嫉嫌，不得不棲遲十年。復出之後，又因朋黨對立，而外調於黃河北岸，連續兩度出任地方官吏。對於三十餘歲的青年而言，這樣壓抑的宦途困躓，毋寧是難堪而令其憤懣不平的。這期間，潘岳寫下四首詩，以及若干文章，頻頻南顧，顯現了他對於「南方」的濃烈的眷戀之情。他所稱的「南方」，在文字上看來似乎山河遼遠，實則在地理空間言之，是一河之隔的洛陽。雖然，潘岳的家鄉鞏縣也在黃河南岸，但對於熱衷功名的詩人而言，鞏縣在其心目中遠不及洛陽意義重大；因爲洛陽是出身微寒的他所賴以攀附的王侯顯貴麕集之地，洛陽才是他衷心切盼的希望所繫之城邑。

陸機二十九歲自吳國北上中原後，他的詩章內便屢屢出現「南」字。在陸機的詩裡，除了極少數一般方位的泛指之外，[48]其所指稱者均是長江下游的故鄉——吳郡華亭。不同於潘詩中黃河芒山之外較近的南方——洛陽；陸詩中的南方，是眞正距離中原晉京十分遼遠的東南方水鄉之土。儘管那個遼遠的南方在中原人士的心目中是一個生活習尙迥異，稱爲「貉奴」者所居之地，而在陸機的心底，卻是曲街委巷、水泉草木、寢食難忘之處。潘岳代賈謐作詩贈與陸機，曾以中原人士的高姿態鄙夷地指稱「南吳伊何」，陸機則抗之以「吳實龍飛」，表現了國雖亡而國格與人格俱不容侮的傲骨。然而，南方的吳地誠可眷戀，畢竟偏遠，不是建功立業的政治舞臺中心。陸機的後半生雖頻頻回顧南方，終究選擇了耽宦而不歸之途。

潘岳與陸機二家詩中所指的南方，在實質上既有遠近及內涵之分別，而彼二人之南方意識亦不盡相同。以潘岳而言，當其稱「南」時，係外調地方官吏微職之際，故而由黃河北岸登城南望，對於南岸的洛陽是自眷戀企慕，又難克制焦慮躁急心情的。至於由吳國迢遞北上入洛的陸機，始則其俊才爲中土各方延致，終則不由自己地周旋遊宦於諸王侯之間，雖云去家漸久懷土彌篤，而功名之心亦非不強烈，致屢望鄉而興嘆，「南方」遂成爲其篇章中一個永恆美麗而哀愁的代詞了。

事實上，冀盼多年後，潘岳終於回到他詩章裡的「南方」——洛陽，但洛陽的王侯相互鬥爭；而政海險惡，晉階之志未遂，反而吞噬了其生命。陸機以一介南士北上，亦在權勢傾軋的洶湧潮流中浮沉漂盪，致迷失了方向，他詩章裡的「南方」，終究只能停留於文字上的懸念，遇害軍中之際乃恍然慨嘆：「華亭鶴唳，豈可復聞乎！」

太康詩壇上最受矚目的兩大詩人潘岳與陸機，歷來文評對他們的成就與表現已有定論。本文僅就其詩中所透露的南方心態，約略討論了其間異同而已。

1 見陳延傑《詩品注》（香港商務印書館，一九五九年版）卷上，頁一七。

2 見黃侃文心雕龍注（臺灣開明書店，一九六七年版）卷六，頁八b。

3 詳傅璇琮《潘岳繫年考證》（《文史》一四，一九八三年），頁二三八—二三九。

4 《晉書》卷五十五〈潘岳傳〉，及臧榮緒《晉書》〈潘岳傳〉均作「琅邪內史」，但晉制內史太康十年「改諸王國相爲內史」故王隱《晉書》、《水經注》〈洛水注〉皆作「琅邪太守」。

5 詳見拙文〈潘岳的妻子〉（收入《中古文學論叢》大安出版社，一九八九年，頁八七—一二一）。

6 〈金谷集作詩〉末二句：「投分寄石友，白首同所歸。」後潘岳與石崇諂事賈謐，謐爲趙王倫所殺，倫之嬖人孫秀又誣崇、岳會謀奉淮南王允、齊王冏叛亂，並遇害。《晉書》本傳記：「岳將詣市，與母別曰：『負阿母』初被收，俱不相知，石崇已送在市，岳後至，崇謂之曰：『安仁，卿亦復爾邪。』岳曰：可謂『白首同所歸』金谷詩云：『投分寄石友，白首同所歸』，乃成其讖。」

7 《晉書》本傳：「岳性輕躁，趨世利，與石崇等諂事賈謐，每候其出〔按：指廣城君。即賈謐義母〕，與石崇輒望塵而拜。」

8 赴長安仕途中作〈西征賦〉：「夭赤子於新安，坎路側而瘞之。亭有千秋之號，子無七旬之期。」

9 〈金鹿哀辭〉：「嗟我金鹿，天姿特挺。……嗚呼上天，胡忍我門。良嬪短世，令子夭昏。既披我幹，又剪我根。」

10 《晉書》卷五十三〈愍懷太子傳〉：「（元康九年）十二月，賈后將廢太子，詐稱不和，呼太子入朝。既至，后不見，置於別室，遣婢陳舞，賜以酒棗，逼飲醉之。使黃門侍郎潘岳作書草若禱神之文，有如太子素意，因醉而書之，令小婢承福以紙筆及書草，使太子書之。文曰：『陛下宜自了。不自了，吾當入了之。中宮又宜速自了，不了，吾當手了之。』」《資治通鑑》卷八十五所載略同。《晉書》〈潘岳傳〉未載其事。

11 見《潘岳繫年考證》（同注3），頁三四六—三四七。

12 見《中古文學繫年》（人民文學出版社，一九八三年版），頁九二七。

13 詳見《中國文學報》第七冊（京都大學中國文學部編，一九五七年版），頁五〇。

14 見《立命館文學》第三三一號（立命館大學編，一九七二年版），頁三八。

15 詳《晉書》本傳引〈藉田賦〉：「伊晉之四年正月丁未（亥），皇帝率群后，藉於千畝之甸。」

16 語見《晉書》卷四十五〈劉毅傳〉。又《文獻通考》卷三十四：「自魏晉以來始以九品中正為取人之法，而九品所取，大概多以世家為主，所謂『上品無寒門，下品無士族』故魏晉以來仕者多世家。」

17 《晉書》本傳曰：「早辟司空太尉府。」此據傳著考證，頁二四三。

18 同注13，頁五二。

19 同注14，頁一二。

20 〈楊荊州誄〉序：「維咸寧元年夏四月乙丑，晉故折衝將軍荊州刺史東武戴侯滎陽楊使君薨。」

21 〈天陵詩〉及其序均亡佚不可見。

22 曹植〈吁嗟篇〉：「吁嗟此轉蓬，居世何獨然。長去本根逝，宿夜無休閒。……」沈德潛古詩源曰：「遷轉之痛，至願歸塵滅。情事有不忍言者矣。此而不怨，是愈疏也。陳思之怨，為獨得其正云。」曹植〈雜詩〉六首之二又有：「轉蓬離本根，飄颻隨長風。……」亦嘆飄泊不安也。

23 建安文士自曹氏父子以降，鄴下諸人多不諱言建功立名。參見拙著〈蓬萊文章建安骨〉（收入大安出版社，一九八九年版《中古文學論叢》，頁一四—一八）。

24 傳著考證云：「約於上年（二七八，三十二歲）或本年（二七九，三十三歲）出為河陽令。」又云：「約於本年（二八二，三十六歲）春轉為懷縣令。」（詳頁二四六—二四八）。松本幸男《潘岳の傳記》則以為二七九年，三十三歲時為河陽令。二八三，三十七歲時，轉懷縣令（詳頁三八）。

25 庾信〈枯樹賦〉：「若非金谷滿園樹，即是河陽一縣花。」《白居易六帖》縣令部：「潘岳為河陽令，樹桃李花，人號曰河陽一縣花。」

26 關於王粲所登樓在何處？歷來有三說：一、在當陽縣城樓；二、在江陵；三、在麥城。今從荊州記第一種說法。

27 潘岳在河陽令時，譙人公孫宏孤貧有才，岳待之甚厚。其後，宏為楚王瑋長史，專殺生之政，是以得免。

28 語出《晉書》〈劉琨傳〉。

29 語出《晉書》〈石崇傳〉。

30 賈謐為賈充外孫（充少女賈午嫁與韓壽所生），以充無子，嗣繼之。故賈充妻郭槐即為謐義母。又郭槐初封宜城君，及其病篤，「占術謂不宜封廣城，乃改封宜城」（事詳《晉書》〈后妃傳〉、〈惠帝賈皇后傳〉）。

31 此古今地名對照引自《金濤聲陸機集》（北京中華書局，一九八二年版），頁一。

32 陸遜娶孫策（孫權兄）女。陸景（陸機兄）娶孫皓胞妹。事詳《三國志》〈吳書〉卷五十八，〈陸遜、陸抗傳〉。

33 詳〈吳書〉卷五十二〈張昭、張承傳〉。陸機之母即爲張承女。日人高橋和巳〈陸機の傳記とその文學〉（《中國文學報》第十一冊，一九五九年版）頁一〇，亦言及。

34 詳《晉書》卷一〈武帝紀〉、卷三十四〈羊祜傳〉及胡三省《通鑑注》。

35 詳見姜亮夫《晉陸平原先生機年譜》（臺灣商務印書館，一九七八年版），頁三六。

36 詳見拙著〈陸機的擬古詩〉（收入《中文學論叢》），頁一二三—一五八。

37 事詳《晉書》卷五十四〈陸喜傳〉。

38 見《晉書》卷六十八〈顧榮傳〉。

39 見《晉書》卷五十四〈陸機本傳〉。

40 詳《許世瑛先生論文集》三（弘道文化事業有限公司，一九七四年版），頁八〇六—七）。又見日人越智重明《魏晉南朝の人と社會》（研文出版，一九八五年版），頁八二。

41 姜譜曰：「參大將軍軍事，即參軍也。」頁八八。

42 《文選》注引集云：「此篇赴太子洗馬時作。下篇云，東宮作，而此同云赴洛，誤也。」

43 見《陸士衡詩注》（藝文印書館，一九七一年版），頁一〇一。

44 《隋書》〈經籍志〉：「洛陽記卷，陸機撰。」《舊唐書》〈經籍志〉、《新唐書》〈藝文志〉、〈通志藝文略〉，同。此條引自《文選》卷二十四陸機〈贈馮文羆遷斥丘令〉注引。

45 此「四」字疑爲「六」字之誤。詳見姜譜，頁六八。

46 陸曄，字士光。《晉書》卷七十七有傳。郝立權注以爲曄、機二人同年（見陸士衡詩注，頁一一八）。陸曄當時已致仕，還居鄉里，車騎爲其死後追贈之官位。題或係後人所加。

47 見《文選》卷五十九。

48 例如「南歸憩永安，北邁頓承明」（〈於承明作與弟士龍詩〉）、「昔與二三子，游息承華南」（〈贈馮文羆〉）、「牽牛西北迴，織女東南顧」（〈擬迢迢牽牛星〉）、「招搖西北指，天漢東南傾」（〈擬明月皎月光〉）、「探南澗藻，夕息西山足」（〈招隱詩〉）。

讀陶潛〈責子〉詩

《陶潛詩集》卷三有〈責子〉詩一首：

白髮被兩鬢，肌膚不復實。
雖有五男兒，總不好紙筆。
阿舒已二八，懶惰故無匹。
阿宣行志學，而不愛文術。
雍端年十三，不識六與七。
通子垂九齡，但覓梨與栗。
天運苟如此，且進杯中物。

此詩保持陶公一貫的簡素明白風格，然而，如此簡明的短製，古今學者對其所持意見卻並不單純一致。本文擬採逐句討論方式，試提出個人的觀點，後段並將臚列若干英、日文譯詩，檢討其間異同得失，並衡量其所以頗有出入之道理。

此詩所採取的寫作方式應爲賦體，即單刀直入，直詠其事，而非取象徵比喻婉轉迂迴之筆調。陶集中，取比喻象徵而不直詠其事者亦頗不少，如四言詩〈歸鳥〉，通篇詠鳥，實則句句詠己，故程穆衡云：「託歸鳥以明去志。即陶詩望雲慚高鳥之意。〈歸去來辭序〉所云：「『及少日，眷然有歸歟之情』者也。四章皆比也。」[1]又如〈形影神〉三首，亦託形、影及神三者以爲逐層辯論達意之旨，故日本學者近藤元粹評訂《陶淵明集》卷二稱：「達悟之言，蒙莊亦不及此。」[2]蓋因《莊子》一書每多採寓言之故。至如〈擬古〉九首，每首非專擬一人，但求其似古而已，故王叔岷師稱：「其意蓋在託古以慨今也。」[3]則或亦可視爲一種比喻，作者有所不欲明言直詠，故藉古人之詠懷。

此詩在結構方面，頗爲單純。首四句道出年老有五子，卻均未能夠上進；中段八句，一一數說五子不求上進之情況；結尾二句，則歸之以天運，只得飲酒聊以自慰。像陶潛的其他許多作品，這首詩的確實寫作時間亦不可考知。古直〈陶靖節年譜〉繫此詩於三十六歲下，「詩云：『阿舒已二八。』假定先生二十一生舒，則詩作於本年。」[4]

起首四句：「白髮被兩鬢，肌膚不復實。雖有五男兒，總不好紙筆。」古直稱淵明二十一歲生長子阿舒，雖然合乎一般常情，卻純屬臆測，沒有任何依據。況且，據古直所編年譜，陶潛僅得年五十二，爲推斷陶公年壽衆說中之最短命者。梁啓超〈陶淵明年譜〉舉出衆多例證以斷定陶潛享年五十六[5]：但游國恩已有〈陶潛年紀辨疑〉一文，針對梁氏所提八點，一一辯駁，而稱陶公實年過六十，云：「任公先生既是海內有名的學者，其說又新奇可喜，我恐怕今之淺人，後之通人爲他所惑，故不可不辨。」[6]陶潛的生卒既衆說紛紜，則〈責子〉詩作於何時亦不可考知；不僅作詩之時間不可得知，且關於五子生母也無確說。其〈怨詩楚調示龐主簿鄧治中〉云：「始室喪其偏。」知淵明三十歲喪元配。又〈與子儼等疏〉云：「汝等雖不同生。」故知此五子當是同父異母兄弟。兩鬢白髮，肌膚不實，雖可以看做文學的誇張之辭，無論如何，總是指中年之身，詩人中年有子五人，固可喜之事（陶潛有〈和劉柴桑〉一首，對於有女無男之友安慰道：「弱女雖非男，慰情良勝無。」）無奈男兒雖多，卻都不好紙筆；換言之，即是不喜讀書求上進。對於五子做此「總責」之後，其下乃展開個別地一一數落。

首先是長子儼——小名阿舒：「阿舒已二八，懶惰故無匹。」中國古代詩文，多迂迴稱數目，如稱十五滿月之時爲「三五夕」，稱十六歲的青春少女爲「二八佳人」，是知當時長子儼已屆十六歲。但在父親眼中，此兒不如自己所期盼的勤勉好學，故而責他懶惰，且又加重語氣道：在此方面無人可與之匹敵。這種語氣，令讀者感受做爲父親的陶公的失望與無奈；卻另一方面又微妙地傳達著只存在於父子之間的親暱感情。

其後爲次子俟——小名阿宣：「阿宣行志學，而不愛文術。」前句取《論語》典故：「吾十有五而志於學。」[7] 孔子是陶潛所最敬愛的人物。他尊敬之，稱：「先師」（〈癸卯歲始春懷古田舍〉二首之二）；他愛暱之，稱「魯中叟」（〈飲酒詩〉二十首之二十），並以孔子所重視的典籍爲平生所好，自謂：「詩書敦宿好」（〈辛丑歲七月赴假還江陵夜行途中〉）。而阿宣行將到達孔子自謂「志學」之年，換言之，即已接近十五歲了，然而他不喜愛文學與學術（此即是上文所稱「不好紙筆」）。

接下來，詩人復責三子份——小名阿雍，與四子佚——小名阿端：「雍端年十三，不識六與七。」份與佚並言，謂年十三，則此三、四二子蓋爲雙胞胎。前引「始室喪偏」句，《禮記》：「三十曰壯，有室。」又《左傳》襄公二十七年：「齊崔杼生成及彊而寡，娶東郭氏。」杜注：「偏喪曰憂。」而〈與子儼等疏〉云：「汝輩雖不同生，當思四海兄弟之義。他人尚爾，況共父之人哉。」由是觀之，陶潛兩娶，迨無疑問，至於本傳所記：「其妻翟氏，志趣亦同，能安苦節，夫耕於前，妻鋤於後。」蓋指繼室。陶澍〈陶靖節年譜考異〉於太元十九年甲午，三十歲下有按語：「先生長子儼，蓋前妻所生，餘或翟出故疏言『雖不同生』。若份、佚同歲，以顏誄（顏延之〈陶徵士誄〉）『居無僕妾』證之，當是孿生耳。」偶對於這一對年十三的孿生兒，詩人改由不習數學的角度責之，故稱「不識六與七」。禮、樂、射、御、書、數，稱六藝，爲儒家教育之基礎，而份與佚竟雙雙不識六與七，此與俟之不愛文術同爲不用功之證明；至於其中所含誇張之語氣，亦與儼之「懶惰故無匹」近似。至於獨舉六、七而不稱其他數字，「七」字蓋爲諧韻而設，以「六」字與之相配，固是六、七相連之便；更巧妙者，六與七之和數，正是此對孿生子的年紀一十三。於此可見詩人配合數字的遊戲心態。讀者自不必執著文字而眞以爲份、佚果如此之愚騃不堪。

最後，輪及幼子佟——小名阿通（通子猶言通兒）：「通子垂九齡，但覓梨與栗。」垂，將及也。幼兒雖小，但也已經八歲有餘，而爲父者乃責此子與諸兒無甚分別，成天但知尋覓食物而已。在衆多食物之中，詩人特取「梨」、「栗」二字，「栗」爲諧韻之用，致於取「梨」以相配，蓋取二字又有雙聲效果。在此，作者復顯露其巧妙而富於文字遊戲的寫作技巧。雖然陶潛素以其高風亮節受後代讀者崇敬，其詩更以樸質自然見稱，但偶有遊戲性之作，如〈止酒詩〉二十句中每句用一「止」字，寓思想襟懷於妙趣9，可見其人未必日日正襟危坐，乃是極有人情味的詩人。

結尾：「天運苟如此，且進杯中物。」為古今最多爭議之處。倘無此二句，此詩迨可毫無疑問地視為純粹敘事抒情之作；唯此二句，則自古已有不同解釋。大體而言，可別為二說：一是緣以上責諸子之意而下，以為詩人失望之餘而發為嘆息，聊藉酒以自寬；另說則以為詩人於此二句另有更深刻之寓託，有時勢國運之悲慨。其持第一說者，可以杜甫、蘇軾為代表。子美〈遣興〉詩云：「陶潛避俗翁，未必能達道。觀其著詩篇，亦頗恨枯槁。達士豈自足，默識蓋不早。有子賢與愚，何其掛懷抱。」10「默識」，即心會得，為「達士」之境界。子美以此認為通達如淵明，遇親子之情，尚不免於執著枯槁之憾。東坡〈和頓教授見寄用除夜韻〉詩云：「我笑陶淵明，種秫二頃半。婦言既不用，還有責子歎。」11「婦言」之句係取沈約《宋書》〈隱逸傳〉事典：「公田悉令種秫，妻子固請種粳，仍使二頃五十畝種秫，五十畝種粳。」12東坡以為通達如淵明，亦有時難免有妻兒之困擾與牢騷。不過，同為取責子慨嘆說，亦有別於杜蘇之意見者。黃庭堅〈書淵明責子詩後〉云：「觀淵明此詩，想見其人慈祥戲謔可觀也。俗人便謂淵明諸子皆不肖，而愁嘆見於詩耳。……可謂癡人前不得說夢也。」13此中所謂「俗人」蓋指當時之人附會而言。至於宋葉寘《愛日齋叢抄》卷三則有長論更為之辯說道：「黃魯直云：『觀淵明此詩……』又云杜子美詩：『有子賢與愚，何其掛懷抱。』子美困頓於三川，蓋為不知者詬病，又往往譏議宗文、宗武失學，故聊解嘲，其詩名〈遣興〉，可解也。俗人便謂譏病淵明，所謂癡人前不得說夢也。按東坡詩云：『我笑陶淵明，種秫二頃半。婦言既不用，還有責子歎。』蘇公肯亦效癡人說夢邪？……〈責子〉詩，聊洗人間譽子癖。東坡亦戲言之，非不知淵明也。」[14]此可謂用心良苦，為杜、蘇、黃辯解，復又提出淵明有「洗人間譽子癖」的新義。後世附和此論者有明游潛：「大抵子美借此見淵明懷抱，舉天下物無一係累，其不能忘者，只此天性之愛耳。」[15]至於取二句另有寓託者，以明、清學者居多，如明黃文煥《陶詩析義》卷三云：「〈責子〉詩忽說『天運如此』，非真責子也。國運已改，世世不願出仕，父子共安於愚賤足矣，一語寄託，盡述本懷。」[16]將陶詩取做國運已改而不仕之解說，或緣自《宋書》本傳所記：「自以曾祖晉世宰輔，恥復屈身後代，自宋高祖王業漸隆，不復肯仕。」[17]之影響。清何焯《義門讀書記》〈師青節詩〉則稱：「老夫耄矣，子又凡劣，北山愚公，竟何人哉？此〈責子〉所為作也。(「總不好紙筆」句)人不學，安知忠孝為何事？陶士行後人遂為原伯魯之子，此公所以俯仰家國，而感歎於天運如此也。(「天運苟如此」句)國亡主滅，何暇復恤子孫為門戶計，故歸之天運也。」[18]則進而以全詩自始便以盡忠愛主為旨寫作解之。

所謂「詩無達詁」，只要言之成理，眾說皆無可厚非，但是，自顏延之為〈陶徵士誄〉，稱其「好廉克己之操」而諡曰「靖節先生」以來，高風亮節已成為後世之人看待陶潛的唯一形象，而每每以忠君愛國解釋其作品，故蕭統對陶公「愛嗜其文，不能釋乎，尚想其德，恨不同時」，卻稱「白璧微瑕者，唯在〈閒情〉一賦，揚雄所謂勸百而諷一者，卒無諷諫，何必搖其筆端。惜哉，亡是可也」。

[19]而如此看待陶潛作品的風尚，不但存在於我國古今學者間；隨著漢學研究之日益擴展，東西漢學家之中，亦頗有持此態度者。關於這一點，我曾經在〈「叩門拙言辭」——試析陶淵明之形象〉[20]一文中討論過，此不重複。我認爲：人稟七情六欲乃是正常自然之事，陶潛以其個人感受——喜怒哀樂愛惡欲寫入詩文中，也是極自然正常之事，毫不損及其高尚人格，反而令讀者感覺其人之可敬復可愛。〈閒情〉一賦固不必迂迴爲之諱：即〈乞食〉、〈有會而作〉諸詩，亦不妨就其文字而正面視之；然則，此〈責子〉之作又何必定要費心爲之辯解成爲「安知忠孝何事」、「國亡主滅何暇子孫門戶」云云？從正面看待此結語二句，非但在全篇的詩意上有其自自然然的一貫性，而且也保留了陶潛十分人情味的面貌，及其作品頗具生活化的特色。

值得注意的是，末句之中所用的「且」字。且，是暫時之意，其語氣較爲保留退卻，不帶積極性質；此與陶潛詩中每常出現之另一字「聊」（姑且，暫且之意）合觀，可以體會詩人處於動亂之世，以能退而求其次，自我寬慰，不強求挺進，故能避居田園，以六十三歲壽終。至於同時代的另一詩人謝靈運，詩中喜用「徒」、「竟」、「空」字，予人以一種強烈冀盼之落空感受，而其人剛愎自視甚高，且不暗進退之時機，終致四十九歲遭棄市之酷刑，從有意或無意間的遣詞用字，或者也可令讀者窺見作者性格的罷。陶潛此〈責子〉詩，雖未必是其代表作，卻也充分表現了其人不過分強求執著，能隨遇而安的風格。

下面試舉英文及日文譯詩若干，以爲比較參考。

THE FIVE SONS

I am wrinkled and gray,
And old before my day;
For on five sons I look,
And not one loves a book.

Ah-shu is sixteen years ,
The sight of work he fears;
He is the laziest lout
You'd find the world throughout.

Ah-suen has tried in vain
A little wit to gain;
He shirks the student's school,
At grammar he's a fool!

Yong-twan is thirteen now,
And yet I do avow
He can't discriminate
The figures six and eight!

Ton-tze is only nine ,
But clearly does opine
That life, with all its cares
Consists of nuts and pears.

Alas, that Fate so dour
On me her vials should pour!
What can I do but dine,
And drown my woes in wine.

——————————— **Charles Budd**

BLAMING SONS

White hair covers my temples,
1 am wrinkled......
And though I have got five sons,
They all tate paper and brush.
A-shu is eighteen.
For laziness there is none like him.
A-hsuan does his best,
But really loathes the Fine Arts.
Yung-tuan is thirteen,

But does not know "six" from "seven" .
T'ung-tzu in his ninth year.
Is only concerned with things to eat.
If Heaven treats me like this,
What can I do but fill my cup?

——————— **Arthur Waley**

MY SONS

My temples now are covered with white hair,
My flesh and muscles firm and taut no more:
Although among my children are five sons,
Paper and pen they every one abhor.
The eldest son, Ah Su, is now sixteen,
Whose laziness without a rival rests;
The second son, Ah Hsuan , almost fifteen,
Still books and learning heartily detests;
Both Yung and Tuan, although just turned thirteen,
To count to six or seven do not know;
Tung Tzu, my youngest son , now nearly nine,
Only to look for nuts and pears will go.

If such a destiny indeed be mine
Had I not better fill my cup with wine?

——— **Gladys M. Taylor & H.Y.Yang**

FINDING FAULT with MY SONS

Over my temples the white hair hangs,
My wrinkled skin is past filling out.
Although five sons belong to me
Not one is fond of brush and paper.
Already Shu is twice times eight-
For laziness he has no match
At A-hsuan's age one should study,
But love of letters is not in him
Both Yung and Tuan count thirteen years
And cannot add up six and seven.
T'ung-tzu is getting on toward nine
And all he wants are pears and chestnuts.
If this is the way it is fated to be,
Just let me reach for the thing in the cup.

——— **James Robert Hightower**

REPROVING MY SONS

White hairs cover my two temples;
My flesh no longer has any substance.
Although 1 have five male children,
All have no liking for paper and brush.
A-shu is already twice eight years,
For laziness he surely has no equal.
A-hsuan near ‘setting the will on study,
Yet loves not literature or learning.
Yung and Tuan’s years are thirteen.
But they do not know six and seven.
T’ung-tzu is just on nine years;
He only hunts after pears and chestunts.
If my destiny has proved to be such,
Bring in the thing within the cup!

——————— **A. R. Davis**

以上五種〈責子〉詩的英譯，前三種引自正中書局編審委員會印製之《英華集》[21]；第四種錄自 *The Poetry of T’ao Ch’ien , Translated with commentary and Annotation* by J . R . Hightower [22]；第五種錄自

Ta Yuan-Ming, Translated with commontay by A.R. Davis[23] 同一來源，而不同的譯者所呈現的譯文竟然頗有出入，各有千秋。以題目〈責子〉而言，第一種 Budd 及第三種 Taylor & Yang 都將以「責」字省卻，故變成了〈五子〉（*The Five sons*）及〈吾子〉（*My sons*）二種譯法顯然與原義不符，未能表現陶潛寓愛於責之原旨；至於其餘三種，則選詞及句子短長雖有異，皆能掌握原題之旨義。其中，尤以第二種 Waley 之 *Blaming sons* 遣詞造句簡潔，最能呈現陶詩風格。

至於詩的翻譯，五種之間也面貌互異。我無意在此爲之一一褒貶，只想指出其中較具爭議性者若干。首先，就句式安排而言，除了 Budd 之譯而外，其他四種均依原詩十四句，譯成十四行的英詩；換言之即以一行譯一句。不過，以英文之文法句構，要呈現出五言詩的整齊形式，是無法達成的；但其中以 Davis 的譯詩，看來較爲有意造成整齊效果之企圖；而就此方面言之，Waley 顯得最爲參差不齊了。Budd 之譯，雖然以二十四行取代原作十四行，整整溢出了十行，在外觀上幾乎增加一倍，但是每四行爲一章，且除了首尾綜合之意旨外，譯者似欲以一章譯一子，造成另一種的整齊感（可惜，其中有誤，陶公的五子遂變成了四子。此留待後文討論）。但是，此譯則又在四行一章之外，又致力於字尾之韻（rhyming: gray, day; look, book; years, fears; lout, throughout; vain, gain; school, fool; now, avow; discriminate, eight; nine, opine; cares, pears; dour, pour; dine, wine）是值得注意的匠心獨運。不過，爲了遷就韻腳，首二句：「白髮被兩鬢，肌膚不復實」卻逕將原詩融合後再予重組。肌膚不實，固然會呈現皺紋，但 “wrinkled” 爲陶詩中所未用之字彙；這一點，Waley

也犯了同樣的毛病，而且其句型甚短，只三字，其中，"I am"只有一或二個字母，遂令此句形構更呈特殊。

從前文的逐句討論中得知：陶公以父親既責之又暱之的語氣逐一數落其五子，但雍與端二子爲雙胞胎，故同時合責之。各譯也都順原詩而爲，而Budd大意，竟視雍端爲一人而譯爲："Yong-tuani is thirteen now"；可怪的是，他在題目上明明改譯「責子」爲"The Five Sons"，且在第三行裡也明明譯"For on five sons I look"，如何竟未注意到譯文裡令陶公少掉了一子！不僅此也，「不識六與七」句也譯成了「不識六與八」——"He can't discriminate / The figures six and eight"！這樣誤譯，實在令人莫以明之。唯一的設想是：中國字形的「六」與「八」確實近似，故Budd氏以雍端十三歲了，卻連此二字的字形（figures）都不能辨認，做爲其愚騃之指證；也可能是譯者想要勉強達致諧韻而做的變動。無論如何，這無意或有意的雙重錯誤，遂使Budd氏在形構方面所做的努力徒勞枉費，前功盡棄；畢竟翻譯者要忠於原作，不得任意修改或增刪。無庸說，此乃一大忌諱。

六加七爲十三，蓋取雍、端二子之歲數，此係詩人有意爲之的巧妙處，已如前述；而「七」字正能諧韻。此是利用中國語文聽覺上的特殊性，外文的翻譯，無論如何也不能傳其神，達其趣旨；此則又證實了譯事的局限性。同樣的問題也出現在其下有關責幼子阿通之句：「但覓梨與栗」。「栗」字固當係爲取諧韻而設，但在衆多果食之中，作者獨取「梨」與之相配，也已見於前文分析，實著眼於「梨」，「栗」二字雙聲的效果。英譯的"nut and pears"（Budd譯及Taylo & Yang譯）或

"pears and chestunts"（Hightower譯及Davis譯）都只能翻譯出其意義，卻無法顯現原詩中聽覺上的巧妙與俏皮的用意了。不過，相當意外的是："six and seven" 倒是反而具有英文的頭韻（alliteration）性，而呈現雙聲效果了。Waley在此句的釋譯方面，僅用"only concern with things to eat"，約略以「吃的東西」一詞帶過，全然未及於"nuts and pears"或"pears and chestunts"，則較諸其上的："I am wrinkled"更不忠實，更不足爲奇了。關於結尾二句，五種英譯雖然不盡相同，倒是各有巧妙，均能掌握陶公那種亦莊亦諧，莫可奈何，而又天性嗜酒的旨趣：是爲可喜之現象。

日本漢學界研究陶潛者不乏其人，而其詩文集之全譯亦甚夥，下面但舉一海知義與大矢根文次郎之譯作二種。但是，先須說明，日人自古以來沿用漢字，故所謂「訓讀」，只須在朗讀之際顛倒順序即可，而在字面上根本不必有所改動。一海氏之譯作，尚有加添「平假名」之訓讀附於原詩下供對照，其後乃有注解與自由體詩釋；而大矢根氏則略其訓讀，逕以散文譯筆附之。

玆錄二譯，再比較其趣旨異同：

私はもう白髪が左右の鬢にかぶさって、皮膚にも色つやがなくなって來た。
五人の男の子がいるけれども、どいつもこいつも勉強がきらい。
舒のやつめは二八の十六歳にもなるというのに、以前から無類のなまけもの。
宣のやつめももう十五、學問に志す年というのに、一こう文章學問の道が好きでない。
雍と端とは十三歳、それに六と七とで自分のとしになることもわからぬ始末。

通もまもなく九つだが、梨だ栗だとおやつをねだっているばかり。
これもまったく私におわされた運命だというわけか。それなら親爺は、まあまあ酒でも飲んでいることにしよう。24

——一海知義

わしはもう白髮が兩鬢にかぶさって、皮膚も瘠せてだぶついてきた。男の子が五人もいるが、どれも皆勉強ぎらい。舒ちゃんはもう十六だというのに無類のなまけものだし、宣ちゃんはやがて十五歲で學問に志す年だのに文章や學問がすきでない。雍と端(双生兒)とは十三なのに六と七と足して十三になるということさえも判らない。通ちゃんときたらやがて九つになろうというのに、口を開くと、梨ちょうだい、栗ちょうだいで、おねだりばかりしている。これも私の運命なのかも知れぬ。とすれば、わしは、まあすきな酒でも飲んでいることにするか。25

——大矢根文次郎

一海氏及大矢根氏的兩種日文翻譯都無甚大缺失,不過,前者在形式上保留近體自由詩的體式,後者則完全改爲散文體;而且,前者另有注,後者無注,故而趣旨略異。以原詩第二句「肌膚不復實」爲例:一海已在注中詳爲解釋「蓋言(皮膚)色澤漸失且鬆弛也。」故而譯詩只言:「皮膚也漸失色澤了。」而大矢根則譯爲:「皮膚也消瘦而鬆弛了。」又如通子「但覓梨與栗」句,一海譯:「只知索求梨啊,栗的。」大矢的譯文也較爲詳盡:「開口就是:給(我)梨,給(我)栗的,索

求個沒完。」不過，反過來，也有一海譯得比大矢根費心之處，如「阿舒已二八」句，大矢根只直接譯爲「十六（歲）」；但一海卻既注之復譯之爲：「二八，十六歲了」，此蓋以二八喻十六歲之習不存於日本之故。至於原詩對於諸兒之暱稱，一海取「舒（宣）のやつめ」，而大矢根則取「舒（宣）ちゃん」，前者猶云「（宣）這小子」；而後者猶云「舒（宣）兒」，義雖近似而略異，似以大矢根之譯更貼近之。

附記及附錄

葉慶炳教授逝世週年，本系同仁籌備出版紀念論文集。我僅銜哀撰成此短文，實乃另有一種紀念性，附記數言，以爲說明。

《中外文學》創辦之初，一度擬設置一個由中文系與外文系教師輪流執筆的專欄，以深入淺出之筆調撰寫中國與外國文人及其作品。中文系方面，由葉先生（筆名青木）與我負責；外文系方面我已不記得；事實上，此專欄在葉先生與我各撰寫兩篇文章後，因不見外文系方面之配合而中斷。

葉先生曾撰〈陶淵明、韓愈也爲兒子的學業操心〉（發表於《中外文學》第三卷第七期，民國六十三年十二月號，頁七二—七九）一文，分別就陶、韓二人的詩文中有關其子者，夾敘夾議地發表了他的意見。葉先生晚婚，中年獲子，對於女兒思嘉，及兒子思義的呵護關愛特深，爲近者所知。這篇文章撰成之時，思嘉、思義姊弟尚幼，葉先生讀古人之作，或有同感而書邪？我恐怕由於此文採用筆名，時隔多年，爲人遺忘，故附錄其文，並略敘其事，用以追念一位可敬愛的學長。

1 見丁福保《陶淵明詩箋注》（藝文印書館），頁三八，〈歸鳥〉題下注引。

2 見《陶淵明詩文彙編》（明倫出版社），頁四四。

3 詳王叔岷《陶淵明詩箋證稿》（藝文印書館），頁三七三。

4 詳古直〈陶靖節年譜〉（收入中華書局《陶淵明年譜》，頁二一〇。

5 詳梁啓超〈陶淵明〉（同注4），頁一四二—一四四。

6 詳游國恩〈陶潛年紀辨疑〉（同注4），頁一七四。

7 語出《論語》〈爲政〉。

8 同注4，頁七二。

9 詳拙著〈讀陶淵明的止酒詩〉（收入大安出版社《中古文學論叢》），頁一五九—一八二。

10 《詩詩鏡銓》（華正書局）卷五，頁四二八。

11 《蘇軾詩集》（學海書局），卷十三，頁六二六。

12 詳見沈約《宋書》〈隱逸傳・本傳〉（藝文印書館），頁一一〇三下。

13 黃庭堅《豫章先生文集》卷二十六（同注2），頁二一〇。

14 葉寘《愛日齋叢抄》卷三（同注2），頁二一一—二一二。

15 游潛《夢蕉詩話》（同注2），頁二一二。

16 黃文煥《陶詩析義》卷三（同注2），頁二一二。

17 同注12，頁一一〇四上。

18 何焯《何義門讀書記》〈陶靖節詩〉（同注2），頁二一三。

19 詳見蕭統《梁昭明太子文集》（藝文印書館四部叢刊）卷四〈陶淵明集序〉，頁二七—二九。

20 同注9，頁一九三—二二二。

21 詳正中書局一九五九年臺一版《英華集》，頁七五—七六。

22 *The Poetry of T'ao Ch'ien*（Clarendon Press, Oxford, 1970），P.163。

23 *T'ao yuan-ming*（Cambridge University Press, Printed in Hong Kong, 1983），P.112。

24 一海知義《陶淵明》（岩波書店，一九七三），頁一二一。

25 大矢根文次郎《陶淵明研究》（早稻田大學出版部，一九六七），頁五五六。

康樂詩的藝術均衡美——以對偶句詩為例

《詩品》卷中〈宋光祿大夫顏延之〉條下有句：「湯惠休曰：『謝詩如芙蓉出水，顏詩如錯彩鏤金。』」1《南史》〈顏延之傳〉云：「延之嘗問鮑照：『己與靈運優劣。』照曰：『謝五言如初發芙蓉，自然可愛；君詩若鋪錦列繡，亦雕繢滿眼。』」2後世評論康樂詩，乃往往逕取其義。如宋代葉夢得《石林詩話》曰：「古今論詩者多矣，吾獨愛湯惠休稱謝靈運爲『初日芙渠』。」3又元代劉履《選詩補注》稱：「鮑明遠謂：『謝五言如初發芙蓉，自然可愛。』此但言其調之鮮美，不假雕繢耳。」4葉夢得與劉履的評論，顯然係據《詩品》及《南史》的同中有異之說而來。

元嘉詩壇上，顏謝崢嶸並稱，延之的詩則較康樂詩更露雕鑿痕跡，迨亦不爭之事實，故對延之有「雕繪滿眼」、「錯彩鏤金」之譏，而康樂則贏得「初發芙蓉，自然可愛」之譽。但此未必意味謝詩眞是全然不假雕繪；反之，檢視今所存康樂詩章，小自選字遣詞，大至謀篇成章，隨處可見其費神之周詳，經營之細膩，絕非自然偶成；而於諸多經營安排之中，最見其運思高妙者，莫過於對偶句法之布置。本文擬取康樂詩之對偶句爲對象，分門別類，逐類探析，以把握其匠心獨運之一端。5

一、朝夕對

謝靈運在文學史上素以山水詩人著稱，其詩篇以山水遊覽爲主題者最多，且其山水詩之結構，往往呈現：「記遊→寫景→興情→悟理」之特殊章法。[6]每篇之首段，則又以記錄遊覽之始終者居多，故常見對舉旅遊出發之時間，與抵達目的地之時間。例句實多，下面僅舉其彰明較著者：

（一）晨策尋絕壁，夕息在山棲。（〈登石門最高頂〉）

（二）朝旦發陽崖，景落憩陰峯。（〈於南山往北山經湖中瞻眺〉）

（三）宵濟漁浦潭，旦及富春郭。（〈富春渚〉）

（四）暝投剡中宿，明登天姥岑。（〈登臨海嶠初發疆中作與從弟惠連見羊何共和之〉）

上舉四例之中，第（一）例與第（二）例爲記述晨朝出發，昏夕抵達。此類例句在康樂山水詩中最爲常見，究其原因，蓋遊覽者之實際經驗中，以朝發夕至的狀況爲較尋常。據《宋書》〈謝靈運傳〉記載：「（靈運）尋山陟嶺，必造幽峻，巖嶂千重，莫不備盡。登躡常著木履，上山則去前齒，下山去其後齒。」[7]既然是一位山水遊覽的體驗者，甚至是冒險者，則其詩篇定非泛泛的案頭想像之作，而必然是親身經歷的記錄，故而朝發夕至的實際遊覽記錄，乃遂自然地屢次出現。即使非爲山水遊覽之作，一些出行的經驗之中，也不乏此類例句之出現。例如〈廬陵王墓下作〉不能算做山水遊覽之詩，但其起首二句：「曉月發雲陽，落日次朱方。」亦可以歸屬於「朝夕對」之類。「曉月」意味著「朝旦」，「落日」意味著「景落」，實質上與上舉第（二）例完全相同。至於〈石門巖上宿〉（一作〈夜宿石門〉）的起首四句：「朝搴苑中蘭，畏彼霜下歇；暝還雲際宿，弄此石上月。」雖然在內容上，並不指晨朝出發，昏夕抵達，而只是指詩人在石門山頂一日之賞翫，但其中「朝」與「暝」之對舉，也形成「朝夕對」，只是在結構上以二句為單元，故其對偶出現於第一及第三句中，此即是《文鏡秘府論》所謂的隔句對。

至於第（三）例及第（四）例，則呈現相反的時間關聯，記述昏夕出發，晨朝抵達的旅遊經驗。此類例句在康樂山水詩中為數較少，顯然係因遊覽者採取夕發晨至的情況較為不尋常之故。至於〈酬從弟惠連〉中有一聯：「夕慮曉月流，朝忌曛日馳。」雖與遊覽或行旅無關，只為表達手足情深，日夜思念而設；不過，在時間對舉之安排上，可屬於同一類別，故而暫繫於此。

此外，另有二例與時間相關者，亦順便在此討論：其一為〈石門新營所住四面高山迴溪石瀨茂林修竹〉中之一聯：「早聞夕飆急，晚見朝日暾。」其中「夕」與「朝」係為形容詞，雖亦呈現時間對比之張力，此恐離題稍遠，故暫不贅及。至於「早」與「晚」，則是由於詩人立足點之特殊性而呈現的奇特視聽經驗，宜當解釋為：較早聽到夕颷疾駛的聲音；較晚看見朝日出現的光芒。8 此處對舉的「較早」及「較晚」，雖然與前舉第（一）例及第（二）例的朝與夕涵義有別，但就時間對舉的觀念而言，顯然也可以看出作者希冀造成相反對比效果之意圖。其次為〈永初三年七月十六日之郡初發都〉起首二句：「述職期闌暑，理棹變金素。」謝靈運三十八歲時，因得罪當權者，出為永嘉郡守，擬定述職到任之時間為夏末，但一再遷延耽擱，至初秋方乘舟出發。「闌暑」指夏末，「金素」

以代初秋，故而上下二句之間，亦顯示出時間上的對舉意味。

以上所舉諸例，主要是在討論康樂詩中對偶句裡的時間對比對象。然而，值得注意的是：每當此類時間對句出現之同時，在五言的對等部位上，作者又經常同時安排了空間的對比效果。如第(一)例中的「絕壁」—「山棲」，第(二)例中的「陽崖」—「陰峯」，第(三)例中的「漁浦潭」—「富春郭」。至於其後所舉各例中，也多有此整齊的時空對比觀念，因此使大部分的「朝夕對」句法結構呈現如此章法：「時間—動詞—空間」，而以一聯之中，上句的時間爲晨朝，動詞爲表示出發之字彙，空間爲出發之地點；下句之時間爲昏夕，動詞爲表示抵達之字彙，空間爲抵達之目的地者最恆常見。反過來，上句之時間爲昏夕，下句之時間爲晨朝，而上句之空間爲出發地，下句之空間爲抵達地者較少。其理由已見於前文，此無須重複之。

二、方向對

康樂山水詩既以實際記述親身遊覽之經驗爲主旨，故當其敘寫描繪山水景象時，地理空間亦恆常居重要且具體之因素。下面擬自其詩篇中摘錄若干代表例句：

(一)江南倦歷覽，江北曠周旋。(〈登江中孤嶼〉)

(二)春西謂初月，顧東疑落日。(〈登永嘉綠嶂山〉)

（三）徒倚西北庭，竦踴東南覿。〈七夕詠牛女〉

（四）極目睞左闊，迴顧眺右狹。〈登上戍石鼓山〉

（五）俯視喬木杪，仰聆大壑灇。〈於南山往北山經湖中瞻眺〉

（六）巖下雲方合，花上露猶泫。〈石門巖上宿〉

在所有「方向對」的例句中，以東西南北四方對舉者爲最常見。上引例中，其第（一）、（二）、（三）例屬之。在一般觀念裡，「東－西」、「南－北」是最典型的相反方向對比，「東南－西北」亦然；不過，若無須太拘泥於此，則〈石壁精舍還湖中作〉裡的一聯：「披拂趨南徑，愉悅偃東扉」，當亦可視爲同類型。而從平面的方向感言之，除四方之外，左右亦當在其範圍內，此所以上面列舉第（四）例之道理。至於宇宙之廣大無邊，山水之雄偉可賞，正因爲其立體完整，不僅止於圖畫之平面性，限於四面左右，故大自然之賞愛者浸淫其間，遂不可避免地會接觸到上下高低之景況，而體驗俯仰的美感經驗。第（五）、（六）兩例，便是詩人親歷其境，置身於完整而廣大的山水大自然之中，「肆意遊遨」的眞實紀錄。而當其與大自然契合之際，吾人常忘懷名利得失等人間的顧忌與猶豫，恢復赤子一般的心情與行爲，〈石門新營所住四面高山迴溪石瀨茂林修竹〉中的一聯：「俯濯石下潭，仰看條上猿。」便能充分流露其率性遊遨，與天地精神參合之一斑。

在表示方向的對偶句中，另有一種是表示抽象的相對方向，而非指具體的感官方向，以其不便歸類，或可暫繫於此下。例如〈石門新營所住四面高山廻溪石瀨茂林修竹〉中的一聯：「感往慮有復，理來情無存。」其「往－來」之間的關係，至少表面上言之，也具備了與「東－西」、「上－下」同樣的對比張力。

此類表示方向感的對偶句，與前舉第一類的「朝夕對」，構成了康樂山水詩予人一種具體的實質感。因爲有了可以把握的出發與抵達之時間，復配以此感官可及的四面上下之地理空間，詩人爲自己做了一種實際的定位，而自讀者的立場言之，遂亦得尋找到一個具體實在的時空世界，卻非虛無縹緲的抽象意境而已；這是與大部分漢代大賦之案頭想像作品頗不相同的地方。不過，若與上舉「朝夕對」所稟具的「時間－動詞－空間」那樣整齊的章法相比，「方向對」便顯得較爲不規則，其表示空間方向之詞彙所出現的部位，在五言之中，或在第一字，或在第二、第三字，或第四、第五字，並不一致。

三、山水對

謝靈運一生之中屢仕屢退，而無論仕或退，他對於山水遊覽始終都抱持極濃厚的興趣。《宋書》本傳記載他三十八歲貶爲永嘉郡守時云：「郡有名山水，靈運素所愛好，出守既不得志，遂肆意遊遨，偏歷諸縣。」其後，暫隱復仕，又有文記載：「靈運意不平，多稱疾不朝直。穿池植援，種竹樹果，驅課公役，無復期度。出郭游行，或一日百六七十里，經旬不歸。」[9] 而遊罷山水，每每作詩以記其事，所以本傳稱：「所至輒爲詩詠。」檢視今日所留存的康樂詩篇，山水之作占極大比例，遂贏得後世「山水詩人」之美譽。

康樂山水詩在結構安排上，往往形成獨特之章法，已於第一類「朝夕對」文內言及，而山水景物諸象、遊覽之所見所聞，每多出現於中段寫景部分，乃形成山與水相對之狀況。其例約略如下：

（一）山行窮登頓，水涉盡洄沿。〈過始寧墅〉

（二）隨山踰千里，浮溪將十夕。〈夜發石關亭〉

（三）故山日已遠，風波豈還時。〈初發石首城〉

（四）近澗卷密石，遠山映疎木。〈過白岸亭〉

（五）澗委水屢迷，林迴巖逾密。〈登永嘉綠嶂山〉

（六）含淒泛廣川，灑淚眺高崗。〈廬陵王墓下作〉

（七）苺苺蘭渚急，藐藐苔嶺高。〈石室山〉

上舉各例中，除第一例以最明顯的「山－水」相對外，餘者未必以「山」、「水」二字直呈於句中，而以「巖」、「崗」、「嶺」等字代表「山」；以「溪」、「波」、「澗」、「川」、「渚」等字取代「水」，但其爲山與水之組合，則明顯易察。以上第（一）例至第（三）例爲「山」在前、「水」在後的安排。

這種上句寫山則下句寫水，上句言水則下句言山的「山水對」，在康樂詩中比比皆是。時則不取泛稱而逕以具體稱謂出之，例如〈擬魏太子鄴中集詩〉八首之〈擬王粲詩〉便有一聯：「伊洛既燎煙，函崤沒無像。」上句裡的伊與洛爲二水名，下句裡的函與崤爲二山名，故在內涵實質上亦呈「水－山」之對比情況。

事實上，康樂山水詩，往往於一篇之中多設「山水對」，在檢視其全篇時，更能凸顯此特色。茲取上舉第（一）例之全篇爲證：

〈過始寧墅〉

束髮懷耿介，
逐物遂推遷。
違志似如昨，
二紀及茲年。
緇磷謝清曠，
疲薾慚貞堅。
拙疾相倚薄，
還得靜者便。

剖竹守滄海，
枉帆過舊山。（水—山）
山行窮登頓，
水涉盡洄沿。（山—水）
巖峭嶺稠疊，
洲縈渚連綿。（山—水）
白雲抱幽石，
綠篠媚清漣。（山—水）
葺宇臨迴江，
築觀基曾巔。（水—山）
揮手告鄉曲，
三載期歸旋。
且為樹枌檟，
無令孤願言。

嚴格言之，這一首詩並不能算做純粹的山水詩，而只是一首述職經過謝氏別墅莊園的作品罷了，但其中卻頗涉及故鄉山水，以及於當地營建築構的種種事跡。至於其所敘述山水遊覽，及與觀建宇之句，始於第十一句，終於第十八句；不過，就山與水形成對偶之句構而言，則起自第九句，終於第十八句。全詩二十二句，「山水對」之排比有十二句，其比例過半數，且山山水水之排列一絲不苟，明白如上所標示。茲將其中道理略述於下：

第九、十句，旨在說明作者赴職地點在濱海之永嘉郡（今浙江省溫州市），而順道過訪始寧別墅。此處以「滄海」為永嘉之代稱，以「舊（故）山」呼始寧，顯然為達成「水—山」對偶之效果而設。「山行窮登頓，水涉盡洄沿」以下，寫在始寧過訪期間暢遊故鄉山水之情況。此二句從字面上即可清楚見到「山—水」之對偶。而事實上二句之內則又隱含著「方向對」：「登」謂上山，「頓」謂下山，故登頓之間存在著由下往上及由上往下的兩種不同方向移動感（↑↓）；同時，「洄」指逆水而上，「沿」指順水而下，故洄沿之間亦存在著逆水及順水的另外兩種不同方向移動感（←→）。故而此二句之中，除明顯的「山水對」以外，又隱含著「方向對」，可謂十分嚴謹細緻。

「山行」二句係為遊始寧別墅大處著眼之筆，其下第十三、十四句，及第十五、十六句兩聯，係為遊覽山水途中的具體描寫。「巖峭嶺稠疊，洲縈渚連綿」，上句寫陡峻的山嶺重重疊疊，下句寫水中的沙洲縈來繞去，各與山水的形貌有關，故呈「山—水」的對此。「白雲抱幽石，綠篠媚清漣」，則進一步描寫山頂高處的岩石為白雲所擁抱的奇觀，以及水邊綠色的小竹子款款弄清漣之美景，亦各關係著山與水，故仍呈「山—水」對照。至於「葺宇臨迴江，築觀基曾巔」，雖非山水景象之描寫，但上句曰構宇於曲折之江邊，下句稱建觀於重疊之山頂，則於營造地點之安排上，又多一層「水—山」的對應考慮。

由以上的審視分析可知：從第九句到第十八句之間，作者有意地安排了上句寫山則下句寫水，上句寫水則下句寫山的整齊章法。這種「山水對」句式的大量連續使用，顯然助長康樂詩山水對偶的繁密印象與趣旨；不過，若非經過如上的刻意分析，其寫景之佳妙，往往令讀者渾然忘其所以，例如「白雲抱幽石，綠篠媚清漣」即為傳頌千古的佳句。現代陸時雍所謂：「康樂神工巧鑄，不知對偶之煩。」[10]蓋即是指此而言。

四、數字對

《世說新語》〈言語〉第二曰：「顧長康從會稽還，人問山川之美，顧云：『千巖競秀，萬壑爭流，草木蒙籠其上，若雲興霞蔚。』」[11]會稽一帶正是謝氏莊園故山，也是謝靈運山水詩描繪最力的地方，而其山水勝景，自當時畫家口中所稱讚的「千巖」、「萬壑」可以想見一斑。事實上，「千山萬水」以形容大自然的雄偉神奇，至今仍留傳於吾人習慣用語間，康樂山水詩中寫令人「應接不暇」[12]的美景，甚而與山水未必相關的其他題材，亦往往喜用「數字對」，其例實夥，下僅略舉其中之較具代表性者：

（一）千頃帶遠堤，萬里瀉長汀。（〈白石巖下徑行田〉）

（二）千圻邈不同，萬里狀皆異。（〈遊嶺門山〉）

（三）浮州千仞壑，總轡萬尋嶺。〈還舊園作顏范二中書〉

（四）千念集日夜，萬感盈朝昏。〈入彭蠡湖口〉

（五）莫辯百世後，安知千載前。〈入華子崗是麻源第三谷〉

（六）不有千里棹，孰慮百代意。〈初往新安桐廬口〉

（七）懷人行千里，我勞盈十旬。〈初往新安桐廬口〉

（八）隨山踰千里，浮溪將十夕。〈答惠連〉

（九）積石竦兩溪，飛泉倒三山。〈發歸瀨三瀑布望兩溪〉

（十）三江事多往，九派理空存。〈入彭蠡湖口〉

（十一）事躓兩如直，心愜三避賢。〈還舊園作顏范二中書〉

（十二）若乘四等觀，永拔三界苦。〈過瞿溪山飯僧〉

在數字中，「千」與「萬」最常代表難以測度計算的極限，故形容山水之遼闊雄偉時，便也每見使用。如第（一）例爲形容廣大無垠之田園；第（二）例爲形容群山崢嶸之狀態；第（三）例則以形容高不可測度的絕壁峻崖。不過，除了以上各種具體大自然的誇張形容作用而外，「千—萬」對舉，有時也用以表示一種未可測度的抽象概念，而且，「千－萬」之對舉，則又有時可以轉換成「千－百」之對舉，其內涵仍表示極大、極多，或極深、極遠之意，故而第（四）例之「千念－萬感」、第（五）例之「百世－千載」，及第（六）例之「千里－百代」等數字所代表的概念，均係屬此。至於第（七）例之「千里－十旬」雖在數字的規模上遠遜於「萬」、「千」、「百」諸詞，但詩人引用之意圖，仍可視爲與上述諸情況無別。當其引用數字以造成對偶句時，通常多以「空間－空間」或「時間－時間」爲慣見，如上舉各例中，第（一）例至第（三）例爲空間性之對偶，第（五）例爲時間性之對偶，但有時也以「空間－時間」對舉，而造成千里遼闊之遠念，如第（六）例至第（八）例即屬此。

此外，康樂詩中的「數字對」也有具體實象的指陳，如第（九）例：「積石竦兩溪，飛泉倒三山」，雖然「兩溪」與「三山」之確實地點已不可考知，但從〈發歸瀨三瀑布望兩溪〉之題目推想之，必然是實有此三山與兩溪，而當非一般泛指，更不同於「萬」、「千」、「百」等誇張形容之設詞。至其以「兩」及「三」二數字置於上、下兩句裡的第四字同部位，亦顯然在求造成數字與數字相對之趣旨，爲刻意之安排，復又以「山」字取代題目裡的「瀑布」（瀑布爲山澗之疾駛直下者），使與上句之「溪」字構成另一個「山水對」，則又可見多一層巧妙的匠心意圖了。

至於第（十）例：「三江事多往，九派理空存」，「三江」與「九派」（即九江）係指自古以來關於長江各支條流派的指稱，衆說紛紜，莫衷一是。詩人於覽幽探奇之餘，亦覺無從稽考，多所迷惑，故而以「三－九」對舉，顯然較諸前第（九）例的「兩－三」對舉，空泛缺乏實質，然而作者在此企圖造成「數字對」的心意，則是顯而易見的。

第（十一）例「事蹟兩如直，心愜三避賢」二句，其實與山水都無關，而是典故引用的結果。「兩如直」引自《論語》〈衛靈公篇〉：「子曰：『直哉！史魚，邦有道如矢；邦無道如矢！』」；「三避賢」引自《史記》〈循吏傳〉：「（孫叔敖為楚相）三得而不喜，知其材自得也；三去相而不悔，知非己之罪也。」但作者巧妙地運用典故於上下兩句之間，避去事實，而僅取其「兩如直」（有道如矢，無道如矢）、「三避賢」（三得，三去）之數字，以標示不為外在因素所動之定力。典故之濃縮成為「兩—三」之「數字對」，雖不無晦澀之嫌，其求別出心裁之用意則可以想見。

最後第（十二）例「若乘四等觀，永拔三界苦」，「四等」與「三界」為佛家術語。前者指慈、悲、喜，捨之四無量心；後者指欲界、色界、無色界。以「四—三」布置於上下兩句同部位，作者著意造成「數字對」之意圖，不言可喻。謝靈運信奉佛教，集中頗見與佛教相關之篇章，故此類佛教術語所形成之「數字對」亦不止於此，例如〈石壁立招提精舍〉有：「四城有頓躓，三世無極已。」即屬之。

五、色彩對

〈詩品序〉稱謝靈運「才高詞盛，富豔難蹤」13，其詩篇色彩之豐富與豔麗，實獨步古今，故而明代焦竑在《謝康樂集題辭》稱：「棄淳白之用，而競丹雘之奇」14，構成康樂詩饒富色彩感之原因頗多，舉凡其形容大自然四季之風光、草木、花卉、禽鳥等詩句，均予人以彩色富麗之聯想，此固未必待彩色之詞形諸文字始能奏效，不過，單尋其色彩對偶之實例，亦頗有可觀者：

(一)白雲抱幽石，綠篠媚清漣。〈過始寧墅〉

(二)白芷競新苕，綠蘋齊初葉。〈登上戍石鼓山〉

(三)白花皜陽林，紫虈曄春流。〈郡東山望溟海〉

(四)初篁苞綠籜，新蒲含紫茸。〈於南山往北山經湖中瞻眺〉

(五)山桃發紅萼，野蕨漸紫苞。〈酬從弟惠連〉

(六)原隰荑綠柳，墟囿散紅桃。〈從遊京口北固應詔〉

(七)銅陵映碧澗，石磴瀉紅泉。〈入華子崗是麻源第三谷〉

(八)金膏滅明光，水碧綴流溫。〈入彭蠡湖口〉

(九)未厭青春好，已睹朱明移。〈遊南亭〉

康樂山水詩裡寫景句中對偶之彩色以「白—綠」爲出現頻率最高，此蓋因自然界以此二種顏色爲最常見之故。一切草樹均具綠色，白色則除花朵而外，又常與天空之雲相關聯。除上舉第(一)例至第(三)例外，此類例句實多，如〈入彭蠡湖口〉又有一聯：「春曉綠野秀，巖高白雲屯。」亦以

「綠—白」對舉。

綠色既爲大自然之主調，遂占康樂山水詩中極大之色彩比例，但詩人則又鮮活美妙地調配綠色與其他各種色彩，而造成極鮮麗的彩色對比之美，如第（六）例「綠柳—紅桃」、第（四）例「綠籜—紫茸」；此外，第（七）例「碧澗—紅泉」，也是豔美奇觀。

第（八）例之「金膏—水碧」，自對偶構造而言，稍嫌未盡工整，但二詞之間「金」與「碧」仍具「色彩對」之旨趣，遂亦呈現十分絢爛華麗的視覺效果。

至於第（九）例的「青春—朱明」，其實並非眞實的顏色，卻是春與夏[15]的代詞，但作者避免直指而迂迴稱之，且冠以「青」及「朱」兩種對比色彩，亦可見其費心周轉欲造成「色彩對」的鮮明效果之企圖了。

以上所舉以說明的各例，都是詩句中實際出現色彩之字或詞彙者，由於兩種色彩之對比配置，總是比單一色彩之出現予人豐盛明麗的視覺聯想，故能於詩章中構成生動流麗的感官印象。當然，焦竑所謂：「棄淳白之用，而競丹雘之奇。」未必僅止上舉各類直接使用「色彩對」的詩句，亦當包括另外一些並未直接使用「色彩對」，卻也隱含著色彩印象或聯想的詩句而言，例如：「林壑斂暝色，雲霞收夕霏」（〈石壁精舍還湖中作〉）、「澤蘭漸被徑，芙蓉始發池」（〈遊南亭〉）、「海鷗戲春岸，天雞弄和風」（〈於南山往北山經湖中瞻眺〉）等。由於一聯之中所言及比對的天象、氣候、植物或動物，都有極豐富的色彩感或色彩變化，所以在讀者的腦海裡很自然地會引起色彩鮮麗的聯想。不過，在設字遣詞方面既然缺乏具體的對偶性，故此處暫不及。「色彩對」之使用，自建安以來已逐漸可見於曹植、張協、潘岳、陸機、郭璞諸家的詩章裡，但是大量而刻意用於模山範水，則無疑始自謝靈運；而他的嘗試與成就，也無疑地成爲對唐代王維、孟浩然、儲光羲等自然派詩人十分可取的典範了。

六、視聽對

山水大自然之吸引人處，除其形象、色彩等視覺方面的效果因素外，經由耳朵的聽覺，亦十分重要，不容忽略。而視覺與聽覺交互感應刺激，遂呈現更逼實可親的官能世界，康樂山水詩篇裡，以視聽對舉的情況，不僅爲數甚夥，而且十分凸出可觀。下面擬依程度順序，舉出其較具代表性者：

（一）傾耳聆波瀾，舉目眺嶇嶔。（〈登池上樓〉）

（二）俯視喬木杪，仰聆大壑灇。（〈於南山往北山經湖中瞻眺〉）

（三）早聞夕飆急，晚見朝日暾。（〈石門新營所住四面高山　溪石瀨茂林修竹〉）

（四）崖傾光難留，林深響易奔。（同上）

（五）荒林紛沃若，哀禽相叫嘯。（〈七里瀨〉）

上舉第（一）例至第（三）例，「耳聆—目眺」、「視—聆」、「聞—見」等，其為視覺與聽覺，或聽覺與視覺之對比安排，一目了然，無庸置疑。第（四）例以「光—響」對設，光線係經由視覺可感，音響則經由聽覺可致，故其間自亦有「視聽對」之對比張力存在。至如第（五）例之「沃若」與「叫嘯」，前者形容樹葉繁多而潤澤貌，後者則指禽鳥鳴啼之聲音，顯然也構成「視聽對」之旨趣。

再者，康樂詩中另有一種「視聽對」，其安排與技巧更在上舉五種例子之外。茲先舉例，再析論於後：

（一）活活夕流駛，噭噭夜猿啼。〈登石門最高頂〉

（二）悽悽明月吹，惻惻廣陵散。〈道路憶山中〉

（三）別時花灼灼，別後葉蓁蓁。〈答惠連〉

（四）逶迤傍隈隩，迢遞陟陘峴。〈從斤竹澗越嶺溪行〉

（五）蘋萍泛沉深，菰蒲冒清淺。（同上）

第（一）例以「活活」狀水聲，「噭噭」狀猿啼，本屬聽覺的對偶，但作者安排了兩組重疊詞於一聯之中的同部位，故字形重疊之出現，亦予讀者以視覺上的均衡對稱感，遂兼收視覺與聽覺重疊對比之效果。至於「活活」取「水」偏旁，「噭噭」取「口」偏旁，分別與所狀之流水聲及猿啼聲相關聯，則又因中國文字的圖畫性所引起之聯想，而更多一層傳神的巧妙。類似之情形亦存在於第（二）例中，「悽悽」與「惻惻」雖非狀笛音及琴聲，但由聽覺感官所引發之情緒反應，亦當可歸屬於聽覺類，至其於同部位使用重疊詞之安排，也同樣的除了聲音方面的重複外，又具字形上的重複趣味，因而也具備了另一種「視聽對」的效果。

第（四）例之「逶迤」是形容道路彎曲貌，「迢遞」是形容山路長遠貌。詩人於上、下兩句的同部位處安排三組連綿詞，在字形上既同屬於「辵」部，而在聲韻上言之，「逶迤」屬疊韻，「迢遞」屬雙聲，故而本為視覺對比之二詞間，又呈現出聲韻方面的有趣對比，因之亦具備了與第（一）、（二）例類似的「視聽對」趣旨。再者，「隈隩」是指山邊轉角及水涯彎曲處，「陘峴」是指山脈忽斷處及不甚高之山嶺，都是屬於視覺感官所及之範圍。「隈隩」同為「阜」部，但在聲韻方面不屬於雙聲或疊韻；至於「陘峴」屬雙聲，但在字形方面，只有「陘」字屬「阜」部，故而其間視聽之效果，不及「逶迤」與「迢遞」整齊而有趣。不過，「隈隩」在字形方面整齊，而聲韻方面不夠緊湊；「陘峴」則在聲韻方面整齊，而在字形方面不夠緊湊，此未必是作者有意的安排，卻又呈現另一種巧合的對比。

至如第（五）例，則無論字形、聲韻都較第（四）例為整齊劃一：「蘋萍」是兩種大小略異的蕨類植物，「菰蒲」則是兩種草木植物。此二詞不僅在字形上同屬「艸」部首，在聲韻方面，「蘋萍」為雙聲，「菰蒲」為疊韻。再者，「沉深」與「清淺」均屬「水」部首，而前者為疊韻，後者為雙聲。

又上、下二句之中間第三字「泛」與「冒」都經過詩人別出心裁之選練遣字，所謂「句中眼」是也。遂令此二句十字，一絲不苟，呈現黼黻女工一般精緻華麗之旨趣。茲將以上有關字形與聲韻方面之分析結果排列出，或可更凸顯其錯綜中整齊不紊之條理來：

蘋荓泛沉深，　雙聲（艸部首）—句眼—疊韻（水部首）

菰蒲冒清淺。　疊韻（艸部首）—句眼—雙聲（水部首）

此二句在內容上言之，本屬於寫景，爲視覺感官之對偶句，但由於詩人在上、下兩句的同部位處各安排了四個「艸」部首字，及另四個「水」部首字，遂呈現了中國文字特有的圖畫形象之整齊均衡美感；又由於如上所分析的雙聲與疊韻詞之交互布置，遂又另外呈現了既整齊均衡又饒富變化的聲韻關係。這種視覺與聽覺的特殊對比張力，實爲來自文字本身的形體與聲韻效果，並不一定與詩意內容有關係，如此巧妙的效果，只能夠在中國文字的讀者間獲得其視聽之際的美妙感受，如若一逕任何外文迻譯，其趣味將蕩然無存。這一層「視聽對」，因而是不可迻譯的。

七、典故對

康樂詩篇，無論山水詩與否，典故之嵌入，均極爲普遍豐多，而在上、下兩句，或成對的多句同部位處，安排或正或反的典故，便構成了「典故對」。此類例子也甚多，不勝枚舉，大體言之，可分爲引用人物及事物兩大方向。下面先舉引用人物之「典故對」例若干，略加析論之：

（一）仲連輕齊組，子牟眷魏闕。（〈遊赤石進帆海〉）

（二）既笑沮溺苦，又哂子雲閣。（〈齋中讀書〉）

（三）李牧愧長袖，郤克慚躧步。（〈永初三年七月十六日之郡初發都〉）

（四）董氏淪關西，袁家擁河北。（〈魏太子鄴中集詩八首——陳琳〉）

（五）段生蕃魏闕，展季救魯人。弦高犒晉師，仲連卻秦軍。（〈述祖德詩〉二首之一）

（六）無庸方周任，有疾像長卿，畢娶類尚子，薄遊似邴生。（〈初去郡〉）

（七）龔勝無餘生，李業有窮盡，嵇公理既迫，霍子命亦殞。（〈臨終詩〉）

五言詩引用人物名稱時，通常都會由於受制於字數，而只能保留兩個字的空間，因此如果其姓名稱呼原本爲二字者（如上舉例中之「沮溺」、「李牧」、「郤克」、「展季」、「弦高」、「周任」、「龔勝」、「李業」）固無問題；若其名稱爲超過二字者（如上舉例中之「魯仲連」、「中山公子牟」、「揚子雲」、「段干木」、「司馬長卿」、「邴曼容」），則不得不簡縮而取其中之二字（如上例中之「仲連」、「子牟」、「子雲」、「段生」、「長卿」、「邴生」）。至於稱呼之際，或取其姓，或稱其名（或字），則視詩意所需要而變化不一。以第（七）例而言，前二句中之典故人物「龔勝」、「李業」二人爲後漢人，作者連名帶姓稱之；後二句中之典故人物「嵇公」指「嵇康」[17]，「霍子」指「霍原」，一為魏晉之交人物，一為西晉人物。

上舉諸例中，第（一）例至第（四）例，於上、下兩句之中各用一歷史人物典故。其（一）、（二）兩例，取隱與仕兩種不同行為典型類別之人生樣態：「仲連」與「沮溺」，以功成不受爵，及耦耕不肯仕，代表隱退不出仕的態度；至於「子牟」與「子雲」，則心存功名，及身繫政局，代表仕進的態度。這種「隱－仕」的正反對法，在引古以證今，藉昔人以顯己意時，最為常見。至於（三）、（四）兩例，則為故實類似相近的平行對法。第（四）例中的「董氏」謂董卓，「袁家」指「袁紹」，並舉二人之姓，以稱漢末之亂局。第（三）例中的「李牧」為戰國末期趙國名將，其人身大臂短，而驍勇善戰，建功良多；「郤克」為春秋時代晉國大夫，跛足不良於行，卻以身仕晉中軍，大敗齊師於鞍。作者前後並舉春秋、戰國之二名將大夫，其一臂短，其一足跛。臂短之李牧「愧長袖」，足跛之郤克「慚躧步」。無論自人物之時代後先，及其生理殘缺之特點而言，均可以看出典故運用之均衡，巧絕無與倫比！

第（五）、（六）、（七）三例，則各於四句相連之同部位處安排四位歷史人物。第（五）例中之「段生」、「展季」、「弦高」及「仲連」四人，均係保衛國家有功之士，彼等作為，代表了正面而積極的人生觀；第（六）例中之「周任」、「長卿」、「尚子」及「邴生」四人，則以能知足退隱，代表了明哲保身之典範；第（七）例中之「龔勝」、「李業」、「嵇公」及「霍子」四人，不屈服於新貴強權致死，代表了有原則有操守之士。

引用事物之「典故對」，有時會因故實相關人物之述及，而不易與引用人物之「典故對」判然分辨，故其爲事物類或人物類，端視內容側重之傾向而定。下舉數例以明之：

（一）空班趙氏璧，徒乖魏王瓠。（〈永初三年七月十六日之郡初發都〉）

（二）唯開蔣生逕，永懷求羊蹤。（〈回南樹園激流植援〉）

（三）悽悽明月吹，惻惻廣陵散。（〈道路憶山中〉）

（四）臥病同淮陽，宰邑曠武城。（〈命學士講書〉）

上舉第（一）例的「趙氏璧」，取《史記》〈藺相如列傳〉中完璧歸趙之典故。重點在「璧」字，璧是古代君臣授收之信物，故而「趙氏」二字，只是用以強調璧之美好，而非取藺相如其人或其事蹟；至於「魏王瓠」，則典出《莊子》〈逍遙遊〉，重在「瓠」字，以與上句之「璧」對，魏王之瓠大而無當，故「魏王」二字係用以指稱特殊之瓠，亦與魏王其人其事並不相關。

第（二）例的「蔣生逕」，典出《三輔決錄》。蔣詡，西漢人，隱居杜陵，家門前竹林中，使開三逕，唯有隱者求仲與羊仲從其遊；下句的「求羊蹤」，是承上句同一典故而來。在此，蔣詡與求仲、羊仲，只是做爲與世隔絕的隱士之代表，用以指稱其「逕」之閒靜，與往來人「蹤」之稀少，故其重點不在於此三人物，乃是用以指稱隱居之事而言。

第(三)例的「明月吹」，係指古樂府橫吹曲中的〈關山月〉，作者取之以與下句〈廣陵散〉相對。至於〈廣陵散〉，爲古琴曲名，此雖因嵇康而著稱[18]，作者之用意卻不在於嵇康其人，而只是單純取其上句言「笛」，故下設「琴」，以造成管弦樂器相對之效果罷了。

第(四)例的「淮陽」，典出《漢書》〈汲黯傳〉。汲黯曾任淮陽太守，武帝時任東海郡太守，臥病閤內，而東海大治；下句的「武城」，典出《論語》〈陽貨篇〉。子游任武城宰，絃歌禮樂治武城。「淮陽」與「武城」都是地名，但作者用二地名以取代古之爲政的兩種不同典型，其功用既不屬於純粹的地理名稱或方位之對偶，亦不屬於人物指稱之對偶，卻是地名與特定人物相關聯而產生的事類典故對偶。

康樂詩中的「典故對」甚夥，至於典故在詩中引用之目的，本來即是引古以證今，舉他以喻己，因而不僅具備上舉各類對偶的藝術均衡功用，此外則又能自然地顯現作者的心志意願。例如〈登池上樓〉之首二句：「潛虬媚幽姿，飛鴻響遠音。」引用了《周易》〈尙隱〉的「典故對」之後，篇末又有二句：「持操豈獨古，無悶徵在今。」以表示作者崇尙隱居的高雅之志，能上追古人。又如〈七里瀨〉於「目睹嚴子瀨，想屬任公釣」，二句典故之後，結尾亦有「誰謂古今殊，異世可同調」，以示其能承襲嚴子陵棄官垂釣江陵、任國公子大鉤巨繩釣於東海之典範，從而表明不慕名利的高尙之志向。

從康樂詩中用「典故對」的出現率觀察，可以發現：代表積極正面性的人生態度，與消極負面性的人生態度，各占半數，幾乎不相上下。在人物類典故的引用方面，如李牧、郤克、段干木、展季、弦高、魯仲連等進取有爲的古人，是作者心目中所欽佩景仰的對象，尤以魯仲連，更是再三地出現於許多詩篇內，足見其人功成身退，不屑名利爵位的作爲，最受詩人推崇。在事物類典故之引用方面，則無爲而治的淮陽太守汲黯的政績，以及絃歌禮樂而治的武城宰子游的胸襟，均爲詩人引以爲典範的事跡。不過，在另一方面，如周任、司馬長卿、尙子平、邴曼容等，知足不貪競的歷史人物，乃至如蔣詡、求仲、羊仲等隱士的行跡，也同樣地受到作者欽慕認同。這種一方面想要竭力進取，另一方面又思欲高蹈隱遁的兩極思想的矛盾，在漢以降的文士作品裡，本來就是尋常可見的：如曹植、阮籍、潘岳、陸機、郭璞、陶潛諸家的詩章裡，或多或少都有此傾向。至於謝靈運的一生，在其四十九歲的生命裡，屢仕屢退，始終徘徊於仕隱之間，誠如他自己的詩句所云：「進德智所拙，退耕力不任。」（〈登池上樓〉），思想上充滿了猶豫矛盾，終至遭罹殺身大禍。上舉〈齋中讀書〉的「自笑沮溺苦，又哂子雲閣」，其中所引用兩個矛盾現象的典故，便正可以用來說明他自己心中進退兩難、仕隱不得的不可解之結了。

以上，就康樂詩中運用對偶的內容性質，大別爲七種類型，予以逐類分析。不過，此七種類型並未必能概括他的對偶技巧；同時，各類之間也非必截然分明的。在五言的二句、十字之間，又往往存在著不只一種的對偶關係，故自不同的著眼點觀察，則每常可以把握到不同性質類別的對偶。例如「朝旦發陽崖，景落憩陰峯」，此二句之間自可自「朝旦－景落」觀察，而視爲「朝夕對」；復又可自「陽崖－陰峯」觀察，而視爲「方向對」[19]。又如「隨山渝千里，浮溪將十夕」二句，自「隨山－浮溪」觀察，可視爲「山水對」，但自「千里－十夕」觀察，則又可視爲「數字對」。「原隰荑綠柳，墟囿散紅桃」，自「原隰－墟囿」觀之，屬「方向對」，若自「綠柳－紅桃」觀之，則屬「色彩對」。「傾耳聆波瀾，舉目眺嶇嶔」二句，自「傾耳－舉目」觀之，屬「視聽對」，但自「波瀾－嶇嶔」觀之，則屬「山水對」。「董氏淪關西，袁家擁河北」二句，自「董氏－袁家」觀之，屬「典故對」，但自「關西－河北」觀之，則屬「方向對」。此類例子實多，不勝枚舉。由於五言詩的一聯中，上句的前二字與下句的前二字相對；上句的後二字文與下句的後二字相對，上、下之間往往形成滴水不漏的嚴謹對比張力，所以呈現協調均衡；而當這樣的對偶句占全篇句數比例過半，甚至更多的比例時，便有如女紅之黼黻一般，錦繡燦爛，令人嘆爲觀止了。

儘管對康樂詩分析的結果，顯示出如此嚴謹的技巧結構，但其集中佳句俯拾即是，如「白雲抱幽石，綠篠媚清漣」、「池塘生春草，園柳變鳴禽」、「雲日相輝映，空水共澄鮮」、「春晚綠野秀，巖高白雲屯」、「野曠沙岸淨，天高秋月明」、「荒林紛沃若，哀禽相叫嘯」、「林壑斂暝色，雲霞收夕霏」、「洲島驟迴合，折岸屢崩奔」等，均是傳頌千載，令人賞愛不已。這正是詩人藝術造詣之高妙處，使用技巧而不露雕鑿痕跡，反而自然可愛。

前引陸時雍所謂：「康樂神工巧鑄，不知有對偶之煩。」可爲本文以上之析論做總評注；至於王世貞稱：「余始讀謝靈運詩，初甚不能入，既入而愛之，以至於不能釋手。其體雖或近俳，而其意有似合掌者，然至穠麗之極，而反若平淡，琢磨之極，而更似天然，則非餘子所可及也。鮑照對顏延之之評隲，而謂謝如初發芙蓉，自然可愛，君若鋪錦列繡，亦復雕繪滿眼也，自有定論。」[20]則或者道出一般人讀康樂詩之經驗感受；同時，亦可爲本文首段所引《南史》〈顏延之傳〉的一段文字，做最妥當貼切的解釋了。

1 見陳延傑注《詩品注》（香港商務印書館，一九五九），頁三十。

2 見藝文印書館《南史》卷三十四，頁四一二上。

3 見《石林詩話》（藝文印書館何文煥訂歷代詩話）卷下，頁二六一下。

4 見《選詩補注》卷六。

5 歷來論對偶者，多著眼於對偶之形式技巧，如日本遍照金光撰《文鏡秘府論》卷第三論對，舉二十九種，均以對法爲分類準則。本文所列出七種，則以內容爲主，復參酌其方法技巧也。

6 詳見拙著《山水與古典》（臺北純文學出版社，一九七六），頁五〇。

7 見藝文印書館《宋書》卷六七〈謝靈運傳〉，頁八六〇上。

8 關於此一聯中「早」、「晚」之解釋，葉笑雪所撰《謝靈運詩選》（上海古典文學出版社，一九五九）謂：「『早聞』的早，是時間早遲的早，不是一日早晚的早。……」『晚見』的晚，是時間早遲的晚，不是一日早晚的晚。」（見該書頁七〇）。至於顧紹柏校注《謝靈運集校注》（中州古籍出版社，一九八九）則謂：「早聞三句寫的是一種錯覺，由於山林高密，方向和時間均難辨認，故誤以晨風爲夕颸，夕歸爲朝日。」（見該書頁一七六）。英譯本 J. D. Frodsham *The Murmuring Stream*

（Kuala Lumpur, University of Malaya Press, 1967）則譯此二句為"Mornings, I wait for the evening breeze/Evenings, I watch for the morning sun to rise."（見該書Volum One, P.136）。日譯本小尾郊一著《謝靈運——孤獨の山水詩人》，譯為：「早に夕の飈の急なるを聞き、晚に朝の日の暾を見る。」（汲古書院，一九八三，頁一七八）以上四種，以葉說為是，餘三說均不妥。

9 上引二條史傳文字出處與注7同。見該書頁八五〇上，及頁八五八上。

10 詳見欽定本《四庫全書》〈古詩鏡總論〉，頁八（1441-7）。

11 見余嘉錫《世說新語箋疏》（臺北華正書局，一九八四），頁一四三。

12 同注11，頁一四五。「王子敬云：『從山陰道上行，山川自相映發，使人應接不暇。若秋冬之際，尤難為懷。』」

13 見同注2頁三。

14 詳《萬曆刊本》。

15 《爾雅》〈釋天〉：「夏為朱明。」

16 此二句J. D. Frodsham英譯為："Duckweed floats upon its turbid deeps / Reeds and cattails cover its clear shallows."（見注8 *The Murmuring Stream* Volum I, P.147）。原詩中，上句之「蘋萍」合併為"Duckweed"一字，至於原詩中巧妙之形體視覺及聲韻聽覺，已蕩然不存。至於小尾郊一的日譯，係訓讀（日人讀中國古典文學時所採用之一種直譯讀法）：「蘋萍は深沉に泛び、菰蒲は清淺を冒う」（見注8，頁二六七）雖則字形上仍保留漢字，其圖畫性之均衡趣味亦得以保存，但日語發音的結果，原來在中國語言中的雙聲疊韻趣味，亦消失不可得了。此外，「冒」字，係意味「冒出」，小尾氏加音訓讀為「おおう」，則謂「覆蓋」，亦有誤。此二句的中間第三字，「泛」與「冒」，實為句中眼。「泛」字謂「漂浮」，具有由上向下之勢；「冒」字謂「衝出」，具有由下往上之勢。方向相反，而且，二字雖均為動詞，「泛」字傾向於靜態，「冒」字傾向於動感，其間所呈現的繁複對比張力，十分巧妙，值得玩味。

17 關於「嵇公」指嵇康而非嵇紹之說，詳見拙文〈謝靈運臨終詩考論〉（收入《中古文學論叢》，臺北大安出版社，一九八九），頁二二三—二五二。

18 三國魏嵇康於景元三年被殺。臨刑索琴奏此曲，曲終嘆曰：「袁孝尼嘗從吾學廣陵散，吾每固之不與，廣陵散於今絕矣！」事詳《三國志》卷二一〈王粲傳〉：「至景元中，坐事誅。」注引〈嵇康別傳〉（藝文印書館《三國志集解》，頁五四四上）。

19 「陽崖」指南方，「陰峯」指北方。此句出自〈於南山往北山經湖中瞻眺〉。此首二句，即具體點明作者出遊之時間與空間。

20 見明王世貞《書謝靈運集後》。

不能忘情吟——白居易與女性

一、緒言

在我們閱讀中國的史書或文學史時，經常會產生一種錯覺：以爲那些主人公或文士們，彷彿是生活在純男性的世界裡；或者，我們也許已習慣於這樣的印象，而覺得這樣子的世界是很正常的。因爲傳統的史書或文學史，在描寫一位文士的生涯時，常常是有意或無意地删除了在他的周遭曾經相伴過或存在過的女性們。

我們不知道李白的母親是何許人。陶淵明大概有過兩個妻子，但元配是什麼人？什麼時候第一次結婚的？並不清楚。謝靈運出身爲名門後裔，兩代以來都是單傳，所以格外受到家人呵護珍愛，但他是否連姊妹也沒有嗎？沒有任何文字記載。至於以〈內顧詩〉及〈悼亡詩〉表現了鶼鰈情深的潘岳，儘管是六朝詩人中贈詩於妻子最多的一位詩人，但我們依舊對於他的妻子樣貌品性如何？或二人之間的生活如何圓滿恩愛等等具體的事實，仍然只能揣測想像，卻無法眞實掌握。

換言之，史料往往是詳於一個男子的公生活方面，卻忽略其私生活方面。因此，我們可以藉由史料得知：古代的某一位文士出身於何等門第，步過什麼樣的仕途，時則榮達權傾一時，或時則困躓左遷，終於在什麼樣的情勢地位之下辭世。我們也往往可以透過史料，或其他一些掌故窺見到某一位文士的交遊情形如何（但也通常是限於同性的友人）？或他在政壇上有無樹敵招禍等等，而感受其人的悲喜種種。然而，一個人的一輩子難道就只有政治、仕宦、友誼、黨仇而已嗎？一個人的年幼時期，做爲一個完整的人，其生活應該是更多面性的。譬如，在父母家人對他的影響如何？青年時期其感情生活如何？又婚姻生活、親子關係是否和諧融洽等等。包含了這一切，我們才能看到一個眞正有血有肉的男子。但史官們向來忽略這一點，因而他們筆下的人物，便常常只見嚴肅冷漠的面孔外表，使讀者難以感到其人性與親切感。這是十分遺憾的事情。所幸，我們有時則又可自文士們所遺留下來的文章詩篇，讀到史官們所略去的部分，而得以稍微知悉他們的人際關係或感情世界。

中唐詩人白居易是一位創作量豐富，而又十分珍惜篇章的詩人。其〈白氏文集自記〉云：

白氏前著《長慶集》五十卷，元微之為序。《後集》二十卷，自為序。今又〈續後集〉五卷，自為記。前後七十五卷詩筆，大小凡三千八百四十首。集有五本：一本在廬山東林寺經藏院；一本在蘇州南禪寺經藏內；一本在東都聖善寺鉢塔院律庫樓。一本付姪龜郎；一本付外孫談閣童，各藏於家，傳於後。其日本、新羅諸國、及兩京人家傳寫者，不在此記。又有《元白唱和因繼集》共十七卷、《劉白唱和集》五卷、《洛下遊賞宴集》十卷。其文盡在大集錄出，別行於時。若集內無而假名流傳者，皆謬為耳。會昌五年夏五月一日，樂天重記。[1]

後世雖以社會寫實詩人稱白居易，而他自己也特別重視其諷諭詩。[2]然而，觀其三千餘篇中，寫作的題材範圍極為廣泛，而較諸其他詩家似又多涉及生活全面，頗可以攝取其中有關人際關係之作，以了解此社會寫實詩人的眞實情性。本文擬就其中關涉到詩人生活周圍的女性——母親、妻子、女兒、家妓等篇章，以觀察白居易較少受人往意到的一面。

二、母親陳氏

據〈唐故坊州福鄜城縣尉陳府君夫人白氏墓誌銘並序〉[3]，白居易的母親陳氏為鄜城縣尉陳潤與太原白氏之獨生女。關於陳氏之性行，另有〈襄州別駕府君事狀〉[4]，詳記其事。「別駕府君」為指其父襄州別駕而言。白居易的父親白季庚於貞元十年（七九四）歿於襄陽官邸，享年六十六歲。當時白居易二十三歲；而其母陳氏四十歲為未亡人。

陳氏十五歲，與年長二十六歲的白季庚結婚。婚後，「事舅姑，服勤婦道，夙夜九年」。白居易的祖父母先後去世，陳氏「奉蒸嘗，睦娣姒，待賓客，撫家人，又三十三年，禮無違者。故中外凡為冢婦老，皆景慕而儀刑焉」。白季庚歿後，陳氏則更獨自擔負起諸子的養育責任：

> 別駕府君即世，諸子尚幼，未就師學。夫人親執詩書，晝夜教導。循循善誘，未嘗以一呵一杖加之。十餘年間，諸子皆以文學仕進，官至清近，實夫人慈訓所致也。[5]

父季庚歿後，家境困乏，陳氏似亦長期患病，其〈傷遠行賦〉有如下之描述：

貞元十五年春，吾兄吏於浮梁，分微祿以歸養，命予負米而還鄉。……況太夫人抱疾而在堂。自我行役，諒夙夜而憂傷。惟母念子之心，心可測而量。雖割慈而不言，終蘊結乎中腸。6

字裡行間，可以窺見陳氏之慈愛與居易之孝心。文中所稱「吾兄」，名幼文，可能是居易的異母兄。7

陳氏晚年依白居易為生活。元和五年（八一〇），居易任左拾遺三年，任滿當改官，憲宗命中人宣旨自行選擇。白居易以母病家貧，請判司京兆府。左拾遺為從八品上，京兆府曹參軍為正七品下。由於此次轉任，俸錢自三萬增加為四、五萬，又得廩祿二百石。收入之增加，對於其日日之生活及奉養母親，十分重要。在該年四月二十六日所書之陳情狀中，他坦白地記述自己的心願：「臣母多病，臣家素貧，甘旨或虧，……藥餌或闕，……伏以自拾遺授京兆府判司，往年院中曾有此例，資序相類，俸祿稍多，僕受此官，臣實幸甚。」

雖然從以上的〈陳情狀〉及〈傷遠行賦〉皆可明白看出白居易對於母親的孝思，但縱覽詩集中的三千餘首作品，竟不見詩人獻於陳氏之作，僅在〈初除戶曹喜而言志〉8中，稍有觸及當時自己的心情，以及家族之事：

詔授戶曹掾，捧詔感君恩。感恩非為己，祿養及吾親。
弟兄俱簪笏，新婦儼衣巾。羅列高堂下，拜慶正紛紛。

俸錢四五萬，月可奉晨昏。廩祿二百石，歲可盈倉囷。
喧喧車馬來，賀客滿我門。不以我為貪，知我家內貧。
置酒延賓客，客容亦歡欣。笑云今日後，不復憂空樽。
答云如君言，願君少逡巡。我有平生志，醉後為君陳。
人生百歲期，七十有幾人？浮榮及虛位，皆是身之賓。
惟有衣與食，此事粗關身。苟免饑寒外，餘物盡浮雲。

此詩十二句以前敘述詩人受詔爲戶曹參軍事，及個人與家人對此事之感受。白居易早年家貧，故得此新職，不僅對於月俸年祿等細微之處，亦不避諱地詳記。與〈傷遠行賦〉及〈陳情狀〉合讀，有助於了解詩人欣然寬慰，奉養年老多病的寡母，終於有了著落。詩中「弟兄俱簪笏，新婦儼衣巾」二句，著墨雖不多，卻足以反映闔家歡喜之狀況。弟兄當係指當時爲校書郎的白行簡與詩人自己，而「新婦」蓋即稱兩年前所娶之妻楊氏。手足與伉儷皆衣冠佩戴整齊地羅列於母親所在的「高堂」之下，紛紛然報喜拜慶新授之職位。至於「高堂」陳氏在此，反而以象徵性之詞輕輕帶過，詩人竟吝於描述其母當時的樣貌或心情。儘管白居易在〈傷逝賦〉中呈現出陳氏慈愛的形象，而於〈襄州別駕府君事狀〉則又詳記其婦德，在此詩之中，僅見此抽象的二字；而全集內，亦終於不再見有言及其母親的篇章。此詩十三句以下，藉賀新職的賓客與詩人之間的問答，以暢述其人生觀。此則與詩題無甚關涉。至於問答以推展詩之方法，及安貧樂道，不諱談衣食之風格，皆與陶潛詩十分近似；事實上，白居易有〈效陶潛體詩十六首〉9、〈訪陶公舊宅〉10等詩作，表示他極崇拜敬愛陶公之一斑。

儘管白居易孝心可惑，爲奉養老母而請判司京兆府，陳氏卻於翌年元和六年（八一一）四月三日歿於長安宣平里第，享年五十七歲。時白居易四十歲。他次日即辭官，退居下邽縣渭村。同年十月八日，葬母於下邽義津鄉北原，並遷葬祖壙、父季庚之靈櫬於同地。有一首〈慈烏夜啼〉詩，清代汪立名認爲是白居易丁母憂之年所作：11

慈烏失其母，啞啞吐哀音。晝夜不飛去，經年守故林。
夜夜夜半啼，聞者為沾襟。聲中如告訴，未盡反哺心。
百鳥豈無母，爾獨哀怨深。應是母慈重，使爾悲不任。
昔有吳起者，母歿喪不臨。嗟哉斯徒輩，其心不如禽。
慈烏復慈烏，鳥中之曾參。

此詩以失母之慈烏爲比喻，以白居易淺白的風格道出未能盡反哺心的悲痛，而以諷諭收詞。汪立名之按語容或有附會之可能，但丁憂退居邽縣的詩人，其心情必也如慈烏「悲不任，迨無疑問」。

陳氏十五歲而嫁與大已二十六歲之丈夫白季庚。季庚歿後，守寡十七年，獨立教養子女，可謂克盡婦德。儘管在詩篇中難以找尋白居易對其母的讚頌或哀悼之詞，而爲人之子的追思與崇敬，則已悉見於〈襄州別駕府君事狀〉一文之中了。

三、妻子楊氏

在其母陳氏亡歿以前三年，元和三年（八〇八），白居易娶友人弘農郡楊虞卿的從父妹楊氏。楊氏之兄長楊汝士，亦爲居易之友。《白香山詩集》內，有關此二人的作品屢見，可知白居易與他們的友誼深厚。

白居易與楊氏結婚時，已是三十七歲。這個年齡在今日看來，也算是遲婚的，但何以蹉跎至三十七歲始娶妻？原因不明。至於新婦楊氏之名字亦不明，其年齡更屬未詳；不過，據其江州時期的作品，當時年在四十六歲左右的詩人自謂「白髮」，[12]而稱楊氏爲「青蛾」，則或者二人年齡可能相當懸殊。又從詩人五十八歲始獲男兒阿崔之事實，亦多少可以印證楊氏的年紀大概比白居易年輕不少。

與集中不見獻於母陳氏之作品相較，白居易贈與妻楊氏之詩篇倒是不少。先舉其大約爲新婚期之作品〈贈內〉（卷一、九 a）：

生為同室親，死為同穴塵。他人尚相勉，而況我與君。
黔婁固窮士，妻賢忘其貧。冀缺一農夫，妻敬儼如賓。
陶潛不營生，翟氏自爨薪。梁鴻不肯仕，孟光甘布裙。
君雖不讀書，此事耳亦聞。至此千載後，傳是何如人。
人生未死間，不能忘其身，所須者衣食，不過飽與溫。

蔬食足充飢，何必膏粱珍。繪絮足禦寒，何必錦繡文。

君家有貽訓，清白遺子孫，我亦貞苦士，與君新結婚。

庶保貧與素，偕老同欣欣。

在與楊氏「新結婚」期贈與新婦的此篇中，詩人一方面有生死與共的愛情誓約，另一方面則又意識到自己家境的貧窮，而冀望妻子能與之偕老共甘苦。詩中列舉黔婁、冀缺、陶潛、梁鴻等古之貧士，復又強調皆有妻子賢而能安於貧苦之生活，故能達成彼等固窮之節。做為一首新婚時期的「情詩」來看，這首詩在末句雖有「偕老同欣欣」之約，終未免嫌其說教成分過重而浪漫情調太單薄。這個原因，一方面固然是由於白居易自幼切身體驗生活的困頓，始終顧慮家計；另一方面也可能印證上文所觸及的二人年齡懸殊一節。對於三十七歲為新郎的詩人而言，年輕的新婦或者顯得比較幼稚未諳世故，遂不免於如此諄諄誘導，亦有可能。

關於此詩，另有可注意的，在「君雖不讀書，此事耳亦聞」及「君家有貽訓，清白遺子孫」四句，前後稍嫌其互相矛盾。讀前二句，予人以楊氏不學無識之印象；而後二句，則又似乎暗示著楊氏出身自不平凡有教養之家庭。然則，出身於有教養家庭的女子，何至於不學無識？頗令人費解。楊氏的本籍在弘農郡，為一名門，而其兄弟皆有學識才能；楊氏身為女性，雖然或者不及其兄弟，亦恐不至於眞的「不讀書」，否則詩人屢屢有篇章相贈，便不可思議了。今存集內，為楊氏而寫的詩有：〈寄內〉（卷十四、九 a）、〈贈內〉（卷十四、十一 b）、〈舟夜贈內〉（卷十五、十三 a）、〈贈內子〉

（卷十七、二b）、〈妻初授邑號告身〉（卷十九、六a）、〈二年三月五日齋畢開素當食偶吟贈妻弘農郡君〉（後集卷四、十七a）等。

楊氏於結婚翌年，元和四年（八〇九）生長女金鑾。但不幸三歲即夭折。初爲人母，旋又喪女，其心中之悲痛可以想知。或者爲療心疾，她曾離家一時。關於楊氏離家之事，雖不可考知，合當是在金鑾死後，一時暫別丈夫歸寧。白居易在經過一段離別之後，有〈寄內〉詩一首，兼示相思與怨懟：

條桑初綠即為別，柿葉半紅猶未歸。
不如村婦知時節，解為田夫秋擣衣。

春天離家別夫的楊氏，到秋天尚未歸來。在此，思念妻子之情，竟成爲略微的咎責口吻表現出來；連普通村婦都解時知節，秋天到時，自然會爲耕田的丈夫擣衣禦寒；何以妳竟柿葉都一半兒轉紅了還不回來呢！道相思，或許有些靦腆，便也只得改換爲這般「冠冕堂皇」的理由了。當時白居易已屆四十歲，[13]但與楊氏結婚尚不及四年，恩愛之情隱約在字裡行間，是可以體會的。而既已失女，又何堪久別妻，難忍久等待之心，亦是可以體會的。

集中另有一首別離之詩〈贈內〉，其寫作之時間亦不詳，[14]但思念妻子的細密之情，於短詩中充分流露著：

漠漠闇苔新雨地，微微涼露欲秋天。
莫對月明思往事，損君顏色減君年。

季節是露水微涼近秋時分，雨開始落，使一片苔色愈青蒼。如此季節、如此景色，最易誘人思緒紛亂。與妻離居的詩人，不免勾起相思戀情；但在這首贈與楊氏的詩中，詩人卻反而轉爲勸告妻子：在這樣的季節裡，妳千萬莫要對著明月思念往事啊。因爲那樣子，徒然會影響一個人的心緒，損及容貌，甚且減卻年歲的。從詩的口吻情調看來，此亦當是結婚不久，楊氏猶尙年輕時期的作品。對於愛妻的體貼憐恤之情，如此細膩又清晰；而詩人之心情，則透過此短製的二十八字，纖毫不蔽地一如明鏡之映現，完全在讀者眼前了。在傳統的中國文士之間，夫妻愛情之詩十分罕見，即使漢之秦嘉，晉之潘岳[15]的詩章內容，其眞情感人處，亦不逾此。至若與六朝齊梁時期之豔情詩相較，則白居易的這首詩，雖少幾分鏤繪堆砌，卻多一分眞摯含蓄，是其可貴處。

與上舉〈贈內〉詩相類近者，有〈舟夜贈內〉一首。

三聲猿後垂鄉淚，一葉舟中載病身。
莫憑水窗南北望，月明月闇總愁人！

此詩的寫作時間，各本多未繫明，獨朱金城《白居易集箋校》稱：「作於元和十年（八一五），四十四歲，長安至江州途中。」[16]此年六月三日夜，宰相武元衡爲盜所殺。白居易上疏請急捕盜以雪國恥；宰相卻以宮官先臺建言，復以其賞花，新井詩而被左遷爲江州司馬。[17]白居易於八月左降詔下，翌日啓程。當時蓋爲獨自先行赴任，楊氏未同行，而有楊虞卿等送別於滻水。從長安到江州舟楫迢遙，而詩人心緒不佳，觸景生情，途中詩篇相當多，故舟中抒懷思人之作亦不少；有〈襄陽舟夜〉（卷十五、頁十二b）、〈江夜舟行〉（同前）、〈江上吟元八絕句〉（同前）、〈浦中夜泊〉（卷十五、頁十三b）、〈舟中讀元九詩〉（同前）等。此首〈舟夜贈內〉，當如朱氏所推測，與上舉各篇爲屬同時期的作品。舟中貶官離家鄉之人，隨江波載浮載沉，已足悲傷，何況入夜之後，更無一點堪慰藉，岸邊的猿聲如何能不催人落淚！切莫憑靠舟窗眺望。詩人這次是對自己勸說，南望北望不見家鄉，而所思念的愛妻在遠方，月明或月闇，總是鬱悒惆悵的。在此，詩人已不再像上面〈贈內〉詩那樣子迂迴傳情，而坦率直接地表達了自己的思念。

與前舉諸篇相較，〈贈內子〉可能是寫作時期稍晚的江州司馬時期之作：

白髮方興嘆，青蛾亦伴愁。寒衣補燈下，小女戲牀頭。
闇澹屏幃故，淒涼枕席秋。貧中有等級，猶勝嫁黔婁。

若前所推測白居易與楊氏二人之年齡相當懸殊屬實，這首詩寫成於詩人四十七歲左右，[18] 故自謂「白髮」，而楊氏蓋尙年輕，故稱「青蛾」。對於老夫少妻而言，同樣難堪的是家境貧困。新婚之初，白居易曾贈詩勉勵楊氏，要學古賢者之妻，安於貧苦生活，而楊氏亦不負丈夫所期待，能追隨左右，克盡婦職；但中年以後貶官江州，見妻子默默在寒夜燈下爲家人補舊衣，弱女無心地嬉戲於床邊，一時間，或者難免於不忍與愧疚襲心頭。詩中寫己、寫妻女，展現貧者家居的圖畫式視覺效果，令讀者不禁同情，但詩人卻能於苦中自我幽默，且聊以寬慰楊氏：貧窮的生活中，也還是可以分等級，若與那黔婁相比，妳所嫁的男人猶勝一籌罷！黔婁爲春秋時代齊之高士，家境貧困而不仕，及歿，衾不蔽體，後人往往引爲固窮者之典範。白居易在〈與元九書〉中稱當時的生活情況爲：「月俸四、五萬，寒有衣、饑有食，給身之外，施及家人。」對於早年即習慣於貧窮生活的詩人而言，這樣的生活，雖比上不足，亦比下有餘了。當時他與楊氏結婚已十年，雖然也曾遭遇過母喪女夭之痛，且由於秉性耿介，宦途不甚順利，但家庭生活尚稍平靜，夫妻亦能安於始終未大見有起色的貧窮日子，相互之間似已建立了穩固的理解與信賴。所以這首詩內毋寧較結婚之初的〈贈內〉詩多了一份輕鬆，甚至彼此調侃的口吻。而這一點也正證明了經過十年的婚姻生活，夫婦之間的愛情已轉變爲更踏實和平的默契了。

雖則物質的條件不富裕，有楊氏陪伴在左右，四處奔走宦途的白居易，在精神上彷彿有無比的安慰與支持。元和十四年（八一九），四十八歲，除忠州刺史，自江州赴忠州的途中，有〈江州赴忠州至江陵以來舟中示舍弟五十韻〉（卷十七、頁十四b）詩云：「昔作咸秦客，常思江海行。今來仍盡室，此去又專城。……共載皆妻子，同遊即兄弟。寧辭浪跡遠，且貴賞心并。……」長慶元年（八二一）楊氏授封爲弘農縣君。時，白居易五十歲，爲主客郎中知制誥，而夫妻結婚已十三年。他寫了一首〈妻初授邑號告身〉詩，兼慶賀與揶揄之旨趣。

弘農舊縣受新封，鈿軸金泥誥一通。

我轉官階常自媿，君加邑號有何功？
花牋印了排窠濕，錦褾裝來耀手紅，
倚得身名便慵墮，日高猶睡綠窗中。

妻子能夠獲得「鈿軸金泥」的弘農縣君通告，為夫的白居易心中分明是「與有榮焉」，乃有此作；卻故意諷刺道：做為男人的我，每次轉官階之際都常覺得慚愧的，而妳婦道人家乍得加邑號，究竟是憑了那一樁功勞啊？尾聯更是極盡揶揄之能事，說楊氏有了邑號，錦褾裝花牒，便十分神氣起來，從此「憑勢」慵墮，日頭高升了，猶不肯起床做家事！夫妻之間能如此隨意開玩笑，愈發地可以想見二人平日情感融洽，無拘無束的一斑。至於「弘農君」這個封號，白居易似乎相當喜愛，在他七十一歲之春事佛齋畢，有一首詩題為〈二年三月五日齋畢開素當食偶吟贈妻弘農郡君〉：

睡足支體暢，晨起開中堂。初旭泛簾幕，微風拂衣裳。
二婢扶盥櫛，雙童舁簞牀。庭東有茂樹，其下多陰涼。
前月事齋戒，昨日散道場。以我久蔬素，加籩仍異糧。
魴鱗白如雪，蒸炙加桂薑。稻飯紅似花，調沃新酪漿。
佐以脯醢味，間之椒薤芳。老憐口尚美，病喜鼻聞香。
嬌騃三四孫，索哺遶我傍。山妻未舉案，饞叟已先嘗。
憶同牢巹初，家貧共糟糠。今食且如此，何必烹豬羊？

況觀姻族間，夫妻半存亡。偕老不易得，白頭何足傷？
食罷酒一杯，醉飽吟又狂。緬想梁高士，樂道喜文章。
徒誇五噫作，不解贈孟光。

這首長詩頗見白居易淺近平易的風格，極自然毫不掩飾地自述長期齋戒開素之際的口饞模樣。而在闔家老少圍繞之間進食久遠的魚肉，心中亦不免充溢著幸福的感覺。「嬌騃三四孫」，蓋指次女阿羅所生之外孫等，[19]而「索哺遶我傍」句，更寫活了祖孫之間的親情可貴。至於妻子楊氏恐怕尚在廚房忙碌張羅丈夫開戒的食物奮而未及「舉案齊眉」克盡婦德。在此，白居易又一度故示嚴重地諷刺了楊氏，卻也愈加襯出二人之間的感情深厚。夫妻結婚已逾三十餘年，詩人自己既過了古稀之年，而與他年紀相當懸殊的楊氏，當也已邁入半百的老境。但稱「山妻」、道「饞叟」，猶不忘逞幽默開玩笑，較諸昔日並未改變。而在此中則又令人體會白居易對於妻子的體恤與感激。果然，在詩的後段，他回憶他們糟糠與共的往日，而在三十餘年後的今日，能有魚與肉齋畢開素，於願足矣；而況，還顧周圍，多數姻族甚至親朋，[20]能夫妻雙雙健在者已不多。詩人與楊氏眞正達成了當初〈贈內〉詩中所期望的「庶保貧與素，偕老同欣欣」了。至於題目上故意不稱「內」或「內子」一類普通對於妻子的稱謂，而特稱「妻弘農郡君」者，一方面正如當初楊氏乍獲邑號之初，帶著若干戲昵的意義；又另一方面，也可以窺見白居易晚年對於楊氏愈加愛護敬重的心境了。

白居易在中國傳統的文士中，是一位最勤於刻畫妻子的作家，他用平常的生活的語言，將一生中最親近的伴侶極生動地呈現在讀者之前。透過許多的詩篇，我們認識了那位出身名門的楊氏；既嫁與貧窮但充滿熱血與愛心的詩人，能不辜負丈夫新婚時對於她的期許，盡心盡力追隨左右，安於貧困的生活，成就了丈夫固窮之節。我們雖無由認識其人的容貌外表如何？卻彷彿看見因爲長年辛勞又物質環境不豐裕致羸弱時居多的婦人。白居易的詩集中固然多傾述他自己的病，亦復往往提及楊氏不健康的情形：如「月出砧杵動，家家接秋練。獨對多病妻，不能理針線」（〈秋霽〉、卷十、頁二a）、「萊妻臥病月明時，不搗寒衣空搗藥」（〈秋晚〉、卷十二、頁十五b）、「貧友遠勞君寄附，病妻親爲我裁縫。」（〈元九以綠絲布白輕容見寄製成衣服以詩報知〉、卷十七、頁二a）這些詩句，令讀者想見一位雖是體弱多病卻意志堅強的婦人，勤儉持家，竟是在如此不良的健康狀態之下完成！何況，丈夫的仕途往往困躓不安，但無論南北奔走，楊氏始終相隨，成爲最大的精神支柱。在杭州刺史時期，白居易曾經寫了一首〈自餘杭歸宿淮口作〉（後集卷一、頁五a），其末段有四句：「妻子在我前，琴書在我側。此外吾不知，於焉心自得。」宦海的波濤起伏洶湧，男人出仕，總難免於載浮載沉，固無可奈何，但有妻如此，便也自然會有超越波浪的自信與定力產生的吧。

四、女兒金鑾與阿羅

白居易與楊氏的婚姻十分融洽和睦，但他們的子運並不佳。在詩人五十八歲冬，始獲一男兒阿崔，而好友元稹亦先後同時得一子道保，自是欣喜異常，作詩言其事，題爲〈予與微之老而無子發於言嘆著作詩篇今年冬各有一子戲作二什一以相賀一以自嘲〉（後集十、頁三a）。不幸，阿崔僅三歲而夭折。白居易作〈哭崔兒〉（同上、頁十一a）云：「掌珠一顆兒三歲，鬢雪千莖父六旬。豈料汝先為異物，常憂吾不見成人。……」又〈初喪崔兒報微之晦叔〉（同上）有句云：「……蟬老悲鳴拋蛻後，龍眠驚覺失珠時。文章十帙官三品，身後傳誰庇廕誰？」衷情悲痛，可以想知。而終其一生，不再有男兒。

至於從詩集內可以索知的女兒，則有三人。長女名金鑾，誕生於白居易三十八歲之年，即與楊氏結婚之翌年，元和四年（八〇九）。金鑾週歲時有一首〈金鑾子晬日〉（卷九、四a）：

> 行年欲四十，有女曰金鑾。生來始週歲，學坐未能言。
> 慚非達者懷，未免俗情憐。從此累身外，徒云慰目前，
> 若無夭折患，則有婚嫁牽。使我歸山計，應遲十五年。

晚婚的白居易，近四十歲才有此女兒。雖然不是男兒，孩子既生下來便一日日長成，尚未能言語，卻已經學會坐。做父親的看到女兒如此模樣兒，自不能免於俗情，如何能不疼愛？但家境貧困，則又不免多一層顧慮；若其不夭折，則女大當嫁，十數年之後，做父親的怎能不為她張羅嫁妝；然則自己歸山隱遁的計劃，便恐怕只好延遲十五年了。女兒方滿週歲，便諸多擔憂其前途，此固然是詩人心細敏感，恐亦是長期以來現實生活的壓力使然。

「若無夭折患」的詩句，不幸成爲讖語。金鑾三歲而病夭。爲父者的悲嘆與哀慟，不言可喻。有〈病中哭金鑾子〉（卷十四、頁九a）、〈念金鑾子二首〉（卷十、頁五a）、〈重傷小女子〉（卷十五、頁五b）等篇。白居易一再寫哀悼女兒的詩，句句扣人心弦，有如永夜的追悔，不可抑制。其〈病中哭金鑾子〉可能是女兒死後未幾所作：

豈料吾方病，翻悲汝不全。臥驚從枕上，扶哭就燈前。
有女誠為累，無兒豈免憐！病來纔十日，養得已三年。
慈淚隨聲迸，悲傷遇物牽。故衣猶架上，殘藥尚頭邊。
送出深村巷，看封小墓田。莫言三里地，此別是終天。

稍早於金鑾病死之年，白居易之母陳氏亡歿於長安宣平里第。身體原非硬朗的他，可能因身心俱受打擊，竟致病倒；而愛女夭折之噩耗卻又在此時傳來。「臥驚從枕上，扶哭就燈前」十字，歷歷如繪地寫出當時悲慟不禁的情景，令人讀之鼻酸。辛苦養育三年的女兒，才只十天的病，竟撒下家人之關愛而逝去！或許，當時心中對於往時曾寫過的詩句「從此累身外，徒云慰目前」云云，不免有所後悔，故有此「有女誠爲累，無兒豈免憐」之嘆。故衣與殘藥猶在眼前，正是陶潛詩所謂「但餘平生物，舉目情淒洏」[21]的情景。而後，將小小遺體納入小小棺木中，復埋入小小墓穴內。三里之地隔絕了三載父女之情緣，便是人天永訣。這首詩如實而質樸地記述喪女的悲痛經驗，感動人者也正因此而深刻。

在其後所寫的〈重傷小女子〉中，白居易又嘆不能自己的感痛之情：

學人言語憑牀行，嫩似花房脆似瓊。
才知恩愛迎三歲，未辨東西過一生。
汝異下殤應殺禮，吾非上聖詎忘情？
傷心自嘆鳩巢拙，長墮春雛養不成。

從週歲時所記的「學坐未能語」，到此「學人言語憑床行」，詩人極平實的描摹記述了女兒成長的過程。無奈在人生的路上方始起步、尚未辨解東與西之前，竟已結束了暫短的一生！而身遭此痛如何能夠忘情？白居易晚年曾寫一首〈不能忘情吟〉以嘆無可奈何的生別離；而他在此，以及許多篇章之中皆反覆再三地提到「忘情」之不容易。此語乃據《世說新語》〈傷逝〉第十七而來：「王戎喪兒萬子，山簡往省之，王悲不自勝。簡曰：『孩抱中物，何至於此？』王曰：『聖人忘情，最下不及情；情之所鍾，正在我輩。』簡服其言，更爲之慟。」朱金城箋校以爲此詩「作於元和十年（八一五），四十四歲，長安，太子左贊善大夫」[22]，則距金鑾之死已四載，爲父者喪女之慟猶如此之深；而觀此詩的末聯，所謂春雛之不養成，係因鳩巢之拙，則詩人頗有內疚自責之意。這種對於金鑾不能忘情之嘆，又見於白居易四十二歲仍居母喪在下邽之時，有〈念金鑾子〉二首。其第一首爲十六句之五言詩，末聯云：「今日一傷心，因逢舊乳母。」可知寫詩之動機，乃因無意間遇金鑾乳母觸發傷情之故。其第二首：

與爾為父子，八十有六旬。忽然又不見，逦來三四春。
形質本非實，氣聚偶成身。恩愛元是妄，緣合暫為親。
念茲庶有悟，聊用遣悲辛。暫將理自奪，不是忘情人。

從道家的立場言之，人是由於自然之氣偶然凝聚而成；自佛家觀之，則親子的關係乃是暫時的緣分所促成。果眞能夠如此參透達觀，庶幾可以排遣悲辛的吧；但詩人終於承認：自己究竟不是一個「忘情人」，故而人間種種悲歡哀樂，難免勾起萬端感情，對於夭折的女兒，自是傷心難忘了。

元和十一年（八一六），白居易四十五歲，任江州司馬時，次女阿羅誕生。距長女金鑾病歿，相隔五年。又二年，元和十三年（八一八），再生一女。但是關於這個三女兒的名字以及相關事，均未詳。元和十三年（八一八），白居易四十七歲，仍在江州司馬職時，有〈自到潯陽生三女子因詮眞理用遣妄懷〉（卷十七、頁十二b）一詩，提及此三女：

宦途本自安身拙，世累由來向老多。
遠謫四年徒已矣，晚生三女擬如何？
預愁嫁娶真成患，細念因緣盡是魔。
類學空王治苦法，須抛煩惱入頭陀。

身貶江州，三年之內連獲二女。或許現實生活的困窘增加了心理壓力，白易居對於此三女兒的誕生，竟是憂煩多於喜悅。二年後，元和十五年（八二〇）白居易四十九歲，解忠州刺史，授尚書主客郎中知制誥時作〈初除尚書郎脫刺史緋〉（卷十八、頁十a）有句：「無奈嬌癡三歲女，繞腰啼哭覓銀魚。」23所指當是此第三女兒而非阿羅。但集中似不再有詩及於此女；則或者其後竟也夭折亦未可知。

如此看來，自白易居的文字裡可以追索者顯示，楊氏曾生育三女一男，其中獨子阿崔與長女金鑾、三女某，皆未及成人而夭折，只有次女阿羅順利成長。如前文所述，阿羅是白居易四十五歲貶謫江州司馬時所生。這個女兒的誕生，對於詩人而言，一方面補償了失卻長女金鑾之憾，另一方面正值宦途不順遂之際，蓋亦一大安慰。但中年得女，心中不免憂喜參半。在阿羅已屆二歲時，白易居有〈羅子〉（卷十六、頁十五b）之作：

有女名羅子，生來纔兩春。我今年已長，日夜二毛新。
顧念嬌啼面，思量老病身。直應頭似雪，始得見成人。

詩中不見〈金鑾子晬日〉那種不吉之語，但老病之身始獲嬌女，如何能不擔憂，究竟盼到何時才能見女兒長大成人？在此，詩人已不再怨嘆歸山之計將因而延誤，毋寧乃因眞正感受到一份沉重的現實責任吧。次年，阿羅三歲，又有一首〈弄龜羅〉詩（卷七、頁八b）：

有姪始六歲，字之為阿龜。有女生三年，其名曰羅兒。
一始學笑語，一能誦歌詩。朝戲抱我足，夜眠枕我衣。

汝生何其晚？我年行已衰。物情小可念，人意老多慈。
酒美竟須壞，月圓終有虧。亦如恩愛緣，乃是憂惱資。
舉世同此累，吾安能去之！

阿龜是白居易弟行簡之子，年長阿羅三歲。元和十一年（八一六）白易居的長兄自徐州來潯陽、弟與姪六、七人也同時到達。[24]白居易與行簡手足情長，故視阿龜如己出。阿龜六歲，已能誦詩，阿羅三歲，始學笑。見堂兄妹二人無心地遊戲，詩人不禁又頓生憂喜之嗟，且悟得既為人父，便不免於養育之累的道理。

所幸，阿羅逐漸成長，次第解人事。詩集內頻頻記述著阿羅的成長過程，證其詩句，頗能令人感受到慈父的眞摯心情。杭州刺史時代的初夏，[25]見阿羅在官舍的庭院嬉戲，白易居有詩稱：「稚女弄庭果，嬉戲牽人裾。……嘖嘖護兒鵲，啞啞母子烏。豈惟云鳥爾，吾亦引吾雛。」（〈官舍〉後集卷一、頁二合）詩中比喻七歲的女兒為「雛鳥」，牽引著稚女的手在官舍庭院中嬉戲的慈父，當時已年逾半百，而父女親密的情形，透過簡單的文字，竟是如此歷歷如繪，鮮活地在讀者目前。雖然對於阿羅外貌的刻畫，不及左思〈嬌女詩〉之細微堆砌；但簡單勾勒，捕捉神韻，猶似一幅生動的素描，其所傳達的效果，則更在〈嬌女詩〉之上了。

集中緊鄰〈官舍〉，另有一首〈吾雛〉詩（同上），則直接以雛鳥之親暱稱呼指稱阿羅，寫出為父者充滿對女兒的深切關愛與憂心：

吾雛字阿羅，阿羅纔七齡。嗟吾不才子，憐爾無弟兄。
撫養雖驕騃，性識頗聰明。學母畫眉樣，效吾詠詩聲。
我齒今欲墮，汝齒昨始生。我頭髮盡落，汝頂髻初成。
老幼不相待，父衰汝孩嬰。緬想古人心，慈愛亦不輕。
蔡邕念文姬，于公嘆緹縈。敢求得汝力，但未忘父情。

此詩或者與〈官舍〉爲同時竝作。阿羅方七歲，而白居易已五十二歲。七歲女童正值模仿欲望強烈時期，忽學其母畫眉，忽又學己詠詩，聰明伶俐，自是最惹人疼愛。但每一念及父老女幼，詩人心中便不克自制地產生不安與焦慮。往昔蔡邕爲遠嫁於匈奴的女兒文姬操心不已；于公當日也曾慨嘆緹縈非男兒。詩人轉思及：自己並不敢奢望阿羅將來如何盡力；只是，既爲人父，又怎能忘父女之情？在此，詩人又一度重複著「未能忘情」之句。

太和二年（八二八），白易居五十七歲之歲暮，作〈戊申歲暮詠懷〉三首（後集卷九、頁十一a），其第二首：

惟生一女才十二，只欠三年未六旬。
婚嫁累輕何怕老？饑寒心慣不憂貧。
紫泥丹筆皆經手，赤紱金章盡到身。
更擬踟躕覓何事？不歸嵩洛作閒人。

當時白居易在長安任刑部侍郎，封晉陽縣男，食邑三百戶。人生的大風大浪已渡過，故稱「紫泥丹筆皆經手，赤紱金章盡到身」。所掛慮者，仍是女兒年紀尚小而自己年事已高一事。白居易晚婚，得子亦晚，故從長女金鑾誕生以來，每作詩吟詠必有此嘆。阿羅雖已成長至十二歲，詩中仍不忘以自己的年齡相對照。這種反反覆覆的類同語句，已形成一種口頭禪，充分顯現詩人潛意識中最焦慮的心結了。女大當嫁，或者是爲父者得女之際視爲最主要的責任；詩人也未必怕老，但十二歲至婚嫁年齡尚有一段時間，這一點才是令他十分憂心的吧。

次年，阿羅十三歲，白居易五十八歲，始得一子阿崔，但僅在世三年而夭折。白易居失去後嗣；而阿羅與阿崔也只維持了三年極短暫的姊弟之緣。〈吾雛〉詩中「憐爾無弟兄」之句，遂不幸又一次成爲讖語。阿羅終於注定是白易居與楊氏的唯一子嗣了。這個獨女，於二十歲嫁給監察御史談弘謩，日後且生一女一男，帶給白居易晚年莫大的安慰。

開成二年（八三七）白居易六十六歲，阿羅生長女引珠。雖係外孫女，但初次懷抱第一個孫女的滋味，自是欣喜而滿足，〈小歲日喜談氏外孫女孩滿月〉（後集卷十五、頁二a）一詩，最見其心情：

> 今旦夫妻喜，他人豈得知？自嗟生女晚，敢訝見孫遲。
> 物以稀為貴，情因老更慈。新年逢吉日，滿月乞名時。
> 桂燎熏花果，蘭湯洗玉肌。懷中有可抱，何必是男兒。

初為祖父母的白易居夫婦內心之喜悅，實不足為外人道，但詩中仍不可蔽翳地顯露出自得之情。多年以來所擔憂之事，終成過去。阿羅不僅順利成長，嫁與談弘謩，且又誕生一女嬰。如今懷抱滿月的外孫女，骨肉相連的滿足感，透過懷中孫女的體溫，直襲於心頭。引珠之名，便是應阿羅所求而由外祖父所取，以紀念月滿之時分。詩中雖云「自嗟生女晚，敢訝見孫遲」，卻除此而外，不再有其他任何焦慮。蓋為祖父與父親究竟有別，自不必擔憂女嬰日後之婚嫁大事種種。此年為開成二年（八三七），白居易六十六歲。

越三年，開成五年（八四〇），白易居六十九歲，阿羅再添一子。詩人曾於近六十之年獲一男兒阿崔，不幸三年而夭逝；此雖是外孫，而於近七十之年終得懷抱孫兒。心中不免分外驚喜，連忙提筆寫詩，報知其好友劉禹錫，在〈談氏外孫生三出喜是男偶吟成篇兼戲呈夢得〉（後集卷十六、頁七a）中有句云：「芣苢春來盈女手，梧桐老去長孫枝。」掩不住的喜悅，在字裡行間。其後所寫的〈談氏小外孫玉童〉（後集卷十七、頁八b）首聯更有句：「外翁七十孫三歲，笑指琴書欲遺傳。」則儼然視此小外孫為自己文章事業之傳人。後日，白易居編成詩文集五本，其中有一本便是付與此外孫談閣童保存的。

不過，遺憾的是，會昌二年（八四二）談弘謩病歿，[26] 阿羅年僅二十七歲而成寡婦，遂攜一女一男歸寧。晚年的白居易乃與妻子楊氏、獨女以及其子女相守，而於會昌五年（八四五），以七十五歲終老於洛陽履道里宅。

五、家妓樊素

在中國古代的詩人中，白易居可稱爲長壽者，但其一生確實身心俱多勞苦，而如上文所述，健康欠佳，體質病弱，故集中多詠病之作。開成四年（八三九）十月六日晨，忽得風痺之疾，體瘵目眩，左足不能支。所幸，他樂天知命達觀而能戰勝病魔，作〈病中詩十五首並序〉（後集卷十六、頁一a），其〈枕上作〉末聯云：「若問樂天憂病否？樂天知命了無憂。」心胸開朗誠可敬佩。但家境愈困，不得不處分家中長物，以節省開銷。其中，最令詩人難忍者爲常年所騎之馬，與家妓樊素。賣了馬，或有若干收入貼補家用；而年輕的歌舞妓，不如與她自由，可以減省支出，但念及今後將不再與愛馬愛妓相伴，不禁爲之黯然情傷。有〈賣駱馬〉（同上、頁十六a）一詩，將己與駱比項羽與騅，雖短製而頗能感人：「五年花下醉騎行，臨賣回頭嘶一聲，項籍顧騅猶解嘆，樂天別駱豈無情？」當時白居易已六十八歲，而貧病交迫，但詩人一息尚存，即無法忘情於萬物。

至於樊素，是白居易家中歌舞妓，由於善唱「楊柳」，人多以曲名名之，每有賓客，即招以歌舞娛賓主。白居易六十一歲，在洛陽爲河南尹時，有〈九日代羅樊二妓招舒著作〉（後集卷一、頁十九b），以招舒元輿：[27]

> 羅敷斂雙袂，楚姬獻一杯。
> 不見舒員外，秋菊為誰開？

六十三歲，爲太子賓客分司時，有〈山遊示小妓〉（後集卷三、頁五b）：

雙盤垂未合，三十纔過半。本是綺羅人，今為山水伴，
春泉共揮弄，好樹同攀玩。笑容花底迷，酒思風前亂。
紅凝舞袖急，黛慘歌聲緩。莫唱楊柳枝，無腸與君斷。

可知白居易作此詩時，善唱楊柳枝的樊素年方十五、六，她來到白家，當在十歲餘的小小年紀。而今，在白家以歌舞娛主，復又伴遊山水已十年的樊素，竟也因家境拮据，致別無選擇地只好令其遺散歸去。思及今後不再有紅顏歌舞相伴，詩人未免感到寂寞。〈別柳枝〉（後集卷十六、頁二b）係以絕句短製道出心聲：

兩枝楊柳小樓中，嫋娜多年伴醉翁。
明日放歸歸去後，世間應不要春風。[28]

劉禹錫有一首詩和此云：

輕盈嫋娜占年華，舞榭妝樓處處遮。
春盡絮飛留不得，隨風好去落誰家？

白居易復有和詩〈前有別柳枝絕句夢得繼和云春盡絮飛留不得隨風好去落誰家又復戲答〉（後集卷十六、頁六b）：

柳巷春深日又斜，任他飛向別人家。
誰能更學孩童戲，尋逐春風捉柳花！

雖云作詩唱和有類遊戲競藝，但年老得病，又因貧困而不得不遣走疼愛的家妓，白居易的心境是沉重的。既不再能學孩童捉柳花，便只好任由她飛向別人家去，終究是無可奈何之事。

中國的古代文士除妻妾外，又每常與歌舞妓女往來，乃至與青樓倡女交遊酬酢者亦多所有，故不免遺留風流事跡於篇章間，此固因時代不同，社會背景有異，不足爲怪。《白香山詩集》中，亦不乏此類製作，如〈聽崔七妓人箏〉、〈醉後題李馬二妓〉、〈盧侍御小妓乞詩座上留贈〉（以上三首均見於卷十六）、〈醉戲諸妓〉（卷二十五）、〈代諸妓贈送周判官〉（後集卷二十七）、〈同諸客嘲雪中馬上妓〉（後集卷十二）等，唯多爲當時社交應酬之作，且多能以賞愛平等之心相待，絕少六朝齊梁宮體豔情體口吻。白居易之同情女性，可於其諷諭詩類中多以新樂府代女性爲不平之鳴一事見證。[30]至於其名著之一〈琵琶引〉（卷十二、頁十 a）所記年長色衰之賈人婦，則更以絕妙之筆寫出極動人之故事，傳頌千古，動人心弦，是不爭之事實。白居易平生熱愛社會國家，又關懷人群，他對於年輕的家妓，甚至所愛騎用之馬匹，亦以眞情相待，所以當其得於現實環境而不得不遣賣之際，衷心不忍，遂又一度自稱深情難忘於物，且更直接以不能忘情命題。在此，與其多所引述析論，未若抄錄其原序原文，以明詩人之心，並以爲本文之結束。〈不能忘情吟並序〉（別集、頁五 b）：

樂天既老，又病風，乃錄家事，會經費，去長物。妓有樊素者，年二十餘，綽綽有歌舞態，善唱楊枝，人多以曲名名之，由是名聞洛下。籍在經費中，將放之。馬有駱者，駔壯駿穩，乘之亦有年。籍在經物中，將鬻之。圉人牽馬出門，馬驤首反顧一鳴，聲音間似知去而旋戀者。素聞馬嘶，慘然立且拜，婉孌有辭，辭畢泣下。予聞素言，亦愍默不能對。且命迴勒反袂，飲素酒，自飲一盃，快吟數十聲。聲成文，文無定句，句隨吟之短長也。凡二百五十五言。噫！予非聖達，不能忘情，又不至於不及情者。事來攪情，情動不可柅。因自哂，題其篇曰不能忘情吟。[31]

吟曰：

鬻駱馬兮放楊柳枝，掩翠黛兮頓金羈。馬不能言兮長鳴而卻顧，楊柳枝再拜長跪而致辭。辭曰：主乘此駱五年，凡千有八百日。銜橛之下，不驚不逸。素事主十年，凡三千有六百日。巾櫛之間，無違無失。今素貌雖陋，未至衰摧；駱力猶壯，又無虺隤。即駱之力尚可以代主一步，素之歌亦可以送主一盃。一旦雙去，有去無迴。故素將去，其辭也苦；駱將去，其鳴也哀。此人之情也，馬之情也。豈主君獨無情哉！予俯而嘆，仰而咍。且曰：駱駱爾勿嘶，素素爾勿啼；駱反廄，素反閨。吾疾雖作，年雖頹，幸未及項籍之將死，亦何必一日之內，棄騅而別虞兮？乃目素兮素兮，為我歌楊柳枝，我姑酌彼金罍，我與爾歸醉鄉去來。

1 見臺灣中華書局四部備要《白香山詩集》冊一。

2 同注1，詳所附錄《舊唐書》本傳所引〈與元微之書〉頁七b—八b。

3 詳見朱金城箋校《白居易集箋校》（上海古籍出版社，一九八八年版）第五冊，頁七二七。

4 同上，頁二八三六。

5 同4。

6 同3，見第四冊，頁二五九四。

7 白居易未嘗言及「異母兄」事。以白季庚與陳氏二人年齡懸殊至二十六歲，陳氏或者爲季庚之妾。陳寅恪氏《元白詩箋證稿》所收〈白樂天之先祖及後嗣〉一文則指稱季庚與親甥女相婚配。幼文爲居易異母兄事，楊宗瑩《白居易研究》舉三項理由以說明（詳文津出版社，民國七十四年版，頁一〇），可資參考。

8 見《白香山詩集》（下引詩例同此）卷五、頁五a。

9 見卷五、頁七b。

10 見卷七、頁一b。

11 見卷一頁一一b。「此詩當是元和辛卯居憂之作。」朱金城同此說。見第一冊、頁五二。

12 白居易任職江州司馬在元和十一至十三年（八一六—八一八），時白居易年在四十五至四十七歲間，故稱此。

13 此詩作年不詳。朱金城《白居易箋校》云：「約作於元和六年（八一一）至元和八年（八一三），下邽。」（詳第二冊、頁八四七）。

14 朱金城謂：「作於元和九年（八一四），四十三歲，下邽。」（詳第二冊、頁八五九）。

15 秦嘉，漢桓帝時人，與其妻徐淑感情恩愛，有〈贈婦詩〉及〈答婦詩〉等數首，而徐淑亦有〈答秦嘉詩〉一首留存。（詳見逢欽立《先秦漢魏晉南北朝詩》頁一八五—一八八）潘岳，晉武帝時人，亦與其妻楊氏情篤，作有〈內顧詩〉二首、〈悼亡詩〉三首及〈楊氏七哀詩〉等。（詳見逢書頁六三四—六三七）。

16 中華書局《白香山詩集》所收〈白香山年譜〉、羅聯添〈白樂天年譜〉（國立編譯館中華叢書，一九八九年版）均未繫此詩。朱氏說見於第二冊、頁九四三。

17 關於白居易被貶江州司馬事，《新唐書》本傳云：「宰相以宮官非諫職，不當先諫官言事；會有素惡居易者，掎摭居易言浮華無行，其母因看花墮井而死，而居易作賞花及新井詩，甚傷名教，不宜置彼周行。執政方惡其言事，奏貶爲江州刺史。詔出，中書舍人王涯上疏論之，言居易所犯狀迹，不宜治郡，追詔授江州司馬。」宋陳振孫《白香山年譜》爲白居易母墮井死云云之說辯解。陳寅恪則以爲白居易父母之婚配不合當時社會之禮法人情而致（見《元白詩箋證稿》〈白樂天之先祖及後嗣〉，頁二九二）；羅聯添則認爲陳寅恪之說不無道理，更因白居易的諷諭樂府詩及奏狀得罪內外當權者所致（見《白樂天年譜》頁一二五—一二六）。

18 白居易與楊氏於元和十一年（八一六）得次女阿羅，當時居易四十五歲，在江州司馬任。越二年，四十七歲，仍在江州司馬任，又得一女。詩中「小女戲牀頭」，當指阿羅而言，以詩人四十七時，女三歲，較能吻合詩意。朱金城亦取四十七歲說（詳第二冊、頁一〇六六）。

19 白居易老年得一子阿崔，三歲夭折。終身不復有子嗣。次女阿羅長成，後嫁於談氏，生一男一女。另有一女，事未詳。詩所稱「三四孫」，未知是否包含三女所生者，或另有所指，不可得知。

20 元稹於元和四年（八〇九）喪失元配韋氏。

21 句出陶潛，〈形影神〉。

22 見第二冊、頁八九七。

23 關於此詩「銀魚」事，朱金城考之甚詳。見第二冊，頁一二〇三—一二〇四。

24 〈答戶部崔侍郎書〉云：「前月中，長兄從宿州來，又孤幼弟姪六七人，（見第五冊、頁二八〇七）又〈與元微之書〉云：「長兄去夏自徐州至，又有諸院孤小弟妹六七人提挈同來。」（見第五冊、頁二八一五）。

25 朱金城云：「作於長慶三年（八二三），五十二歲，杭州，杭州刺史。」

26 談弘謩享年未詳。

27 見第三冊、頁一四五八。

28 關於此詩首句「兩枝楊柳」，論者或以爲白居易府中有二妓，一是樊素（即楊柳），一是小蠻。又另有「春草」，亦似是府妓之說。宋陳振孫《白文公年譜》考之甚詳，謂：「……亦無所謂小蠻者，而柳枝則樊素也。」（詳見《白香山詩集》冊一所收《白香山年譜舊本》頁一八a、b）羅聯添《白樂天年譜》亦引此文，稱「陳譜所說甚是」。唯詩中「兩枝」，則不可解，姑此存疑。

29 此即劉禹錫〈楊柳枝詞九首〉之九。（商務印書館四部叢刊《劉夢得文集》冊一卷九、頁六五下）。

30 試舉其例如下：〈秦中吟〉十首中，〈議婚〉（卷二、頁二b）刺貧女婚姻；〈胡旋女〉（卷三、頁四a）雖戒近習，亦對舞女寄予同情；〈繚綾〉（卷四、頁四a）念女工之勞；〈母別子〉（卷四、頁五a）刺新間舊；〈陵園妾〉（卷四、頁六a）雖是託幽閉以喻被讒遭，但其表面仍在爲失恩幸之女子伸不平。至如〈婦人苦〉（卷十二、頁九b）一詩，則更直訴婦女種種待遇之不平諸現象。

31〈不能忘情吟〉實二百三十三字，汪立名所編《白香山詩集》作「二百五十五言」（見別集、頁五b）；朱金城《白居易集箋校》作「二百三十四言」（見第六冊、頁三八一〇），均不符，此姑從汪氏舊本。

手跡情誼——靜農師珍藏的陳獨秀先生手跡

一九九〇年歲將暮的一個冬日午後，臺益公來訪我臺北辛亥路的家。事前他只在電話中約略提到：「來和妳聊聊，順便拿件東西給妳看看。」

開門時，見益公已剃去守喪時期留的鬍鬚，稍稍恢復往日的精神，乍看眞像極了靜農師，他是臺先生的么兒。「林姊姊，這兩瓶酒送給妳。另外，還有這東西。都是爸爸留下來的。前些時候，妳幫了不少忙。」他所說的「幫忙」，不知指的是什麼？是指臺先生的喪事嗎？還是指香港《名家翰墨》在出版臺先生和啓功先生的書畫專號時，我介紹了一些同儕友輩提供各人珍藏的墨寶？其實，這些都是學生應該做的事情，但我說不過益公，便只得收下酒兩瓶。至於裝在一個大型牛皮紙袋裡的東西，取出來一看，卻令我十分驚喜。以夾板爲前後護面護底，裡面是用毛筆書寫在稿紙上的陳獨秀先生的早年自傳，托裱得如書法墨寶一般精緻。臺先生晚年以爲搬家時遺失了的寶物，竟赫然在我眼前！

一九八九年，臺大規劃將溫州街十八巷的一些老舊宿舍改建爲新式大樓，通知各住戶搬遷。臺先生的宿舍在溫州街十八巷六號，是一九四七年以來居住慣了的日式木造老屋。自大陸渡海來臺任教於臺灣大學中文系乃至於退休以後的四十餘年裡，他和太師母，一家祖孫四代安居的地方。像許多大陸遷移於臺灣的人士，以爲臺灣只是暫時歇腳之處，所以初時他把書房名爲「歇腳盦」；

一九七七年，臺靜農與林文月。

其後易稱「龍坡丈室」，表示認同臺灣，且可能終老於龍坡里。豈知逢老竟未能長期歇腳於十八巷六號的屋簷下，而不得不搬遷。雖然校方特別顧念資深教授而另覓溫州街二十五號為新宿舍，與十八巷六號的原住處只在二百步許的距離，但以八十九歲之高齡，要搬遷居住長達四十多年的家，無論在身心兩方面都是頗大的負擔。我事前去探望臺先生，神情言語間他都難免流露著不安和焦慮。

搬家之前，益公和惠敏已經把新住所清潔布置妥當，而當天中文系甚至有幾位年輕力壯的男助教來協助搬運，臺先生仍不放心地坐鎮在舊書房裡那隻老藤椅之中，叮嚀他們書籍和文物種種的安排，表情凝重而嚴肅，是我們平時難得見到的。助教們倒是頭腦冷靜，手腳靈活，每人負責自己的工作，奔走來回於新舊居的巷弄裡，天黑之前就已大致搬運停妥了。

隔些日子我拜訪新居，感到十分驚奇，那書房看來竟和原來十八巷六號的書房無甚分別。桌椅仍舊，層層的書櫥也還在臺先生座位背後，甚至沈尹默先生的字、張大千先生的畫，都垂掛於壁上，大風堂所書匾額「龍坡丈室」亦懸掛在書桌對面。一切彷彿未變，如同舊時。然而，事實上一切並非如同舊時未變。臺先生經過那一段時日的折騰，看來消瘦了一些，氣色也不太好。他憂慮形於色地說：「唉，搬個家，許多東西都找不到了。不知塞到哪裡去。」「糟糕的是，獨秀先生的稿子也不見了。」據說他曾經問過幫忙的助教們「見到一個大型牛皮紙袋沒有？」他未對年輕的他們說明那是陳獨秀先生的稿子。我安慰臺先生：「您剛剛搬家，有些東西一下子找不到，也不要著急。慢慢的，有時候不經意間就會出現的。那些助教雖然年輕，可都是很負責任的。」「不知道會不會掉落在路上？」「那麼大的袋子，即使掉落了也會感覺得到。應該是不會掉在馬路上的。」然而，我似乎也感染到臺先生的憂慮了。

臺先生竟帶著那憂慮住進了醫院。搬家後不到一個月，因為飲食困難，到臺大醫院檢查，診斷為罹患食道癌。他在病榻上，念念不忘的還是陳獨秀先生的遺稿。病情尚未十分嚴重的初期，我去醫院探病，有時他興致較好，會談說一些往事，但結語多半是：「那一袋東西，不知能不能找到？」我明白他所指的是什麼，雖然並沒有看到過那內容。

纏綿病榻十個月，臺先生於一九九〇年十一月九日去世。同年十二月十日（農曆十月二十四日）是他九十榮壽之期。門生故舊先已紛紛撰文以為祝壽，而香港《名家翰墨》也特別製作專號以表敬意。然而，只差一個月，先生竟未及目睹而逝去，委實遺憾！十一月二十五日，大殮之日，《名家翰墨》的主持人徐禮平先生兼程從香港飛來臺北參加葬禮。他攜來兩本剛剛印好尚未及裝訂的第十一期《名家翰墨》〈臺靜農、啓功專號〉。一本納入棺中，另一本送給我。這一本書的籌劃約莫是在一年以前，我到香港演講，徐先生同我談起，我答應提供所珍藏的臺先生的墨寶，並撰一文。返臺後，又代為邀約朋輩共襄盛舉。豈料祝壽的初衷，竟成為送終之心香。

臺益公送來陳獨秀先生自傳稿，不知是因為我居中奔走促成那本《名家翰墨》出版的緣故嗎？然而，這又是何等的巧合啊！我一眼看出那就是臺先生搬家前後所掛心，甚至於生病住院時仍思思念念的稿子。「你在哪裡找到這個呢？」我等不及地問益公。「在保險箱裡呀。」他若無其事地說。「你父親為這個操心了很久。他以為搬家時丟了。」「唉，他自己收得好好的。大概是年紀大，記性衰退，忘掉了吧。」想到他老人家暮年最後一段日子裡所牽掛的事情，竟永遠無法告曉以為安慰，我心裡十分傷痛。「這太寶貴了，我不能接收。」「哥哥、姊姊都在國外。爸爸的保險箱要結束，這東西不知該怎麼辦？還是送給妳吧。」或許，益公處理臺先生的後事，也有很多複雜的問題的罷。「這是重要的文獻，我絕不能私自收下。今天你給我，就算是讓我暫時代為保管，以後再做妥當的安排吧。」陳獨秀先生的自傳，遂一度到了我手中。

陳獨秀先生是五四運動的重要人物，提倡民主與科學，鼓吹新文化，為當時的知識青年所景仰尊敬。他和臺先生雖然都是安徽人，但長於臺先生二十二歲，兩人相識於抗日戰爭時期的四川江津。抗戰爆發次年一九三八年，臺先生舉家輾轉遷移大後方，寄居江津縣白沙鎮，任職於國立編譯館。一九三八年十月十九日，「中華全國文藝界抗敵協會」在重慶舉行魯迅逝世二週年紀念會，臺先生應老舍之邀演講〈魯迅先生的一生〉。次日，他搭船到江津去看望一位在當地行醫的朋友。在沒有刻意安排的情況之下，意外地見到住在重慶因事到江津的父親，和心儀已久的同鄉長輩陳獨秀先生。當時陳氏已六十歲，而臺先生近三十七歲。陳獨秀先生在一九二〇年代曾投入中國共產黨，並連任黨中央書記，後因故被撤銷職務，並遭開除黨籍。一九三二年，為國民政府逮捕入獄。五年後獲釋出獄，遷居於江津。一九四二年病逝。臺先生在陳獨秀先生生命的最後四年裡認識了他，當時陳氏已不再叱吒風雲，淡出政壇，他們成為忘年之交，主要的話題是建立在學問和文學書藝方面。離開政治圈後的陳獨秀先生，正在爲小學教師編寫有助兒童識字的教科書《小學識字教本》。那是一本以科學方法，有系統地整理中國文字的書。編寫期間，陳氏想藉助臺先生在編譯館工作之便，協助他借書、油印和發行。一九三九至四二年間，陳氏寄臺先生的書信多達百餘封。

其實，關於和魯迅、陳獨秀二位先生的交往情形，初時臺先生是絕口不提的。當時臺灣正處戒嚴時期白色恐怖狀態，而他自己二、三〇年代在大陸曾三遭牢獄之災，所以對於曾有過左傾現象的人物的話題格外謹愼，是可以了解的。那時課外在府上書房裡的言談，他對比較親近的學生們也都不願稍及於那些敏感的往事。而即使戒嚴法解除，言論稍稍自由以後，他對於外界有關這些問題的訪談也還是避開不願多談。關於陳獨秀先生，他和我們談的最多的是《小學識字教本》的事。臺先生十分推崇這本書，他告訴我們，這本書在四川時曾經油印了五十份散發，聽取各方學人的意見。一九七一年，由臺灣的中國語文研究中心校訂再版，改名《文字新詮》，序文是由梁實秋先生所寫，未提原作者。由太老師臺佛岑先生手抄原序補上。記得說到這些事情，臺先生最遺憾的是他和陳獨秀先生兩人從未曾合影過。「那時候在大陸上，照相算是大事情。哪像現在這麼方便，拿起相機隨時想拍就拍。」「我們當時拍照，要就是到照相館，要就是請照相館的人出來拍照，都是一本正經的事情。」「可惜就是沒有和獨秀先生合影過。」他前前後後說過這些話，有時也會搬出一本相簿，指著一些年久發黃的老照片，告訴我這是誰那是誰。有一張照片給我的印象最深刻。

那應該是在照相館拍攝的，臺先生和張善孖（又字善子）先生、張目寒先生及另一位較年輕的人士，四人都穿著唐裝，一字排開在相片約莫三分之一的下方，上面是一頭獅子的畫。右上角題書「中國怒吼了」五個大字，其下兩行稍小的字為「中華民國二十七年八月十五日抗戰週年虎癡張善子寫」。張善子是張大千先生的哥哥，以畫虎著稱。這張刻意安排的相片，很能反映抗日時期中國知識分子熱血愛國的情況。由於當時攝影確實不易，臺先生舊相簿上來臺以前所拍攝的老照片並不多，而那上面果然是沒有他和陳獨秀先生的合影。大概是由於這個緣故，他格外重視這份自傳稿。

其實，這份傳記並不完整，只書寫了三十多頁，終於陳氏十七歲應鄉試時。不過，在最後一頁卻另題書兩行字：「此稿寫於一九三七年七月十六至廿五日中。時居南京第一監獄，敵機日夜轟炸，寫此遣悶，茲贈靜農兄以為紀念　一九四〇年五月五日　獨秀識於江津」，題簽致贈此稿時，兩人相識僅一年多。當時尚未有影印機複製的方便，陳獨秀先生把手書的唯一自傳原稿贈送給小於自己二十二歲的新識朋友，足見其推心置腹引為知己的情形。這份情誼值得珍惜紀念，或者更甚於合影。而以陳氏其人知名度之高，此傳稿書寫時又值在獄中的敏感時間；可以想見臺先生受此厚禮，是如何小心翼翼收藏，其後又如何戰戰兢兢攜帶來臺。何況，他自己曾經歷過三次縲絏之災，所以對於這些文字一直是保持著極度的祕密，甚至托裱與夾板，都不敢隨便送外委於他人，而自己親身在家中製作。想必是裝訂製作後，或者是搬家之前，他自己謹謹慎慎拿去鎖在租借的

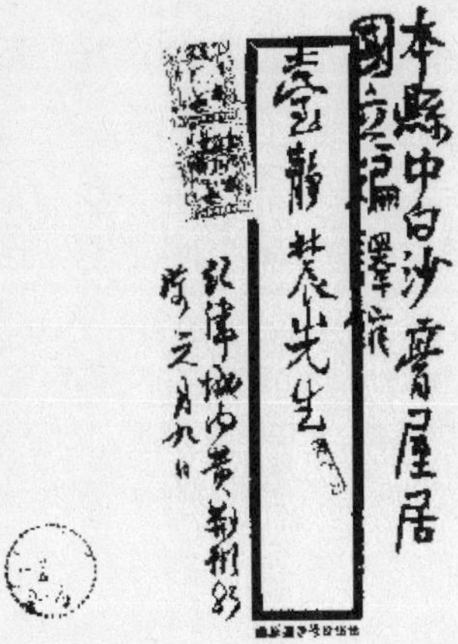

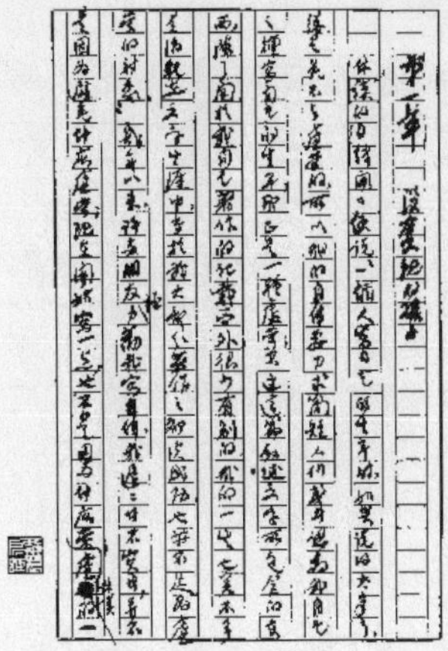

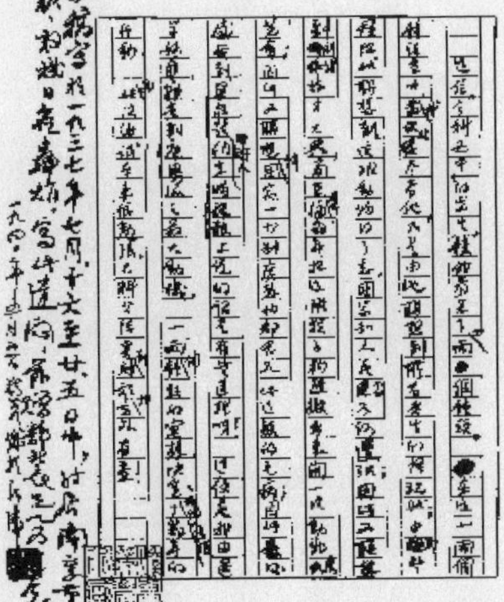

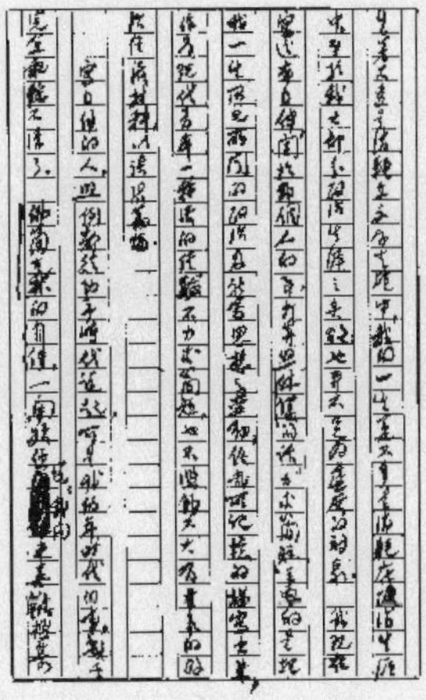

陳獨秀先生寫於獄中的部分自傳手稿（翻拍自《臺靜農先生珍藏書札（一）》）。

保險箱內，以求妥善安心。豈料，搬家之後竟然忘了此事，而搬家之後未幾就病發住院，直到過世都不能讓他安心。

面對著在手中的陳獨秀先生手書傳稿，追念老師晚年的不安，我悲痛不忍，私自發誓定將爲之尋覓一個妥當的收藏之處。我不放心把益公給我的牛皮紙袋放置家中，遂專爲此租借了保險箱。

中央研究院中國文哲研究所籌備處（今中國文哲研究所前身），近年來從事蒐集並整理出版近代文哲學界名家的未付梓手跡及短篇零稿，爲《近代文哲學人論著叢刊》。臺先生過世後遺留下的各類手書文稿和親舊信札正符合其旨，而且他生前是文哲研究所籌備處的諮詢委員，所以籌備處計劃繼《蔡元培張元濟往來書札》及《陳垣先生往來書札》之後，爲臺先生整理出版類似的書。有一些老學生認爲這是義不容辭之事，遂接受了這個工作。參與者有張亨、彭毅、鄭清茂、樂蘅君、施淑、黃沛榮、林玟儀和我。我們都是臺大先後屆的同學，書出版後對外雖然稱爲「編輯小組」，實則從一九九二年以來，這個八人「小組」爲整理先師零稿遺札的聚會是頗爲非正式而且溫馨的。

首先，大家商量找一個聚會的場所。八個人不算多可也不少，借用學校的研究室或教室，並不甚容易，也不太方便。那時候我的兩個孩子都已赴美留學，豫倫也已經退休，多時住在加州。辛亥路的家常常是我獨居，遂請大家到我的家來。我們通常都是大約一個星期前以電話聯絡，找到共同無課無事的週日，便各自在家吃過晚飯，八點鐘相聚。由於大家都是教書的，每次聚會都相當守時。當天，我總是提早晚餐，準備一些茶點或水果，略盡主人的心意。有時候其他的人也會帶一些糕點過來。

臺先生過世後，臺大收回了溫州街二十五號的宿舍，家人把他的書籍捐給中文系，而手稿信札則包妥寄存於第三研究室系主任辦公室靠牆的書櫥下層。我們八人之中，黃沛榮和林玟儀最年輕，他們夫婦二人負責而謹愼。每一次聚會商討的資料，都是由他們事前去向系主任借出相關部分，影印爲八份，所以人手一份，可以各自作記號或寫意見，而不必擔心損及原稿。原稿是可供後人研究臺先生，以及近代文史哲人和相關事宜的寶貴資料。臺先生所保存的遺稿和親舊手札意外的多，所以大家商議先行整理他自己的零星舊稿。我家的客廳不大，我把每一盞燈都打開，以利辨認字跡。沙發椅不夠用，我自己尙得搬移飯廳的椅子，才有位置坐。每個人的座位下面都堆滿各自分得的資料。我們逐張細覽，編排後先，有時爲其中的內容觸及記憶而感慨，難免放下手中的工作，追念往事，時則莞爾，時則唏噓，老師的音容風範忽焉似又回到燈下，彷佛參與我們的聚會。那樣的情景下，我往往會建議暫停討論，於是遞茶分糕點，索性大家分享沉湎於往事的溫馨裡。其實，走出校門後各自忙於教學研究，很難得有時間這樣子整夜相聚。爲臺先生整理遺稿，我們竟意外地得到如此美好的機會，大家藉此交換記憶重溫往事。

一九九三年二月，《臺靜農先生輯存遺稿》由文哲所籌備處出版。同年秋天，我自臺大退休，移居美國加州，臺北的家仍保留著，每年至少來回臺美間二次。但是我擔心益公給我的牛皮紙袋的安全，與大家商量的結果，便決定暫時交由黃沛榮和林玟儀保管。他們也特別爲此租借同一家銀行的地下室保險箱。我們八個人仍然趁著我返臺期間聚會，在整理臺先生珍藏的親舊手札時，發現數量相當龐大，若其總爲一冊，恐怕將超過數百頁。其中，以陳獨秀先生的函件爲最多，共有一百餘封，且內容有別於其他，尤其談論文字學的部分，可以看出他們二人傾心學術的情形，遂徵得文哲所籌備處的同意，以百餘封信札爲基礎，另加入陳氏寄贈先生的詩文、題字，同時也藉此機會把那一份自傳附入。這本專收陳獨秀先生手跡的書稱爲《臺靜農先生珍藏書札（一）》共三七〇頁，於一九九六年六月出版。至於其他親舊和太老師的信函，則另編爲《臺靜農先生珍藏書札（二）》，也已整理編妥，可望於近期內刊印。這裡面所收的有太老師臺佛岑先生和其他朋輩、後學的手札。大體上以個別人物排比，同一人物的手札，則儘量以書寫時間安排先後。不過，由於大部分的書信有月、日而無年分；有些甚至有日而無年、月。遇此情形，我們都閱讀內容，觀察相關事件，點滴現象，或比對信封郵戳，試圖理出頭緒，但許多信札還是無法判別書寫時間，便也只得暫爲之編繫。希望日後有心的讀者能參與我們的工作，糾正我們的錯誤，使這些可貴的資料呈現更完好的面目。

二〇〇一年十二月，爲紀念臺先生百歲冥誕，臺大中文系特別舉辦學術研討會，臺大總圖書館則同時展出臺先生的書畫手跡。展覽結束後，圖書館五樓的特藏室便收藏了他的重要手跡。記得臺先生生前常對我們說：「在這裡也住大半輩子了，以後就葬在這裡。我那些東西也收在這裡罷。」而自從一九四六年四十五歲時渡海來臺即任教於臺灣大學中文系，且主持系務長達二十年，臺先生是歷屆系主任中任期最長的一位。他思想開明，胸襟恢宏，爲光復後剛剛成長的中文系奠定了良好的基礎。對於臺灣大學中文系而言，他無疑是大家長的地位。何況，新建的總圖書館規模宏偉，尤其特藏室有專人管理，又具除溼恆溫的完善設備，無論從哪一方面說，總圖的特藏室都是臺先生的手跡遺物最理想的歸宿。我建議將陳獨秀先生的自傳原稿一併存放，獲得大家贊同。除在紀念臺先生百歲冥誕的展覽會之際，許多後輩學子都提供所珍藏臺先生的墨寶，共襄盛舉。除了一幅行書長軸外，我又把多年前見贈的詩抄卷軸展出。展出期間，參觀者無不被那一卷長幅詩抄所吸引，認爲臺先生的詩書二藝盡在於此。展覽會結束之後，遂請孔德成先生和汪中先生題跋，去年也捐贈了總圖，以遂心願。

臺先生晚年把他的書齋易名爲「龍坡丈室」，表明認同臺灣，不再「歇腳」。先生走了，但是他的人格典範烙印在我們心中，不會因時光流逝而稍褪色；他的手跡和許多證明他生前高貴情誼的文物，已被妥善保存下來，將會永遠閃耀發光。

《清晝堂詩集》中所顯現的詩人的寂寞

《清晝堂詩集》是因百師的詩集。一九八八年十二月，由大安出版社刊行。時因百師八十三歲，此集爲他生平詩作之總集，收卷一「大陸舊作（上）」六十四首，卷二「大陸舊作（下）」七十五首，卷三「臺灣新作（上）」五十九首，卷四「臺灣新作（下）」一百三十九首，卷五「七十後作（上）」一百六十一首，卷六「七十後作（中）」八十五首，卷七「七十後作（下）」一百二十二首，卷八「八十後作」一百八十一首，卷九〈讀詞絕句〉三十首，卷十〈論書絕句〉一百首，卷十一〈論詩絕句〉一百首，卷十二〈八十自述〉一首，及附錄〈網春詞〉六十四首、〈共存詩〉一千一百一十七首、詞六十四首。

因百師重視文章事業，在自序裡說：「存詩始於民國十五年進入燕京大學讀書，到七十六年秋冬間爲止，首尾六十二年。數月以來，神思昏沉，意興衰落，恐難再有新作，這十二卷應該算是我的全集。」又說：「古人作詩，偶有自注，大都是簡單的三言兩語。我這部詩集的自注，連篇累牘，頗爲詳展，像清朝人注唐宋大家詩集一樣，這恐怕是詩壇創舉。」正因爲有這些連篇累牘，頗爲詳細的自注，千餘首的詩作，大體可以把握。近月以來仔細拜讀，心中頗有所感，尤其集中處處所顯現的寂寞之情，更不禁令我憶念老師昔日的種種言語行止。

因百師多年前又曾撰〈詩人的寂寞〉，我最早在《從詩到曲》讀過，印象深刻，其後收入《景午叢編》（臺灣中華書局印行，一九七二年）。這篇一萬字左右的文章，以「千古詩人都是寂寞的，若不是寂寞，他們就寫不出詩來」起筆，舉實例暢論魏晉南北朝、唐、宋詩人的寂寞心情及其詩作，全文沒有考證，甚至也沒有注解，卻細細分析個別作家所以寫成這些寂寞詩篇的背景和原因，既富道理，又富感情，有因百師上課時講詩的特色。故而想到以老師的文章解老師的詩篇，寫此《清畫堂詩集》中所顯現的詩人的寂寞〉一文。本文擬步趨〈詩人的寂寞〉，亦將不設注釋，唯詩集作品數量浩瀚，為了查閱方便，僅在所引詩篇、詩句或注文之後標出其頁碼。

一

因百師祖籍遼寧鐵嶺縣。因祖父官成都水利同知而駐灌縣，一九〇六年誕生於四川灌縣之成都水利府署。一九一四年隨雙親移居吉林東寧縣。八歲，從塾師讀《四書》，其後讀縣立小學。一九一六年，十一歲之冬，自東北移居北京，自此在北京長住。十三歲，入崇德小學，始習英文。中學先後就讀於崇德、崇實二校，皆為基督教會私立學校。一九二六年，崇實畢業，保送入燕京大學中文系。值北洋政府時期，國立諸校未能按月發薪，北大文史名宿多在燕大兼課，沈尹默授歷代詩選，周作人授散文選讀，因百師在〈八十自述〉後的注文說：「予一生治學門徑、見解，深受沈尹默、周作人兩師薰陶，至今服膺。」又：「校課規定，文學院各系須選修社會科學兩門，自然科學一門，予於文史之外，略具各科常識，實拜其賜。」（頁四五九）足見燕京大學對於他的影響。

不過，因百師並不是持續讀完大學課程。大三時，由友人顧羨季推薦，到天津的河北省立女子師範學院任教，授文學史及詩詞選讀，並兼系主任，當時年僅二十四歲。一年後回燕大銷假，續修未完學分，同時在北京城內匯文中學兼課。至於爲何於燕大在學中兩度在中學及師院兼課？從詩集裡提到「予家世寒素」（頁二三三）、「弱齡家困乏」（頁二四六）之詞，或者竟是由於爲了減輕私立大學較貴的學費負擔所需。一九三一年，二十六歲燕大畢業，正式任匯文中學教員。一九三七年，三十二歲時抗日戰爭開始，其後華北淪陷。一九三八年，三十三歲回母校燕大任中文系講師。抗日戰爭時期留居北京，「謹言行，愼交游，未嘗稍出治學教書之範圍，幸免隕越。」（頁四六一）勝利後遂得繼續置身庠序。一九四五年秋，四十歲，抗日勝利，華北重光。教育部設立大學先修班，體制同大學，應聘爲中文系副教授。翌年，先修班結束，歸瀋陽，任教國立東北大學；在校僅半年餘，故鄉烽火，危疑震撼，不得安居，無從樂業。一九四七年秋，遂赴上海，任教國立暨南大學。

《清晝堂詩集》卷一、卷二共收大陸舊作一三九首，寫作年齡自二十一歲至四十三歲；此外，集後所附編〈網春詞〉六十四首，作於二十一歲至三十七歲，併可視爲因百師渡海來臺前的早期作品。綜觀此二百餘首早期的詩詞作品，令人相當意外的是甚少見到年少感情奔放，或狂狷逸蕩之作。雖然〈早春〉二首之二有：「文章千古事，花月少年心」（頁一四）句，但細讀此二百首詩詞，「花月心」情調之作，僅得下面三幾篇。〈三夢〉三首之二（頁二七）：

臨風才一笑，眾卉失芳妍。皓月流鴛瓦，明霞破曉煙。

堆鴉雲濕鬢，響屧步生蓮，珍重餘溫在，心頭與夢邊。

此詩寫婦女型態情韻，頗有宮體詩風味，然較諸六朝詩人篇章的奔放，則見約制許多，可謂豔而斂。因百師不喜齊梁詩，在〈詩人的寂寞〉中說過：「我以為他們只有華美的外表去裝點寂寞，而缺少堅強的生命力。」（頁一五）《清晝堂詩集》卷十一〈論詩絕句〉一百首之九梁簡文帝蕭綱（宮體）：「緣情體物耐思量，新變何須守故常。高古從教尊漢魏，輕柔也復愛齊梁。」（頁四〇四）不過，他晚年重編《清晝堂詩集》時，詩後卻加上了注文：「宮體詩賦，自唐以來始終為論者所輕，至近代而益甚。實則自有其文藝價值及影響力，不容一筆抹殺。可參閱林文月撰〈南朝宮體詩研究〉一文。沈秋明師詩云：『莫憑高古論風雅，體製何曾有故常。寂寞心情誰會得，齊梁中晚待平章。』宮體詩必須靜心細讀，始能得其神味。」因百師不僅尊敬他老師的意見，甚至對後輩學生的一得之見也往往採用，卷七中所收〈辛酉春感〉二首後有注文：「賈島詩：『卻望并州是故鄉』，世所傳頌。據葉國良考證，實為唐德宗時人劉皂詩。」（頁二二〇）而卷八更有一首〈讀杜維運著趙翼傳題四絕句〉（頁二六二）。我和葉國良在臺大中文系先後受教於因百師，杜維運雖然不是學生，也是臺大歷史系的晚輩。由此可以窺見因百師的謙沖大度。

至於〈雜詠古詩人事〉（頁三一一），或為託古人喻心以見情緒之作：

陶公亦有閒情賦，陸叟空餘菊枕詩。

十願聲殘人別後，曲屏香在夢回時。

蘭膏紅豆漬雙顆，瓊樹金盆浸一枝。
老去冬郎情未減，還裁秀句寫相思。

另〈寄初白滬上次章答所問〉二首之二（頁三三二），則寫得十分清新而高古：

小姑依舊是無郎，回首十年綺夢長。
悵望明霞殘照裡，伊人宛在水中央。

至於六十餘首詞中，傷春惜別的基調者居絕大多數，而難見五代、宋初的婉約香奩之作。令人驚訝的是一九二六年二十一歲所賦，可能是因百師最早的詞〈減字木蘭花〉（頁四六九）：

當年三月，姹紫嫣紅輕易別。縱使春歸，金縷華年事已非。月圓花好，可惜愁中都過了。不道芳時，真個無花空折枝。

此作顯然是受到唐杜秋娘詩的影響，字裡行間竟全是少年老成；而次年二十二歲所作的〈虞美人〉（頁四六九），則甚至更是老氣橫秋：

十年如夢雞林道，只剩當時帽。無端開篋忽重看，帽上沙痕雨點恁斑斑。那堪又是秋蕭索，明日還飄泊。孤燈滅了掩重門，我是生成有恨愛黃昏。

這種「生成有恨愛黃昏」的個性，幾乎籠罩著《清晝堂詩集》全部，而「孤燈」一類詞，甚至也屢見於三十歲以前的詩詞裡：「卻緣可物遺孤燈」（二十三歲〈浣溪沙〉，頁四七四）、「小齋長嘯一燈孤」（二十四歲〈出郊〉，頁七）、「黯黯孤燈寒」（二十五歲〈成府幽居〉三首之三，頁九）、「起滅孤燈納夜光」（二十五歲〈秋夜匯文東齋〉，頁一一）、「昏燈孤照瘦形骸」（二十五歲〈浣溪〉，頁四八〇）。

除了「孤燈」一詞之外，以「孤」或「獨」字冠於名詞之前而造成特殊孤單印象效果者，也是全集甚至早期作品中多見的現象。例如二十三歲時所作〈獨游西山碧雲寺〉（頁六）：

秋日清且佳，郊遊散孤懷。白楊何蕭蕭，悲風捲地來。衰草遍荒原，行近西山隈。
尋幽入碧雲，泉聲壯以哀。萬木漸凋落，四山長崔嵬。高峰臨曠野，落日照黃埃。
俯仰思古今，感慨獨徘徊。蒼然來暮色，垂鞭信驢回。平生愛秋雨，天末已聞雷。

〈孤坐〉二首之一（頁一五，二十七歲作）：

八月涼風起，孤坐露氣深，星河垂屋角，螢火穿花陰，偶聽敗葉響，間以哀蛩吟。
關山勞遠夢，鴻雁少來音。寂寞向秋晚，蕭瑟感我心，我心固匪石，眾口能鑠金。

〈中秋獨酌〉二首之一（頁二五，三十二歲作）：

甲子存周曆，山河見朔風。鬢從今歲白，酒異去年紅。
難度遲遲日，惟書咄咄空。淵明去我久，獨酌與誰同。

三十二歲而稱「鬢從今歲白」，或有些誇張，不過，潘岳的〈秋興賦〉早已有先例：「余春秋三十有二，始見二毛。」而因百師此作恰在三十二歲之年，或者亦即因而興起遙遙與古人唱和之意罷。至於「獨飲」或「獨酌」之詞，在此三十二歲之年以後的詩詞中也屢屢出現，處處可見。然而在我師事因百師三十年的觀察裡，他其實並不是一位酒量很大或特別好酒的人。回想在許多臺大中文系的師生宴會場合中，他一直都是含蓄飲酒，適量而止。我們常見到因百師將酒杯倒置，杯口向下，那就是表示到了一定的限量，不再續杯。他喝酒的風格與靜農師的豪放、翼鵬師的貪杯，是頗有所不同的。

以上所舉，只是其中一斑，在卷一六十四首中出現「孤」、「獨」、「寂寞」或「寂寂」等詞者凡二十處，卷二七十五首中有二十一處。而三十七歲前所賦的六十四首詞中，同樣的情況也有二十三處。下舉其中二十四歲之作二例。〈破陣子〉（頁四七七）：

乍暖猶寒天氣，非愁非怨情懷。裊裊垂楊才嫩綠，漠漠濃雲正慘灰，長空雁未來。夢裡蒼茫煙水，醒時寂寞樓臺。便好消磨惆悵意，也恨平生萬事乖，春花又亂開。

〈西江月〉二首之一（頁四七九）：

病後情懷更嬾，閒中景物相宜。小窗秋暖夕陽遲，獨坐黃花影裡。
放眼何鄉可住，回頭萬事堪悲。鏡中雙鬢欲成絲，昨夜風高葉墜。

若非作者編集時自繫寫作時間，這二首詞的內涵情調恐怕沒有人會想到是年僅二十餘歲之青年所寫。至於〈西江月〉首句所出現的「病後」二字，應非泛稱而是事實。往昔上課或課餘時，因百師每常提到他自己從小體弱多病事，不過並未具體說到究竟是何種病症。集中有「少年多病老仍健」（頁一九四）之句，而〈己未秋興〉八首之八更自注：「民國八年（當是十四歲時）己未夏秋間，大病幾死，至今每患腸胃發炎，猶是當時之後遺症。」（頁一〇九）

因百師將四十三歲渡海來臺以前的作品結集為大陸舊作，分為上、下兩部分。事實上，三十一歲之前寫於北京的上卷部分，與三十二歲到四十三歲之間，於北京、瀋陽及上海等地所寫的下卷部分，在作品的量及質方面幾乎相當，而且內涵也頗為近似。換言之，他在最早期的作品裡已經顯現出相當程度的成熟度，甚或是老成的特性；而造成這樣的印象的主要原因，應是來自如上所舉出的孤獨寂寞情調的渲染所致。

在〈詩人的寂寞〉一文中，因百師寫著：

千古詩人都是寂寞的，若不是寂寞，他們就寫不出詩來。人在心如止水的時候，總是很自然的過著日常生活，當然無所謂詩。但是很少人能夠長久保持這種止水似的心情與常態生活。已往的回憶，未來的冥想，天時人事的變遷，花開葉落，暮雨朝雲，一切都像風吹水面似的，惹起人們心情的波動。這些波動，層疊堆積起來，就需要寄託，需要發洩，這是人之常情，尤其多情善感的詩人，更是如此。……詩的完成，總要在這一切外向生活過去以後，酒闌人散，斗室燈青，

意聚筆端，神凝紙上。此時此境，還不就是所謂寂寞？……寂寞是介乎苦悶與悠閒之間的。（《景午叢編》，頁八）

這是〈詩人的寂寞〉做為萬字長文開宗明義的冒首部分，其後依歷史順序例舉了魏、晉、南北朝、唐、宋的七個詩人有關寂寞心情的詩篇，並提出個別之間所以寂寞的原因及其成詩的特色。此文寫作的時間在一九四四年，當時因百師三十九歲，從《清晝堂詩集》的繫年看來，他寫詩已有十八年的經驗，並且也已經先後在河北省立女子師範學院、北京匯文中學、燕京大學等各校教授古典詩的課程，所以這一段文字，可說是從身兼創作者與評論者雙重身分的立場所論，與陸機之撰述〈文賦〉相同。

在〈詩人的寂寞〉文中所列舉的阮籍、陶淵明、謝靈運、柳宗元、王安石、蘇軾等古代詩人的寂寞詩篇，多數是與時代背景或政治處境，以及個人的宦途挫折有關聯。例如阮籍，「想作一番事業而又怕事，想避世而又因爲家世門第的關係逃避不開。政局的險惡，社會的混亂，使這位脾氣大膽量小的先生汲汲皇皇，不可終日，好像一天也活不下去；而他還偏要活下去。既傷世難之紛紜，復悲人生之短促。於是彆悶得他行事則奇特顛狂，作詩則悲涼掩抑。他的詠懷詩明說寂寞的雖不多，卻是全部八十二首都籠罩著一種極度寂寞近於苦悶的空氣。」（《景午叢編》，頁一〇）；「淵明的思想是儒家的，卻生在一個釋老空氣濃厚的社會裡。淵明的性情是高潔閒靜，卻生在一個奔競成風，喪亂相尋的時代。這即是他所說的『世與我而相違』，與世相違，那有不寂寞的。」（頁一一）；「陶淵明謝靈運自來是並稱的。這兩家的詩，從外形上看，迥乎不同，陶重白描，質樸疏朗，謝主雕繪，茂密精嚴。但他們的內涵卻有相同的地方，他們兩個人都有一副豪邁的氣概和戚寞的心情。這種豪邁的氣概就成爲兩個人的生活力。陶淵明以這力量去擔負他歸田以後的矛盾心情，困乏生活。謝靈運以這力量來發洩他入宋以後的悲憤抑鬱。」（頁一二）；「柳的心情與謝相近，乃是因爲兩人的身世遭遇頗爲相同。他們都是熱中之士，謝是少年勛貴，柳也是少年得志，但後來都中途失意，謝出守永嘉，柳貶官永州。謝在永嘉，居官不樂，時常出郭縱遊，柳在永州，幽憂騰悴，也是寄情山水。但無論外界景物怎樣幽美，總不能塡充內心的空虛，離群索居，去國懷人之感，無論如何也去不掉。所以謝在永嘉作詩說『心跡雙寂寞』，柳在永州作詩，也多用寂寞索寞等字樣。」（頁一六）；「李商隱的爲人，情深氣傲，而又頗爲拘謹。這種個性使他很容易感覺寂寞，他的精麗深婉的作風又極適於描寫寂寞，……凡此皆可看出寂寞是李詩中一貫的情調，花晨月夕，雨夜晴天，並有此感。」（頁一八）；「王安石的新法是好是壞，爲功爲罪，後人未曾設身處地，當然無從說起。不過他之失敗於個性的執拗倔強則是古今之所公認。他在當權的時候，力排衆議，一意孤行，鬧得誰也不肯與他合作，這在我們看起來，已經夠寂寞的了。但總還有事可作，帝廷相府，熱鬧一氣。到了失勢罷相，閒居金陵，才眞是寂寞到極點。……王安石是個抱有極大雄心的政治家，又曾居才相位，一旦失敗，投閒置散，這當然不是尋常的寂寞。再加上他執拗倔強的個性，使他很難忍耐下去；而他還必須忍耐，於是只有把滿腔的侘傺憤悶寄託在詩上。

他的寂寞的背景，比謝比柳都要深厚廣大，發而為詩，其情味氣象，自然也就更為深廣。……我以為陶淵明的寂寞生於沖遠的思，李商隱的寂寞生於深摯的情，王安石的寂寞則是生於侘傺不平的氣。思情氣三者，都是富於普遍性，永久性的，都生命力的原素，所以這三家寫寂寞的詩也最為生動深刻。」（頁二〇）；「蘇軾的為人，瀟灑坦率，愛才好客，到處總有人追隨，他也非常喜歡接待他們，『座上客常滿，尊中酒不空』。這樣一個人總應該不會感到寂寞；但他至少也曾度過兩次寂寞的時期，都是謫居，一次在黃州，一次在瓊州。那時雖也有人來看望他，陪伴他，地方官和士人對他都很好，但謫居況味總是蕭索拘束的，當然趕不上在杭州徐州以及在汴梁時的湖上歌舞，玉堂清貴。他在黃州時住幾間破屋，耕幾畝薄田來維持生活，在瓊州則幾乎是穴居野處了。白天一個人隨處閒逛，晚間靜對昏燈，或者獨踏明月，雖有家眷子姪們在一起，又怎能消除此時此地的孤寂。……他到海外去，以陶柳兩集自隨，號稱南遷二友。他這時期的詩也是融會陶的悠閒沖淡與柳的孤迴幽奇而自成風格。」（頁二一）

以上摘錄出〈詩人的寂寞〉文中分析各家詩的寂寞感所以形成的原因，以及討論詩人個別之間的性格與背景異同部分的文字。如果用這幾段文字來對照觀察因百師自己四十三歲以前的大陸舊作，恐怕阮、陶、謝、柳和蘇的情況都不近似，因為因百師雖然身為旗人而誕生於四川，其後曾在北京、瀋陽和上海等地居住過，但讀書和工作都算順利，應該不會有上述古人遭遇貶謫的挫折困頓感；不過，在為人性格上言之，倒是比較接近他筆下所形容的李商隱。如上所引，他分析李商隱的爲人：「情深氣傲，而又頗爲拘謹。這種個性使他很容易感覺寂寞。」老師嚴以律己寬以待人，我們做學生的從未見過他動怒或責備任何人，所以「氣傲」二字絕不適合形容他，但是他情深而拘謹，則是無論上課時或在課餘的言行中都深刻感受的。記得某一次上詩選的課時講授古大陣亡友之作，當時因百師方接到一位留居大陸的朋友逝世的消息，他情緒悲哀激動，竟致哽咽無法說下去。至於小心拘謹，不僅表現在學術著述方面，甚至爲學生批閱作文、考卷或筆記等細微的事情上，他都是仔仔細細一絲不苟的。這種小心拘謹可能屬於天性，也有可能因後天的環境影響而加深。抗日時期因百師並沒有撤退大後方而留居北京，〈八十自述〉詩後有注：「民國二十六年，抗日開始，是爲國運及個人命運之轉捩點，予時年三十二歲。華北淪陷八年，留居北平，謹言行，愼交游，未嘗稍出治學教書之範圍，幸免隕越；勝利後乃得繼續置身庠序。」（頁四六一）動亂的大時代，生活不容易，大後方固然物質困乏，而淪陷區自亦有精神上的莫大壓力。因百師八年小心翼翼的日日言行，必然使拘謹愈益而生活更形單調寂寞了。

詩集卷四〈觀場〉詩後有注文：「予性不善與人合作，故自少年時即不喜打橋牌及西式跳舞，亦均未嘗一試。」（頁八七）然而，因百師所就讀的燕京大學，是北方高等學府之中以開新作風見著的，在那樣的環境裡，不善與人合作的個性，也許會使得他與周遭格格不入，更形孤單寂寞。而在孤單的環境裡，他喜愛閱讀。閱讀是他從年少時代養成的嗜好習慣。〈八十自述〉注文中提到：「予幼小時喜章回小說，每於微弱煤油燈下閱讀，致成近視。」（頁四五八）從小體弱多病，性格內向，而不善與人合作，閱讀遂成爲生活中極重要的一部分。所謂「詩書接古歡，把卷澆醽醁。」（頁六）孤單的生活使他從古人的詩章中獲得了心靈的安慰與寄託，也是很自然的事情。在全集之中最常見引用的古代詩人爲陶淵明、蘇東坡、陳簡齋與辛稼軒。從文字裡所認識的古人的生活際遇與成熟的人生觀，或者竟成爲因百師青年時期比和現實友儕之間的交往更爲親近的關係。而他們的詩章中透露的寂寞感，也往往影響到他獨坐孤燈下讀詩的心情。〈夜坐口占二首時讀陳簡齋詩〉之一（頁一四）：

深恨遠情都寂寞，紅花碧葉盡凋殘。
新來會得簡齋句，枯木無枝不受寒。

這首因百師二十七歲之作，已然可以體會到他和古人神交的情形。而二十五歲時所詠〈村居春晚〉四首之四（頁八），則更表現了他在現世中感覺孤獨寂寞，寄興研墨賦詩的境況：

情懷只合自家知，說與旁人枉費辭。
惆悵歸來清漏永，自研殘墨寫新詩。

卷七〈壬戌立冬後五日偶成二絕〉的首句：「千古詩人惟寂寞」（頁二三〇），與〈詩人的寂寞〉所說：「千古詩人都是寂寞的，若不是寂寞，他們就寫不出詩來。」可以相互印證，而這也適用於解釋因百師寫詩的一種原動力。但是，如果把他早期詩篇中所顯現的寂寞與其後的情況對比觀察，則又可以看出一些不同來。因百師在〈詩人的寂寞〉說：「寂寞是介乎苦悶與悠閒之間的。」區別阮、陶二家的寂寞：「阮籍的寂寞偏於苦悶，陶淵明的寂寞就是悠閒。」（頁一一）他自己早期大陸舊作之所以產生寂寞感的原因，蓋因個性接近李商隱，情深而拘謹，這種個性使他很容易感覺寂寞；至於這時期的詩裡所顯現的寂寞，則毋寧是比較接近陶淵明的偏於悠閒的寂寞了。

二

因百師自認爲一九三七年，三十二歲時抗日戰爭開始，留居北京，是國運和他個人命運之轉捩點。事實上，從整個人生而言，一九四八年，他四十三歲時渡海來臺，才是眞正的個人命運之轉捩點。

抗戰勝利，並沒有給人民帶來實質和平的生活，中國又經歷了另一場紛亂。勝利後有一些從大後方遷回北京的大學教授，於是不得不又一次搬遷；而且這一次搬遷得更遠，許多人漂洋過海，來到位於大陸東南隅的臺灣。臺靜農老師便是於一九四六年應臺灣大學之聘，而稍早來到臺灣的一位。越二年，他主持中文系，招聘因百師來臺灣大學中文系教書。當時先後應聘的另有戴靜山老師。許多大學教授，以及不同身分的大陸人士，渡海來臺之初都以爲搬遷雖遠，爲時不會長久，靜農師居住於臺北溫州街龍坡里的臺大宿舍之初，取書齋名爲「歇腳盦」，即是此意。他的散文集《龍坡雜文》（洪範書店出版）序云：「既名歇腳，當然沒有久居之意。」這也是當時許多渡海來臺的軍公教人員的普遍心態。然而，世事難料，絕大多數的人一住便是一輩子，「歇腳盦」後遂改稱「龍坡丈室」，表示「不再歇腳」。

因百師與靜農師相識於何時，並不清楚。抗戰時期，因百師留居北京；勝利後，曾任教於上海暨南大學。抗戰時期，靜農師則自北京經家鄉安徽，移家四川，於白沙國立編譯館任職，並在國立女子師範學院教書；勝利後，一九四六年秋，應臺灣大學之聘，任教於中文系。越二年，主持系務。因百師出身燕大，靜農師則出身北大。不過，他們之間倒是有些共同的師友，例如沈尹默先生與周氏兄弟。〈八十自述〉詩後有注文：「三十七年秋，應老友臺靜農之招，入國立臺灣大學，升格為教授，時年四十三。至六十三年九月六十九歲退休，轉任東吳大學及輔仁大學研究講座，以迄於今。」（頁四六二）

許多人初時以為來臺只是暫時性避開紛亂歇歇腳而已，豈料臺灣竟成為終老之地。我們的師長都在臺灣度過他們一生的後半段時間。臺灣大學在臺北市的東南隅，臺大的教員宿舍也分布在臺北市東南方的舊名龍安坡一帶。靜農師住溫州街，靜山師住青田街，因百師住安東街，都屬殖民時代遺留的日式木造房屋，也都在步行可達的距離範圍之內。當時的臺灣經濟尚未繁榮，社會民生也頗為簡樸，計程車還沒有普遍，交通工具非公共汽車，便只有三輪車，而老師們都值四十餘歲的壯年時期，課餘互相走訪，寒暄論學問是常有的事情，他們的府邸甚至也是我們學生時期偶爾拜訪請益的地方。那時候臺大中文系的學生不多，以我一九五二年那一年錄取的學生而言，僅只有十一人而已。所以小國寡民，師生的關係十分親近溫暖，我們課後往往也沒有事先請示，便逕直揿鈴拜訪。這在現代生活中顯得十分唐突魯莽的行為，在那個時代卻似乎並不算是太失禮的事情。

我們拜訪的因百師的家，早先是在安東街南段（即今之瑞安街）的日式宿舍，後來才搬到溫州公園附近新蓋的公寓一樓。安東街的日式宿舍建築並不大，像許多大陸來臺的家庭，屋主人並不習慣「榻榻米」的生活，而於其上放置床和書桌，飯廳則多選擇在稍寬的木板走廊上。我還記得走廊外一片林木蓊鬱的後院，夏日午後有蟬鳴伴合著師生的談話，也記得那院子裡有一棵蓮霧樹，產纍纍的青白色大粒蓮霧，清甜而脆實，與一般市場上水果攤所賣粉紅色棉花似口感迥異，我從來沒有在別處吃到過那種美味的蓮霧。有時同學三兩相約去探望老師，遇著蓮霧盛產的季節，清瘦的師母往往會端一盤新摘的果子請老師和我們分享，有一次還揣一袋讓我帶回家。

因百師的家庭生活很單純。師母趙靖孚女史長於老師二歲，也是旗人，講究規矩，外表稍顯得嚴肅，其實非常和藹慈祥。到過鄭府的人都很喜歡她；我們到如今都稱她「老師母」，也十分懷念她。師母沒有生育過，他們的女兒秉書是師母的侄女兒，從小過繼於鄭家，老師和師母視如己出，十分嬌寵著。秉書小我一歲，大學時期在臺中讀書，寒暑假回家時，也常與往訪的同學們談笑。她的個性開朗，和父母不太一樣。

因百師四十三歲剛到臺北，便有〈初到臺北紀事四首〉，其四（頁四五）：

莫辭暫負蓬萊米，惟願重斟虎跑泉。
兵火未銷頭已白，故鄉不用問歸年。

當時的公教人員，除薪津之外，政府又配給米和麵粉，都須自領。而對於北方人來說，臺灣產的稍帶黏性的蓬萊米，毋寧是新鮮的，甚至是有些異國情調的。這種地緣上的南北差異，連帶的生活上有別於故鄉的種種細節，難免會令人興生鄉關之情。虎跑是杭州市郊名泉，以水質佳聞名。因百師任教於上海暨南大學時，曾與友人同遊過，詩中「虎跑泉」與「蓬萊米」，乃成為大陸與臺灣的對照；上海、北京、瀋陽等以前所居住過的地方，遂都變得十分遙遠。「兵火未銷頭已白，故鄉不用問歸年」，雖然才初到臺灣，如何料想到這一住便是久居？然而，善感的詩人特質，竟似已未卜而先知了。

前此，在大陸時期，雖以旗人的身分，但因百師自認為「予兒時居瀋陽，其後久居北平，兩地皆視為故鄉。」（頁三七）到上海以後也偶有「故國浮雲外，鄉心細雨中」（頁三七）、「江南獨客欲經年，從此浮家亦夙緣」（頁四〇）、「舉頭卻笑南飛雁，萬里雲衢路渺茫」（頁四二）一類思鄉的詩句，但與後來的感受究竟不相同。

靜農師《龍坡雜文》序云：「身為北方人，於海上氣候，往往感到不適宜，有時煩躁，不能自已。」大概是許多「北方人」的共同感覺，而這種感覺恐怕不單是氣候所引起的生理反應，其實是隱含著相當複雜的心理因素，包括個人受制於大時代，初時暫避兵火的打算，時間愈久，便愈由疑慮而轉爲失望。稱臺灣爲「炎州」（頁四七）、「海國」（頁四八）、「蠻州」（頁四九），以相對於大陸「中原」（頁四六），都是以北方人的角度觀察南方臺灣的結果。故鄉無人不懷念，何況離居如許遙遠的隔海孤島。這種懷鄉的寂寞，在四十五歲到四十八歲之間可能因教學研究而詩作較少的期間裡，竟然是作品內容的主調。下面舉四例：

散帙無端見舊題，六年塵夢總淒迷。
中原一髮青難了，每逐孤鴻望海西。（〈題所藏明黃嘉惠本董西廂〉三首之二，頁四六）

飛動平生意，悲涼見在身。吟邊千古遠，夢裡百憂新。
海國因循客，山城寂寞春。麴生風味永，投老倍相親。（〈隨緣〉二首之二，頁四七）

海國淹吾駕，儒冠寄此身。有盤堆苜蓿，無夢到麒麟。
霧重峰巒濕，雲開草木新。小窗明暗裡，獨望異鄉春。（〈龍安雜詩〉七首之一，頁四八）

後生昧古昔，耆舊悲人琴。悵望千秋事，空餘百感心。
孤禽啼永晝，落日照荒林。幽曠久如此，寂寥非自今。（〈漫成〉三首之二，頁五一）

因百師天生善感的詩人特質，他的寂寥誠非始自今，已見於稍早的青、中年時期，甚至少年時代的作品裡。但臺北與東北、北京、甚至於上海相比，又更遙遠，懷鄉寂寞之情，自然是更深刻的。

不過，遠離故鄉渡海來臺既久，南方的生活似乎逐漸與身心融爲一體，「微風動椰樹，稍覺是他鄉」、「殊方成久客，異俗已相親」（頁四八），可見一方面思鄉懷土感寂寞，一方面卻也漸漸習慣於溫暖炎熱的氣候和吃蓬萊米的日常生活了。其實，一九六〇年代的臺灣，物質生活雖非繁榮，但民生樸素，治安良好，大學教授有一份穩定的薪津配給，宿舍又都靠近學校步行可達之處，教學研究或小園漫步，是相當自在閒適的。因百師四十六歲時作〈安東街寓廬後園〉（頁四六）五首：

叢碧凝煙望轉迷，晨風夕月此幽棲。新詞自琢無人會，葉底黃鶯自在啼。

嘉木陰陰覆短牆，偶攜笻竹立斜陽。小園花木皆初識，惟有紅蕉似故鄉。

日長深院斷無人，積雨才收百態新。風軟蜻蜓飛款款，檐低燕子語欣欣。

百花經雨有開謝，萬事隨人為重輕。今夕晚涼蠲世慮，倚欄獨聽草蟲鳴。

古苔蒼碧葉深紅，對此開尊慰轉蓬。醉裡餘霞散成綺，十年哀樂有無中。

這個後園便是前文提到的有白蓮霧的院子。花木扶疏，蟲鳴鳥啼，可供徘徊栖遲；如今一般的臺北居民是鮮少能享有的了。我們的師長們多數這樣子在溫州街、在青田街、在潮州街或在連雲街擁有一棟日式房屋和院子，過著有些寂寞，但是安安靜靜的學者生活。他們除了爲每年每年不斷增加的學生教授課程，指導論文，又勤力於各自的學術著述。因百師在中文系開過許多詩詞曲及專家研究的課，而他的論文也涵蓋了從詩到曲的廣大範圍。同時，由於出身燕京大學，英文根底好，又受邀赴美國講學，也爲比較單調的學人生活增添一些變化。我還記得他第一次出國講學，是在一九五六年我們大學畢業那一年。當時的國際機場在松山，我們全班同學陪著師母相送，還在機場前合照留念。那時候踏出國門，是一件大事情。在我們那一班舉行畢業典禮之前，因百師還特別從美國寫了一封長信，祝賀並勗勉同學們。

《清晝堂詩集》的卷三和卷四都是臺灣新作，分上、下二部分，卷三收自四十三歲至五十六歲之作；卷四收五十七歲至六十七歲之作，爲來臺任教於臺灣大學至臺大退休的作品。其所以分上、下二部分，我認爲是有原因的。卷四以〈悼亡〉四首（頁六三）起始。此一組詩，作於五十七歲之年。

鯤島浮家客，九年罹再凶。幸無子可喪，猶有影相從。
草色侵階碧，花光帶雨紅。小園渾似昨，尋夢倚晨風。
尋思真一夢，廿載住燕臺。看雪衝寒往，聽歌踏月回。
有情須感舊，未死且銜杯。卻恨黃河水，還從天上來。

河聲流不斷，人命細如絲。半世同林鳥，分飛從此辭。
開奩尋故物，滿眼是深悲。此恨焉能說，潘元枉費詞。
但灑風前淚，難求海上方。沉痾奪舊侶，衰鬢點新霜。
月冷平沙白，雲低落日黃。南飛有孤雁，何日到衡陽！

師母過世，是因百師生命裡的大悲哀。在平靜而寂寞的日常生活中，她永遠陪侍在老師旁邊，雖不多言語，卻是老師心靈的支柱。像我們的長一輩的人，因百師平時很少提到師母，詩集中也沒有一首觸及師母。此四首悼亡之作雖然殷殷刻畫了自己悼亡之痛，卻沒有一句可供讀者把握或想像亡者的形貌、神情或性格；這情形正與以悼亡詩著稱的西晉詩人潘岳的情況完全相同。（請參閱拙著〈潘岳的妻子〉，收入大安出版社《中古文學論叢》，頁八七—一二一）不過，令人不解的是，全集裡注文頗多，但這樣重要的一組詩，因百師卻反而沒有相關的文字說明。第一首詩中所說「九年罹再凶」，所指的是九年之間先後失去母親和妻子的不幸。「幸無子可喪」，因百師和師母雖然沒有親生子嗣，卻領養了師母的侄女兒秉書，而且視同己出，疼愛有加，已如上述。但詩集中無論母親、妻子和女兒，都沒有在這組〈悼亡〉詩以前提到。而〈悼亡〉詩四首之後，也不見追懷師母的詩章。那時候秉書已婚，與夫婿居住在外地，因百師在實質上眞正成爲只有「影相從」的孤單者。雖則臺大的教學生活仍持續維持著，學生們課後更勤於拜訪慰問，畢竟師生之情無法塡補傷妻失親之痛，我們無法想像善感的老師失卻師母之後，如何獨處偌大的屋子和滿園花木的孤單寂寞。

兩年之後，因百師續絃，與許慕英女史結婚，遷居於溫州街巷內的另一所臺大宿舍。新的師母少於老師十七歲，個性開朗，十分健談，照顧老師的生活無微不至，而且始終與老師相隨服侍。詩集卷七注文稱：「慕英對予飲食醫藥，極為注意。」（頁二四七），又稱：「居臺、旅美、赴港，未嘗一日相離，亦現代生活中所罕見者。」（頁二四八）再婚以後，因百師曾偕新的師母赴香港，任新亞書院中文系主任。又赴美國，在華盛頓州立大學、耶魯大學、印第安納大學講學。講學期間，也多所遊歷。〈八十自述〉詩後的注文云：「曾乘火車橫貫北美，自西海岸之舊金山至東海岸之波士頓，『千里獨行』，自得其樂。」（頁四六三）事實上，從上引的注文可知，無論講學或旅遊，師母都是陪伴在側的，所謂「千里獨行」，只是行文的習慣而已。因百師六十歲前後的一段生活，較之往昔來往於臺大和宿舍之間的單調情況，究竟頗不相同，而這種變化，或許是年輕的師母所鼓勵和影響所致。不過，生活雖然產生變化，因百師學者的習性嗜好仍然沒有改變，旅中讀《王荊公詩》（頁六六八）、鈔校《簡齋詩箋》（頁六六六）或讀《四十二章經》（頁六六七），無論身在異國何地，依然還是居住在臺大宿舍的生活常規。而讀書做學問總是孤獨；甚至偶見得寫景記遊之作，竟也是愁緒多於歡顏的。六十一歲在西雅圖華大教書時有〈落日倚欄口占一絕〉（頁六六七）：

一片青山接落暉，大江東去雁南飛。
雁投衡嶽江趨海，白髮孤蹤何所歸？

集中六十四歲以後的詩，漸漸多嘆老說病的內容。雖然詩人的感受特別敏銳，少作中已見「哀樂中年」（頁一七）、「頹鬢漸隨前輩老」（頁四〇）一類或嫌早熟的口吻；但是到了這個時期，老師恐怕是眞正衰老了，對於身體的病痛，詩和注文也都不再是泛稱，而有更具體的描述。〈病深〉二首之一（頁七一）：

神疲骨痛此微軀，辛苦文章涕泗餘。
自古病深求速死，羲和敲日莫徐徐。

此詩後有注文：「予患腰腿痠痛及過敏性鼻炎數年，二症常并發。己酉陽曆六月十四向晨，心悸不能成寐，憤而作此。」而下一首詩〈雨夜〉三首的題下更寫著：「雨夜整理舊稿，頓感疲勞，顧影燈前，自驚衰謝。」上過因百師課的學生，都會記得他舉步維艱蹭蹬而行的樣子，那不僅只是他小心謹愼，而實在是腰腿衰弱的緣故；至於課後取線裝書爲我們查證古詩文時，他必然大聲噎噴不已，連忙從藍布長袍子內袋裡取出白手絹，則是過敏性鼻炎的積病所致。衰老和病痛，折磨身體，當然也會影響心情。生老病死，凡人所不能免。茲錄〈雨夜〉三首（頁七一）於下：

春燕秋鴻奈若何！百年苦短意恆多。
憑誰說與東流水：且為衰翁緩逝波。

北去南來無限事，東塗西抹未完書。
會須一炬煩秦火，併作青煙返太虛。
榮悴從來有定時，古今同夢不須悲。
燈前聽雨成三絕，權當他年自挽詩。

因百師喜愛的陶淵明有〈挽歌〉三首，爲自挽詩，內容不僅不悲痛，反而通達詼諧。他這三首七絕，頗似蹈襲擬作〈挽歌〉，意境也接近陶公。便是這種詼諧幽默感，促成他續作另一首〈賂鬼〉（頁七二）：

白雨生寒欺病骨，青燈如夢照書帷。
黑無常說可暫緩，手捧紅包滿意歸。

詩後附一段相當有趣的注文：「雨夜三章既成，忽憶錢能使鬼之語，戲作此四色詩一首。世傳無常鬼有黑白，白者最凶，黑者較易通融。」在我們的師長中，因百師雖然外表嚴肅，個性拘謹，其實卻十分幽默。他有時會冷冷地說一句帶著雙關語的諧語。當年中文系的教員研究室短缺，每間由數人共用，我有幸與因百師同在第四研究室。一天下課回到研究室，看到沒有課的老師閒閒地坐在他那靠窗的位置上，隨口問：「鄭先生今天沒課，怎麼來了？」他從厚厚的近視眼鏡回望我說：「今日坐以待幣（與『斃』字同音）」。他是來領取薪水，正等待系裡的工友憑圖章爲他從會計室領回裝著新臺幣的封袋。因百師平日也最不避諱談鬼道死。記得往昔在上李賀詩的課堂上，由「詩鬼」而說到鬼魅，因百師告訴我們：「你們不用怕鬼。遇到鬼時只要想，我了不起變成跟他一樣就是。」集中除了上引一首之外，又頗另有一些，而且後半部年紀愈大談鬼的作品也愈多，但文字都不渲染淒厲，反而饒有人情味。例如卷六〈送鬼〉（頁一七三）：

老人不畏鬼，鬼亦悅老人，不畏且互悅，皆因為近鄰。
敬汝而遠者，少年與中身，彼輩路尚遙，自非我等倫。
感汝風雨夕，悄然來相親，今古縱談笑，把盞遂及晨。
淅瀝雨聲歇，微茫窗色新，雞鳴促紅日，馬走逐黃塵。
墓門不再啟，魂魄將沉淪，幽明終有別，速去休逡巡。

這樣的一首詩可是不眠之夜的遊戲之作嗎？無論如何，把鬼寫得這般可親近且富於人性，可以看出詩人心境之開明與坦蕩了。

雖然感覺年事更大，體力日衰，六十七歲之年，因百師又一度赴美講學。他臨去囑我代爲教授中文系「陶謝詩」課程的後半段「謝靈運詩」。我的碩士論文《謝靈運及其詩》便是因百師所指導。我兢兢業業完成老師所託付，其後，「陶謝詩」的課，便由我接替老師在系裡開設了。因百師旅途中對於第一次開專家詩課的我，時有信函垂詢關切並鼓勵。這一次講學，也是由師母陪同，赴印第安納州的榮華鎮（Bloomington），於印第安納大學講學。在異鄉教書之餘，研究工作仍是第一要務，旅中有〈校讀西廂記〉二首（頁八五）。從六十歲以後，因百師曾四次請假赴海外講學，但這一次他大概是感受到旅行的勞頓不適宜年老人的吧，有兩首詩表示往後不願意再作遠行計劃了，有〈西雅圖飛機場作〉（頁八六）：

十六年中四往來，無邊陳跡只生哀。
衝雲欲上頻回首，此是今生末一回。

〈壬子自美回臺〉二首之二（頁八六）：

此身難再遠行役，且續平生未了書。
見說文章千古事，從今作計莫迂疏。

雖云不再遠行役，但猶以文章千古事業自我勉勵，足見得儘管嘆老說寂寞，因百師自有一種心靈的高尚寄託。這份寄託，從年輕時代以來未嘗鬆懈過，實已成爲他生命的堅強支柱。

三

一九七四年，因百師六十九歲，自臺大退休，但他退而未休，轉任東吳大學及輔仁大學二校的研究講座，教學愈臻化境，且著述不輟。不過，退休在人生旅程中，總不免有一種分界線里程碑的意味，所以詩集以卷五、卷六、卷七三卷，收七十歲至八十歲的作品共三百六十八首，分爲上、中、下三部分。其所以分爲三部分，除區分寫作時間的先後順序之外，此十年中的詩篇超過了六十九歲以前作品的總量百餘首，蓋以其量多而設。

這一段時間，在大環境而言之，臺灣的經濟已起飛，民生物質較諸前二、三十年豐裕許多，而社會現象雖不似前時樸素，也尚富於人情味。至於政府遷臺後所標榜的「反攻大陸」口號，卻已不知不覺間逐漸消沉，許多當時遷移來臺的大陸人士，無論軍公教人員或一般人民，似乎也都收拾起回鄉的念頭，認識現實，而有了長久居留於臺灣的想法。靜農師把大安區龍坡里原先稱爲「歇腳盦」的宿舍書房易名爲「龍坡丈室」，便是此意。〈八十自述〉最後一條注文云：「民國六十一年六十七歲，自美返國後，體力漸衰，心憚遠行，且久居亞熱帶，難耐祁寒，景淑年豐，此間信美，已絕北歸之念。」(頁四六四)而臺北的人口愈來愈增加，居大不易，許多有庭院的老房子次第建成多層樓的公寓洋房。因百師在溫州街的臺大宿舍也改建爲七層樓房，以公教人員住宅貸款及自備款購得其最低一層，屋前有小庭園，可免升降之勞，是他退休之後晚年的生活所在。〈新居小園〉四絕句(頁一一〇)，頗能見到初遷居時的心境：

來南喜見變葉木，趁雨親栽山茶花。喚作主人還似客，短垣內外兩邊家。

風前搖曳黃椰子，雨後鮮妍紅佛桑。舊院芙蓉原好在，孫枝秀發槿籬旁。

夾竹桃開憶故園，數枝明豔照黃昏。自傳有毒人爭伐，難覓新栽慰旅魂。

萬事紛紛擾擾中，春光來去自匆匆。而今乞得身閒退，便覺花開分外紅。

第一首詩後有注文：「予居七層樓公寓之最下一層，門外隙地，闢爲小園，繞以短垣，垣上復設欄干，其總高僅及胸腹，垣外即爲通衢。予在垣外是主，立園外觀花則似客。」這個公寓，是我常常去拜訪的地方。在垣外按門鈴，可以從鐵欄干隙間看到老師緩步自內裡出迎，見是老學生，臉上有喜悅之色。那個小園遠不及以前安東街有蓮霧樹的寬敞宜人，但相信也是因百師著述作詩之餘遣興的一片好空間了。

臺大退休後，東吳與輔仁大學講座的課程係爲研究生所開。學生人數並不多，二校的中研所所長爲年老的教授設想，特別將二校學生合爲一班，並且到因百師家上課，以免老師途遙往返辛勞。溫州公寓新居的客廳與餐廳相連，相當寬敞，老師坐一方，學生們就圍坐在長方形的餐桌四周上課。餐桌兩側貼牆有兩大書櫃，廣置諸書籍，教學之際隨時取閱參證，倒是十分方便。那兩大書櫃裡，頗有一些是因百師珍藏的古書，有些還是海內孤本的善本書籍，後生學子眞有眼福了。不過，由於學生到家裡來上課，因百師的生活遂形成更與外界隔離，除了中文系偶有的宴聚，由學生接送，可以和諸位老同事及老學生見面敘舊之外，因百師的生活範圍幾乎都局限在公寓附近了。客廳與餐廳相連的牆上，時常換掛著書畫。因百師也收藏不少的字畫，他對於字畫甚有研究，詩集卷十所收便是〈論書絕句〉一百首，評論古今書法。而於覽閱群書之餘，居家觀賞書畫，乃是排遣寂寞的另一種方法，同時也是精神的寄託。至於天氣好精神佳時，他會步出門外，在近處街巷中拄著拐杖散步，附近有溫州公園，是較常走動的地方。卷五收〈溫州公園小坐〉二首（頁一一八），並有〈公園中一幼童喚我公公〉四首（頁一二八）：

秋盡氣仍暖，微吟向午風。此身真老矣，到處喚公公。

頰紅似蘋果，目湛如琉璃；七十年前我，全同爾此時。

七十年後事，我骨久成灰；祝爾亦長壽，此園閒坐來。

推移今變古，代謝古成今。小別二年樹，重來半畝陰。

因百師是不避諱談死的，這一組詩言「我骨久成灰」，語氣並不顯淒楚，反而見老者通達之理；同卷又有〈宗教與生死〉四首長詩（頁一三六）也是同樣的境界。他勇於面對死亡，甚至在寂寞中想像死亡。卷六有〈代棺中人語〉並序（頁一六九）：

夜深停電，斗室漆黑，仰臥床上，伸手不見五指。自念身後棺中景象，不過如此。試為長歌，以代蒿里。

閉目納棺中，蓋棺偶開目，四周黑如漆，非我平時屋。

停電值夜深，手邊無蠟燭；濃雲蔽星月，摸索步幽谷。

不信千金軀，因此六塊木，欲出竟未得，勉效蟄龍伏。
蟄龍終上天，我今趨地獄，陰陽既相隔，萬載為一宿。
棺外忽有聲，何人來相哭？其聲殊哽咽，良久斷復續。
須念棺中人，考終命非促，紛擾謝塵跡，安閒享冥福。
勸君收淚痕，還家歌一曲，及此盛壯日，把盞澆醽醁。
莫待幻化時，春醪湛空綠，遺恨同彭澤，飲酒不得足。

陶彭澤有〈挽歌〉三首，想像死後景象，明示「有生必有死，考終非命促」之達觀。因百師此作顯然認同且摹擬他所喜愛的陶公之作，末句「飲酒不得足」，便是彭澤〈挽歌〉第一首之結語。值得注意的是，此詩後注文，在編集時因百師加了一些字：「此詩出句依唐人平仄遞用法。合用屋沃二韻。不押韻之字亦皆用入聲，使每句句尾非平即入，不雜上去，似可增加悠揚澀咽之致。」這令我想起往日上課時老師講解詩詞的情形。他對於古人的篇章，不特精細說明內容情思意境，又同時分析其匠心技巧，使我們掌握作品之佳妙，以及其所以佳妙之道理。我又想起《清晝堂詩集》出版未幾，因百師命我駕車陪同往訪靜農師家，親自把題簽妥當的新書面交老友。其後，靜農師作一首詩讚賞：「千首詩成南渡後，精深雋雅首堪傳。詩家更見開新例，不用他人作鄭箋。」詩裡巧用鄭玄注《詩經》之典。因百師極珍愛這首詩，曾反覆鈔寫分送於人，我也得到一份。其實，「鄭箋」二字，因百師自己早在三十四歲之年《校注辛稼軒詞》完成後，曾作八首〈自題稼軒詞校注稿〉，其

最後一首已提到：「悵望千秋一慨然！雕龍畫虎自年年。縱橫不見淩雲筆，卻與辛詞作鄭箋。」（頁二一八）

七十歲以後的退休生活，是隱於市的生活方式，而既然已經「剩把炎州當故鄉」（頁二一九），來臺初期那種望鄉的焦慮反而沉澱，看得出定居溫州公寓，甚至終老臺灣的心態了。不過，矮牆欄干之外人來人往，讀書賦詩，心中總是寂寞的。雖云「寒燈細雨人初靜，寂寞全同少壯時」（頁二一九），但在後期大量的詩篇裡，實際提到「孤獨」或「寂寞」等字眼的比例，反而較早期少壯時少得多了。只是不言孤獨，不言寂寞，而詩裡全都是孤獨寂寞。〈秋盡偶成〉二首之一（頁二〇〇）：

旅食從為客，排憂且賦詩。寒生秋盡夜，人定夢回時。
屋角路燈暗，窗間車影移。少年哀樂事，歷歷入沉思。

在〈詩人的寂寞〉中，因百師提到李商穩的〈夜半〉：「三更三點萬家眠，露欲爲霜月墮煙。鬥鼠上床蝙蝠出，玉琴時動倚窗絃。」他分析道：「一點沒有明說，而所表現的完全是寂寞。三更三點，夜深人睡，當然是最靜寂的時候，靜寂得月光像輕煙似的墮下來，靜寂得風動琴絃都聽得見聲音。如此烘托點染，寂寞即在其中，何用明說。」（《景午叢編》，頁一八）容我襲用老師這個角度來看他自己的這首〈秋盡偶成〉：在寒生秋盡之夜，不眠的詩人靜臥床上，看盡屋角路燈暗，窗前車影移，何用明說，寂寞正在其中。

老年的寂寞，固因自身的衰弱與生活實質的愈形狹隘少交遊，而同儕朋輩的漸漸凋零，也大有影響。稼軒詞「白髮多時故人少」，集中多所引用。七十歲以後，因百師確實經歷了不少好友傷亡之痛。尤其一九七八年至七九年，短短一年內，相繼失去六位朋友，最是令他悲痛。卷六〈傷逝八韻〉序云：「戊午仲冬至己未孟秋，爲時不過八月餘，而靜山、翼鵬、抱忱、濟之相繼辭世。」（頁一五七）接下的〈傷逝新編二十韻〉序：「一年以來，連失四友；傷逝之詩甫成，而慕陵目寒又復相繼殞歿。」（頁一五八）。李抱忱和顧羨季，是因百師早年在大陸的同學，戴靜山和屈翼鵬二位老師是臺大中文系的同事，而李濟之則是臺大考古人類學系教授，至於張目寒和莊慕陵二位則是經由靜農師而時相論詩書談文藝的老友。在往昔單純的臺北學術界裡文藝圈內，知交頓形半零落。〈己未秋興〉八首，寫秋景蕭索，也寫著老景蕭索，其第二首（頁一〇八）：

行年七十四，暮景迫桑榆。憔悴驚顏貌，凋零惜侶徒。
鏡中新白髮，夢裡舊黃壚。向夕秋陽暖，閒窗且自娛。

三十二歲以來詩中屢見嘆白髮，但七十四歲眞老矣，白髮鏡中新增時，反而稱秋陽暖，姑且閒窗自娛；此詩不提隻字孤單寂寞，而滿篇都是孤單寂寞。詩後有注文云：「予自七十歲以後，逐漸消瘦，今體重僅四十七公斤。半年以來，連失數友。」傷逝之悲，或者不僅在於心，竟也在於身了。

而暮景孤單寂寞，自娛之方，顯然在於讀書著述賦詩。卷六〈陳後山年譜唐伯虎詩輯逸稿成待印詩以紀之〉（頁一六〇）：

工詩陳後山，善畫唐伯虎，壽命僅中身，聲名足千古。
高峻希攀援，稟賦愧愚魯，丹青不及格，篇章真落伍。
三百輯逸詩，五十纂全譜，創作雖無成，考據或能補。
駑駘附驥馳，鴉雀隨鳳舞，二公應不朽，我亦垂寰宇。

「三百輯逸詩」與「五十纂全譜」二句，自注云：「後山年壽，舊說云四十九，予考定爲五十歲。予輯伯虎逸詩，得三百零二首。伯虎卒年五十四。」老師雖然謙遜，事實上他創作與考據皆不朽。寂寞，使他愈益勤勉。七十歲後，以多病衰弱的身體，而詩作竟超過前此的總量，其因蓋在於斯；非僅量夥而已，又嘗試作各種體裁。〈秋盡偶成〉二首詩後自注云：「予七十四歲始習作古風、歌行。」（頁二〇〇），不但試作古風、歌行，且又在技巧上多用新意，此可以從題目上觀見。例如：〈遣悶二首各以唐詩一句爲起〉（頁一七四）、〈試用現代語詠所居環境〉六首（頁一八八）、〈散步得情調古詩人頭銜名教授一聯檢宥韻字足成之依唐人五古黏對法〉（頁一九〇）、〈詩思吟限用支韻〉（頁一九四），〈爲諸生說三言詩訖試作一章詠古〉（頁二二六）、〈前詩一韻到底復成轉韻一章即事詠懷〉（頁二二六）。這種寫作不已，自我挑戰競技，是排遣寂寞的方法，或者竟也是享受寂寞的方法，而在這種情況下，不覺作品大增，遂有〈止詩〉並序（頁一四二）：

半年以來，吟詠不輟，而意多重複，僅字面形式稍有變化而已。懼其氾濫，作詩止之。出句用唐人平仄遞用法；得藥韻。

作詩近百篇，換湯不換藥，詩料既枯窘，詩力自浮薄。
洪流有長源，高峰出深壑，沙漠無泉湧，平地山難躍。
欲求絕妙辭，工夫詩外索，昔人留典籍，我輩得收穫。
且自勤栽培，暫須停筆削，作詩良苦辛，讀書乃一樂。

淵明有〈止酒詩〉，因百師卻有此〈止詩〉之作。不過，未幾而又有〈止詩復作〉（頁一四四）：

前作〈止詩〉，言之成理，而實不能止，乃賦此篇。
止詩復作詩，夫子何為者？寂寞無可娛，歲晚衡門下。
俯仰惜平生，懸崖曾縱馬，歷歷舊悲歡，落葉隨風灑。
月明懸碧霄，滿地金波瀉，緩步獨行吟，頭上寒枝亞。
萬緒蟠胸中，賴此以陶寫，予豈好作哉！予不得已也！

止而復作，眞無可奈何，實爲不得已；而寂寞無可娛，終究仍以作詩來化解。

《清畫堂詩集》中絕少提及家庭生活，前期的作品如此，老師母只出現在〈悼亡〉四首之中，而女兒秉書竟隻字未及；古代詩人也常見此例。因百師中年以後續絃，新的師母雖然個性比較開朗，且數度陪同老師出國講學旅行，但篇章中也不見蹤影。然而卷七卻以大量的悼亡追懷師母許慕英女史的詩篇壓軸。〈再悼亡〉有十首（頁二四六）：

不意今生再悼亡，小窗殘夢熟黃粱。衰翁恥受人矜憫，待覓空山哭一場。

人前強制思君淚，耳畔猶聞喚我聲。豈是扶持缺參桂，頓教瞬息隔幽明。

敘齒多君十七春，炎州遇合證前因。餘寒一夕摧蘭蕙，自撫孤松獨愴神。

斟酌刀圭分藥餌，安排尊俎節肥鮮。深知我壽由君展，誰信君亡竟我先。

拔釵但助添書畫，製服何曾鬬綺羅。錦帙牙籤猶恨少，緣衣黃裏不求多。

峰高大禹試飈輪，初訝朱顏是病身。晚歲況多怫鬱感，懷鄉憫亂更思親。

悦賓樓上全終始，猶記華筵鳳燭紅。光景暗消人事換，玉顏為土我成翁。

前生業債此生緣，形影相隨二十年。債了緣空形弔影，是非恩怨化輕煙。

帶裡沈腰原瘦損，庭前殷樹更婆娑。人間本是傷心地，且喜餘程已不多。

八十衰翁換胎骨，思量堪笑不須哀。只應飽喫殘年飯，恭候緋衣召我來。

一九八四年，師母因心臟病驟逝。二十二年之前，因百師曾作〈悼亡〉四首以追思老師母，隱忍傷悲含蓄表意；相較之下，此一組十首的〈再悼亡〉裡，除了寫自己老年喪妻之痛而外，對於師母服侍老師飲食藥餌之細節，以及她平日自奉甚儉卻對於老師購買書籍字畫之需，數千百元亦毫無吝嗇之瑣細事情，也都一一細膩追懷。不僅述諸詩中，且十首之後都有文字詳注。其最後一段文字云：「悼亡後，生活情形丕變，脫胎換骨，啼笑皆非。」可見得過去「二十年又一個月二十二天的生活」，在詩章裡雖然窺不到師母的蹤影，但現實生活中，無論怎樣的感到孤單或寂寞，在溫州街那一棟底樓的公寓內，總有一位伴侶如影相隨的幸福。〈再悼亡〉十首之後，又有〈晝夢〉二首、〈讀恨賦作〉二首（頁二四九）、〈芙蓉重發〉二首、〈慕英百日〉二首（頁二五〇）、〈節近中秋閒庭夜步〉二首、〈擬甲子除夕〉二首（頁二五一）、〈招魂新曲〉（頁二五二）、〈獨酌成詩題悼亡諸作後〉二首（頁二五四）及〈再題四絕句〉（頁二五五）等十八首，合計二十八首長短詩章，都是深情悼念之作。《世說新語》〈傷逝〉云：「聖人忘情，最下不及情，情之所鍾，正在我輩。」委實道盡了千古人情。我知道師母過世後，秉書與她的夫婿顧崇豪，自新店的家搬來陪父親同住，以盡孝心慰寂寞。然而，父女之情，終究有別於夫妻之誼，而二十年生活習慣的丕變，委實是因百師晚年又一大痛了。

四

卷八收八十歲以後詩作一百八十一首。七十九歲再度喪妻之後，原本個性內向而多愁善感的因百師愈爲陷入孤獨寂寞之中，而內心似有某種準備和等待。卷首以〈情懷怫鬱詩以遣之〉四首（頁二六一）開始：

哀樂催人到白頭，為尋陳夢試登樓。窮陰漠漠飄微雨，如此新春似晚秋。

八十光陰一彈指，畢生經歷三折肱。願天假我雙飛翼，飛到蓬山最上層。

欲尋去鳥蒼煙合，每得新書青眼明。白髮嬾邀紅袖伴，繞身黃卷託餘生。

老愛遺編難細讀，稼軒心事古今同。新來更覺吟情盡，懶續蘇陳覓句功。

八十歲誠爲人間長壽，但一回首卻似彈指間事，而今髮更白，也無紅袖相伴，繞身是滿屋的黃卷，便是老師從來眞心喜愛的精神伴侶，也是寄託餘生的實質慰藉，而吟詠作詩，當然更是不可或缺的日課。末首四句中，用了三典故：稼軒詞「病怯殘年頻自卜，老愛遺編難細讀」、東坡詩「我除搜句百無功」、山谷詩「閉門覓句陳無己」。十年之前，曾作〈古稀詠〉，其中有句云：「我生託近代，我心寄皇古。夜深一卷書，上與昔人侶，偶值會心處，喜悅忘寒暑。」（頁一一二）讀書寫作，本來就是孤獨寂寞的事情，而與古人神交之喜悅，也只有於孤獨寂寞中得之；大概在失去師母之後的寂寞中，因百師偶爾也曾有過這樣的足以忘寒暑的喜悅的吧。

因百師自年輕時期便習慣孤獨，甚至習慣享受孤獨，至於哀樂人事酬對，則反倒有時不擅自處。卷八〈登場四首八十歲生日宴歸作〉（頁二六四）：

花開葉落送流光，老去悲歡漸兩忘。準擬生辰平淡過，懸絲走線卻登場。

去年驚見喪旛白，今夕慵看壽燭紅。笑既不能啼未可，淚珠和酒滴心中。

周旋俯仰總隨人，宴罷歸來得欠伸。冷月窺窗千籟靜，從頭細數夢中身。
細數平生盡可哀，暮年懷抱更難開。前身本住無憂國，一落紅塵竟不回。

詩後有注文云：「乙丑八十初度，臺大、東吳、輔仁三校及門諸君子，設宴慶生。亡妻逝甫逾年，感念猶新，勉酬盛意，啼笑皆非，應對周旋，身心交瘁。」回想當日，我也參與其間爲老師祝壽，如今拜讀，始知因百師在歡笑的底層竟隱藏了這麼深沉不爲人知的感傷哀戚啊。而春往秋來，夏去冬至，歲月雖云彈指間過，孤獨的日子似匆匆又悠悠。因百師生活在他與古人神交而顯得寥寂的心靈空間，他那本質上屬於詩人的敏感，則又想像思索不已。有一組〈夕陽囚〉四首（頁二七一），在意象上發揮了奇特的想像力，卻讀之令人心疼。有序云：「近來步履益艱，出門心怯。黃梅天氣，驟雨旋晴，樓頂夕陽，燦爛奪目；孤坐小園，臨風悵望而已。晚景餘生，略同長繫，乃自號曰夕陽囚，綴以小詩。後兩首較晚作。」

敬德老須伏，趙顏壽仍求。出門怯十步，判作夕陽囚。
腰僵腿酸軟，倚杖始能立。含怒問流光：相催何太急？
悵然思古人，寂寞送寒燠。轉眼又新秋，吟風千葉綠。
浮生鄰五晝，高枕費三遷。莫唱千年調，慵參六祖禪。

詩後又有注文云：「予常謂老年人有四盡：才盡 興盡 氣盡 力盡。四者至於極點 則命盡矣。半年以來，頗有四盡氣象，惟尚未至極點耳。」

因百師向來不諱言死亡，八十歲以後，原本虛弱的身體愈形衰退，師母去世，更是對身心的極大打擊，唯於孤獨寂寞中，他仍然不克自己的寫作，嘗言「作詩累將死，奈何仍作詩！」（頁二八五），又有〈結詩〉一首（頁二八三）：

少壯曾學詩，中道延期程，七旬再發軔，十年粗有成。
辭句細推敲，結構勤經營，波瀾求壯闊，浮切期均衡。
何堪淩鮑謝，豈足似陰鏗，庶幾免庸俗，聊復示友生。
葉底一蟬叫，花間獨鳥鳴，寸心千古事，珍重待銓評。

作詩誠然是累，但是寂寞晚境，不但作詩不已，而且愈爲講究內容、品味、結構、聲韻，所謂「文章千古事，得失寸心知」，古人的典範，是老師的楷模。然而，就像十年前欲止詩而不可，八十歲的詩人，身體容或衰老，而壯心未已。其後更有〈結命〉二首（頁二八四），序云：「結詩以後，又作論詩絕句百首，斟酌推敲，甚覺疲憊。白頭吟望，精力已窮，豈止結詩，行將結命。奚賦小詩二章，預充蒿里。」其詩曰：

南國殘冬似晚秋，四山佳氣勸登樓。林梢幾寸夕陽色，已近黃昏尚未收。

已到出眼入薾時，孤蠶猶自吐餘絲。秋風五丈勞軍務，諸葛星沉漢祚移。

末二句治杜詩「運移漢祚終難復，志決身殲軍務勞」借《三國志》〈諸葛亮傳〉注引《晉陽秋》云：「有星赤而芒角，自東北西南流，投於亮營，往大還小，俄而亮卒。」亮卒於蜀漢建興十二年八月，時在五丈原軍中。後繼無人，氣數已盡。因百師用此典故，寓託深意。他寫了一輩子的舊詩，也教了一輩子的舊詩，慨嘆：「今日古典詩歌，亦當作如是觀。」這是十分沉重的心情。一九八四年九月二十六日，因百師曾以「大學中隱」之筆名，在《聯合報》副刊發表過一篇散文〈吾道漸消沉〉，悼念詩人周棄子，兼談舊體詩「大勢已去，無可挽留」。並談及文學「本無所謂新舊」，深寄望於「後起俊彥」。當時任教於美國西雅圖華盛頓大學的詩人楊牧，正歸國在臺大外文系講學，以本名王靖獻在《聯合報》副刊撰寫〈交流道〉專欄，越二月，爲文〈吾道不消沉〉以回應，並讚賞「大學中隱」先生「坦蕩寬厚的心才是永遠的詩」。因百師讀後雖不言語，卻心許楊牧爲知音的吧。他後來在洪範書店出版《永嘉室雜文》時，特別在親自編排的該書目次中，剪下〈交流道〉專欄那篇〈吾道不消沉〉，附錄於〈吾道漸消沉〉（頁一七七—一八一）之後。一九八七年，我應邀赴美，在西雅圖華盛頓大學客座一學期。臨行之際，因百師特令我攜帶一本當時甫出版的《清晝堂詩集》，親爲之題署，囑我致贈於已返歸華大的楊牧。這件事，恐怕是許多人不知道的。

能夠於寂寞中寫作，偶然遇見知音，應該是足堪安慰的。何況，八十歲以後尚能如此寫作不已，何止足堪安慰而已，甚至是值得自豪的。〈午晴獨酌效唐人三韻五七言小律〉二首之一（頁二七六），頗能看到因百師的一份自慰與滿意：

緒亂晨思夢，身閒畫掩扉，涼生拋夏扇，雨過覓秋衣。酒量猶存須引滿，詩人八十古來稀。

「人生七十古來稀」，已足堪慶幸安慰，而況八十高齡後，尚且詠歌吟詩不輟！〈空華〉二首之二（頁二七七）也可以窺得他晚年對於自己著述和創作的一份期許與信心：

枯枝不畏雪霜侵，秉燭猶堪事苦吟。繡被羅襦當日夢，修名勝業暮年心。

康成箋注通詩禮，子美文章動古今。自笑辛勤無定向，徘徊文苑與儒林。

一九八八年因百師八十三歲，他寫了一組〈編定詩稿題四絕句〉（頁二七〇），可為詩人寂寞而實不寂寞的注解：

平生百事總堪哀，風捲飛花散不回。

賴有詩篇存舊夢，編成齊到眼前來。

承平常憶少年游，傷別哀時已白頭。

緝綴小詩閒事了，暮雲開處自登樓。

錦繡園林全盛時，嬌紅豔白鬬芳姿。

春風吹落千桃李，剩得庭前最晚枝。

自古名心未易空，我今心在有無中。
雲間獨鶴沖霄去，一樹昏鴉噪晚風。

《清晝堂詩集》原先稱爲《桐陰清晝堂詩存》，共收因百師三百餘首詩，最初結集於一九七二年，兩年後由藝文印書館出版，只印了三百部。由於老師「很喜歡夏天正午前後的庭園，紅日中天，綠陰滿地，偶然有一陣清風，數聲幽鳥，眞是恬靜得令人心曠神怡。古人詩詞如『綠陰生晝靜』、『日午樹陰正』、『午陰嘉樹清圓』、『愛桐陰滿庭清晝』」（頁一一）都是他欣賞的句子，故取《桐陰清晝堂詩存》爲書名。事隔十六載於一九八八年，由臺大中文系出身的多位學者所成立的大安出版社再度印行，增加爲千餘首的《清晝堂詩集》。

因百師長壽，一生誨人不倦，桃李滿天下。而他自己又孜孜勤寫，考據論著，所涵蓋的範圍，從詩到曲，博大精深，且詩文創作，又雋雅堪傳，既入儒林，復配文苑。但他待人寬而律己嚴，總是十分謙遜。《清晝堂詩集》卷四〈檢閱舊稿漫題〉四首云：「文章交白卷，功業熟黃粱。此去百年後，誰知清晝堂。」（頁八四）值此百歲冥誕之前夕，學生不揣才疏識淺，恭謹撰成此文，兼述悠悠追思，願以告慰老師在天之靈。

我所不認識的劉吶鷗

二〇〇一年以後，忽然在媒體上常常可見到由英文字"terrorist"轉譯而來的詞彙「恐怖分子」。我們中國人在翻譯外文時多喜歡用意譯，而日本人則喜用音譯，這個英文詞彙的日譯應當是「テロリスト」，但他們往往不採全部字音，而只取用前二字，於是就成爲「テロ」。我第一次聽到「テロ」這個意味著「恐怖分子」的詞彙，是在我七、八歲的時候。其實，根據後來的推斷，應當是在七歲時，而且更正確說來，應當是一九四〇年的九月四日。我甚至還記得那天傍晚時父親下班回家，神色緊張地對母親用臺灣話說了些什麼。我並不記得那些話的內容，但是卻至今都沒忘記話中夾著的這個詞彙「テロ」因爲太奇怪了，不是臺語，不像日語，也不是上海話，是七歲的我從來沒聽過的語言，所以令我特別好奇印象深。可是我們家的規矩是：大人說話，小孩不許插嘴。而且那天家裡的氣氛很不尋常，好像有什麼重大的事情發生，連七歲小孩都感受得到；所以雖然好奇，也不敢探問；好奇心便也過去了。當然，「テロ」指「恐怖分子」，後來是明白了，至於父母爲什麼會在我幼小時說過「テロ」，這個使我印象深卻全然不懂的詞彙呢？其實，我自己也是直到最近才推測知悉的。而所謂「最近」，竟然是和我此次受邀參加這個「劉吶鷗研討會」有關係的。

我的父親林伯奏先生（一八九七—一九九二）出生於彰化縣北斗鎮，他在北斗讀完公學校後，北上讀國語學校。日治時代的國語學校是比一般臺灣人子弟程度略高的學校。國語學校畢業後，他考取了上海東亞同文書院，並且因成績優秀而獲得「林本源獎學金」，赴上海東亞同文書院讀書。東亞同文書院是日本人在中國大陸所設立的大專程度學院，以培養日本青年對中國的貿易經商人才爲主旨。中日甲午戰爭，清廷敗績而簽訂的馬關條約（一八九五），使臺灣成爲日本的殖民地，當時的臺灣人在法律上遂隸屬日本公民，所以父親是以日本人的身分赴上海就讀東亞同文書院。他是第一位考取該校的臺灣人。畢業後，他進入日本大財團之一的「三井物產株式會社」的上海分社，成爲該會社正式聘任的第一位臺灣人。直到一九四五年，太平洋戰爭日本戰敗，父親在上海的「三井分社」總共任職三十年。父親在上海成家立業，我們八個兄弟姊妹，除了弟弟因走避上海事變（一九三七），而全家移居日本，在東京出生，其餘都是生於上海。

我們的家在上海的閘北虹口江灣路。那一區是日本租界，有許多日本人居住。爲了日人子女的教育需要而設立的日本小學校竟多達九所（第九國民學校係專爲朝鮮裔日本公民子弟而設者）。至於我自己，先在第一國民學校讀了一年級，升二年級時因學生過多，而改分配到新設的第八國民學校。兩校都在步行可及的距離。當時住在上海的臺灣人，日常生活上，大致會使用三種語言：在工作或讀書等正式場合上說日語、出外購物時說上海話、居家說臺語（或臺語與日語、臺語與滬語、甚至臺語與日語與滬語混合使用）。我們家就是屬於最後的一類，即三種語言輪流混合使用著。所以我才會在父母的對話裡聽到臺語裡夾著日本的外來語「テロ」。

但是今天我在這裡演講，爲什麼會從「テロ」這個話題開始呢？那就得從四年前，我收到許秦蓁博士送給我她的博士論文《戰後臺北的上海記憶與上海經驗》這本書談起。她送給我這本書，是因爲書中引用了很多我過去所寫的文章裡一些與上海記憶和上海經驗相關的文字。那些都是我無意間追憶自己年少時在上海發生的種種，散見於一些篇章的文字。我離開上海是在一九四六年，也就是中日戰爭日本敗績，而中國收復臺灣（一九四五）的次年春間。臺灣光復了，臺灣人在法律上回歸爲中國人。但是，住在上海的臺灣人（尤其是住在日本租界的臺灣人）處境卻十分尷尬，甚至於相當危險。因爲之前，我們都是以日本國民的身分居住在那裡的。戰後，我們卻一下子都變成了中國人。我們每家甚至很快就把日本的太陽旗銷毀，改插青天白日滿地紅的中華民國國旗。其實，我自己是有些迷惘的，因爲前些日子，我還跟同學們跪聽收音機裡天皇宣布日本戰敗，無條件投降，大家很傷心地哭；但過了幾天，我們卻變成戰勝國的子弟。我的日本同學們相繼倉皇地遷回日本去了。至於我家門口雖然插著中國國旗，還是沒法子保護突然改變的身分。鄰近的上海人指著我們叫罵：「漢奸」、「東洋鬼仔的走狗」。日本人遷返後，當地的地痞流氓持著槍械來我家要脅，父母不得不暫時走避法國租界。不久，我們只好急忙回到臺灣來。那一年，我十二歲，小學五年級才讀一半。

由於我在上海只住到十二歲，我所看到的上海是極有限的，雖然我們常常在禮拜天跟著父母去看戲、吃館子、逛「永安公司」、「先施公司」，也去「大世界」照過哈哈鏡等等，但那些畢竟是全家出動，坐車來去的事情。我從車窗望出去，只見快速倒退的街景，印象不夠深，不能和天天上學的路線上所見所聞相比較。我個人在散文寫作的過程，有一段時期採取「擬古」的寫作方式。

我讀蕭紅的自傳《呼蘭河傳》，覺得她依空間爲主軸，去敘述自己的幼年故事，頗爲新鮮有趣；遂摹擬其方式書寫我自己年少時在上海上學路線上的見聞。然而，十二歲的孩子能走到哪裡去呢？從家到學校，總不出虹口、江灣路一帶的地理範圍而已。不過，我採用以空間爲主軸的敘述法，將記憶中相關的人物、故事種種鋪排上去，倒也寫成另一種風味的長篇散文，自覺相當能夠把小時的經驗和想法記錄了下來。寫那篇〈江灣路憶往〉，是在一九八八年，距我離開上海已過了四十多年。這中間我不曾回去過上海，我寫文章的時候完全是憑記憶，根本也沒有參考任何地圖。我一直不是個好記性的人，但很奇怪的是，一支原子筆在指間，我在稿紙上書寫，一個記憶帶出另一個記憶來，使我自自然然地回到四十多年前的自己；記憶回來了，人物、事件、空間等等統統都回來了。但是說實在的，對於那些隱藏在空間裡的古老記憶，我是沒有太大信心的。那時候兩岸尚未互通，我也萬萬沒有想到又隔了十多年以後，竟然有人會拿著那篇〈江灣路憶往〉去「按文索驥」，以文字印證其中的地理空間，還原了我文章裡的江灣路、北四川路、虹口公園、內山書店等等地帶和地標。我是在讀《戰後臺北的上海記憶與上海經驗》才知道那篇〈江灣路憶往〉離開了我的紙筆印成書後，居然會遇到一個讀者，經歷那麼認眞嚴厲的考驗的！如今想起初讀論文時的心境，還眞的餘悸猶存。

讀許秦蓁的論文，另有一大發現是，在書中的「貳、閘北虹口——解嚴復活的租界經驗」結尾的一段文字：

透過考察林文月的童年地理版圖，再參照相關文獻資料或口述歷史，也得知「上海文壇的臺灣第一」劉吶鷗，當時常活動於虹口區，舉例而言，北四川路上的「天狗湯」是他常光顧的澡堂，日人內山完造所開設的「內山書店」，除了是劉吶鷗購得《旅行案內》、《月下的一群》、《站在音樂的十字路口》、《菊地寬戲曲集》、《改造》、《中央公論》、《文藝春秋》等書籍雜誌之處，也是林文月小學一年級時放學路上常駐足的「一爿書店」……。（《戰後臺北的上海記憶與上海經驗》，頁五七）

在這文字裡面，北四川路內山書店的特定空間，作者並提了劉吶鷗的名字和我的名字。因爲在我另一篇童年回憶的文章〈記憶中的一爿書店〉，我所寫的書店確實是意味著內山書店：只是，年少的我怎知自己的足跡踏印過的那個地方，早些時間曾經是另一個臺灣人劉吶鷗常常駐足之處？更怎麼知道劉吶鷗就是劉燦波呢？

老實說，我明白「劉吶鷗」就是「劉燦波」（或者應該反過來說，「劉燦波」就是「劉吶鷗」），還是近一、兩年的事情。對臺灣近代文學無甚研究的我，其實是數年前才知道有「劉吶鷗」的；反倒是更早就聽父母提過「劉燦波」。只是，這三個字還得用臺語發音，才能爲我的耳朵所接受。我們從小就會偶然聽見父母用臺語對話，其中有時會夾著一些他們朋友的名字，例如黃朝琴、林坤鐘、李萬居、楊肇嘉或劉燦波等等。那些長輩們有幾位到過我們家，大多數卻是沒有見過，我連他們的名字怎麼寫都不知道，所以換成國語唸，便不知如何發音了。「劉燦波」三字的臺語讀法，在上海時就聽大人提過的，我卻不曉得他竟會是今天這會議的主題人物。從種種資料和跡象推斷，很多年以前我聽到父母神色緊張地講「テロ」那件事，想必是和劉吶鷗有關係的。因爲「劉燦波」就是「劉吶鷗」。

《劉吶鷗全集》的《日記集》後面，附錄秦賢次先生所撰的〈劉吶鷗日記中的舊雨新知〉裡，提及我的父親林伯奏先生。我父親比劉吶鷗大八歲。《日記集》下冊的最後一頁（頁八一八）記載十二月三十一日（土曜）。所記的文字很少，卻寫著那一天在上海的臺灣朋友們於一年的最後一夜相聚去舞廳跳舞：

在二十九號朝琴君處開「芋泥會」會客（嘉蕙君）。會員以廈門話的知友幾人，晚上六七人一隊（嘉蕙、李君道南、林伯〔原作百，誤〕奏先生、青風等）去跳舞場巡探。在Del monte〔蒙地舞廳〕時送一年的最後的一刻。後到黑貓，三民宮，Lodge。回來時已經天明。（《日記集》下，頁八〇四）

我記得父親會跳舞，並且確曾去舞廳跳舞過，如果是除夕或聖誕夜，還會帶禮物袋或彩色紙帽子、假面具等等紀念品回家，放在我們已熟睡的床頭，讓我們隔天醒來驚喜意外。劉吶鷗日記中的這些記述，肯定是可信的。黃朝琴是劉吶鷗的朋友，也是我父親的朋友，從日記裡可知他住的林肯坊也在江灣路（頁七八四），其後，劉吶鷗也搬到林肯坊三十一號（頁七八八），與我們家在同一條路上。當時閘北那一帶日租界裡住著許多臺灣人，但我太小，他們都是我的父執長輩，所以沒有辦法認得。然而，許多名字以我父母所說的臺語讀出來，倒是至今都還有印象的，劉燦波便是其一。讀他的日記，他所記的地方，或一些當地習俗，我都很熟悉。除了「內山書店」，另外，

如他二處提到的「福民醫院」（《日記集》，頁一一四、頁五八二），也是我們家人生病去就診的地方，只是我們稱「福民病院」，也至今都是習慣用日語發音（ふくみんびょういん）。

小時候在家常常聽到劉燦波這個名字，卻不像黃朝琴和林坤鐘二位長輩，我在上海和回臺灣以後還見到過。父親是什麼時候和劉先生相識的呢？他們之間的交往如何呢？聽說他們曾合資經營房地產。但這些事情在父母已經過世多年之後，我也無由問清楚。然而，爲了參加今天這個研討會，閱讀一些相關的文章，也查過一些資料，使我想起那個「テロ」二字，必然是與劉燦波有關聯的。我的大哥林仲秋先生長我九歲，我常向他請教日文方面的問題（他也在上海讀完東亞同文書院。父親是第十六期生、大哥是第四十四期生，爲前輩與後輩的父子關係）。答應了參加此會，我試著去詢問大哥，那位和「テロ」二字相關的人物是不是「劉燦波」（我不能說「劉吶鷗」，因爲大哥也肯定不會知道他後來使用的這個筆名）。我大哥不僅證實了這個事實，並且還對我說，當時那個刺殺事件確實轟動了全上海，無論中國人（包括重慶方面，及南京方面）、日本人、臺灣人都議論紛紜。次日的報紙皆以顯著的版面刊出（《劉吶鷗全集（增補集）》，頁三四八），當時十六歲的大哥是看了上海的日文報紙得知的。事隔多年，他告訴我，被刺客擊中胸部好幾發子彈的劉氏，中了彈還強忍痛按住血流如注的傷口，自己走到飯店的櫃臺打電話求救呢！對我說這些話的大哥，自己竟也按著腹部一拐一拐地走起來。大概許多年前的事情，也令他引起當年恐怖的回憶的罷。

此外，我在後來康來新教授手贈的《劉吶鷗全集（增補集）》中，也發現了可以印證另一個與劉吶鷗相關的童年記憶。其中，一部分是圖（有三張照片，分別在第二十九頁及第三十頁），另一部分是在第三一六頁的文字。圖和文都與「公園坊」有關。「公園坊」是我們家鄰近的一大片房屋，共有三十三間三層樓一式的紅磚小洋房，分三排建造，當年算是十分摩登的新式建築物。「公園坊」和我們江灣路五四〇號的住家，只隔著五四二號弄堂的七幢二層樓小洋房，及一片草坪為鄰，步行三幾分鐘便可到。我的外祖父和外祖母晚年從臺灣到上海之初，曾一度暫住在「公園坊」八號。我有一張與兩位老人家的合照，便是在那個小洋房的門口拍攝的；放大的老照片上方，猶可見到門牌「8」字。這個「公園坊」八號，就是那三排紅磚洋房中第一排的第八號。「公園坊」是指這三十三間樓房，包括其前方水泥場地，以及其後方之網球場地的總稱，有石牌刻著「公園坊」三個字在一對門柱的右方。在《劉吶鷗全集（增補集）》第三十頁的右下方有一張看來是後來補拍的照片，門柱似為修繕過，但「公園坊」三字依舊是我記憶中的老石牌，而且與我所保存的舊照片完全相同。在我還沒有上小學之前，約許是五、六歲或六、七歲時，偶爾會陪母親從家走到「公園坊」去收房租。忘了是月初還是月底，每個月挨家挨戶去收租金。母親按門鈴，和人家寒暄，收下房租。大概是那樣子的罷；我跟在她身邊，無聊地看東看西。有時無人應門，或收不到房租，母親會不太高興，因為她又得再跑一次。依稀記得當時年幼的我也不太高興，因為說不定我又得跟著她再跑一次了。

其實，那時我們是以日語「こうえんぼう」稱呼「公園坊」的。在我開始上小學以後，鄰近的學生都要先集合，再兩兩排列成隊，有次序地走，而不是隨便各自行走的。學校那樣規定，是為了學童們的安全設想。我們每天都在「こうえんぼう」集合，然後才排隊上學。「公園坊」裡也住著我的同班同學，我至今都還記得其中兩個同年紀的同學，男生為小川滿洲國（おがわますくに）、女生是植田玲子（うえだれいこ）。兩人的成績都是頂尖好的，他們的家長都是日本「三菱物產株式會社」在上海的高層職員。在《劉吶鷗全集（增補集）》的第二十九頁有兩張與「公園坊」相關的照片。右下角的一張是「公園坊」小洋房（林建亨攝），想必是不算太久以前所拍攝的，房屋依稀是我記憶裡的樣子，但磚瓦敗壞，已不復昔日堂皇樣貌，屋外晾著的衣褲當風飄著，可想見住戶文化水準的低落，令我失望感傷。我的大哥留著一張泛黃的舊照片，是「公園坊」的照片，三層樓的建築物和門柱上那三個字都比《增補集》所印製的完整且清晰。這張原版的老照片，已經歷一個甲子的歲月，曾隨著他從上海而臺灣、而美國。對大哥而言，當初可能只是隨便和他自己年輕時代的其他物品放在一起帶著；卻無意中對我這個演講成為有力的證據，而我把它翻印出來，應該也會是此次研討會中與劉吶鷗先生有關聯的私人收藏罷。《劉吶鷗全集（增補集）》二十三頁及三十頁的兩、三張相片中，劉氏和他的朋友們合影的背景，正是這個地方。

今年春間，由於臺大梅廣教授的介紹，我認識了他的東海大學同屆同學專攻物理學的劉漢中教授。他是劉吶鷗的幼子。一夜交談，我原先期待著或許能夠從漢中口中多聽到一些有關劉吶鷗的故事，但對於自己的父親，他並不比我認識更多。因為父親遇難時，他才兩歲。他說：「我是從照片中認識我父親的。」不過，有一句話倒是很有意思。他不經意地提到：「聽我母親常常提起

『灶仔』。」這個稱呼意味著劉家和我們家是相當親近的。我父親幼年時期在家鄉北斗鎮的名字是「林伯灶」。家人和親友都稱呼他「灶仔」。一九四六年回臺灣以後，父親出任為光復後華南銀行第一任的總經理，覺得「灶」字不雅，所以改為臺語讀起來同音的「奏」字，但親友們仍稱呼他「灶仔」（與「奏仔」的發音相同）。只是，交情不夠的朋友是不會如此稱呼的。漢中說聽他的母親提過「灶仔」，必然是他的父母早就如此稱我的父親；可見劉、林兩家的交情相當深。在此，又可以補述一則小故事。我的妹妹林文仁告訴過我，母親曾對她說，劉燦波在上海時開玩笑道：「伯奏（灶）嫂，妳這兩個女兒這麼醜，將來怎麼嫁得出去哦！」所謂「兩個女兒」，指的就是我和文仁。這也說明了劉、林二家確實是有無所不談的交情，而且也顯現出劉吶鷗其人不拘小節的爽朗個性。

以上所談的這些人、事和片段的記憶，竟因為我收到《劉吶鷗全集》在先，受邀來參加這次的討論會在後，而整個貫串起來，讓我意外的發現自己和這位主題人物，是有一點點緣分的。可惜父母過世已久，我無由從他們那裡得到較多的第一手資料。我對於這位人物完全不了解。今天，我只能從他所遺留下來的文字來談一談我所不認識的劉吶鷗。

這位人物雖然在三十五歲的英年就去世了，但是從中央大學康來新教授和許秦蓁博士合編的《劉吶鷗全集》及《增補集》，可以看出其人興趣廣泛，多才多藝。除了文學寫作、翻譯，以及新文藝理論的引薦之外，他對電影理論和電影工作也有實際的涉獵參與。對於三〇年代的中國電影事業，具有相當大的影響力和貢獻。由於有限的發言時間，和個人有限的閱讀，我今天想要選擇劉氏的《日記》與《文集》，做爲討論的主要對象。

讀這三本書時，我直接的感受是，劉氏這些文字明明是中文，但有些奇怪。奇怪的原因是他的中文裡常常夾帶著外文，有時是一個詞彙，有時是一個片語或一個短句；時或是英文，或日文，或法文。這種說話或寫作時有意無意間夾入外語文的現象，其實在別人文章裡也可以見到，並不是太稀有的事情；只是，讀劉吶鷗的文章時，外語文出現的頻率特別高，其中尤以日文爲甚。例子隨處都有。先舉出一些文中夾著英文的例子：

把一支Jazz的妖精一樣的saxophone朝著人們亂吹。（《文學集》，頁三三）

一個是要去陪她的丈夫過空閒的week-end。（《文學集》，頁五五）。

忽然close-up起來了。（《文學集》，頁六〇）

在lady的當前睡覺？你想把etiquette改作了嗎？（《文學集》，頁七一）

你知道love-making是應該在汽車上風裡幹的嗎？（《文學集》，頁一一〇）

A girl in every port! 也許是帶人面的動物吧！（《文學集》，頁一五五）

一個permanent wave的W小姐交給了姪兒……（《文學集》，頁一六七）

帶回來養在我們的bungalow裡。（《文學集》，頁一八二）

一套輕軟的灰色的pajama。（《文學集》，頁一三〇）

要麼就是她的boss（上司）或著是patron（監護人）。……是這樣一個柔軟的creature（尤物）。

玻璃外的panorama（風景、景致）。（《文學集》，頁二〇四）

翻閱劉氏的文章，幾乎沒有一篇不夾著英文，其中以名詞為最多。如上舉例子中的saxophone、bungalow、pajama、boss等等，有時是一個簡單的詞，如week-end、close-up、love-making、permanent wave等等。在中國，上海是一個最早接觸西洋人和西洋文化的城市，這個城市最早「洋化」、最早「摩登化」，是一個外地人見了會覺得非常「洋里洋氣」的地方，而上海人也總是給人「洋里洋氣」的印象；尤其是讀過一些書的人在社交場合說話，男男女女都經常有意無意之間會夾著一些英文，以表現時髦和身分。這種現象遠在六、七十年前已然存在。劉吶鷗生活在那樣的時空中，必然會受到周遭環境的影響，更何況處在電影界那麼一個最最時尚摩登的圈子裡，而他自已又在日本和上海受過高等教育，外語文的能力是很不錯的，所以言談之間中、英文夾雜並不足為奇；甚至寫文章時如此，也是可以理解的。

劉氏的文章不但是中文裡常夾帶著英文，有時也見到法文的出現。於此再舉實例：

—Non！Le Midi! Southern France!

—啊！-Rivera，Cotedazur嗎？（《文學集》，頁八六）

—Macherie，你不冷吧！（《文學集》，頁九四）

—Commentallez-vous?

—還好，Monsieur 呢？真是長久不見了。（《文學集》，頁一三五）

—Madame votre femme 就一目愛上了她了。（《文學集》，頁一三六）

法文在文章裡出現的頻率雖不如英文之高，而且幾乎都是在人物的對話中出現。這個現象，一方面是由於劉氏曾經下過工夫學習，所以有能力駕馭法文；另一方面則又反映了在當時上海的某些高層（或自命高層）社會裡，有一些人是除了使用英文夾入言談之中，又喜歡夾帶一些法文的。其實，不僅是三〇年代的上海人士如此，今日的臺北又何嘗不然呢！在美國的社交圈裡，也是有類似現象的。世界各地，大凡人都是喜歡附庸風雅，好尚賣弄的罷！

不過，我們知道劉吶鷗是先有了日文教育的根底，成年之後到上海，才與上海的中國文人、藝術界友人來往，同時大概也可能是那時才開始使用中文寫作的。如果這個假設能夠成立，則又可以從另一方向來解釋他文章裡每好夾用英文、法文的情況了。凡是對日本語文有所接觸的人都會知道，日本語文之中經常是夾有外國語文的，所以即使是一個沒有讀過什麼書的日本人，也會很自然地在日常生活中說著英文（或法文）。譬如他們稱：

玻璃杯：「コップ」（cup）

咖啡：「コーヒー」（coffee）

鋼琴：「ピアノ」（piano）

照相機：「カメラ」（camera）

牛奶：「ミルク」（milk）

冰淇淋：「アイスクリーム」（icecream）

皮包：「ハンドバッグ」（handbag）

（駕駛時之）後退：「バック」（back）

隧道：「トンネル」（tunnel）

男女之約會：「デート」（date 英文）、或「アベック」（avec 法文）

衣著帥氣：「シック」（chic 法文）

禮儀：「エチケット」（etiqette 法文）

這些隨便想到的例子，說明了日本人經常說著（或寫著）外國語文而不自覺。有些東西原本是外國傳入的，譬如上舉的例子，中國人會想一些意譯的方式：玻璃杯、鋼琴、照相機、牛奶等等，而日本人則直接取音譯的方式：「コップ」、「ピアノ」、「カメラ」、「ミルク」等等。由於日文和英

文、法文都是拼音文字，所以他們可以採用音對音，亦步亦趨的方法變成「日文」讀出來，至於那些音串聯起來的是什麼意思，久而久之竟好像本來就是日文了。你拿一個玻璃杯去問從沒有學過英文的鄉下老人「這是什麼？」他必定毫不遲疑地說：「コップです。」他甚至以爲自己所說的是日文呢。不過，在書寫時，他們有一個規定，寫這些拼音字時，得要用「片假名」。

我在這裡花時間舉這些例子說明，是因爲我自己和劉吶鷗一樣，也是先受了日本教育，稍長後才學習中文的。我是到了大概讀中學時才恍然大悟，原來有些話語是英文（甚至於法文）而並不是日文呢！用這種經驗（或角度）去讀劉氏的文章，你就不會對那些常出現在文中的西洋文字感覺奇怪了。因爲在日常生活上講日文（或寫日文），就是不可避免的自自然然會參雜各種各樣的外文的。譬如以上列舉的**Jazz**，本來就是「ジャズ」、**Saxophone**是「サキソホン」、**Pajama**是「パジャマ」、**Bungalow**是「バンガロー」。自自然然，我們都是這樣學習長大的。我的意思是說日本人不稱「パジャマ」而稱「寢卷」（ねまき），反倒是裝老古怪了（其實，在今日臺灣，七十歲以上的人也大致會這樣子說的）。不過，在寫成文章時，這些外來語的音譯倒是有定規，必需要用片假名書成，所以讀者一望便知哪些是外來語。

劉吶鷗生於日本統治時代的臺灣，雖然年少時期曾在家鄉的私塾讀過中文，想必還不到可以寫作中國的白話文程度。對他而言，在臺灣接受日本教育到中學，其後又赴東京讀有貴族色彩的青山學院。成年之後才到上海，說日語和寫作日文的經驗在先，其後才學中語、寫作中文。這樣的學習過程，或者會令他在寫中文時也自然像寫作日文時夾入一些外來語。而中文對於處理外來語時，多半採用意譯，如「牛奶」、「隧道」、「照相機」等等，有時也採用音譯，不過，中國字是表意的，不是標音的，所以我們在讀這些外來語詞彙的音譯文字時，便得「心照不宣」，只取其義而不必介意其涵義了。例如：

斯拉夫女（《文學集》，頁一一六）

密斯脫Y、密昔斯Y（《文學集》，頁一六二）

波希米安（《文學集》，頁一二九）

魯保特（《文學集》，頁二〇二）

不過，較多的時候，他會直接引用英文或法文。除了上文提到上海的摩登人士每常喜好談話中夾帶外語文的習慣外，我想他個人先受過日文教育的讀寫背景，也可能是很重要的原因。而上舉最後一例「魯保特」三字爲外來語robot的音譯，應該是劉氏自創，所以《文學集》的編者於此三字下特別附注（英語「機器人」的音譯）。以我個人的觀察，閱讀劉氏這些與其他中國作者的文章不同風格的表現，可以揣測出其所以如此的道理；但是一般中國讀者就會感覺生硬拗口了。施蟄存曾經批評道：「此人說國語很困難，夾雜著很多閩南音。中文也很勉強，寫一封信好像是日本人寫的中文信。」（引自Cutivet Sakina〈劉吶鷗「新感覺派」一九二七年日記中的語文表現〉《劉吶鷗國際研討會論文集》，頁一二七）。施蟄存形容劉氏「寫一封信好像是日本人寫的中文信」，正可以證明我的分析是可以成立的。

要完全了解劉吶鷗的中文書寫，其實是需要具有一些日本文化的基礎才行。上舉日本人習慣直接引用外來語詞彙的音譯詞，便是其中一個特色。我們中國人總是稱「機器人」，而不會說「魯保特」這樣奇怪的譯音詞；但日本人無論男女老少都是講「ロボット」，大概沒人會說「機械人」；說「機械人」（きかいじん）反倒是奇怪了。想來，對於劉氏而言，要他說「牛奶」、「禮儀」、「皮包」，而不說「ミルク」、「エチケット」、「ハンドバック」，反而是有些不自然的吧。不過，除了外來語彙，我們也有時也會看到一些不容易懂的詞彙或句子。這些文字都是中國文字，但不像一般中國人所使用的詞或句，遇此情形，我試著以日本人的觀點去讀，就可以讀懂了。下面再舉一些例子，先引其原文、再標出日文讀法、最後揣度劉氏用此詞的原意：

落膽「らくたん」：失望（《文學集》，頁九九）

速力「そくりよく」：速度（《文學集》，頁一〇一）

女兒「おなご」：女性（或婦人）（《文學集》，頁一〇三）

橫斷「おうだん」：橫過（形容走馬路）（《文學集》，頁一〇五）

興味「きようみ」：興趣（《文學集》，頁一〇七）

令人奇癢的話「くすぐったい話」：令人不好意思的話（《文學集》，頁一三六）

一目愛上「一と目惚れ」：一見鍾情（《文學集》）

自己們「じぶんたち」：咱們（《文學集》，頁二九五）

掘根掘葉「ねほりはほり」：追根究底（《文學集》，頁二五八）

這些中國文字我們都認得，只是組合在一起卻成爲一些我們所不容易懂，或者是感到陌生的詞彙或句子。這些從他的文集裡隨便挑出的例子：譬如「落膽」是什麼呢？我想很多人用中國語發音，都不能了解是什麼意思而且會嚇一跳；可是你如果會用日語讀這兩字：「らくたん」，就明白那是指「失望」的意思了。「橫斷」在原文中：「橫斷了馬路」，是做爲動詞用的，我們雖可以猜想作者的用意；究竟不如取「橫過」二字普遍習用；不過，這在日本人是完全不會有問題的。「速力」和「興味」，也總不如「速度」和「興趣」的自然。至於「女兒」，在原文中是指特定的一個女性，並非中文裡稱謂親子關係的「女兒」，所以都是比較傾向日文的用語。而「一と目惚れ」之詞，在中文裡有「一見鍾情」這個現成的成語，捨此不用而用從日文直譯過來的「一目愛上」，就顯得很奇怪了。「掘根掘葉」和「一目愛上」，是類似的問題。至於「自己們的」大概也是這種情況下的產物。「奇癢」，在中國人的想法裡只能指生理上的一種感覺，而不會做爲心理上的一種形容詞：「令人奇癢的話」，「くすぐったい話」：令人不好意思的話。這樣的中文是不可能爲一般的中國人所理解的。雖然日文是日文，中文是中文，但日本文化自中古遣唐使時代以來便深受中國的影響。他們到今日還通行的文字「片假名」(かたかな)和「平假名」(ひらがな)便是由中國文字變化而來(《中國文化對日本文學的影響》,頁四九－五一)。在行文之間,也不可避免地仍舊會夾用著許多不同於中國使用的簡體字,甚至也有他們自創的字體。在詞彙的組成上又常有不同於中文的習慣;因此即使我們在日文裡看到認得的「漢字」,也未必能正確的了解其內容。劉吶鷗在中文書寫時,其實有些場合是使用著日本式的「漢字」習慣的。

除了以上所舉的這些字、詞、句有受到日本語文影響的痕跡外,劉吶鷗的文章也有一些日文式的迂迴長句。例如:

因為他是不長久的愛情的存在的唯一的示威。(《文學集》,頁一〇四)

從鄰近櫛比的高樓的隙間伸進來的一道斜直的陽光的觸手,正撫摩著堆積在書架上的法律的書類。(《文學集》,頁一一四)

啟明是不願意一個愉快的有美麗的婦人的茶會的時候被他那不大要緊的藝術論占了去。(《文學集》,頁一三二)

我們幾個人是像開在都會的蒼白的皮膚上的一群芥蘚的存在。(《文學集》,頁二四三)

車列來到小學校的後面的很長的鐵橋時,……(《文學集》,頁二四八)

新鐵路,在埋著山國的煙霞深處散布著黑煙和油漆的氣味的盆地的,春天的植物的中間,火

車悠然地匍行了。(《文學集》,頁二六二)

上舉的句子有兩個特性:其一是句型偏長、其二是使用過多「的」字。這是日文的特色之一。在翻譯日文時,譯者往往會受原作之影響,遂在有意無意之間譯成較長而多帶「的」(の)字的中文。只是,劉氏的小說創作裡也有不少這類近似日文,比較曲曲折折,而且多帶「的」字的長句。

日記文的書寫,除了少數人意識到自己身後可能留傳而公之於世間,大多數人都會當做是一己之私密,保留當時之行蹤或感情思想的紀錄,而比較率性存眞,文筆也會更隨興不拘束。從這樣的角度來觀察《劉吶鷗全集》所收上、下兩本《日記集》,雖然這兩本只收他從一九二七年一月一日至十二月三十一日,一年的時間裡所發生種種,及感情思維各方面。閱讀他人的日記,原本是可供研究其人生活及時代背景,甚至滿足讀者偷窺欲望的好途徑。但是,我今天透過劉吶鷗的日記所要探討的不是其內容,而是承接我前面的關於其文字特色的問題。創作與論文或翻譯,都要考慮或警覺到讀者的存在,日記則是屬於較私密性的,比較不需要多費心思去咬文嚼字,也不會太注意修飾,所以更能直接透視寫作者的文字特色。

劉氏的日記,字跡十分潦草,時而潦草到不可辨認的地步。至於其文字則長短不齊,長者如十月十日(月曜),記在北京參觀故宮的所見所思,頗爲細密,近五百字(《日記集》,頁六三六);短者如三月十一日(金曜),只二字:「好睡」(《日記集》,頁一七八)。通觀分刊於上、下二冊八〇四頁(左頁爲原稿、右頁爲印刷,故實際是四〇二頁)的一九二七年日記,除十二月二十九日、三十日兩天，不見記錄外，其餘日日都有文字，而且每月日記的後面所附讀書紀錄專欄裡，也都可以看到他仔仔細細羅列當月所讀的書目、著者、出版社及讀後感。可知劉吶鷗有其認眞律己的一面。從左頁的原稿版影印看來，這本東京新潮社印製的《新文藝日記》有一定的格式：預爲使用日記者印製成一日一頁、每頁十二行直書的形式，而且頁首有月、日及日式一週記法（月曜、火曜、水曜、木曜、金曜、土曜、日曜）。大概是受到這種日記本印製形式的限制，最多只容十二行的文字，所以有時不能「暢所欲言」，文字便會溢出格式外。這種情形，在九月底至十月中的一段日期最爲明顯，字既細密，而行數特別繁擠。這時期，劉吶鷗首次造訪北京。北地的歷史、文物、風俗、景象，大大吸引了這位南方出生的青年人。所見所聞，一切令他感到新鮮好奇，同時也令讀此日記的人從字裡行間體會出他的興奮，甚至感受到他急促書寫的心情。

這本一九二七年的日記，大體上以中文書成，但是也夾雜了許多的日文、英文、法文等等外文。其中，以日文爲最常出現。外文之使用，最常見到的是詞彙。由於日記之書寫，本來不預設讀者，是寫給自己看的（或者是與自己的對話）所以不必有定規，用什麼語文最方便，就寫什麼語文。而書寫的方式也就比《文學集》裡的創作、翻譯或論文隨意得多。譬如《文學集》中的文章裡引用外來語時，都把它們的英文、法文的原文寫出，那是因爲考慮到讀者爲中國人的緣故。至於日記的讀者（或對談者）是他自己，因此他可以隨意地使用各種語文去記述。臺灣人處在日本統治了三十餘年的當時，已經受到所謂「國語運動」的影響，一般人不但會說日語、讀日文，甚至於生活中也不自覺地受到日本人慣用外來語的習俗，會自自然地說出來或寫出來。屬於這一類的例子特別多；下舉例先取原文，次還原其外文，再列出編者爲中文讀者所加之對應中文（及其出處）：

カルシウム：calcium〔鈣〕（《日記集》，頁一一四）

トランク：trunk〔行李箱〕（《日記集》，頁二三八）

シャツ：shirt〔襯衫〕（《日記集》，頁二六二）

オールバック：all back〔全部後梳〕（《日記集》，頁二四四）

スープ：soup〔湯〕、ハムエッグ：ham egg〔火腿蛋〕（《日記集》，頁三四八）

センチメンタリズム：sentimentalism〔感傷主義〕（《日記集》，頁一六〇）

バスタイム：bath time〔入浴時間〕（《日記集》，頁一七六）

前面的三個例子是英文名詞的音譯，用片假名書寫。劉吶鷗這麼寫，全日本男女老少也都普遍如此說、如此寫，他們根本忘了這是外來詞似的自然使用著。至於受日本統治過的臺灣人，也都隨隨便便講「シャツ」、「トランク」等等。聽的人和講的人都並不覺得奇怪。至於「センチメンタリズム」、「バスタイム」等等，則是比較爲知識階級的人所使用，但也並不是什麼特別深奧的外來語。劉氏應該是由於平時說話，甚至思維時習慣了這樣子混合著中、日語文，乃至於日本人的

「外來語」，所以寫日記便也呈現如此。而以他對於法語文的嫻熟，時則又把中、日、英、法文參合著使用，例如：

所見所聽沒有一件不是心肝ストレンジなもの。〔奇怪的東西〕（《日記集》，頁一二八）

他們兄弟是一派不能夠交的人，あまりにマテリヤル。〔太過於唯物現實〕（《日記集》，頁一八〇）

雖沒有什麼attraction〔魅力〕。（《日記集》，頁一八四）

不是我神經衰弱一定覺後很erotic〔色情〕的。（《日記集》，頁一八六）

房東天津人，看來好像unbonchinois〔一個善良的中國人（法文）〕的。（《日記集》，頁六八）

不由的唱了不成調子的メロデー〔旋律〕，望窗下一看……真是アムー〔愛（法文）〕的氣候。（《日記集》，頁五六）

懷那久遠之鄉，白雲？——同一的感情，BonVoyage! O! frere〔祝旅途順利！噢！兄弟（法文）〕。（《日記集》，頁二九六）

Belle nuit〔美麗的夜晚（法文）〕不意地從口裡……（《日記集》，頁七四八）

這些例子顯示著，在日記裡劉氏大量使用外來語，書寫之際，時則原文，時或日文的音譯，沒有一定的規則；甚至有時更以片假名取代普通日文。例如：ツマラナイ（無聊）、ハタラク（工作）（《日記集》，頁二四二）、キモノ（日本和服）（《日記集》，頁二四二）、キモチ（心態）（《日記集》，頁三一四）、コッケイ（滑稽）（《日記集》，頁三三六）。這些多變化而隨興使用各種語文的情形，一方面說明了劉吶鷗具有多種語文能力，同時也因爲寫日記本來就是一己的私事，不必忌諱他人怎樣讀、如何理解的問題，故而心裡怎樣想、便怎樣寫，自自在在；不像在《文學集》所收諸文裡需得時刻意識到中文讀者存在的問題。當然，先正式接受日本教育，由小學而中學，其後更赴日本，在東京青山學院完成高等學部文科的學業；且在衆多日本同學之中，竟以唯一的臺籍生名列前茅。可見他的成績優秀（見彭小妍〈浪蕩天涯：劉吶鷗一九二七年日記〉，頁一〇），上海的文友如施蟄存也誇讚他：「能說得一口流利的東京腔。」（《戰後臺北的上海記憶與上海經驗》，頁八五）然而，從一九一二年七歲入鹽水港公學校，到一九二六年青山學院畢業，受了十數載日本教育的劉吶鷗，雖然一九二六年入上海震旦大學讀法文，且與戴望舒、施蟄存等文人交往，但在較短暫的時間裡習得的中文，或許使用起來不能如日文流利暢快，而且平日言談思考之間也必不免於還參雜著日語文習慣的罷。譬如日記中出現的「臆（原作「憶」，筆誤）病者」（日語（膽小鬼）おくびようもの，頁二三四）、「臆病」（日語（膽小）おくびよう，原作「膽心」，筆誤，頁二七四），與前舉「落膽」、「速力」等詞，同屬「日式漢字」，而非純正的中文。既然日記是爲自己而寫，只要自己看得懂，用什麼文字書寫都可以，而劉氏能夠使用中、日、英、法各種語文，遂在這幾種能力範圍裡愛用什麼文字，便用什麼文字，他有多種的選擇。譬如：日本和服，有現成公定的漢字「著物」（きもの），而他捨此不用，卻以筆劃較少的片假名「キモノ」取代，或許也是一種方便。又如到銀座去閒晃，日本人把銀座（ぎんざ）取其前半「ぎん」，閒晃（ぶらぶら）取其後半「ぶら」，而成為「銀ぶら」，在日記裡劉氏則寫成片假名的「ギンブラ」（《日記集》，頁五四二）。至於少數幾處，無論在小說創作、翻譯、或日記裡，又有疑似為臺語的字句：「麗麗拉」（《文學集》，頁二九三）、「敢眞是」（《文學集》，頁三〇一）、「眠床」（《文學集》，頁三一九）、「圓或是扁」（《日記集》，頁三三一、三六四）。這樣看來，劉氏往往是會隨興所至地混合使用中、日、臺、英、法文等多種語文的。對於外人而言，這樣的文章並不容易讀，有時甚至不太通順，然而其中卻非常眞誠坦白地顯現出了劉吶鷗其人來。

以上，我似乎挑剔地專門羅列出劉氏文章裡的瑕疵，對前輩有失尊敬；但我必須如此一一舉例，並且標示出處，才能說明非得如此不可的原因。我讀劉吶鷗的文章和關心他這位前輩人物，其實，還只是近兩、三年來的事情。起初，只是驚悉他竟然是我父親在上海時期所交往過的朋友，不但是同住在閘北日租界江灣路一帶的相當親密的朋友，並且還可能是一起投資建造「公園坊」的「劉燦波」其人。同時，他大概見過年幼時的我，否則不可能批評我長得醜，怕我長大嫁不出去。然而，我讀劉吶鷗的文章，卻十分受到感動。我一方面為他對文學、藝術投注的熱情所感動；另一方面也透過他的文字——被那些奇異的、不容易懂的、甚至不通順的、「劉吶鷗式」的中文所感動。我努力地閱讀著、分析著，動用我自己所認識的一些語文，試圖去了解他想要表達的那些意象和原意。於是我逐漸明白了。我明白了他的文章想要表達的那些意思，明白了他當年以極短時間習得的中文努力要表達的那種努力。雖然人在上海，畢竟劉吶鷗和戴望舒、施蟄存、杜衡等人的教育背景不同。在不算長的三十五年生命裡，走過臺灣、日本、中國，他的學習過程是比較迂迴曲折的。臺灣在百年的時間，經過兩度政治的變化，老百姓的語文，也不得不隨著歷史現實，由中語文，而日語文；復由日語文，而中語文。對於劉吶鷗而言，從日文而中文，爲期只有一、兩年的時間。在這本一九二七年的日記裡，雖然有多種語文混合使用的情形，同時也有少數篇章完全以日文呈現（三月二十三日水曜，頁二〇二），畢竟絕大部分是以中文書成。我在他的創作、翻譯、評論和日記的字裡行間，看到一位形跡看似「浪蕩」，實則內心勤勉堅毅、追求一個夢的人物。這是我對於我所不認識的劉吶鷗的一點認識。

（文載《臺灣現當代作家研究資料彙編53》劉吶鷗，頁八一－一〇三）

參考書目

《劉吶鷗全集》《文學集》康來新、許秦蓁合編，臺南縣文化局
《劉吶鷗全集》《日記集》（上）康來新、許秦蓁合編，臺南縣文化局
《劉吶鷗全集》《日記集》（下）康來新、許秦蓁合編，臺南縣文化局
《劉吶鷗全集（增補集）》康來新、許秦蓁合編，臺南縣文化局
《二〇〇五劉吶鷗國際研討會（論文集）》國家臺灣文學館
《戰後臺北的上海記憶與上海經驗》許秦蓁著，大安出版社
《擬古》林文月著，洪範出版社
《中國文化對日本文學的影響》林文月著，時報出版社（新視界文庫01）

從《雅堂先生家書》觀連雅堂的晚年生活與心境

連雅堂先生傾其一生心血，以著史撰文編書爲職志。他的不朽鉅著《臺灣通史》已於生前出版，其後又屢次再版。《大陸詩草》也在民國十年由臺灣通史社發行。至於其餘的詩文創作，及所編纂的有關臺灣史蹟文物諸作，如《臺灣詩乘》、《劍花室詩集》（包括《大陸詩草》與《寧南詩草》）、《雅堂文集》、《臺灣詩薈》、《臺灣贅談》、《臺灣漫錄》、《臺南古蹟志》、《臺灣語典》、《雅言》、《閩海紀要》、《臺灣叢刊》等，亦於臺灣光復後陸續編印問世。

民國八十一年，雅堂先生之孫連戰先生將其父震東先生珍藏一甲子的家書八十七封交由臺灣省文獻委員會印製而公之於世。至此，除了可能仍有若干刊布於當時報章雜誌或其他刊物而尚未能採入《連雅堂先生全集》之詩文而外，雅堂先生的文字已經大體可以看到了。

本文擬自《雅堂先生家書》所收錄八十七封家書，來觀察雅堂先生晚年的生活情況，以及其心境。筆者雖忝爲連雅堂先生之外孫女，除少數未爲外人所知得自長輩之口述部分外，餘均以文字資料爲依據，以徵信實；又以下敍論，擬依一般論文撰寫習慣，對人物將直稱姓名而不加尊稱，以避免行文冗贅，特先申明於此。

一

民國八十一年春，臺灣省文獻委員會出版《連雅堂先生全集》精裝二帙共十五冊，其第一帙包括《臺灣通史》上中下三冊、《雅堂文集》、《劍花室詩集》、《臺灣詩乘》各一冊，及《臺灣語典》與《雅言》合輯本、《雅堂先生集外集》與《臺灣詩薈雜文鈔》合輯本各一冊。第二帙包括《雅堂先生餘集》、《雅堂先生家書》、《連雅堂先生年譜》、《連雅堂先生相關論著選輯》（上、下）及《臺灣詩薈》（上、下）。《雅堂先生家書》共計二五五頁。第一頁至第九十二頁爲鉛印八十七封書信；第九十三頁至第二五五頁爲家書原件影印，其墨跡清晰，信箋上之花紋及邊印字體亦可辨認。此八十七封家書的書寫日期雖都記有月日，但未繫年，唯自其內容可以推知當係起自民國二十年五月十五日，終於民國二十五年四月七日[1]；亦即連雅堂五十四歲其獨子震東離開臺灣赴大陸之年，至五十九歲雅堂逝世之前二個月止。連戰在《家書》付印出版之際，有一篇長序說明出書之緣由，茲錄其中一段文字於此：

> 溯自先父投效故國，至先祖父謝世，此五年期間，父子睽隔日久，先祖父愛子教子之深情，悉繫於尺素之中。……先父震東先生在日，自壯至老，直視此先人函札遺澤為至寶，自西安、重慶、南京，而至重返臺灣，歷經炮火洗禮，戎馬倥傯，均什襲珍藏，畢生不離行篋。十年來，定居臺北後，則長年深鎖於書房鐵櫃中，惟恐有失。迄八十歲誕辰前夕，始鄭重交余繼續保存。歲月易逝，先父謝世已將六載，余受命保管信函已近十稔矣，撫今追昔，感慨實深。

連雅堂十八歲時，中日戰役清廷敗績，簽下馬關條約，臺灣遂淪為日本之殖民地。但雅堂一生以愛國保種爲己任，雖在日人占領之下，仍以書生報國自勉[2]。他以漢文在報端發表議論，大聲疾呼保存臺灣之古蹟文物；甚至其撰寫《臺灣通史》、編纂《臺灣詩薈》及《雅言》等書，也都是基於這樣的心態。至於他的獨子震東，在日本人占領之下的當時，自難免不接受日本教育，爲多了解日本，他甚至還鼓勵震東遠赴日本留學，入東京慶應大學攻讀經濟。不過，震東畢業返臺後，僅在臺南的《昭和新報》報社擔任記者工作一年，旋即勉其再度遠離家人，赴祖國效命。連震東對於中國大陸其實是完全陌生的，雅堂所以忍心命獨子遠離故鄉，乃基於熾烈的民族情操與愛國熱心。連雅堂本身曾於三十五歲大病痊癒時遊歷大陸三載[3]，當時所結識者多爲一時之人物，如王闓運、章炳麟、趙爾巽、胡適、張繼等。其中，章炳麟與張繼，在雅堂返歸臺灣後，仍藉書信保持聯繫。對於雅堂嘔心瀝血之作《臺灣通史》，二人皆深表欽佩，炳麟以爲「民族精神之所附」，張繼則「歎爲有價值之書」[4]。雅堂與張繼既結識多年，又爲文章知己，故震東自日本學成歸鄉未久，雅堂便修成一封十分感人心之信函於張繼。其全文如下：

溥泉先生執事：申江一晤，悵惘而歸，隔海迢遙，久缺牋候。今者南北統一，偃武修文，黨國前途，發揚蹈厲。屬在下風，能不欣慰！兒子震東畢業東京慶應大學經濟科，現在臺灣從事報務。弟以宗邦建設，新政施行，命赴首都，奔投門下。如蒙大義，矜此子遺，俾得憑依，以供使令，幬載之德，感且不朽！且弟僅此子，雅不欲其永居異域，長為化外之人，是以託諸左右。

昔子胥在吳，寄子齊國；魯連蹈海，義不帝秦；況以軒黃之華冑，而為他族之賤奴，泣血椎心，其何能恕？所幸國光遠被，息及海隅，棄地遺民，亦沾雨露，則此有生之年，猶有復旦之日也。鍾山在望，淮水長流，敢布寸衷，伏維亮察！

順頌任祺　不備

愚弟連橫頓首　四月十日

並且殷殷諭告：「欲求臺灣之解放，須先建設祖國。余爲保存臺灣文獻，故不得不忍居此地。汝今已畢業，且諳國文，應回祖國效命。余與汝母將繼汝而往。」震東便攜此信函買船前赴大陸投效祖國。

《家書》所收八十七封信，即自震東離臺的民國二十年五月十五日開始，經民國二十二年春雅堂攜妻女離臺赴上海定居，至民國二十五年六月二十日病逝之前兩個多月的最後一封書於四月七日爲止，前後實歷五載；亦即是連雅堂一生之中最後五年，對子女所書寫諸信函，故可與其他文字著述相互對照，從中窺見一代耆儒的晚年生活及心境，爲極可貴之第一手資料。

八十七封家書之中，除第七十八封爲日文電報而外，餘皆爲對其獨子震東及長女夏甸所書，其稱謂雖有「震東」、「定一」及「夏甸」、「孟華」等四種不同寫法，實則定一即震東之別稱，孟華則爲夏甸之別稱。連雅堂與其妻沈少雲[5]共育有三女一兒：夏甸、春臺，震東及秋漢。次女春臺夭逝於十三歲，當時雅堂三十六歲，正旅遊中國大陸。故家書寫作時期僅有三子女，先後已皆長大成人，除幼女秋漢仍在高級中學就讀即將畢業外，長女夏甸已適林伯奏，定居於上海，故《家書》雖以寄與震東爲主，其中亦有多封寄夏甸，囑咐照拂其弟，或令其轉寄於其後遠赴西安之震東。

雅堂寄與子女之信，多爲簡短扼要，從附錄之原跡影印觀之，悉以毛筆小楷書寫於稿紙或信箋，筆跡清楚，一絲不苟；其書於稿紙者，則一格一字，尤爲整齊，甚少塗改。書寫家書而如此方正整潔，或者亦可以想見其人之人格與個性了。至於其內容則充分表現出父親愛子教子之深情與期許。下錄其第一封家書，以見其貌：

> 震東知悉：汝至福州，曾接一信，甚為欣慰。閱今十餘日，更無消息，不知汝尚在福州或赴上海？汝母極為懸念。此次汝之出門，汝母心頗不忍，然為汝之前途計，不得不從汝之志，汝在外面，每星期必寄一書，以慰汝母之心。余自歸後，諸事便利，夜學已於一日開課，僅開卿家族數人，尚擬再設小學，以教鄉中後進。聞李延禧君日前回臺，余已寄書問候，而許丙與乃賡、木根自東京赴滿州，大約當至上海也。家中安善。
>
> 父諭　五月十五日

此信僅記五月十五日，當係書於民國二十年。此年四月十日，雅堂書成致張繼書（已見前引），震東即攜其信函乘船赴大陸。由此第一封家書可知，船行至福建省，其後改由陸路北上，故稱：「汝至福州，曾接一信。」當時張繼在南京，而震東長姊夏甸居住上海，距南京不遠，故震東擬先赴上海會見其姊，而後再赴南京。接獲出遠門之子自離家到達第一站後所寄來的家書固然「甚爲欣慰」，但其後十餘日更無消息，不免牽掛。信中雖宛轉稱，「汝母甚爲懸念云云」，實則從其後屢見類此之口吻，雅堂思念愛子之情甚爲殷切，而天下父母心總不免於此；唯雅堂愛國之心更熾熱，所以寧忍別子之苦而令其再度遠離家門。

雅堂心中一向以中國大陸爲祖國，此種思想可謂溯源於連氏祖先。遠在清康熙中，其七世祖興位公即因恨明室之亡，決計隱遁，故渡海來臺，卜居於臺南寧南坊馬兵營。馬兵營曾爲鄭成功駐師抗清之故地；所以連氏世代居住於此地，實有其歷史的紀念意義。雅堂十八歲時，中日戰役清廷敗績，割讓臺灣、澎湖於日本，臺灣人民不服而成立臺灣民主國以抵抗日本，劉永福又一度曾駐軍於馬兵營。雅堂之父憂思成疾以亡。年少之雅堂受此國仇家恨雙重打擊，終身不忘；所以他贊助國父革命推翻清廷，又始終不肯屈服爲日本殖民地之臣民，上錄致張繼書已充分表露其心志，可謂一字一血淚！壯年時期的連雅堂自己亦曾前後旅遊中國大陸，參與華僑愛國之舉動，復屢屢刊登民主革命及反對軍閥之議論於各種報刊[6]；至此，保存臺灣歷史文化之重要著述，如《臺灣通史》、《臺灣詩薈》、《臺灣詩乘》等已經次第編纂書竟。五十歲以後，連雅堂雖仍然開書局專售漢文書籍、講授臺灣歷史文化之課程、並且更致力於臺灣語言文字方面的研究[7]，但子女均已成長，長女且已遠適定居上海，震東更赴大陸之後，則舉家內渡脫離日本占領下之殖民地的願望即可達成。故而《家書》之二，致夏甸轉其弟的冒首有言：

昨得震東自滬寄來之信，甚為欣慰！汝弟此次出門，實為前途之計，邀天之福，如得機會，以圖寸進，則余三十年來之希望乃得償矣，……

所謂「三十年來之希望」，並非虛言。雅堂三十五歲民國初建之年，曾旅行大陸遊西湖，有家書寄其妻沈少雲道遊湖之樂，謂：「他日苟偕隱於是，悠然物外，共樂天機，當以樂天爲酒友，東波爲詩友，會稽鏡湖爲俠友，蘇小小爲膩友，而屬苧羅仙子，爲我輩作主人也。」並繫有七絕云：

一春舊夢散如煙，三月桃花撲酒船；
他日移家湖上住，青山青史共千年。

作此詩時，《臺灣通史》尚未完成，但革命已成功，清政府已滅亡，雅堂反清之第一志望已達到，遂有此第二個國家移居大陸宏願之表露。當時三女秋漢尚在女子高級中學就讀最後階段，所以雅堂夫婦不得不仍居住臺灣。

連雅堂一生爲文儒書生，著述編書雖亦可得稿費報酬，但生活始終不富裕。終其一生有固定收入之職業，乃爲報社記者之職。自二十二歲入臺南《臺澎日報》爲漢文部主筆以來，至四十歲前後[8]，斷斷續續在臺南與臺中各主要報社，除上述《臺澎日報》外，又曾在《臺南新報》、《臺灣新聞》等報社任職[9]。此外，於二十五歲赴福州時期[10]，一度曾在廈門爲《鷺江報》主筆；二十八歲時，日俄戰爭起，雅堂恨清政不修，攜眷再赴廈門，與友人合資創辦《福建日日新聞》。而三十五歲至三十八歲爲期三載之大陸旅行期間，更於東北吉林參與《新吉林報》以及《邊聲》之報務[11]。青年時期，無論在中國大陸或居臺灣，雅堂皆擔任漢文部之主筆，一方面以漢文書寫，從實際行動表現其反日維護中國文字的立場；另一方面則在內容上發揮其主張人權與男女平等[12]、保護本土文物[13]、反清擁民主[14]，以及抗議軍閥[15]思想。不過，因爲雅堂在報社所任之職爲主筆，而非報導新聞之工作，故其所撰之文字雖不免具有時效新聞性質；大體言之，與其個人之文章風格完全不牴觸。而且，主筆究竟不同於普通記者，工作時間方面亦較爲輕鬆自由，故身爲報人之連雅堂，得同時又兼爲詩人，甚至史家；《臺灣通史》之著述便也是在這一段時期。有一份固定的薪酬，又因爲工作關係而多結識一時之士，詩文與著史亦多順利書就，這大概是雅堂在物質與精神雙方面較爲滿足的一段時期。民國九年，連雅堂四十三歲，《臺灣通史》上、中二冊相繼發行，翌年春，其下冊亦發行，而他在大陸所寫的詩篇又編成《大陸詩草》，由臺灣通史社發行。此是雅堂第一部詩集，也是他生前出版的唯一詩集。

民國八年，雅堂四十二歲時，應臺北板橋富賈華南銀行發起人林熊徵聘爲祕書，處理與南洋華僑股東往返之文牘，遂北上移居於臺北大稻埕。這一份工作對於雅堂而言，似純爲生計所需，頗有大材小用之憾；不過，可能由於工作比較輕鬆，時則閉門靜習，時則吟詩校書，並且利用空閒，與妻子少雲赴東瀛旅遊兼探望當時負笈在東京之震東[16]。報社之工作雖似已不再實際擔任，但以其多年來的關係，仍經常有詩文刊登於各種報端；同時，也積極參與社會文化的活動，於臺灣文化協會臺北支部所舉辦之週末通俗學術講座，多次主講文學、歷史、宗教方面的內容。

民國十三年，四十七歲時，連雅堂爲了振興傳統詩而毅然辭卸其他職務，創刊《臺灣詩薈》，慘淡經營[17]，自十三年二月至十四年十月，於每月十五日發行，共二十二期；終因經費不足而停刊。其後，雅堂夫婦又一度移居西湖，本欲一償「移家湖上住」之夙願，然因北閥軍興，江南擾攘而重返臺北。遂於臺北市太平町三丁目（今延平北路）二二七番地，與黃潘萬合夥，各投資二千元經營「雅堂書局」。此書局專售中國書籍及國貨文具，概不售日本書籍及日製文具。由雅堂負責全盤局務統監之責，潘萬任理財兼文牘工作，另聘張維賢司對外聯絡並協理局務。三人各支月薪三十元。對於喜愛閱讀的雅堂而言，書局之開辦不啻擁有了一個私人圖書館。故初時日夜往返，略事寒暄，即埋首研讀，自得其樂；遇有年少讀者請益[18]，則又指點迷津，樂此不疲。不過，「雅堂書局」所出售者在當時既爲冷門之漢文書籍，而主人則純屬文人，不善營業，維賢又未幾而辭職赴日研究新劇，故局務冷淡，僅維持二年而結束。

其後，連雅堂雖仍研讀不懈，也時時參與北部文化界的各種活動，但生活漸形困難。民國十九年秋，臺南《三六九小報》創刊，其發行人及編輯等，多爲雅堂之義故門生，所以時常刊載其文，又代爲出售《臺灣通史》，關係頗爲密切。次年元月，《三六九小報》第三十五號，遂以雅堂爲該報社同人之一，排名僅次發行人趙雅福，與鍾麒同爲顧問。春間，雅堂便自臺北返歸臺南故里，暫住《三六九小報》社內（臺南市白金町三丁目九十六番地），此地址係爲該報理事之一蔡培楚所營

「謙芳號米店」店址。可以想見這一段時間，雅堂經濟上十分窘困之情況，而他在《三六九小報》所發表的〈雅言〉，逐爲該報唯一支給稿酬之作。然而在《家書》之二，與夏甸轉震東之信中，卻道：

我家自歸南後，與蔡培楚兄同居，事事便利，又有電話、有小使可以差用，家中亦雇一女僕，以供炊洗，又有戚友來往，頗不寂寞。余歸數日，有多人欲就余學，而臺南新報已來聘余為客員，余尚未許，以須有編輯全權也……

《家書》之三，書於同年六月十三日，亦爲與夏甸轉震東之信，其末段亦云：

……余自歸南以來，暫住此處，十分便利。汝母身體康健，時有出門，余亦安適，比居北時較有興趣，故時有著作刊於三六九報；此報將來倘能姿展，勝於他雜誌矣。……

以上二段類近口吻之文字，與當時雅堂之處境頗有距離。所謂有電話、小使、女僕云云，實指借居蔡培楚處所兼得之便利；而《三六九小報》多刊載其著作，固然顯示雅堂老當益壯奮勉不已之治學精神，實則稿酬對其生計之重要性，也是不容忽略的事實。至於「臺南新報來聘余爲客員」，則指該報社長邀請雅堂主持其詩壇一事而言。由於暫時主持此事務，而得再與臺南諸詩人酬唱，其生活遂變得「頗不寂寞」、「比居北時較有興趣」。事實上，「雅堂書局」結束以後，在臺北的那一段生活，在經濟方面是相當清苦的；回到故里臺南之後，以他往日在報界活躍的經驗與人際關係，既得暫緩此現實問題，而人情溫暖，也是令雅堂頗覺安慰的。不過，自《家書》字裡行間可以窺知，當時臺灣社會經濟普遍惡劣，一般民衆生活情況不佳，且求職亦相當困難。民國二十年八月十四日，《家書》之八有「臺灣經濟因難，日甚一日，大有不可居之景象，所幸家中安善，量入爲出云云」之語；而同年十一月十九日《家書》之二十亦謂：「臺灣經濟日壞，發生事件甚多，風聲鶴唳，警戒甚嚴云云。」同年八月七日《家書》之七稱：「臺灣大學生愈出愈多，而無處容納，欲赴中國，既無基礎，又無因緣，將何投止？顧念前途，深爲惋歎。然爲父者，都不爲之計劃，但顧目前之利，亦同歸於盡而已，可奈何！」至於稍後十一月二十五日《家書》之二一則謂：「臺灣實不可居，余意俟汝位置定著之後，余則獨往南京，覓一安身之地，余之文學如在臺灣已無用處，或能於中國再作一番事業，所謂『老當益壯，窮且益堅』也。延禧之家已瀕破產，現由商工銀行將其每年所收之地稅、厝稅共四萬元，全部差押以充負債利息，延禧之生活費將無處支理，寧不可憐！顧非延禧一家，所謂業戶富豪者，大都如是。」從這些信件裡的文字可見，無論社會大環境，或雅堂個人的經濟情況，當時的確是十分艱難的。但雅堂天生樂觀，且一向視精神生活之重要遠過於物質生活[19]，故於日本人占領及控制之下的臺灣雖頗覺厭倦甚而有「不可居」之嘆，而於祖國大陸則心嚮往之，認爲以自己的文學才識，尚可再圖一番發展。現實生活的窮困並打不倒他「益壯」、「益堅」的心志。其所耿耿於懷而自我惕勵者，毋寧乃是更高尚的人生價值取向，對己如此，對子女亦然。《家書》之二三寫於民國二十一年一月十一日。當時連震東因張繼在北平，故離滬而北上，一面學習國語，一面熟悉國情。此信稍長，中段有語：

震東：吾不欲汝為臺灣人，尤不欲汝為一平凡之人。此間青年毫無生氣，所謂大學生者，娶妻生子，前途已絕，其活動者，則呼群集黨，飲酒、打牌、跳舞而已，墮落如此，可憐可憐！

震東：我年已五十四，而讀書不輟，自歸鄉後，著作臺灣語典，頗有發明，林茂生君見之，謂可與英國某氏之英語典相伯仲，余亦自信為傑作也。

此則又見雖處於窮困之境，而研讀著述，連雅堂在精神上仍有極大的安慰與自信。

然而，連雅堂衷心以中國人自居，處身於異族統治下的臺灣，即使個人的著述有所成就，畢竟難免對於整體大環境仍覺格格不入，故雖自我期許惕勵，時則流露內心之矛盾與憤懣。民國二十一年四月五日《家書》之三一云：

……余居此間，視之愈厭，四百萬人之中，幾於無一可語。生計既絀，信義全無，可痛可憫。嗚呼！奴隸之子，永為奴隸，余之困苦經營，矢志不屈，則為汝輩之前途計爾。今汝輩皆已成材，但看汝輩之奮志。汝妹畢業，成績頗優，刺繡尤佳，每日幫理家事。並課以古文。

語間所透露之厭煩與鬱惱，可謂前所未有。所稱「四百萬人之中，幾於無一可語」或為一時氣憤誇張之形容，亦不難想見其惡劣之心境。長女夏甸與獨子震東已經先後往赴大陸，而雅堂夫婦所以遷延未能成行者，以幼女秋漢仍在學之故。如今秋漢既已畢業，當無後顧之憂，唯震東在北平與鹿港人洪儒之子炎秋同居，雖與張繼已有聯絡，工作尚未有著落，現實生活的種種考慮，卻又不得不令他有所猶豫。故而四月三十日《家書》之三二云：「余意汝於早晚能得一位置，經濟稍裕，則余當歸國，從事著作，必有表現，然此時不得不暫屈耳。」

二

《家書》三四與三五之間相隔近二月，同爲致震東之信，但前者發時震東仍在北平，後者寄時已轉往西安。《家書》之三五全文如下：

震東知悉：日前由滬轉到汝書，知汝已赴西安，甚慰！汝此後所辦之事及西北發開委員會如何組織，可詳細言之。日本經濟愈壞，臺灣尤甚，幾於不可久居；余自歸南後，謝絕外事，潛心述作，勉強維持，幸得安善，今汝奮志前途，須耐勞苦，以圖建立，余之望也。西安為初到之地，飲食起居當各注意。

父諭七月十二日

中國現用郵票，如有五分、一角至一元以上及飛行郵票可搜羅寄來，十數年前西北曾發行賑災郵票數種，須物色之。家中所存者已有六百餘種，他日能至千種尤好。此書將委，適接汝姊轉到汝書，知汝已至西安，甚喜。

七月十三早

此信書於民國二十一年。震東離臺赴大陸已經年餘，終於追隨張繼至西安，得到一份正式之工作，效勞祖國，雅堂懸念亦終於獲釋。前此諸信之中，每每反覆見到為父者為子牽掛惦念之口吻，如《家書》之四：「閱報溥泉先生已於十四日回京復命，汝已往見之否？彼見余書必能感動，情景如何，汝須詳細言之，以慰余念。」《家書》之六：「汝此次歸國，幸得溥泉先生之眷愛，此余三十年來之計劃也；汝當在先生左右，供其使命，學習事物，忍苦耐勞，旁讀史書，結交良友，二、三年後當有成績。」《家書》之一四：「頃得汝本月（民國二十年九月）十八日之信，中國現狀，思之可痛[20]，然汝既出門，又無內顧之憂，祇好忍耐困苦，以待時機；且有溥泉先生之眷顧，先生之道德文章，為余景仰，將來必能設法也。……時局變化，未可預測，萬一通訊杜絕，余與汝母均能自重，汝可免慮。汝之生命，則余之生命，汝之事業，則余之事業，前途遠大，祖宗當降福於汝也。」《家書》之一五：「汝之供職，能在中央較為適當；因汝初次歸國，諸事未明，若得長在溥泉先生左右，時受教訓，勉求學問稍資閱歷，方有把握。且汝之性質不合教育界，如能於立法院，或實業、經濟、交通得一位置，漸漸作去，前途有望。」《家書》之三一：「蓋汝處此非常之奇局，當為非常之大事，但須忍耐勞苦，以待時機。」

雅堂既以子胥寄子齊國之心情將獨子震東託諸張繼，但當時中國正值多事之秋，張繼身負重任，南來北往為國事奔走，雖與震東會見，一時無法為其安置工作；雅堂留居臺灣，不免焦慮，唯信中但見安慰、勉勵之語。雅堂所最牽掛惦念之心事，因震東終於得到中國政府中的工作崗位，其心中頓覺輕鬆，可自上引第三十五封《家書》看出；而除殷殷關懷生活起居外，猶不忘激勵勸勉。眞正所謂「汝之事業，即余之事業」，當時雅堂已經五十五歲，但是由於兒子在中國初獲工作，興奮欣喜之餘，彷彿竟覺有如己事，遂不免指點更勤。《家書》之三六云：

震東知悉：疊得汝書，甚為欣慰！關中為周漢故都，而文化發生之地也，暇時可讀漢書及陝西通誌、朔方備乘以知其地理、歷史、風俗、物產，為將來開發之資。初至之時，食麥不慣，可不時屬廚子買米煮飯，久之則自然。汝居委員會中，係與先生同食否？此間果子如林檎、葡萄、胡桃、大棗頗多而美，可多食之，洋貨有需用，可屬汝姊買寄。汝在西北，距臺甚遠，幸汝姊在滬，可以互通信，余甚安慰。臺灣經濟愈壞，百業蕭條，莘莘學子，自暴自棄，言之可痛！汝須勤謹辦事，奮志前途，以立基礎。余自歸後，絕少出門，專心述作，本年再著雅言一書，他日當印單本。家中安善，汝母健康，汝妹亦多讀國文，頗有進步。天氣酷熱，事事自重。

父諭七月十八日

連雅堂自己曾於二十年前民國初建之時旅遊大陸，足跡曾及於關中之地，因而難免觸動他個人的經驗，麥食、果物種種，想必是青年時期南人北上所親自遭遇之習慣差異，遂不禁絮絮叨叨叮嚀起來；至於規勸閱讀各種相關歷史地誌等書籍，則亦足見其設身處境的情況；或者也可以說，倘使雅堂自己年輕三十歲而處於兒子當時的環境，當會循此方向求發展的吧。

胞弟震東既已在西安有了職位，而幼妹秋漢亦已畢業，長女夏甸遂自上海去函邀請雙親與妹離臺赴大陸，故寫於民國二十一年七月二十六日的《家書》之三八有文：

……日前汝姊來書，詢余有歸國之意否？余自三十年來，則抱歸國志，而荏苒蹉跎，迄未能就，故此二、三年先命汝歸國，今汝姊在林家，既得安全，汝亦有事可為，俟汝位置較固，收入較多，則余當作歸國之計矣。

汝母自汝出門，兼之汝姊在滬，復有戰事，不時憂慮，幸汝妹畢業，回家承歡膝下，可慰岑寂，然能早日歸國與汝姊同居上海，見汝較易，乃可以慰汝母之心。……

夏甸身爲長女，深體父母心，故屢以信函邀請前往上海，既得一家人就近團聚以慰寂寞，復得照拂經濟情況不佳之雙親生活。然而，雅堂內心則稍有猶豫，以爲震東初就新職，收入不豐，難以供給自臺赴大陸之雙親與幼妹，所以未敢貿然前往；但於當時個人處境之困窘，實無可如何，對臺灣社會現象則又有所不滿，內心十分矛盾。諒震東與夏甸亦了解其情況，故姊弟都有孝心表現，此可自八月六日所寫《家書》之四十看到蛛絲馬跡：

……汝之薪水務須蓄積，不可寄來。

余與汝姊書，商量歸國之計，余意汝母汝妹如與汝姊暫居一處，或住伯奏新築之屋，比之在臺滿腔抑鬱，空過歲月，實為有益。

日本經濟愈壞，本年上期輸入超過三億六萬，對美匯兑，本日落至二十六弗，以是金價大起，每兩八十元。百業蕭條，無事可為；前日東京社會局發表，本年大學卒業生就職者僅有百分之八，臺灣更甚可嘆。嶧山碑尚未收到。此後如有漢碑佳拓，可收藏之。汝有暇時，可臨北魏碑，鄭道昭之書尤傑出。……

當時實值所謂「三〇年代經濟大恐慌」時期，全世界的經濟都發生大崩潰，信中所稱「日本經濟愈壞」、「臺灣更甚可嘆」，即是各地區受大環境的經濟惡化波及所造成之事實。當時已五十五歲，又無穩定之職業收入的文人雅堂一家三口，屈居臺南《三六九小報》社內，僅賴刊登文章之微薄稿酬，其生活之困窘，自是可以想像的。不過，對於震東擬寄款以補助家計之議，雅堂卻又屢次拒絕，此則又充分表露出父子相互體貼之情。林伯奏爲夏甸之夫，當時任職於日本「三井物產株式會社（上海支店）」，家境富裕，又多置房地產，故經濟情況相當優裕，此蓋即夏甸頻頻邀請之道理。然而，雅堂心中或者存有中國人傳統思想，寧依子而不靠女婿，故而遲疑再三。至此，終於決定將多年以來的心願付諸實現，但仍然老而彌堅，猶圖自食其力，故於三日之後，八月九日另有《家書》之四一，致其在滬之長女：

孟華知悉：日前得汝及汝弟西安之書，甚慰！汝在上海平安，汝弟亦已供職，可免介慮。余自三十年來，遷徙流離，靡有安息，則為家庭與汝輩之前途耳。今余年紀已多，體氣漸弱，而汝與汝弟均在外，不時思念，兼以臺灣經濟困乏，無事可為，乃與汝母商量歸國。汝母汝妹暫住上海就汝奉養，又有伯奏君關照，余可出外覓一機會，或往南京，或至西安一遊，以視汝弟。余於中國文學界，尚有可建設也。家中什物，現已處置，以便進行。

國際聯盟定於十一月開總會，決議滿州問題，萬一破裂，攤至戰爭，交通斷絕，故欲赴滬須較早也。

汝母念汝及汝弟，母子之愛，實出天性，如得早慰其心，汝弟如欲歸省，亦較便利。汝妹現在左右，家中均安。

父諭八月九日

原則既定，本擬即採行動，家中什物且漸漸處置，卻因事暫止。《家書》之四八寫於九月十五日，後面有附文云：「此函將發，適接上海轉到九月一日之信，汝之所言，甚合余意，已與汝母商量，歸國之事暫且中止，明春乃再設法，汝可專心辦事，不須掛慮；當此國難之時，我父子皆當忍耐勞苦，開拓前途，以立永遠之計也。」當時日本侵華行動加劇，國內多事，而震東既任職中央，或有因公不得顧私之困難；家人團聚的計劃，遂不得不暫緩。為子者恐難免感到內疚，為父者乃曉以大義以安其心。不過，等待的心情實不佳，故《家書》之五十（九月三日）云：「余居鄉中，杜門不出，數月以來，頗形鬱悶，每接汝姊與汝之函，則為歡喜。」鄉居無事，又計劃中止，故與遠方之子女通信，遂成為雅堂晚年之樂事。觀其與震東及夏甸之家書所記日期，幾乎每月平均數封，時則三數日即又修另函，足以印證其鬱悶之心境矣。閒暇等待期間，則又不免對來日定居大陸後之生活未雨綢繆。上引《家書》之五十後段有語：「先生回陝之時，汝可以余歸國之意告之。余現無他求，如於南京或北平大圖書館供職其中，專心著作，必有可觀。將來能辦國史，尤爲不朽之業，則請先生代爲一籌，以償夙志。」《家書》之四九則云：「上海爲繁華之地，余不欲居，將來如能永住北平，較爲得策。」可見以其餘生在祖國繼續從事文史之工作，實爲雅堂夙志，而對於自我之信心與期許也仍甚爲堅定樂觀，故其暫時隱忍處於日人統治之下的臺灣以待歸國，實可用「老驥伏櫪，志在千里」形容了。至於十月二十一日《家書》之五二云：「北平有泉漳兩會館，建築頗大，又有龍溪、安溪、晉江、同安各館，而臺灣亦有新舊兩館，北平舊圖均有載明，未知近來如何？汝可函問炎秋君，以爲將來之寓地。」

三

自民國二十一年秋季開始積極籌備的祖國定居計劃，竟因種種原因而耽擱遷延，幾近一年始得實現。《家書》之七八，爲日文電報，內容係爲告知三人將乘「福建丸」輪船，(民國二十二年)七月七日出發，七月十一日可到上海。《家書》之七九致仍在西安之震東，寫於七月十六日，寄自上海。其全文如下：

定一知悉：余以十一早，偕汝母汝妹安抵滬上，即住公園坊十一號寓樓，樓中器具什物，早由汝姊設備，無不完全，起居甚適。到時即令汝姊馳書與汝，想已收閱。本日得汝十一之函，知汝不日可來，甚喜！報載溥泉先生在京，汝如晉謁，可言余已歸國，他日當往面謝也。天氣酷熱，幸此間清靜且涼，可以避暑，故不赴租界也。汝母眠食勝常。

父諭七月十六日

此所稱定一即震東之別稱，爲雅堂所取。《家書》之三八寫於民國二十一年七月二十六日，其中有語云：「汝之名可用定一，以字行，或用漢班定遠之名，改爲超，定遠以書生投筆立功西域，余亦欲汝報恩於中國也。」不過，《家書》之三九以後仍沿用震東之稱呼，民國二十二年一月二十三日《家書》之六一，始改稱定一；其後，至所收錄最後一封《家書》之八三，均依此稱呼。雅堂等三人初至上海，暫住於女婿林伯奏房產之一，公園坊十一號[21]。

夏甸侍親至孝，爲之準備周全，致令雅堂感覺十分安適；然而，上海原非他打算久居之地，此已見於離臺前諸函內，故而時間既久，則漸萌厭意。八月四日致震東的《家書》之八一云：「到滬以來，瞬將一月，起居頗適。然上海爲奢華之地，物價甚高，未可久住。……總之，上海不可久居。」此信僅二百餘字，竟二度言及「上海不可久居」。其後，於八月十一日所寫《家書》之八二，亦云：「上海習俗奢華，物價奇貴，實不可居。」上海、南京、北平三地均爲雅堂三十年前舊遊之地，他對於各地的習俗背景自是已然熟悉，而以一介文人，懷抱文章報國之志，十里洋場的上海，無論從哪一個角度言之，都是不適宜的。只因爲長女夏甸在滬居住，且盡心侍奉雙親及幼妹，至少在生活上可免掛慮，故而擬以爲歸國第一站暫居之所。

雅堂夫婦又急於想要會見別離二載餘之兒子，但震東在西安爲事務所羈絆而遲遲未能東來，疊以信函屢表懸念。雅堂夫婦雖然心中不無失望，但能深明大義，反而去函相慰。民國二十二年八月九日《家書》之八三云：

定一知悉：到滬以來，將及一月，疊得汝函，甚慰！日前寄去一書，言及數事，想已收到。前得飛郵，本早又得快信。汝為會務，不能速來，余意汝可免來，且省旅費，一俟天氣較涼，舊曆七月半，余當攜汝母汝妹乘船至津，轉入北平，居時汝始來平可也。余自至此間，起居雖適，而未定永居之計，不欲購置家器，諸多不便，即欲寫一信亦不能，且現際酷暑日，在九十五、六度，故擬俟後月北行也。汝如有款，此時可免寄來，汝須儲蓄，以備至平之用。此間物價昂貴，傭人亦難，唯有勉強維持，且待數月而已。家中安善，如晤溥泉先生，可代陳謝，且叩以余歸國後有事可為否？炎秋之書欲寄去，因前日搬移，一時尚尋不出，汝可逕函問之。

父諭八月九日

前書所言各事，汝如不得來滬，可詳經答復。我家既歸，必妥籌永久之計，且為汝前途計也。此信未發，本早接汝快信一函，內有趙女士小照，汝母視之，頗為欣喜，居滬居平，俟汝來後決定。此時暫為維持，款且緩寄。來函須改公園坊二十一號。

父諭八月十二日

此信中透露到上海一個月，雖有居處之所，然終非心目中最嚮往的文化故都，且又遲遲未得與兒子震東會見，雅堂似漸有焦慮之情生。而究其原因，工作全無著落，上海的生活費用高，雖有夏甸侍候，長久依賴女兒女婿，亦非他所願意。八月十六日《家書》之八四云：「我家來時，係居十一號，嗣移二十一號，與劉燦波同居。燦波，柳營庄人，曾留學東京，則與伯奏同建公園坊之房屋者。又用一女傭，前為汝姊所用，每月七元，統計在此家費月須百元。汝欲寄款，可交伯奏代收。」許久以來拒絕震東寄款的雅堂，為了應付月須百元之家費，至此，可能逼於現實，也不得不接受兒子援助，心情之鬱恨，不難想見。由於居住上海原本為暫時安排，且當時夏甸懷孕即將臨盆，故所為準備之家具係為普通生活所需各種，而未能顧及書桌書櫃等文人之需要，致令雅堂於歸國願望達成之興奮漸趨平靜之後，不免漸生煩悶；復值酷暑難當之大陸性氣候八月中旬，遂有「諸多不便，即欲寫一信亦不能」之怨言。屈居臺南的最後幾年，每有「臺灣實不可居」之嘆，而對於歸國定居寄以熱望；未料，歸國之願望既已實現，到上海居住一月後，又因為內在與外在之因素而復見「上海實不可居」之嘆了。

唯有一事值得安慰，即八月十二日附加文字之中所提「趙女士」。趙女士，即趙蘭坤，為東北瀋陽人。係洪炎秋夫人之同學，經由洪氏伉儷介紹，與震東相識而情意投合，進而論及婚嫁，故震東以蘭坤相片寄與雙親，並請示其意。難得雅堂夫婦思想開明，絲毫未以省籍不同為異，少雲且「頗為欣喜」，欣然同意此婚事。翌年（民國二十三）七月十四日，震東遂與趙蘭坤完婚。當時震東年方而立，雅堂夫婦則各爲五十七歲及六十一歲。

《家書》所收錄最後一封，編號第八七，寫於民國二十二年九月六日，實係編誤，蓋自內容觀之，《家書》之七一中言及「汝姊次女名文仁，今已三月。」(四月七日)，按文仁誕生於民國二十五年，故其書當較所收諸函爲遲，宜排在最後。至於《家書》之八七所書，仍與前所引錄諸函內容實無大差異，但語氣略爲舒緩，且對於未來亦相當充滿樂觀和信心：

定一知悉：近得兩函，甚慰！我家自遭倭人占據三十餘年，奔走流離，靡有定處，今已歸國，到處可居，而上海斷不可住，以其風化甚壞，而用費又巨也。滿人入關後，吳中顧亭林先生卜居華下，以堅苦卓厲之風，策勵學者，是時關中大儒如李天清、傅青主諸先生，均與往來，討論文史，以振士氣。今溥泉先生籌設華下學院，則其地也。未稔尚有遺址否？我家移居長安，如能再作些事，以保存文化，而光大之，亦足以報效祖國。溥泉先生如來上海，當見之，汝可以此意，先為陳謝。秋氣漸涼，起居較適，分俟面告。

父諭九月六日

由於震東婚後因職務關係，仍將居於西安，故此可見雅堂心中亦打算改以關中爲日後離滬的居所；並舉明末清初顧炎武等儒者，以與張繼所籌設之學院對照，顯然可見雅堂所嚮往的生活方式，實乃三十年來所一貫秉持的書生報國之衷，亦即是《家書》中屢屢以期勉於其子震東的生活態度。

其後，國民政府四中全會提出重設國史館案，雅堂閱報，曾先後致書張繼與國民政府主席林子超云：「他日開館之際，如得備員檢校，承命通儒，伸紙吮毫，當有可觀。然伏處海隅，未能自達，倘蒙大力爲之吹噓，區區寸心，效忠宗國，是則丘明作傳，秉直筆於尼山；班固修書，揚天聲於大漢。敢有所懷，諸維霽鑑。」（民國二十三年一月二十六日致張繼書）、「比聞四中全會通過重設國史館，此誠國家之大業，而民族精神之所憑依也。橫才識庸愚，毫無表見，而研求史學，頗有所長。如得追隨蘭臺，博采周詢，甄別善惡，秉片片之直筆，揚大漢之天聲，是則效命宗邦之素志也。維執事有以裁之。」（同年二月一日致林子超書）可惜，雅堂之熱烈志願，終未能得償。

震東與趙蘭坤於北平結婚時，雅堂夫婦並未北上參加婚禮。新婦隨震東南下上海拜見翁姑，小住數日，仍赴西安工作。民國二十四年暮春，雅堂與少雲乃相偕遊關中並探望子媳。雖然當時雅堂已五十八歲，少雲則更已六十二歲，但兩人身體尚稱硬朗，終南山下、渭水之濱，足跡幾遍。而雅堂之遊興與詩興俱濃，有〈關中紀遊詩〉等七絕二十七[22]。三十六歲壯年時期，也曾縱橫遊覽漢中各地，並有詩作多首[23]，但較諸二十餘年前，人生之閱歷更多，雖然雄心不減當年，畢竟詩人老矣，字裡行間，往日狂傲之氣已內斂，成爲蒼茫淡醇的風格了。下引三例，以見一斑：

漢唐舊跡已無城，虎視龍興幾戰爭。試上鐘樓南北望，秦山渭水擁西京。

（今長安城建於明代，僅有唐城九分之一，鐘樓在城之中央，形勢雄偉。）

側身天地數奇才，又向昆明覓劫灰。漢月秦雲隨夢去，河聲嶽色入詩來。（訪昆明池舊址。）

古柏森森夾泮池，棠梨落盡日長時。先生飯後無他事，獨向碑林讀古碑。

（碑林在長安孔廟之後，內藏漢、唐、宋、明碑碣甚多。又有唐咸通石刻十三經，尤其瓌寶。）

諸作最後一首紀碑林詩所稱：「先生飯後無他事，獨向碑林讀古碑」二句，固然表面上寫出晚年旅遊的悠閒，但如果細讀《家書》，便可知這種飯後無事的悠閒生活，絕非雅堂所願望；丘明作傳、班固修書，秉直筆以揚大漢天聲，將餘年貢獻於宗國，實爲其最大的志向。

雅堂夫婦抵達西安時，張繼適因妻病赴北平探視，多年相知竟因此未能再會。雅堂曾以獨子相託，歸國前後又屢次直接、間接託覓一文史之工作；此行倘得親見張繼，或能達成願望，諒其心中恐亦曾存此念，可惜錯過機會，委實遺憾。

而關中地勢高亢，正夏酷熱，雅堂原擬小住，終因不耐暑熱而返歸上海。自關中、西安歸滬後半年，民國二十五年年初，雅堂不幸罹患肝疾，雖然歷經上海中西名醫診治，仍無法治癒好轉。《家書》之七一編次有誤，從內容上觀察，當係最後一信，寫於民國二十五年四月五日，全文如下：

定一知悉：兩得汝書，甚慰！郵匯廿元，經已收到。汝母血氣俱衰，尚服藥餌，須再調養一個月，方可赴陝。汝姊次女名文仁，今已三月。汝姊謂家事較忙，又育兩小孩，故無暇寫信也。

黃綺堂現居大沽路新馬安里十六號三樓，汝妹亦嘗歸家。汝與蘭坤，想皆如恆。

父諭　四月七日

文仁誕生於民國二十五年一月九日[24]，信內稱「今已三月」，而後署四月七日。雅堂罹病在年初，卒於該年六月二十八日，距離修函時間，僅兩個多月；則書寫此封家書時，雅堂已經有病，老妻少雲的健康情況亦不佳，正服藥餌。而既然北平與南京兩地都未見有工作之機會，故震東與蘭坤擬迎接雙親赴陝團聚。不過，此團聚的計劃，亦因為肝疾愈形嚴重，也終未得實現。此最後之家書，則又透露兩件堪慰晚年心境之事：其一是長女夏甸再添一女，其二是幼女秋漢已經與黃綺堂結婚[25]，且居所不遠，時時得歸寧探望年老的雙親。

民國二十五年六月二十八日上午八時，雅堂逝世於上海公園坊寓所，享年五十九歲。震東與蘭坤東來奔喪。臨終告諭其子震東：「今寇焰迫人，中、日終必一戰，光復臺灣即其時也。」又當時蘭坤已懷身孕，故亦告以：倘為男孫，即取名為「戰」。此中寓有自強不息，及克敵致勝，光復故國，重整家園之意。至於其遺體，則由家人奉命付荼毗，暫寄於上海東本願寺。其後，沈少雲遂與震東、蘭坤共居西安。民國二十八年三月一日，卒於西安，葬於長安縣南鄉清涼寺北。享年六十六歲。

四

民國二十六年七月七日，日本發動蘆溝橋事件，終於引起中日戰爭。民國三十四年八月十五日，日本無條件投降；臺灣果如雅堂臨終所言，經此一戰而光復。民國三十五年春，趙蘭坤偕子連戰，自重慶先赴上海，與夏甸及秋漢二家族會合，共同乘船返回臺灣；雅堂骨灰由其嫡孫連戰奉返故鄉，先存臺北觀音山寺中，後安葬於臺北縣泰山鄉。《臺灣通史》在日據時代出版時，日本朝野購讀者頗多，而中國人士則視之漠然，唯章炳麟及張繼二人以為民族精神之所附，謂為必傳之作。如今，則已發行多版，其人其書，在臺灣已然家喻戶曉。至於其詩文專著，也得到推崇與肯定。所謂「青山青史各千年」，顯然已經成為事實了。不過，由於《雅堂先生家書》的出版，我們可以在此八十餘封的書信中觀察到，連雅堂晚年在物質生活上十分艱困，心情上則又處於有志不獲聘的焦慮中，而鬱悒未舒。雖然他始終沒有因為窮困或不順遂而放棄理想懷抱，並且也仍然研讀著述不已，企圖以其餘年保存臺灣，甚至於整個中國的文化；然而，事與願違，讀此《家書》，委實令人不得不為之感嘆惋惜！

一九三五年，林文月（右下女童）與外祖父連雅堂、外祖母沈少雲合影於上海公園坊。

1 《家書》編次有誤，第七一封當爲第八七封，詳見本論文後段。

2 詳拙著〈愛國保種爲己任的連雅堂〉（收入《遙遠》，七十年三月，洪範書店）。

3 雅堂三十四歲秋病且殆，至冬始瘉；次年，民國初建，乃思欲遠遊大陸，以其抑塞憤懣之氣。事詳〈家傳〉、〈年表〉、《大陸詩草》自序。

4 二語見雅堂與徐旭生書（《雅堂文集卷二》）、張繼致雅堂書（《臺灣詩薈》）。

5 雅堂二十歲時與沈氏結婚。沈氏，名璈，一名筱雲。雅堂於信函詩文中每稱少雲，或筱澐。

6 詳見注14、15。

7 五十歲以後之連雅堂，曾於其所開設之雅堂書局辦理漢學研究會授課：並撰《臺灣語典》；復於《三六九小報》連載〈雅言〉之文章。

8 連雅堂終止報務工作之確實時間未詳，約在四十歲前後。四十一歲時，爲《臺灣通史》完稿寫序文事忙碌。四十二歲春，應林熊徵邀，北上擔任秘書職。

9 二十三歲時，《臺澎日報》與《新聞臺灣》合併改組爲《臺南新報》，雅堂任漢文部主筆。三十一歲，移居臺中，入《臺灣新聞》漢文部。

10 清德宗光緒二十八年八月，福州補行庚子、辛丑恩正併科經濟特科鄉試。雅堂應試；唯因文章有過激語，干時忌，考官批曰：「荒唐」，不第。後留滯廈門，爲《鷺江報》主筆。

11 三十六歲夏，遊東北吉林，寄宿謝愷夫婦家，受《新吉林報》社長楊怡山邀請，任職其報社。當時，南方討袁聲起，《新吉林報》被禁。雅堂乃與《吉林時報》社主兒玉多一別立《邊聲》，以持公論。

12 雅堂曾於二十五歲序福建女詩人蘇寶玉《惜別吟詩集》，有文：「……中國女權不振，一至於此歟！……欲求國國之平等，先求君民之平等；欲求君民之平等，先求男女之平等。……」

13 二十六歲之年，雅堂發起鄉人修復臺南五妃廟，撰〈重修五妃廟記〉（《雅堂文集》卷二．雜文）。又日人欲改建臺南市區，擬塡路隅之大井，該井爲臺南最古之跡，雅堂極力反對，〈大井〉（《雅堂文集》卷二《臺南古蹟志》）末段云：「曩年改建市區，以井在路隅，欲塡之。余於南報力陳不可，始保存。」

14 民國元年二月十日，清帝溥儀退位，雅堂撰〈告延平郡王文〉（《雅堂文集》卷二．哀祭）其中有文：「於戲！滿人猾夏，禹域淪亡，……而我中華民族乃逐滿人而建民國。此雖革命諸士斷脰流血，前仆後繼，克以告成，而我王在天之靈，潛輔默相，故能振天聲於大漢也！……」

15 《雅堂先生餘集》大陸游記卷二有文：「袁政府既聞南中起兵，

以馮國璋張勳攻江蘇，……一方事之起也，《新吉林報》被禁，國民黨人皆惴惴莫敢動。余乃與《吉林時報》社主兒玉多一別刊《邊聲》，以持公論。又得林領事之援，當是時關內外之民報悉被摧殘，莫敢一言是非，而《邊聲》遂得大試飛躍，遠至滇蜀。然深遭袁政府之忌，輒命外交使交涉，林領事拒之。……」

16 連震東於民國八年三月畢業臺南第二公學校。旋赴日入東京慶應大學普通部。雅堂夫婦於民國十一年春，東遊日本，兼探望其子。

17 詳拙著〈讀《臺灣詩薈》的廣告啓事〉（收入《讀中文系的人》，六十九年三月，洪範書店）。

18 當時年輕的楊雲萍、黃得時等，皆曾爲「雅堂書局」之常客，亦皆嘗就雅堂讀益漢學疑難。

19 《臺灣詩薈》第三號刊雅堂所著專欄〈餘墨〉有文：「人生必有嗜好，而後有趣味，而後有快樂……余自弱冠以來，筆橐傭耕，日不暇給。然事雖極忙，每夜必讀書二時，而後就寢。故余無日不樂，而復不爲外物所移也。」

20 當時日本軍國主義侵華之野心已付諸行動。民國二十年九月十八日夜，日軍突襲東北，占瀋陽。「九一八事變」爆發。

21 公園坊，在上海虹口江灣路。爲林伯奏之房地產，共三十五幢，後租與日本三菱會社高級職員。連雅堂夫婦及幼女初至上海，即借住其中之空房。

22 收入《劍花室詩集》劍花室外集之二。

23 收入《劍花室詩集》大陸詩草。

24 林文仁實誕生於民國二十五年一月九日，當時上海正值隆冬，家中水管爆裂，故延報戶口二月。此爲鄭喜夫《連雅堂先生年譜》作「三月九日，先生長女夏甸之次女林文仁生。」而四月七日所寫（家書）之七一稱：「汝姊次女名文仁，今已三月。」互有矛盾之緣故。

25 秋漢與黃綺堂民國二十四年結婚。

文字的魅力——從六朝開始散步

看世界的方法 112

作者　林文月
攝影　郭思蔚

朗讀錄音提供　齊　怡（島嶼有光影像有限公司）
照片提供　林文月（34、339、345、445）
封面攝影　郭思蔚
審校　謝恩仁
編輯協力　郭思敏、許庭妮
整體美術設計　吳佳璘
責任編輯　施彥如

董事長　林明燕
副董事長　林良珀
藝術總監　黃寶萍
執行顧問　謝恩仁

總經理兼總編輯　許悔之
副總編輯　林煜幃
經理　李曙辛
執行編輯　施彥如
美術編輯　吳佳璘
企劃編輯　魏于婷

策略顧問　黃惠美・郭旭原・郭思敏・郭孟君
顧問　林子敬・詹德茂・謝恩仁・林志隆
法律顧問　國際通商法律事務所／邵瓊慧律師

出版　有鹿文化事業有限公司
地址　台北市大安區濟南路三段28號7樓
電話　02-2772-7788
傳眞　02-2711-2333
網址　www.uniqueroute.com
電子信箱　service@uniqueroute.com

製版印刷　鴻霖印刷傳媒股份有限公司

總經銷　紅螞蟻圖書有限公司
地址　台北市內湖區舊宗路二段121巷19號
電話　02-2795-3656
傳眞　02-2795-4100
網址　www.e-redant.com

ISBN：978-986-93289-8-2
初版：2016年11月

定價：480元

國家圖書館出版品預行編目(CIP)資料

文字的魅力——從六朝開始散步 / 林文月著
一初版. 一臺北市：有鹿文化, 2016.11
面；公分.一(看世界的方法；112)
ISBN：978-986-93289-8-2（平裝附光碟片）

855　105019745